目　录

月光边境

下午四点半，一个食客也没有，二楼空荡荡的，数十张乳白色餐桌，很落寞地等在那里。乳白色，让人联想，落寞也让人联想，四点半呢？同样如此——每一个时空，以及这时空点上的每一种表情，都会让人联想。林娅挽着一条胳膊上来，踏着木楼梯。楼梯很新，响声却极古旧，古旧得蛛丝网结。这样的响声，林娅仿佛在哪里听过。想起来了，是在一部电影里。那是去年秋天，有天到了后半夜，她还睡不着（其实是不敢睡，一闭上眼睛，就噩梦相续），便在网上找电影。也没啥特别想看的，有个陪伴就行，于是胡乱敲了两下键盘，出来一个“怪”字，怪就怪吧，点了“搜索”，第一条即是《怪房客》，波兰斯基的作品：波兰裔青年塔尔科夫斯基独自来到巴黎，要租间公寓，他想租住的地方，之前的房客名叫西蒙·周，不知何故，西蒙跳楼自杀，在医院等死，待其气绝身亡后，塔尔科夫斯基顺利地成为了新房客。乔迁之喜并未给他带来多少快乐，这栋古老的公寓里，住着若干沉闷而阴郁的男女……林娅闻得见阴郁的气息，也闻得见房客的气息，包括塔尔科夫斯基的气息。她成了电影中的一员，成了那栋公寓的一员，她在深夜里去敲塔尔科夫斯基的房门，挤着喉咙跟他说话。她看见自己的喉咙成为被挤扁的管道，她的声音如癞皮肮脏的老鼠，从管道里爬出，钻进塔尔科夫斯基的身体。塔尔科夫斯基的脏器和脑腔里，群鼠汇聚，吱吱吱地，将他的阳气掏空，把他变成女人，他戴着鬈曲的齐腰假发，穿着花裙子和高跟鞋，翻上窗台，纵身跳下。这正是西蒙·周自杀的原因，也是西蒙·周自我毁灭的方式……林娅打了个寒战。

电影里的木楼梯，有人时响，没人时也响，那响声怎么跟这酒楼里的一模一样？

林娅把那条胳膊挽得紧了些。

服务生在楼梯口迎接，将他们引向林娅选定的23号桌。

这位置傍墙，离窗子远，墙下有迷离的光，淡淡的暗。

傍墙一绺，不是厅里的圆桌，而是卡座样式，只是没加隔板。林娅二人对面坐了。坐下男人就点菜。从点菜的口气，所点菜品和分量，服务生即能八九不离十地猜出他们的关系。开始以为是父女呢。六月中旬，阳光热烈，暑意扑身，男人却规规矩矩地扎着衬衣，打着领带。老男人都这样，泡上了年轻妹儿，就把自己收拾得很精神。他们误以为岁月是可以“收拾”一下就能抹掉的。服务生还从两人的口音，判断男人是本城人，女人则是外来户；男人的住家，绝对离这条街远，否则会要个包间，没要包间，证明不怕遇见熟人。

这家酒楼名叫黄龙场，里面的服务生都是精挑细选的，察颜观色是基本素质，老板要他们有这样的素质，是为招揽生意，让顾客产生帝王的感觉（取名黄龙场，就暗含这样的意思）；既是帝王，没说出口的需要，服务生得提前看出来，并及时地服务到位。但他们并不像老板要求的那样老实，尽过本分之余，往往还用一双透视眼，看穿客人衣冠底下的秘密。

不过这回他们是有些自作聪明了，林娅跟那男人，并非他们想象的那种关系。

他们就是一对恋人，正正经经的恋人。

差不多两个月前，林娅的大学同学朱家文，要去日本读研，临行前约她吃饭，除她之外，还约了几个朋友，都是林娅不认识的，其中就包括他——唐宗成，朱家文叫他唐哥。按年龄，林娅觉得该叫叔叔才对，但现在叔叔也成了一个敏感词，尤其是年轻女子，不能轻易把男人叫叔叔；叫哥又不搭辈分，林娅就叫了他唐老师。那天的饭局持续了四个多钟头，空出几大箱啤酒瓶，但谁也没醉。醉意都被说话说走了。快分手时，朱家文对林娅说，你跟唐哥留个电话吧。又对唐宗成说：我们班四十七个同学，只我和林娅到了成都，林娅的老家又远，今后麻烦唐哥多照顾。言毕，朱家文把剩下的半瓶啤酒倒进杯里，一口干了，说是敬唐哥。林娅暗笑，不明白朱家文为啥突然这么关心起她来了。大学毕业已近三年，两人先后不出半月到了成都，林娅在城西东方培训学校教日语，朱家文在城南某图书公司做编辑，除了上个月初朱家文主动约过林娅喝茶，平时都是林娅主动打电话去，林娅的电话不去，朱家文的电话就不来，两人见面，也全是林娅去城南找他。对此，林娅并不生他的气，她知道他在备考日本千叶大学法学研究生，更重要的是，他们无非只是同学，彼此没有任何感觉，更说不上牵挂。事实上，林娅想起他的时候也非常少，都是把可想的人想遍了，才会想到离她最近的朱家文。不过林娅承认，某些个别的瞬间，她会纳闷：朱家文分明没谈女朋友，为什么对我一点想法也没有呢？是因为我在大学期间有过一年零二十五天的恋爱史吗？——她这样思忖着，却并不伤心，连惆怅也没有，因为她对朱家文也毫无想法，之所以纳闷，只是过于孤单的缘故。失恋过后，林娅就一直觉得孤单，来成都后更是，许多个夜晚，她数着光阴一寸一寸从面前挪过，老也数不完；那时候，她感觉自己就像个春运期间火车站的检票员，前方是黑压压的人头，腿站酸了，腰累断了，抬眼一望，照旧人头滚滚。

尽管心里发笑，林娅还是很感激的。到底是同学。想必，朱家文跟唐宗成的关系非同一般，否则也不会把她托付给他。但他们究竟是什么关系，林娅一无所知，以前跟朱家文见面，都只是他俩，坐在朱家文就职的公司对面一家茶楼里，谈些过去的同学和老师，连各自眼下的工作也不说。林娅是因为实在没什么好说，一对一辅导，一对二辅导，一对多辅导，循环往复，且大多是短期培训，学员顶着时间来，来了就讲，讲完就走，连句闲话也没有。朱家文应该不至于此，工作的性质，决定了他必然跟各色人等打交道，但他也不说，证明那些交道并不重要。他和唐宗成，很可能也只是普通朋友，临行前托付一下，无非是表明关心同学的姿态，加上在座的，唐宗成最年长，托付给他最合适。如此而已。

可唐宗成却认了真，主动要了林娅的电话，且叮嘱林娅存上他的号码。饭局结束时，已近子夜，朱家文就住在附近，跟所有人握过手，道过别，摇摇晃晃地先回去了，别的人，因知道要喝酒，除唐宗成，有车的都没开车来，都站到街边去等出租。唐宗成也喝了很多酒，不能开，就把车扔在车库里，同样站到街边等出租。他问林娅住哪，林娅说清溪西路，唐宗成说我也是那方向。于是两人上了同一辆车。唐宗成坐在副驾上，跟后排的林娅摆龙门阵，话题围着朱家文转。在唐宗成嘴里，朱家文是了不起的青年才俊。林娅又想笑。她从没觉得朱家文是才俊，以前没觉得，现在照样没有。他考上了千叶大学研究生，当然值得庆贺，但并不能证明什么，唯一能证明的，是他比别人多一份努力，多一份心。不过怎么讲呢，谁也不比谁笨多少，才俊和常人的区别，恐怕也就在于多那一份努力，多那一份心。这么一想林娅有些黯然，感觉同学与同学之间，慢慢的就要分出个山高水低了。可人们习惯于把眼光留在往昔，觉得自己跟某人是同学，彼此半斤八两，殊不知，差之毫厘，失之千里，人家轻舟已过万重山，你却停在原地，检视身上的赘肉，怨恨命运的不公。林娅的父母亲就是这样。她父母是高中同学，三十年来，都在同一家食品厂当工人，他们的另一个女同学袁××，却步步高升，而今已是沿海某省委宣传部部长，父母最怕别人提到她，每当有人提起，他们都像遭到侵犯，然后母亲说，念中学时，袁如何穷，别人吃肉，她站在远处，闻着肉香，口水顺着嘴角流，流得一塌糊涂；又说，月经来了，袁草纸也买不起，裤子弄得血迹斑斑，像被捅了几刀。母亲说这些时，眉飞色舞，可听众离去后，就立即跟父亲一起，现出颓唐相。别人的光鲜，让他们看见了自己脚下的污泥浊水，也看见了自己人生的败迹。要是袁触律入狱，或干脆得绝症死了，他们会迅速演变为成功者，并对袁抱以十二分的同情。真可怜。但林娅来不及可怜她的父母，就被父母厉声呵斥。她所做的一切，父母都不满意。因为袁没进监狱，也没有死，父母就还是失败者，他们要让女儿为自己打翻身仗……

成都人喜欢夜生活，刚到成都时，林娅简直吓住了。她出生的北方小城，包括她念大学的城市，谁晚上十点过还在街上晃荡，差不多就是流氓了。成都咋这么多流氓啊！成都人的夜晚从十点开始，满街男女，赤胳膊露腿儿的，有的女人裹着睡衣，趿着拖鞋，半仰着头，一副无处安放自己的模样。后来林娅慢慢适应，晚饭过后，也出去溜达。然而每次回到租房，她都像做了一场梦。人群成为她的镜子，照出她的孤单和寂寞……再寂寞，也不像今晚。朱家文就要远行了。他在的时候，像是可有可无的，不在了，才感觉缺了一块。出租车从一环拐到二环，又从二环拐到二点五环，毕竟已到子夜，二点五环两侧，又没多少正经街道，车稀人少，出租车跑得飞快。远一寸就是遥远，多一尺就是天涯。林娅突然很难过，有种想流泪的感觉。为谁呢？她不知道。唐宗成不停地跟她说话，她得应付。车过一处恢宏的建筑前，唐宗成说：我就住在里面。林娅一看，那幢建筑不过是个门坊，门坊上凸出几个乳白色浮雕大字：天府花园。这是富人居住区，远近闻名的。外面修了围墙，围墙并不高，只见里面茂林修竹，墨绿森森，倒不怎么能看见房子。林娅说，那唐老师你下呀。唐宗成说，我把你送拢。又对师傅重复说，去清溪西路。车转眼已跑过千米，林娅不好坚持。

其实，她多么不愿意唐宗成送她，更后悔跟唐宗成坐了同一辆车。

回到租房，洗过澡，林娅才意识到自己为什么后悔。朱家文明天就要出国，且不是出去十天半月就回来，她该好好为他饯行；至少，聚会结束后，她不该跟别人一样，急着离开。吃饭的地方，距他们平时见面的茶楼，只隔半条街，他们可以去茶楼再摆谈一会儿；谈到天亮又怎样呢，反正那是家通宵茶楼，反正朱家文可以到飞机上睡，反正她是失眠惯的，也不在乎一夜不睡。这时候，林娅才想起竟然没问朱家文明天什么时候走。她要去送他，或者，最好，现在就到他那里去……她从坤包里摸出手机，斜躺在床上，给朱家文拨。

朱家文关机。打了几次都关机。

林娅只知道他住在城南，具体住哪里并不清楚，关机，就意味着消失于城市的丛林。

这一夜，林娅似睡非睡，却乱梦如潮。她一直在飞机上，飞机追赶着日出，又追赶着日落，始终没有着陆的意思；冷啊，不明白为啥那么冷。她找空姐要了两床毯子，一床披在肩上，一床搭在腿上，还是冷到骨头里。她的骨头结了冰，冰成了她骨头的骨头。待她醒来，才发现自己根本没钻进被窝。她一直保持着睡前给朱家文打电话时的姿势，手机还握着。

窗子上麻黑麻黑的，鸟鸣声却又亮又宽阔；光明并不是光才能给予，鸟鸣声同样能给。其实就一只鸟。无需看表，就知道是在五点十五到五点二十之间。每天清晨，五点十五分，那只鸟准时鸣叫，它是鸟界的更夫，说更夫不对，是司晨者，它起音的那声，从低音区跨入高音区，不是直接跨入，而是螺旋上升，渠引春水，弯弯绕绕，婉转绵长，接着是一连串鼓点似的声音，砰砰砰，砰砰砰，如挨个敲邻居家的门。这样敲五分钟（不多不少，就五分钟），另一只鸟应和，应和五分钟，群鸟齐鸣。一天的日子，就这样开始了。林娅很想认识那只司晨鸟，但它虚虚实实地躲藏在黑暗和黎明的边界，在极近处，又在极远处，因此一直不知道它长什么模样。

这天，林娅醒来，裹了被单，照例走向长方形的窗口，拉开白底红花的窗帘，朝下张望。有只黑猫从花园电箱上跳下，伏着身子，迅捷地隐入栀子花丛中。这时第二只鸟开始叫了，同样是虚虚实实，忽近忽远，捉摸不定。她又回到床上，坐着，拿起手机，心想是不是给朱家文拨过去。太早了吧，过一会儿再说吧。她再次躺下。这次是真正睡着了。当她醒来，已听不见鸟鸣。鸟鸣声被市声当早点吃了。已是八点一刻了。她昏头昏脑跑进卫生间，一蹲就老半天起不来，像昨夜灌下的啤酒，现在才被放行。然后是洗漱，梳头，搽脸。她把脸打得啪啪响，觉得脸不痛，响声痛。疼痛的响声使她清醒，也让她有了某种轻残的快意。不经意间，又花去二十分钟。九点有她的课。幸好不远，出清溪西路，穿过同盛街，步行十七八分钟就能走到。一路上她都在想，是不是给朱家文打个电话。可这时候打过去有什么意义呢？等上完课好了。课是两小时，十一点结束。

虽这么想，进校门之前，她还是拨了。依然关机。还在睡呢，这家伙！他很可能是下午或晚上的飞机。这样就太好了，她今下午恰恰没课，学校又不要求坐班，正好可以去送他。她也便把手机关了。上课的时候，是不能开机的，特别是不能响铃，铃声一响，不管你接没接，都扣除半月薪水，接了，扣整月，那些影子般的巡视员，见你接电话，甚至会直接冲进来，当即把你从课堂请出去，从此别想再进来。候在门外的求职者，成天都是，请进请出，就像吐吐舌头一样方便。林娅不想丢了这份工作，她需要这份工作。并不喜欢，但需要。世上最强的人，也很少能做自己喜欢做的事。她不是强者，更不是最强者，只能把见到的第一个洞穴，当成最安全的港湾。蜷在那洞穴里，可能很不舒服，安全就好。她也知道身边到处是洞穴，但她拿不准那些洞穴是否会更不舒服，也拿不准它们是否已被占满、自己根本挤不进去。

上完课，刚开机，电话就响了。

是唐宗成打来的。

唐宗成说，林娅，我给你拨了一个钟头电话了。

林娅吃了一惊，唐老师，有什么事吗？

中午有个酒会，想请你来。

原来如此。

看到来电显示是唐宗成，林娅就有些抗拒。说不清缘由，就是抗拒。真要说出一点理由的话，恐怕与唐宗成昨晚把自己住处指给她看有关。此外还有吗？有的。她现在急着跟朱家文联系，不想受干扰。于是她撒了谎，说学校有事，走不开。那就改到晚上，唐宗成说，六点钟我过来接你。听见这话，尤其是说话人的语气，让林娅感觉到，自己在抗拒，却又无力拒绝，因为对方不打算跟她商量。

他邀请她，却把她的意见和想法排开，她人被邀请，意见和想法不被邀请。参加一次酒会本来没什么，然而……就如同几个人看电视，分明看着同一个节目，也都喜欢看那个节目，却非要把遥控器拿在自己手上才心安。唐宗成是在抢她手里的遥控器。唐宗成受朋友之托，关心她，可对她而言，被关心，同时也就是一种丧失。关心你的人越强势，丧失得越彻底。唐宗成太强势了。虽刚刚认识，但只要碰一碰他卵石样的目光，也就碰到了他的心：陡峭，灼热，既可以吞噬，也可以融化。正因此，林娅才躲避。事实上，她知道自己从来就没掌握过遥控器，所以抗拒也好，躲避也好，都只在深渊里，渊面之上，无论竹筏还是汽艇，谁想进她的河流，她都承受。或许，在唐宗成的酒会上，能见识到别样的风景，但某些人为你打开一扇窗，却可能关闭你所有的门。她不敢也不能去冒那个险。何况，她还拿不准朱家文什么时候走，她要去送他。

她紧张地思索着，希望尽快找到推辞的理由。这叫她厌恶自己，推辞就是推辞，需要什么理由？但她做不到，没理由就推辞，人家会怎么想呢？某些时候，真有推不掉的事拒绝了别人，她也要纠结好几天，像欠了别人很大一个人情。

在这个世界上，她真正能够自由相处的人，只有朱家文。

可朱家文就要漂洋过海，去往异国他乡。

去送自己同学，难道不是最好的理由吗？

唐宗成却没给她讲出这理由的机会，就诉苦一般告诉她，说他一夜没睡，早上八点过回家，才勉强睡了两个来钟头。昨夜，他送了林娅，又返回城南找到朱家文，两人聊到五点半，他又开车把朱家文送到机场。朱家文是七点四十的飞机，他是看着他过了安检才离开的。

林娅怔了许久，然后咧咧嘴，笑了一下。

又笑了一下。

两个无声的笑，加起来还是无声。

唐宗成很守时，下午五点五十到了她楼下，再打电话叫她下去。那部越野车实在太夸张，像能拉走一个旅游团。我们去宽窄巷子，唐宗成说。林娅没答话。人家的酒会，去月球还是去火星，又不由她作主。但她不喜欢那地方。宽窄巷子作为成都一景，她念大学时就听说过，凡提到它的人，都平添了六七分的口才，仿佛那地方不仅是成都的精神象征，还是每个地方的，是每个人的，因此到成都安顿下来后，她首先就去了。从宽巷子走到窄巷子，又从窄巷子走到宽巷子，她除了感觉到矫情，没有别的。美是美的，美到矫情，就不美了。

说是酒会，其实就唐宗成跟林娅两个。

这让林娅有些堵，但那一点堵很快就过去了。她内心更愿意这样。她不想跟陌生人接触。主要是怕。不是怕陌生人，是怕从某个陌生人身上看见了自己。她宁愿搂住生活的旧衣箱，在那个衣箱里，有她舍不得扔掉的斑驳，她担心光亮照进去，使那些斑驳无处安身又无处逃匿。唐宗成在窄巷子选了个大名鼎鼎的酒吧，还把酒吧的名字指给她看。她并不在意。好在里面相对清净。他们在紧傍书画廊的角落，对面坐了，唐宗成自作主张地给林娅点了茶（最贵的一种），又给自己点了，接着要了吃食，要了一打半斤装的德国黑啤。林娅昨夜喝得太多，不想喝，但她依然没吱声。唐宗成倒了两个满杯，要跟她干，她也就干了。酒吧里的啤酒杯像是帮主人推销似的，一杯能装下一瓶。没关系，我待会叫代驾，唐宗成说。林娅想，他昨晚为什么不叫代驾？是跟朱家文早就商量好了要回到城南，第二天一早好送朱家文去机场的吧？这让她心里有些酸。其实也没啥好酸的，人家跟朱家文的关系，或者说朱家文跟唐宗成的关系，本来就比跟你近，唐宗成专门拦出租车把你送回去，已经是人情了。虽这样安慰自己，林娅还是有些酸。她原本觉得，在成都地界，谁也不比她跟朱家文之间更加自然和密切，尽管两人联系不多。早知如此，昨晚真不该让唐宗成去送她。

话都是唐宗成在说，跟昨晚在车上一样，说的尽是朱家文的超拔俊逸。昨晚林娅还想笑，现在她明白，唐宗成说的，或许才是真实的朱家文，是现实中的朱家文。她看到的是种子，唐宗成看到的是庄稼，种子和种子大同小异，可种子长出的庄稼却各不相同，有的种子还根本就不发芽。这么说来，而今的朱家文，确实已经跟她陌生。联想到他昨晚一直关机，再联想到他宁愿让唐宗成去陪他、送他，便越发感觉到自己和朱家文之间的距离……此时此刻，朱家文早在日本的土地上了，更没法联系上他了。唐宗成去接她之前，她还拨过那个号，十五分钟内拨了三次，每次都无法接通。她真正的失去了那个人。并不伤心——有什么好伤心的呢？——只是有些空。她好像能听见自己心里空空的声响。正在这时候，唐宗成说，林娅，你以后有了什么事，直接给我说，你就把我当成你的亲人。林娅嗯了一声，说谢谢唐老师。叫我唐哥吧，朱家文叫我唐哥，你跟他是同学，当然也该叫唐哥。两者本无等号可划，但这就是唐宗成的逻辑。林娅想试着叫一声，却叫不出口。唐宗成期待地望着她。越是这样，越叫不出口。今天不叫也行，唐宗成宽厚地说，下次见面，还叫唐老师，我就不依了；你不必那么拘泥的，你就把我当成……你的事情，朱家文都给我讲过。

林娅的骨节一紧。

我的事情，朱家文能知道多少？

大学里按部就班的生活，自然是不必去说的，也没什么可说，唯一可拿出来说的“事情”，只有她那一年零二十五天的恋爱史了。

男方也是他们同学，是班上的团支部书记，很精明强干的一个人，老家跟她同一个方向，大二放暑假，他们一路坐火车回去，出发三个钟头，前面塌方，从下午五点，等到晚上十一点，车子又才启动。等的时光是那样漫长，漫长得能看见远近田野上的作物在慢慢成熟。跟着成熟起来的，是一种不可名状之物，发生在心里，她的心里，还有他的心里。只有身体能帮忙。他把衬衣从背后撩起来，盖住两人的头脸，吻她。从那以后，直到他次日清晨下车（她还有五小时车程），他的衬衣都没放下去过。她的嘴唇麻木了好几天，她妈说肿了，她自己倒没觉得肿，也看不出肿，就是麻木。人对人的私欲，有千差万别的唤醒方式，唤醒她的方式是嘴唇麻木，或像她妈说的，嘴唇发肿。一个假期像有百年，她想去看他，可父母不让她离开他们的视线，她脱不了身。他几乎以同样的理由，也没来看她，为此她有些怨，觉得男孩子不该被父母管成那样，何况你在学校是那么精明强干的一个人。但他给她打电话时，她能呼吸到他的呼吸，滚烫而甘甜。她知道他想她。天有千重，离恨天最高，病有万种，相思病最苦，单是电话上说，说得再多，也解不了那苦。好在终有见面的时候。她从没像这次一样，要那么急切地奔赴学校。此后的一年零二十五天，他们相互拥有。他是哪一刻推开了她，跟一个低年级女生好上的，她浑然不觉，直到被推开成为事实。世间许多东西都这样，成为事实之前，早已经发生。——她却浑然不觉。

朱家文只可能知道这么多（其实不可能知道这么多），就算再多一点，无非是她失恋过后，至今没找男朋友。对别的，比如那瓶硫酸，他不可能知道。

除了林娅自己，任何人都不可能知道。

那瓶硫酸像个老练的、意志坚韧的杀手，许多天不吃不喝，悄无声息地躲在林娅的书包里。有无数个傍晚，她背着书包在校园里游荡，看见他搂着那个女生，坐在树林、草坪、半月湖畔或足球场的看台上。那女生瘦瘦小小的，仔细一看却又很结实，不像她，有一米七二的个子，纤细，柔韧，还有一张漂亮的脸。那女生不漂亮，可是他爱她。他搂住那女生的姿势，跟最爱她时搂住她的姿势，一模一样。书包里的硫酸对她无比忠诚，她走到哪里，它就跟到哪里，当她隐在某个暗角，手心冒汗地盯住远处分不出彼此的剪影，它就眼巴巴地、无限悲怜地望着她，且张嘴对她说话，它说：你这么辛苦，有意思吗？好歹你给我个准信儿，究竟要把我泼向谁？泼向那女生么？她分明没你漂亮，但他照样爱她，就算你毁了她的容，又有何意义？你毁了她，他会觉得她受到的伤害都是由他造成的，并因此生出负罪感，本来可能是一场短命爱情，由于这场事故，倒促成他对她不离不弃……你的眼睛亮了一下，我看见了，你是在想：如果他并不爱她，只是出于道义跟她不离不弃，你也就心满意足了。你是这样想的吗？那么我告诉你，爱是什么？爱不就是不离不弃吗？你当真能把形式和内容分开吗？世间感天动地的爱情，从来就不是电光石火，电光石火只能烧成野火，猛烈一阵，留下狼藉的灰烬，真正的爱情却像天地万物，酸甜苦辣都具备，都品尝，都承受，自然、沉稳而缓慢，执手走过春夏秋冬。所以我说，你泼她，只能给你帮倒忙。那么，你是要泼向他吗？——硫酸咕嘟嘟冒几个气泡，冷笑几声，再进一步劝她：别折磨自己了，我知道你恨他，你恨他胜过恨她，但你谁也不想泼；跟“不想”比，你更不愿，不愿不是舍不得，而是，你早就眷恋了让自己成为命运的牺牲品。就拿读书来说，你根本就不想读这所大学，可因为你父母的同学袁××读了这学校，你父母便也希望你读，你父母只是希望，你却做得更绝，填报志愿时，只填了这所学校。你愿意把自己剁碎，往神龛上供，这样你才能感觉到自己的存在。你看见他搂抱她，亲吻她，抚摸她，比他抱你吻你抚摸你时，你得到了更深的快乐！

她哭了。

那东西太无情了，它揭穿她，不给她留余地。

但她也从中受到启发：如果我泼了我自己，他会不会产生负罪感，并因此回心转意，对我不离不弃？

那天晚饭过后（晚饭是别人的，她并没有吃，吃不下；她连午饭也没有吃），她例外地没背着书包立即出门，而是等室友都离开之后——她们的去处多得很，教室、舞场、商场、溜冰场、兴趣小组、图书馆、电影院，当然，也包括去跟心爱的男友约会——她把门闭了，从枕头底下拿出日记本，放在傍窗的书桌上。那是几个室友的公用书桌，其实很少人去坐，大家晚上回来，都忙着洗漱，洗漱完毕直接往床上钻。女大学生的好多事情，包括睡觉，做梦，胡思乱想和完成作业，都是在床上完成的。书桌上常常空着，突然放了一个十六开的黑皮本子，定会引起注意。林娅就是要引起她们的注意。当她把自己弄得面目全非，住进医院，别人就会到那个本子上寻找线索。上面将近百页，密密麻麻，都记录着她的痛苦。由他带给她的痛苦。她之所以不记在电脑上，而是选择古老的方式，用钢笔吸了蓝墨水，记在本子上，就是要自己随时都能触摸到那些痛苦。她生动地想象着他知道这一切后，如何怀着刻骨铭心的愧疚，捧着鲜花，去医院看她，白天黑夜、寸步不离地照顾她……

这想象让她激动得战栗。她就在激动的战栗中，背着书包出了门。

结果，她最终没把硫酸泼向自己，而是泼向了别处。

万幸的是，那天她比室友们都早回宿舍，将日记本收了起来。

那瓶硫酸泼向了谁，她不愿去想。反正没人知道，她就当自己也不知道。这种选择性遗忘，帮助她获得了一种抗拒心。对记忆的抗拒。还有对日常生活的抗拒。尽管抗拒得是那样柔弱，许多时候简直等同于半推半就，但毕竟有了。半推半就多数是就的效果，偶尔也会有推的效果。推的方式方法很多，撒谎是其中之一。她似乎从来就没把一个谎撒圆过，也没把一个谎撒得轻松过，但谎言总会起到些作用，比如，毕业过后，父母催她南下，叫她去找袁××，让袁在政府部门帮忙谋个职业，袁定会帮忙的，他们的亲缘关系，可谓盘根错节：彼此是老乡，她父母跟袁是同学，她跟袁是校友。但她没去。她南下了，却是到了成都，而不是袁所在的沿海某省。她对父母说，袁不理她。反正袁在老家早没什么亲人，至少十五年没回去过了，看来不会回去了，父母得不到印证。她猜想得出，父母听见这话，对袁会发出多少恶毒的诅咒。袁是无辜的。哼，没想到袁那么高的职位，也会跟她一样无辜。

到成都几天，完全是一次偶然，她在杜甫草堂旁边的浣花溪公园，碰到了朱家文。朱家文比她先到十来天，跟她一样，还没找到工作，可听朱家文那口气，仿佛天底下有一个成都，就是为了他，他说他之所以来成都谋事，是看重成都的闲适，他特别敬仰日本千叶大学的一个法学教授，想去读他的研究生，要边工作边备考，没有“闲适”的心境是不行的。

经过两年多不到三年的努力，朱家文如愿以偿了。

他走了，把成都扔给她。

同时扔给她一个她并不想交往的唐宗成，且把她的“事情”讲给唐宗成听。

他不该这样。

唐宗成倒没有因为知道她的“事情”，就对她另眼相看，或抱以同情，更没把朱家文告诉他的，讲出来让她去伪存真。她为此心生感激。她明白，人们总是把第一次听到的，当成标准和真实，就如好些动物，把睁眼见到的第一个形象，当成自己的形象，哪怕这形象只是饲养员的一只手；所以，如果有人在你本人陈说之前，从别处听到了你的某些故事乃至隐私，你千万不要辩解，辩解只会越抹越黑。何况她跟“他”之间，是她一个人的秘密——她始终不愿透露“他”的名字，也因为那是她的秘密——别人怎么说是别人的事，只要她自己不言声，那秘密就还属于她。为了让秘密永远只属于她一个人，她把日记本也烧掉了。

然而，令人沮丧的是，世间或许根本就没有什么秘密，人们自以为是秘密的秘密，其实跟他人的秘密大同小异，甚至惊人的相似。不过谁知道呢？……

六月中旬，确切地说六月十六日这天，是星期五，林娅下午有两堂课，要上到四点一刻，唐宗成提前十分钟开车到学校门口接她。自从二十五天前，林娅被他亲吻过后，他天天如此。今天已事先约好，接到林娅，直接去青城山，在那里过周末。青城山差不多是成都人的后花园，许多富家在那里租房子，一租数年甚至数十年。市区之外超过十公里的古迹和景点，林娅都没去过，一是没心情，二是惜钱。平日里，女孩子的很多开销，她是省掉的，她穿廉价的衣服，不戴首饰，用最普通的润肤霜，能走路去的就不坐车，能坐公交和地铁去的就不坐出租车。毕业不久的学生，孤身在外，大多节俭，但相对而言，林娅要更节俭些。钱是最安全的城墙，越是孱弱的城民越要它的保护，没有这堵墙，或墙薄如纸，都不能对外界设防，而林娅最需要的就是设防。上下班的途中，她会遇到一些旅游公司的员工发放地图，她拿回房间，闲时翻翻，看到成都周边的景点，都是天下知名的，她来两三年，却没去过。有时候她觉得，自己这一辈子恐怕也去不成的。

没想到说去就去，且是男朋友开车去，去了，还住在男朋友尚有十五年租期的房子里。十五年，差不多就不是租房，而是家。

唐宗成吻过她，唐宗成就是她男朋友了，她就是这样看的。她不让男朋友之外的人吻她。如果……如果朱家文离开的前夜不关机，也没有唐宗成去陪他，她独自找去，会不会让朱家文吻她？没发生的事，不能假设。偶尔，心里泛起这种假设，她会很愤怒，并强迫自己转移心思，确认现实。现实是：唐宗成才是她男朋友，因为唐宗成吻了她，也因此，只有唐宗成才可以吻她。唐宗成覆盖了“他”，也覆盖了她的噩梦和失眠。在噩梦连连的时候，她从不去梳理究竟做过些什么梦，现在不做了，才有勇气去想一想。大多与飞翔和追捕有关。她被追捕。她永远都在逃离。她把双臂当成翅膀，穿林打叶地在青色的天空和幽暗的大地间滑行。有时飞不起来，便朝山下狂奔——永远都是下山，没有一次上山，而下山竟比上山还难，不是路太险，就是牛马挡道，牛马拦住她，嬉皮笑脸地对她说些荒唐的话，她不敢回一言；好不容易跑到山下，却又被黏稠的绿蛇包围，蛇有大有小，大如巨蟒，小如蚂蟥，她身上凡有孔的地方，蛇都钻进去，她擤擤鼻子，就能擤出四五根……是唐宗成帮她赶走了那座阴郁的大山，也赶走了恬不知耻的牛马和蛇。每天晚上，唐宗成都带她出去，轧马路，看电影，吃喝，购物，泡茶馆和咖啡厅，每次从外面回来，她都能睡个好觉。她心里埋伏着一段陈年往事，往事已经腐朽，霉菌丛生，还可能爬满蛆虫。唐宗成是在帮她清理。

这天，她把一应洗漱用具和换洗衣服，都装进背包背到学校去的。坐上唐宗成的车，掉头右转，上了二点五环，不足千米，二点五环便出了头，再向左转，径直朝西开，就能出城，直奔目的地。然而，刚刚开出二点五环，林娅突然觉得腹内空得难受，心里慌，脑子乱。从没出现过这种事。是饿的吗？可她中午是吃过饭的，学校提供一顿免费午餐。唐宗成说，是低血糖吧。他左手把方向盘，右手在置物袋里掏摸，掏出两颗巧克力，递给她。她接过，剥开了塞进嘴里，却立即又吐出来。巧克力连心理上的安慰也不能给她，还起到相反的作用。她没有过挨饿的经历，但肚子已开始痛，胃壁磨着胃壁，生痛，痛得嘴里冒酸水，这不是饿还是啥呢？她说，不行！唐宗成这才看见，她额头上冒出了黄豆样的汗珠，顿时吓了一跳。她明显病了。唐宗成把车拐进右边一条街道，在那里掉过头，倒转来往医院开。东方培训学校旁边，就有家医院。可林娅说，我不要去医院，我要吃饭。唐宗成好生奇怪，连续多日，晚饭他们是一起吃的，昨晚先去春熙路吃了王家水饺，十点钟左右往回走，途中又吃了玉林串串香，林娅吃得都不少，就算今天没吃早饭，连午饭也没吃，也不至于饿成这样。唐宗成将信将疑的，加大油门往回开，反正培训学校对面的金沙路，就是饮食一条街，去医院或去饭店，是一搭两便的事。见唐宗成没言声，林娅就以为是去饭店，冷汗不冒了，肚子也不那么痛了。路过医院时，唐宗成有意放慢了速度，看林娅的反应。她的反应是叫他赶快开到对面去。唐宗成只好照办。当车驶过斑马线，进入金沙路，林娅的肚子彻底不痛了，神态极是安详。唐宗成古怪地看她一眼，笑着说：未必你是饿死鬼投胎？

尽管在笑，心里其实是挺遗憾的。他们已说好，今天去都江堰吃晚饭，吃了晚饭再去青城山。坐在都江堰宝瓶口旁边，看水，吹风，吃店家炒的老腊肉，可称人生一醉。今天天气这么好，开一个多小时车到那地方，正是日垂江水、霞照万家的时候，宝瓶口的水又非别处，蓝，蓝得晶莹，蓝得弥漫，蓝得不像水，它腾跃翻滚，飞珠溅玉，那腾跃的吼声，还有水与水碰撞时激起的湿风，都是蓝色的。晚霞的红没有破坏它的蓝，而是让它蓝得更深，更透。在这样的地方吃饭，无论吃啥，都是天地间的至珍美味。

不过没什么，今天明天后天，有三天呢，今天不能去，明天还可以去。从青城山租房外面三十米的马路出发，迤迤逦逦开到宝瓶口，再慢，也花不了半点钟。即便明天不方便去，后天去那里吃了晚饭再回来，也完全行。要不是他下周一打早就要去深圳出差，周一清早回来都来得及的。——唐宗成这样想着，把车停在了金沙路198号，进了黄龙场酒楼。

这家酒楼面积宽广，年初才全面装修过，将若干单元打通，使底楼和二楼的大厅，均可安放近五十张餐桌。这是为了操办筵席的需要。现在的筵席除了传统的婚丧嫁娶，还有数十上百种，商家随便弄出个概念，就能鼓捣出一串筵席，比如来一句“我们重新出发”，就有了离婚筵；再来一句“生命又开花”，就有了病愈筵。人们为概念而活，也为概念发疯。唐宗成选这里，倒没有什么特别的想法，只是因为认识林娅之前，他来这里吃过。这里的香酥鸭做得特别好吃。更重要的是服务生态度好，周到细致且不论，关键是能预知客人的需要，端茶递水，添酒上菜，无需吩咐，就能想在前面，做得熨帖，着实能让人产生帝王的感觉。

时间这么早，楼上楼下清净得颓废、没落，这让林娅喜欢。但楼下到底不如楼上清净。声音是朝上跑的，楼上本应该更嘈杂，但只要不站到窗边去，楼上人就看不见马路上的景象，看不见，喧闹声也会跟着减弱。声音不止耳朵能听见，眼睛还能看见。

林娅挽住唐宗成的胳膊，朝楼上走。

楼梯虽是深褐色，但明显很新，为什么会发出那么古旧的声响？

林娅当真感觉这响声旧得蛛丝网结，仿佛还荡起干粉似的木屑，扑脸。

当她由这声音想起电影《怪房客》，禁不住把唐宗成挽得紧了些。可越挽得紧，越是听到了那声音的内部。每种声音都有自己的内部，这内部就是它为什么会发出来。她听到了，只是还没意识到。世界宽广无垠，每个人一生中走过的路，却又逼仄如刃，在这逼仄的路上遭遇的一切，都是你本来拥有的，出现得越突然，证明你拥有得越深。在电脑上随便一敲，就敲出一个“怪”字，蹦出的第一部电影，就是《怪房客》，这就像藏在她骨头缝里任何人（包括她自己）都不知道的生命密码，倏然亮在她的面前。人人都是暂居世间的房客，那密码显示，她与西蒙·周和塔尔科夫斯基为邻，抑或，她就是西蒙·周，就是塔尔科夫斯基。但她没有意识到。——她更没意识到的是，自己突然那么饿，是要延长去青城山的里程。

之所以延长，是因为抗拒，也因为恐惧。

唐宗成第一次吻她，是在郊外。那是一个星期天，上午，两人去了东郊著名的花卉之乡，或许是有些微雨的缘故，游人稀疏，四顾苍茫花海，林娅觉得，花海跟天空一样辽阔，在这样的背景里，自己是那样渺小，小得随时可能消失。正这时，唐宗成抓住了她的手。以前他也抓过，但林娅都以似不经意的动作，把手抽了回来，今天她没有，她怕没有那只手，自己真的会在眨眼间变得无形无迹。走到花海之中独独的、约有半亩大小的玉米林里（这玉米林不像庄稼，更像景点），唐宗成站下来，捧住她的脸，吻了她。并没强迫，只不过是她被他带动，就像风带动玉米叶，轻轻拂过她的面颊，有一丝凉意，也有一丝割裂的痛楚。吃过晚饭回来，进了市区，唐宗成要她去他的住处。参观一下我的家吧，他说。她低头数自己的手指，说淋了点雨，头不舒服，想早些回去睡觉。以后再去吧，她说。她本来还想说：以后有的是时间。但她没把这话说出口。唐宗成没回她的话，一路沉默着，路灯和前方的车灯，扑簌簌地打着他的脸，使他的沉默跟随他的脸时明时暗。把她送回清溪西路，他就回去了。

从那以后，唐宗成没再叫过她去他的家。可她一直悬心吊胆，总想着要是再叫她去，她该怎么办呢？好在他没有。——然而，去了青城山，进了唐宗成的租房，就不止是“参观”他的家，还天然地要跟他住到一起；既然是租房，而且近七年来，唐宗成都是一个人，他五年前租下的房子，不可能租得很大，多半就只有一张床……

林娅没意识到这些，她的胃却最先察觉。

进入黄龙场酒楼，在傍墙的位置坐下后，唐宗成立即点菜。

林娅都饿成那样了，当然要多点一些。

没别的客人，菜上得很快。唐宗成把一只鸭腿拈给林娅，林娅撕下一块，嚼着，还没咽下肚，她就已经不饿了。谁也没言声，服务生便送上来一个空碟，放在林娅面前。唐宗成细心地从六个菜品里，选出最好的，夹到那碟子里去。她吃一点，他夹一点。他强势，却也温柔体贴。他比“他”温柔多了，体贴多了。这让林娅对他心生愧疚。她觉得自己也是一只动物，睁眼看到的第一个形象，是“他”，她就把“他”当成了自己的形象。“他”是她的影像，是唯一被她认同的影像。动物在长大后的很长一个时期，只有看到第一个形象时，才会产生爱的愿望和能力，包括性爱的愿望和能力。她也是，而且至今没有度过那个时期。

这对唐宗成是不公平的。

去花卉之乡那天，她拒绝去他家，当时他有些不高兴，后来却告诉她，说现在像你这样的女子，太难得了，难得的才珍贵。说这话的时候，他喝了很多酒，明显有些醉，话比平时还多，而且很放肆。他说林娅，我是真心爱你，见到你的头一眼就爱上了你，尽管爱这个词太过奢侈，我也不打算回避。是因为你年轻漂亮吗？因为我“中年心事浓如酒”吗？是，又不全是。老实说，我爱人去世后的七年里，我结识过好几个跟你一样年轻和比你更加年轻的女子，其中两个还是在校大学生，自然也都是漂亮的，但我说不上爱。对你，却是见头一眼就爱上了，朱家文托付我之前，我早就自己托付自己了。这就叫一见钟情吧。那天你没少说话，也没少喝酒，你让自己显得很活泼，很能够应付场面的样子，而这恰恰暴露了你，你的一举一动，仅仅是为了不使自己被孤立。这瞒不过我的眼睛。你跟我结识过的所有女人都不一样，那些女人不仅能够应付场面，还要成为场面上的话题和主宰，把腥气四溢的暧昧，毫不吝啬地施舍给瞄准了的男人。她们玩这一套，驾轻就熟。你跟她们不同，你小心翼翼地、满腹忧郁地护持着自身的贞静。我知道，埋在你那白皮肤底下的忧郁，如埋在城市的地下管道，一旦走进去，连最精明的人也会迷路，我……我也可能迷路，但是我喜欢……

这一段酒话，不知道为什么让林娅格外感动。

她正想自己该说些什么，唐宗成突然抓住了她的手：林娅，希望你能嫁给我。

泥塑般静默了好一阵，她把手抽开了。

她没马上答应，是想到了他的年龄。他跟她父母亲同年生，比父亲大七十三天，比母亲大七十一天，这简直要命。她以前听说，有女孩跟了比自己父母还年长的“大叔”，彼此见面，称呼成了问题，于是也顾不得人伦，有些女孩的父母，竟把女儿的男友或丈夫，叫哥，她觉得，这种称呼很无耻。以前是听故事，从没想过那些山隔水阻没有温度的故事，会让自己来演绎。好在她不是当小三，他妻子七年前就已病逝，儿子在他妈妈去世后，跟着爷爷奶奶住，现在已去英国念书，她要是真想嫁给他，并无阻碍。

她想吗？她承认，想。某些时刻，还很想。一旦成为他的女人，她就不再孤单，不再害怕丢了工作而起早贪黑地奔波，不再住清溪西路那破旧杂乱的租房，不再受穷。唐宗成有的是钱，他在成都一家很有名望的公司做策划总监和公关经理，还占了公司百分之三十的股份。父母嫉恨袁××，但其实，骨子里并没奢望她去跟袁比什么，父母是小人物，对自己和女儿，都没有僭越之心，他们只是要她去巴结袁。巴结无非是想获取，权和钱，是最普遍的标准，也是父母的标准，有权，当然好，没有权有钱，也好。成为唐宗成的女人，可以轻易达成父母的愿望。何况唐宗成并不显老，他身体挺拔，面部光滑，头发也没怎么白，不像父母，整张脸往下垮，头发也从门里白到了门外。成为唐宗成的女人，她和父母都会满意。

然而，每当这样憧憬着的时候，她就听见自己心里汪汪的叫声。

她被这叫声追逐，奔走在树林、草坪、半月湖畔、足球场的看台……他们在某个角落里，依偎而坐，或者，那个低年级女生坐在“他”的腿上，他亲吻她，抚摸她，对她说些没法注音却意义非凡的胡言乱语。唐宗成覆盖了她的噩梦和失眠，却无法覆盖那无数个黄昏。那些黄昏像一块一块的生铁，她的心是火炉，日夜熔炼。有时候——她跟朱家文一起喝茶的时候，和唐宗成漫步街头的时候……她都以为炉火已经熄灭，可事实上，它从来就没熄灭过，她用心火，把铁炼成钢，再把钢炼成寒光闪闪的匕首。匕首不是刺向她认定的目标，而是刺向她自己。她的心成了她自己的叛徒。就像很长时间躲在书包里，跟随她在校园里流浪的那瓶硫酸，最终也成了她的叛徒。那真是不堪回首的一幕。不去回首也罢。

她还爱“他”吗？她无法回答。毕业过后，除了朱家文，她没跟任何同学联系过，再不知他的消息。跟朱家文喝茶时，谈起大学时光，她自然不会提到他，朱家文也老是避开他，像他们根本就没有“他”这个同学。她觉得朱家文肯定跟同学们联系过，包括跟“他”也联系过，但朱家文就是不说。她其实很想朱家文说说，说说“他”的现在。她认真想过的，“他”正恋爱着，或者已经结婚，她都无所谓，只要不是跟那个低年级女生！

每个人的包里，或许都带着一瓶随时准备泼出去的硫酸。那个瘦瘦小小却长得很结实的低年级女生，本身就是一瓶硫酸，追着她泼，从北国校园，直追到西南之都。她一直躲着。以前，她不关心躲过去的硫酸泼向了哪里，现在有唐宗成站在身后，会不会她头一偏，唐宗成刚好接住？唐宗成比她高两厘米左右，如果那硫酸照她脸上泼来，她躲过去，差不多也就是泼在唐宗成脸上了。这对唐宗成是不公平的。

坐在黄龙场酒楼的餐桌上，吃着唐宗成夹给她的菜，愧疚像根虫子，直往她心里扎。

尽管吃第一口就不饿了，她却只管朝嘴里送，且做出吃得很香的样子。

她决定，吃完饭就去青城山。

如果唐宗成再向她求婚，她就答应他。

如果那里只有一张床，她就跟他睡一张床……

又上来三位客人，两男一女。林娅没想到，这么早来吃饭的，不止他们。

位置太多，选起来反而费思量，三个人站在楼道口，好奇地张望着。不知是人大多从众，还是林娅选的这方位实在好，他们竟跟着前去迎接的服务生，也朝这边走来，坐了24号桌，与林娅二人相邻。坐下来就大声说话。很容易就听出来了，两个男的是大学同学，女的是其中一人的妻子。女的点菜、布菜、掺酒，说话的都是男的。他们毕业已二十五年，毕业后第一次见面，兴奋里夹杂着大块生涩，于是说天气，说家庭。男人间说这些，无非三言两语，说完便陷入沉默。而这时候沉默是不相宜的。两人一个穿着黑衬衫，一个穿着白衬衫，白衬衫终于浅笑两声，说，晃眼就翻过山去，走下坡路了，你的头发白了，我的头发掉了。就这一句，使两人明白，他们都从对方身上看见了自己，逃也逃不过。黑衬衫说，是啊是啊，好在我们都活着。白衬衫虽然感叹着岁月，却并没觉出岁月的嶙峋，更没打算对人生悲观和妥协，开始说到他女儿在香港中文大学读书时，透露他去年办了家公司，往医院销售什么器材，为的是给女儿多挣钱，让她本科毕业后去国外读研，他的生命已发生转移，转移到女儿身上，那正是旁若无人尽情开放的生命，因此“活着”之类的话，他是不乐意听的。黑衬衫看出他不乐意听，便不急不缓地问他：你听说过雷列的事么？白衬衫说听说过。口气淡淡的，表明雷列是雷列，他是他。但他还是跟了一句：简直想不到雷列会变成那样的人。

于是两人开始回忆雷列。

雷列是他们的另一个同学，十八年前死了。

累死的。累死在岗位上。正因此，才让两人惊讶。死不让他们惊讶，累死也不让他们惊讶，累死在岗位上才让他们惊讶。雷列应该累死在酒桌上、麻将桌上，不应该累死在岗位上。念大学时，他上课的时候，远远少于喝酒和搓麻将的时候，考试之前，把同学的笔记本借过来翻翻，过关了事。毕业后，分回老家的县里，县里看了他的档案，就像看了他幽闭起来的灵魂（每个人的档案都是幽闭起来的、永远掌握在别人手里的灵魂），觉得此人虽毕业于综合性名牌大学，但不配干别的，只配教书，就把他踢到教育局，教育局看了他的档案，觉得此人不配在县城教书，只配去乡下，就把他分到一个名叫清溪乡的中心校。他去中心校报到那天，正碰上校领导犯愁，他们愁的是，鹞子山小学的孙老师老得教不动了，派谁去接替呢？鹞子山是全县最偏远蛮荒的大山，土地稀薄，蕨类丛生，乱石累累，岩鹰高翔，村小在一座破庙里，离得最近的学生，也有三里地，大多数在十里以上，且崎岖难行。雷列听说，告诉校长，他愿去鹞子山。这不是开玩笑吗？那里历来都只有民办教师，从没有过公办教师，像孙老师在那里教了几十年书，由满头青丝到白发苍苍，由身强力壮到灯枯油尽，也依然是个民办，公办教师打死也不愿去的，何况你是个本科大学生，还是名牌大学生，就算你读书时成绩不好，表现也差，毕竟牌子在那里。但雷列态度坚决。这其实是校方求之不得的事。雷列去了，才知全校仅一个教师，从一年级教到毕业班，开学的前一天，勾腰驼背的孙教师和他交割完毕（如同《水浒传》里的老军管，在大军草料场和林冲交割完毕），在落日余晖里走向山的那一边，破庙里就只剩雷列孤零零的一个活物，没有电灯，他索性连油灯也熄了，出来看月照千山。次日开学，全校师生共六十二名。他在那里教了九年书，学生从没超过七十名。他就为这些人累死了。教书累，接送更累。春秋二季没什么，夏季山洪如野牛嘶吼，冬日冰雪压弯路途，在这样的时节，天蒙蒙亮，他必定出发，去接年龄最小路段最险的学生，放学后再送回去。许多路段都是他背着孩子走。开始还有家长帮忙，后来，稍有劳力的家长都出门打工了，全靠他了。他从小读书，一直读到大学，没受过这样的苦，在山里待到刚满九年，便吐血而亡。他倒下去的时候，一个孩子还躺在他背上……

白衬衫和黑衬衫回忆着这个人，并不悲伤，只是感叹。是什么促成了雷列的脱胎换骨？说一万种原因，或许一万种都是，又都不是。人的改变，很可能没那么复杂，说变就变了，正像喝低度米酒，一直不觉得醉，便一直喝，结果突然就醉了。

感叹过了，黑衬衫又说，你知道黄汉兵的事么？

黄汉兵？白衬衫似乎在回忆，哦，就是那个牙齿有点暴，蓄小胡子，喜欢踢足球，更喜欢弹吉他的家伙吧？他绰号黄瓜，我们都叫他黄瓜，你说黄汉兵，完全像说一个陌生人。

黑衬衫叩着手指，沉吟着说：不知道他现在还喜不喜欢做那些事。

多半不会了吧，白衬衫说，到了这把年纪，踢足球肯定没那个体力了，弹吉他么，呵呵，谁还弹吉他呀？再不是那个诗情画意的年代了，也不是那个年龄了。比如当年，我们班上几乎全民皆诗人，现在谁还写诗？你不仅是我们班，还是全校写得最好的，岂止全校，在国内校园诗人中，说你小有名气你可能都要生气，应该说大有名声，各地报刊抢发你的作品，连书学费和生活费，也全靠你自己的稿费维持，从不要爹妈一分钱，可是，现在你还写吗？

黑衬衫讪笑着。笑声里含着苦涩和无奈，也含着放弃的轻松。

不要讲我，他说，我是问你，知道黄汉兵的事么？

我只听说他毕业后不服从分配，跟几个兄弟伙凑钱办了个养猪场，专门养野猪，头一年生意不错，那一年过了，就彻底不行了，垮了，把老本都赔了。后来的事我确实不知道。

他也死了，黑衬衫说，比雷列晚死了几年。跟雷列一样，他也死得很不平常。

嗯？

是被枪毙的。他跟几个人在云南抢劫，杀人。

白衬衫啊一声。

——啊！

不只杀人，还分尸。

白衬衫又啊了一声。

——啊！

连一直默默地为他们布菜倒酒的女人，也啊了一声。

桌上有杯盘响。

怎么会是这样……讲这件事的黑衬衫，小声咕哝着，像他自从听到这件事，就没日没夜的在想这件事。他咕哝了那声，不到一分钟，服务生便用半斤装的分酒器，给他们添了一壶酒来。枸杞泡酒，他们开始就喝的这个。黑衬衫很诧异，说，谁让你添酒了？服务生说，不要吗？谁要了？你要的吗？黑衬衫问白衬衫。白衬衫说，没有啊，今天你请客，你不要我敢要？说罢哈哈笑。黑衬衫又问女人要没要。女人是不可能要的，黑衬衫也知道，他只是印证一下。服务生还站在那里，黑衬衫冷冷地说，没人要酒，拿回去。服务生拎着酒壶走了。没走出五步，黑衬衫说：回来！既然拿来了，喝掉算了！服务生优雅地转过身，微笑着把酒壶放到黑衬衫面前，一举一动，不惊不诧，胸有成竹。事实上，黑衬衫分明是要酒的，他的心思提前被服务生看出来，他还没说出口，服务就跟上了。恰恰因为这个，让黑衬衫反感，生气。看来，并不是所有人都想当帝王，也不是所有人都觉得帝王的生活是好生活，帝王可以颐指气使，可以翻云覆雨，仿佛是最能表达和贯彻自由意志的人，但他们的心思被人猜，他们还没真正表达的时候，就被聪明人猜出来了，这其实是丧失了表达的权利；他们的身体和大脑，都属于公众，时间和地点也属于公众，墙里墙外都长满耳朵，脚底板下也踩着眼珠。这不仅不自由，还是镣铐加身的奴隶。很可能，帝王是世间最大的奴隶。

服务生要把酒往杯子里掺，黑衬衫制止了。

放下就是，我们长得有手，他对服务生说。

不知情者，会觉得他的气恼莫名其妙。

从这个角度讲，这家酒楼里的服务生，只会揣摩帝王的心思，揣摩不透百姓的心思。

把酒掺上，黑衬衫对女人说。

从他对女人说话的口气，听出女人是他的妻子。刚才说到黄汉兵杀人分尸，女人那么惊惧，以至于差点弄翻了杯盘，证明那件事情，他之前对妻子也没说过。

怎么会是这样呢……他再一次咕哝。

白衬衫似乎更加见多识广，啊那两声是要啊的，却并不太当回事。他夹了块鸭子放进嘴里，咯咯有声地嚼着，但这并没影响他说话。他说：黄汉兵不算什么，我六年前有个同事，喜欢上了一个二十出头的小妹子，要跟老婆离婚，老婆犟着不离，有一天，他把女儿送回老家读书，托她爷爷奶奶照管，他回来后，带着小妹子私奔了。女儿在老家待不下去，成天以泪洗面，给爸爸打电话，不通，给妈妈打，也不通，只有给外公外婆打，问妈妈为什么老是关机，后来还干脆停机了。外公外婆比她离他们生活的城市更远，也和她一样觉得奇怪，因为女儿有三个多月没打电话了，这在以往不可想象，最多过一个星期，她就会在电话上对父母嘘寒问暖、千叮万嘱。父母是乡下人，又上了年纪，觉得大城市神秘，几年前到女儿家住了几天，更觉得大城市神秘，车来车去、人来人往的那么稠密，却谁也不与谁相干似的，而且所有人都在忙，忙得停不下来，一天的时辰，以“上午”“下午”“晚上”就说完了，哪像村里，彼此知根知底，光阴那叫一个慢，慢得打狗棒撵不走，使牛棍也抽不走。老两口觉得，女儿在那么神秘的地方过日子，特别的不容易，她不打电话回去，定是有抽不开身的事，他们体谅女儿，也就没打过来。他们根本不知道外孙女去了爷爷奶奶家，现在听外孙女这么说，胸口不安生了，心突突地往上撞，怎么也放不进肚子里去，于是立即坐上火车，去找女儿。房门锁着。问物业，说他们也联系不上，去查过两次水表气表，都没能把门敲开，车也停在那里，几个月没开过。两个老人越发惊慌，报了案。警察赶来，启开门，进去转了几圈，除久无人居，并没发现异常。又过两月，邻居老闻到臭味儿，是臭不可闻的那种臭，但不闻不行，它有钢铁般的力道。死老鼠绝不可能臭得那么硬，那么蛮不讲理和滔滔不绝。邻居又报了案。警察再次进入那间房子。冰箱底下，一汪黄水，稠如固体。那就是臭味儿的根源。一个警察冲上前去，砰地将冰箱门剥开。里面塞得满满当当的。顶层正中，端放着一颗笑眯眯的人头，当然，那笑是黑色的，是残留下来的笑的影子；头发挽成髻，丝丝儿也没散乱。头旁边是两只手，一只手上戴着戒指。——那就是我同事的老婆，白衬衫说，各种迹象表明，是我同事杀了她，肢解过后，放进冰箱存放了将近半年。他住那小区是业主用购电卡自行购电，他走之前，买了好几百，以供他的冰箱，后来耗尽，电断了，尸块绷不住，终于兴兴头头地腐烂开了。去年清网行动，我那同事才被抓住，跟他小老婆一起，躲在广东佛山市的一个什么镇上，办养鸡场。

林娅很疲惫，从培训学校出来，穿过繁忙的同盛街，进了清溪西路。这已是三天后的星期一了。上午九点钟，也就是她刚刚开课的时候，唐宗成乘坐的飞往深圳的班机，准时起飞。

林娅本是住在医院里的，如果唐宗成不离开，她还会继续病下去，今天的课也上不了。

那天从黄龙场酒楼出来，她就头晕目眩。她的头和眼睛，很听她的使唤，她暗暗鼓动一声，头就晕了，目就眩了。唐宗成焦急地扶她下楼，迅速送她到对面的医院。排队候诊的时候，他心疼地埋怨：我开始就说来医院，你非说是饿。医生摸了林娅的脉搏，看了她的舌苔，烤了她的体温，听了她的胸音，量了她的血压，严肃地说：必须输液！她从没像今天这样对医生的乱弹琴充满感激。医院不大，严格说就是个门诊部，只二楼上有五间病房，每间房里安两架钢丝床，病房外是一个小小的厅，固定了几排天蓝色塑料椅，多数病人，就坐在椅上输液，边输边看悬在前方的电视，电视里不是选秀节目，就是相亲节目，看得乐呵呵的，两三个小时，很快就过去了。唐宗成把林娅往二楼上扶，上了三步楼梯，他又返回去，问医生：很严重吗？需要去大医院吗？医生说，那倒不必，但最好住在这里，便于我们观察。林娅站的位置，还能看见诊室里医生的脸，她发现，医生抬头看了她一眼，看得意味深长。医生和她，正确的说法是她和医生，达成了某种默契。来这里的病人，差不多是“走读生”，住院的很少，但这天却只有2号房空着一个床位，林娅便进去了。她躺下后，唐宗成又回一楼领药。虽是小医院，却一样的白，床单、被套、墙壁、天花板，白得晃眼，白得纯洁，纯洁得如同死亡。而每一条通向死亡的路，都充满混乱、芜杂以及显像的抑或隐秘的暴力，即便自杀，照样如此。肮脏的过程，纯洁的结局。

唐宗成上来了，汗水巴沙地，抱了供五天用的一大堆药瓶儿。护士把那些小药瓶敲碎，吸进针管，往大药瓶里灌。那些液体，将带着合法乃至高尚的使命，踏马进入林娅的体内。

从星期五下午，到星期一清早，唐宗成都守在医院里陪她，夜里，坐在床尾的木凳上，头伏在她脚头睡觉。她知道他在陪她，但她的心思全在那些液体上，它们找不到要杀灭的敌人，该是怎样的气急败坏；它们不懂得人类的敌人是可以想象出来的。不过谁知道呢，那些家伙很可能跟人一样，巴不得清闲，要么，也跟人一样，在战争期间，进入了某个村庄，鸡也要鸭也要，连针头线脑也扫荡一空，离开前再放一把火，把村子烧光。

我不会被它们扫荡死吧？

林娅这样担忧着，恐惧着，只恨时光过得太慢，唐宗成不能早日去深圳出差。

今天他终于走了。他不想走，但那笔生意很重要，非他出马不可。这成就着他作为男人的光荣。林娅内心欣赏这样的男人。当然，公司要他去还因为，妻子去世后，他到深圳干过两年，那边有他很多在生意场上很有影响力的朋友。他前脚出门，林娅就跑出了医院。值班护士看她一眼，并没过问她。跟黄龙场酒楼的服务生一样，也跟这里的病人一样，护士多多少少误解了她跟唐宗成的关系，对有这种关系的人，是不好多问的；再说要到八点过后，才会把输液针扎进她的血管，现在还不到七点钟。

林娅想好了，如果她提前出院被唐宗成知道，需要解释，也很好办，说不能误课就是了。唐宗成有钱，但从来没有不尊重她收入不高的工作，在他那里，工作就是工作本身，没有高低贵贱，只要提到工作这个词，他都满怀热情，说热情不够，是超越了热情的敬意；正因此，对黄龙场酒楼的服务生，他才特别满意……

周一这天上午，林娅只有一堂课，下午还有两堂，下午上完课出来，她感觉自己虽然没被那些液体扫荡死，也几乎扫荡一空了，穿过同盛街时，她老觉得别人撞到了她。

直到拐进清溪西路，脚步才稳当了些。

清溪西路是条老街，夹于同盛街和同德街这两条光鲜的大街之间，显得特别的落寞。数十年前，清溪西路也算成都一景，外来的人再忙，也会抽空来看看，成日里马挨马耳人挨肩的，而今是败了，相当于一条胡同了，那种繁花落尽的遗弃感，上了岁数的人体味尤深。街两边的铺子，全是抱得起来的小店，卖香烟、副食、面条、米粉、稀饭馒头之类，走进这条街，就走进了老照片，生活在这条街上的人，穿得再花哨，再时尚，也褪成黑白二色，举手投足，让人想起民国或是清朝。难怪有人把这条街叫鬼街。林娅的租房，在清溪西路 7 号，进入低矮斑驳的门廊，有个天井模样也像天井大小的坝子，坝子在暴日之下也总是湿漉漉的，歪七扭八地堆满了自行车，自行车一律破旧，完全像废品，很难想象它还能骑，但每天清早，它们都消失不见，到中午又回到原处，晚上回来得更齐整。林娅从右手边上楼。楼梯窄，楼道却宽，二楼一道回廊，更宽，在黑乎乎油腻腻的回廊上走，以为旁边是墙，可以尽情展露疲惫，放胆去想心事，或掏牙齿，抠鼻孔，钻耳朵，却猛不丁打开一扇门，亮出另一个世界：门里铺了木地板，有人背门而坐，在玩电脑游戏，音箱里传出的枪战声，炸耳。

林娅住在五楼，两室一厅的，跟人合租，一间有空调，一间没有，林娅住的是没空调的那间。另一间被一对小男女住了，他们先进来，租了整套房，林娅是从他们手里转租。小男女来自乡下，都不过十七八岁，在附近同一家饭店打工，男的做墩子，女的传菜洗碗，两人养着一条吉娃娃狗，每顿吃饭，女的都把狗抱在怀里，喂肉喂菜，每喂一口，她都先放进自己嘴里，把盐味儿辣味儿吮了，再放进狗嘴里，狗先是乖乖地、眼巴巴地望着她，一旦接到食物，就摇头摆尾地吃，在她怀里纵跳，撞击着她像是还没发育完全的乳房。今天早上，林娅从医院回来时，见客厅灯火通明，吓了一跳，因为他们平时不起这么早的，饭店开工晚，收工迟。结果是狗在生孩子。本在客厅生，见她回来，小男女立马将狗抱进了自己屋子。是怕她惊扰了它。林娅跟他们的关系，处得不好不坏，偶尔还坐在一起说说话，他们年龄那么小，却像是混遍了人间，看透了世事，林娅只能成为倾听者，显得那么无知，无知到愚蠢，愚蠢到柔弱。两个没读过什么书，十四五岁就出门闯荡的农村娃，让林娅感到了自卑。她说不上喜欢他们，有时还觉得，他们那种冒充的老练以及肤浅的人世生活，显得可笑，甚至可厌，但彼此到底处得不好不坏。狗却与她势不两立，一起住了两年多，还是听到她就吠，见到她就咬。来了生客它也不咬，偏偏咬她。正因此，唐宗成几次说到她住处看看，她都没同意。她真的不是怕住处的破败和简陋让唐宗成小看或同情，再怎么少见识，她也没打算去跟唐宗成比钱多，比奢华，她唯一不想让唐宗成知道的，就是狗吠她，咬她。那是她自己也迈不过的峻岭峭壁。狗跟她的关系，影响到人跟她的关系，凡触犯了狗的利益，比如像今天早上，怕她惊扰狗生孩子，小男女都坚定地站在狗一边。他们抱着它跑进房间的动作，还有那脸色，还有进屋后“砰”的一声碰上的门，都让林娅难过。下午上完课回来，她本来已经忘记了那件事，但开门就听见那房间里传出嘤嘤的哭泣。是女的在哭。是狗难产死了吗？它个子那么小，无法想象那小肚子里还能装下孩子。可是又传出男的的声音，男的在抚慰狗，说不怕，我们的欢欢不怕，肯定是最后一只了，马上就完事了，你不要难过，前面两只都活着的，你别看老二不动，它是跟你一样，累了，想睡会儿。接着呵斥女的：别哭了，你都哭三个多钟头了！他们一整天都没去上班吗？狗生孩子这么难吗？林娅也为狗母亲感到悲壮。以为它肚子里装不下孩子，结果已经生了两个，还在生。完全没经意，林娅的眼里有了泪水，啪嗒一声，落在胸前的坤包上。她悄无声息地闭了大门，又悄无声息地进了自己的屋子。

包一扔，就躺倒在床上。

这时候，她已不再为狗母亲动情了。

她只想到了“不离不弃”这个词语。

但这个词语与隔壁的小男女无关。

也与狗无关。

也与唐宗成无关。

与谁都无关。

疲惫真是个好东西，疲惫可以让你抚触到一个“无关”的世界。这与大病初愈的感觉很相像，一切重新回来，但你再不像先前那样，把拥有的、想拥有的、以为拥有的、应该拥有的、可能拥有的，都紧紧地攥在手心，你五指叉开，让它们飞出自己，至少，跟自己保持着某种距离，你像个历经岁月的人，身体微微曲着，坐在那里，平心静气地观察它们，觉得浑身轻松，日子美好。丢掉控制心，原本是这样干净。只能用这个词了：干净。你的心里心外，透明得能互相看见，且再没有轰鸣，只剩安静，安静到唯有安静的声音，如霞光垂落，遍野花开。林娅就这样睡着了。进大门时流下的眼泪，还残存在脸上，眼泪本是一条一条的活物，在她的睡梦中，它们耗尽了生命，变成干枯的尸体。她醒来时，因窗帘紧闭，屋里一片漆黑，客厅和隔壁，也阒寂无声。她觉得脸上有些痒，伸手摸，摸到了那些尸体。

害怕，她承认，但并没开灯，也没拉开窗帘。窗帘一拉，另一幢楼就逼到眼前，那幢楼里，跟她斜对着的四楼上，住着一个从不闭窗帘的小伙子，将电脑桌放在傍阳台的地方，从下午一点到夜里两点半之前，随时望过去，随时都见他盯住电脑，像他没出过门，也没吃过饭。他的着装似乎只有两种：热天光着上身，冬天穿着浅灰色毛衣。黄昏过后，他习惯把客厅和阳台的灯全打开，造成有许多人正在屋里忙碌的错觉。他自己的错觉。其实，那套逼仄的居室里，就他一个人。他也寂寞吗？林娅有时候这样想。要是不，为什么开那么多灯？而且每盏灯瓦数很大，把屋子照得雪亮。可他神态安详，还对着电脑微笑，那放在键盘上的手，似有似无地敲打，那双手也能微笑。微笑是一种耳语，他有人听他耳语，他并不寂寞！寂寞只能用寂寞安慰，正如痛苦只能用痛苦安慰，林娅从他那里，得不到任何安慰。在林娅的生活中，他比不上一只司晨鸟，甚至比不上偶尔闯进屋来的一只跳跳虫。纱窗闭着，不知道跳跳虫是从哪里进来的，进来后左冲右突，却再也找不到出路，它黑色的身体和锯齿形的节肢，让林娅看见自己的灵魂：幽暗，瘦弱，惊慌。她不喜欢这样的灵魂。但正如有些时候我们不喜欢某个人，甚至恨某个人，却偏偏日里夜里地想着那个人；林娅就是这样，宁愿看跳跳虫（也就是自己瘦弱的灵魂），也不去看斜对面跟她年龄相仿的小伙子。如果不是出于好奇：他在电脑上干什么？为什么独自微笑？为什么每天夜里两点半过才睡？又靠什么维持生计？——如果不是对诸如此类的事好奇，她根本就不会去望他。

可是今天，眼下，此刻，她希望他解答她的所有问题。

但她照旧躺着，既没开灯，也没拉窗帘。

她需要这黑暗。

有时候，黑暗的光芒更加锐利。

某些东西是不能解释的，那种潜藏到深渊里的联系，任何人都解释不了。就说那天她要延长去青城山的路，还能给出理由，那三个人不早不晚在黄龙场酒楼出现，又该怎么说？巧合，是的，这算一种解释，却是最偷懒的解释，也是最无能的解释。她不愿如此轻率，总觉得，那三个人，特别是那两个男人，与她的命运有关。他们在那时候出现，跟他们坐邻桌，共谈论了三个旧相识，三个都死了，其中两个是杀人犯。杀人，分尸。最后一个杀的是妻子，把妻子的尸块存放进冰箱。林娅特别记住了一句话：顶层正中，端放着一颗笑眯眯的人头。为什么会是笑眯眯的呢？她相信，单从那女人的笑，刑侦员也可以推想出她的死法，最有可能的死法是：丈夫说，他不再爱那小妹子了，他回心转意了。丈夫说，桢桢——那天，白衬衫并没说出那女人的名字，可不知为什么，林娅觉得她就该叫这个名字——，我们重新开始吧。他们开始的地方，是在郊外一座山岗上，岗面平缓，稀疏地长着灌木，致密地长着茅草，秋天里，茅草半青半黄。这天，也就是他们重新开始的这天，丈夫开着车，到岗下停住，然后，两人手拉手，走向高处和深处，茅草掩没了他们，只把天露出来。天上也是秋天，深青，绝美，云在闲闲地游逛。丈夫说，像以前那样，你站在那位置去等我，我悄悄地上来，蒙住你的眼睛。桢桢笑眯眯的，转过身去，向前走了几步，站住了。连她的衣服也充满期待。衣服该是红色的吧，喜庆的颜色。可她等到的，是一片斧子。斧子冰凉地切入，从脖子中部，利落地削下她的脑袋。脑袋滚入草丛，还是笑眯眯的。这成了她面对世界的最后表情。她哭着来，笑着去，该有多么完美……问题是，那斧子是从车上带下来的，还是早就藏在草丛中？这并不重要。世上的好多问题，都不重要。丈夫就在草丛中碎了尸，让妻子的血流入无人知晓的山野，让不说话的土地喝掉。他为什么不可以做得更简单些，就近将尸体埋葬，而是费心劳神地剁块装袋，再运回家放进冰箱？这分明迟早是要被发现的。

林娅又想到了那个词语：不离不弃。据白衬衫说，女人的发髻纹丝不乱，按理，不可能不乱，难道是她死后丈夫给她梳过？如果他平时不经常给她做头发，就不会做得那么顺手，那么到位……不过这太荒唐了，太可怕了，比厌弃本身还可怕，比杀人本身也可怕。

林娅不愿深想，也懒得去关心这件事。

她真正关心的，还是那女人（或如她说的桢桢）的死法，以及她为什么笑。

仔细思索后，她觉得上面的推想是错误的，那女人就是在家里被杀的，且是被勒死的。尸体僵硬、血液变得只有血没有液过后，丈夫才用电锯把她卸成了小块。卸她的过程中，下面一定垫着东西，比如毯子，或者薄膜，后来把那东西扔到了下落不明的地方，否则，不可能既没留下干硬的血迹，也没留下皮毛碎屑。她死得很痛苦，很狰狞，脸上的笑，来自她死之后。季节一到，花就得开，天地间其实充满了强迫，而我们说那是自然，当花开过了，萎谢了，才呈现出真正的安定；那女人脸上的笑，就是谢后的安定……

他们开始的地方，是在山岗上，而我们——林娅想，却是在火车上。那是一个封闭的空间，那里人多得汗味儿也打挤，“他”不可能去那里把我杀掉；即使杀掉，也不可能分尸。

然而，和唐宗成呢？

是在人烟稀少的花卉之乡，在那片掩没了头顶只露出天空的玉米林里。

唐宗成又来电话了。加这一次，他今天共来了十三次电话。在林娅下午上课期间，来得最密集，七次，那时候她关机，是后来从他短信上知道的，每一次不通，他都以短信告知。看得出来，他一次比一次焦急，请她看到短信，立即给他回过去。从教学楼下来时，林娅翻阅了那些短信，正考虑着究竟要不要回，回的时候该怎么说，手机却又响了。当终于听到她的声音，他明显生气了，说，给你拨了无数次，为啥都关机？她撒谎，说手机没电。不是给了你个万能充电器吗？就放在你枕头边的。她说睡着了，忘了充。

她的不在意，形成一种力量，他被打击，口气软下来。鸵鸟蛋一旦敲破，里面就是一团稀。他开始亮出来的那层坚硬蛋壳，是觉得自己有对她生气的权力，现在发现没有。她又没答应他什么，她又不是他的什么。说到底，她至今还是她的同学他的朋友朱家文托付他照顾的一个小妹子，单身，远离故土，在成都无亲无戚。两人在玉米林里的接吻，只是他吻她，她并没吻他。接吻看上去是两个人的事，其实很多时候是一个人的事。不止接吻，做爱也一样。他当然记得他吻过的那张嘴，薄薄的，凉丝丝的，跟牙齿紧紧贴在一起，他明显感觉到，他吻它的时候，它没有长在她的身上，他吻的是那张嘴，不是她。他要让那张嘴长到她的身上去，充满个性、湿度与活力。而这不能急，到他这年纪，更知道不能急。所以他还处在扇着翅膀讨好的阶段，原不该生气。当林娅说“忘了充”，他在那边静默了片刻，然后轻咳了声，问她饭菜合不合胃口。他走的头天晚上，去黄龙场酒楼订了餐，都是上好的营养餐，让他们按时往医院送，人家没这个业务，他付了超过餐费十倍的服务费，才把事情搞定。他相信那家酒楼的服务态度，相信了，就相信到底。林娅并不知道他订了餐，服务生送早饭去的时候，她已经离开了，她只能胡乱应着，说可以……

第十三次电话打来时，林娅刚醒来，坐在黑暗里。这次，唐宗成说，他的生意谈得很顺利，比想象的顺利多了，如果继续这么顺利，他三四天就能回成都。又说，现在都十一点过了，我不再打电话，你好好休息，你叫护士接一下。林娅说，护士都不在啊。不在？那怎么行？林娅说是暂时不在，现在不在。那你记住啊，唐宗成说，等会儿你告诉她们，你睡觉爱打被子，麻烦她们经意一下，帮你盖盖，虽说不冷，到后半夜还是凉的，加上这季节，成都每天晚上下雨，气温降得厉害，你千万不能感冒，听见没有？林娅说听见了。成都现在下雨没有？林娅说没下，我挂了，你也早些休息。

挂了电话，林娅关了机。

她坐在床上，怔了好一会儿。

她努力去分辨唐宗成话里的意思，越分辨越觉得，他说出的每个字，是的，不是每句话，是每个字，都别有深意。他提到的生意、护士、天气，包括“你好好休息”这样的话，还有“晚上”“后半夜”“下雨”等等，都如同偈语，彼此勾连，暗藏杀机。林娅想起几年前听来的一个故事，这个故事是“他”告诉她的，说二十多年前，某地发生了连环奸杀案，至今也没侦破，那段时间，每次发生这样的案子，都在下雨天，当雨住天晴，警察局都会接到报案：又发现一具女性裸尸。“他”不知是主观臆想，还是在哪里看到了什么资料抑或类同八卦的演义小说，详尽描述凶手在雨天里的行径，说他在僻静处选择年轻漂亮的单身女子，利用雨声和雨雾的掩护，将女子拖入道旁林或就近的废墟里，脱光她的衣服，用她内裤蒙住她的头脸，再将她手脚拉向背后，用她的腰带、衣裙、丝袜等物，将她手脚系在一处，使之变成一张弓，他挎着这张弓，不多不少，走到五米外，实施奸淫和杀害。这是一个古怪的淫棍和杀手，他所做的那些繁琐手续，常人看来完全没有必要。但“他”说，每一种习惯的背后，都必然有一段特殊的经历，在别人看来古怪，但对那习惯的拥有者，却有着非凡的意义。正因此，世间最可怕的，不是暴力，而是习惯。要识别一个人，也是从那人的习惯开始。唐宗成的习惯是什么？林娅坐在那里想，跟唐宗成交往的每一个细节，都被她汤汤水水地拔拉出来。可她没发现有什么特别的。真说有一点特别，就是他很喜欢下雨天，他正是在雨天里带他去了地广人稀的花卉之乡，在雨天里吻了她。幸好那天是微雨，要是雨再大一点、雨声再响一点、雨雾再浓一点呢？僻静处、玉米林，所有条件都具备……进入仲春，直至仲夏，成都几乎夜夜下雨，这是被杜甫写坏的，杜甫写成都这时节的雨，说“随风潜入夜”，雨便心甘情愿地听从他的调遣，千年不变。唐宗成对成都的夜雨格外钟情，说成都真正的文化标致和精神象征，不是宽窄巷子，也不是某个建筑、某个景点、某个人，而是夜雨。幸好，雨都下在后半夜，那时候她已和唐宗成分手，回到了自己的租房。

太可怕了，真不敢往下想。

夜色汹涌，林娅感觉到，屋子里到处鬼影幢幢，屋子变成了林子，变成了废墟，那个淫棍和杀手，扛着女人做成的弓，在一步步走向远处或近处……

她再也承受不住，“哗啦”一声，窗帘奔跑到墙角，泼进一片亮光。

斜对面的小伙子，照旧开着大灯，坐在电脑前。林娅望过去，深深地吸了口气。小伙子面前的方便面碗，让她想起自己没吃晚饭。只要下楼，到处都能找到吃的，清溪西路上关得最早的饮食店，也要到零点过后。但她不想下楼，连房门也不想开。她拿不准狗是否生完了孩子，拿不准那对小男女正在干什么。她不想跟他们碰面，包括人和狗。可是尿憋不住了，胀得小肚子痛，像里面装的不是尿，是堆石子儿。卫生间只有一个，在出门的客厅左侧。她走到门边去，不给自己犹豫的时间，指拇一抠，拉开锁针。由于太急，还未来得及把门打开，锁针又从指弯滑落，插进锁眼去了；锁针像是睡了，不高兴被她闹醒，挣扎的响声喧阗刺耳。她站得笔直，静静地等待着，也不知等什么。至少过了三分钟，她又才开门。客厅和小男女的卧室里，都哑然无声。不可能这么早就睡了，多半是带着大狗小狗到宠物医院去了。她钻进厕所。蹲式，尿槽深而窄，在她自己听来，屙尿的声音如急流险滩，而且老也屙不完。

纯粹是跟她作对。

楼梯上有脚步声。尽管不是木楼梯，但因楼道宽，楼板薄，声音很有穿透力地传上来。

林娅迅速起身。

轰！

这声响吓得她两腿发酥。她并不记得自己拉过冲水器的麻绳，她认定是有人在替她拉。

接下来又听见脚步声，缓慢，沉实，深含阴谋。

她跑回自己房间，将门的两道锁都锁上，背顶着门喘气。

斜对面的小伙子和他屋里的大灯，让她渐趋平静。她挪动半步，弯腰摁了下床头的按钮。她的灯亮了，屋里却反而苍白，晦暗。她又关了。她需要别人的喂养，从别人那里传来的光，才能照亮她。这个“别人”，仅指一个人。可惜那小伙子不是“他”，“他”不像他那样安静，“他”是风风火火的一个人，像整个白天都在吮吸太阳的光芒，到黄昏和夜里，就把光芒凝成的晶体，用舌尖顶给她。当“他”把那晶体顶给别人，她就熄灭了……

脚步声响到大门外，停了。林娅觉得，自己的脸在变，变成了《怪房客》里西蒙·周的脸，或者塔尔科夫斯基的脸。其实西蒙的脸她没见过，影片开头，西蒙就已躺在医院里，整张脸被纱布缠住，只露出眼睛和嘴，眼里是死光，干了血迹的嘴，却丑陋地大张着，发出惨叫，惨叫声掀屋揭顶，把夜色撕开，叫声里血气汪洋，像席卷着他的舌头，也席卷着他的肠肝肚肺。那是拼了命的惨叫，绝命的惨叫。影片最后，塔尔科夫斯基也躺在医院里，也是类似的模样，发出类似的惨叫声。导演波兰斯基究竟想干什么？林娅仿佛陡然明白，西蒙和塔尔科夫斯基，都被导演坑了，他们都想活，想快乐地活，可导演不让他们活，他们就只能死，还死得那样难看。

每个人的生活中，都有这样一个坏了良心的导演。

今晚，轮到她林娅上场了？

幸好大门开得及时，进来的人身份暴露得及时。是那对小男女。但没有狗的声音。很可能把狗放在了宠物医院。几个钟头前，那女的还哭得伤心欲绝，现在却又笑开了，嘻嘻嘻的，开心得很。没有一种情感可靠。林娅徐徐地吐了口长气，头微微转向窗口。这时候，小伙子正端起方便面碗，喝里面的汤。这再次勾起林娅的食欲，增强她的饥饿感。

饥饿是最好的清醒剂。早就存在着的一个念头，浮雕般从脑海里升起：

星期五那天在黄龙场酒楼吃饭的三个人，特别是那两个男人，是老天爷专为她派来的。

是要告诉她一个秘密，是对她作天启。

如果说，“他”讲给她的故事对唐宗成还并不适合，那两个男人讲的，就完全不同了。

毫无疑问，唐宗成的话里，大半是谎言。他讲得最多的，除了工作就是他去世的妻子，每次谈到那个人，都说她的好，但每次说她的好，全是苍白的言辞，且面色痛苦；一看即知，那种痛苦不是怀念引起的，由怀念引起的痛苦，再痛也温柔，而他的不是，他的痛苦带着凌厉乃至戾气。那分明是被硌着了，被他提及的那个人伤到了，伤得很深……

林娅震彻了一下。她思绪的流水里，突然横过来一块巨石，水流掀腾，想从巨石上越过，终未成功，只能绕过去。绕过之后，她见到的人，却再不是唐宗成，而是她自己了。

那时候，她也是唐宗成的那副样子吧。想来只能是那样子。还能是什么样子呢？如果不是，她就不会买那瓶硫酸了。不堪回首的那一幕，是一条被她养起来的蛇，这条蛇以黑暗为食，以她的羞耻、惊恐和噩梦为食，长天老日地盘踞在她的心头，撩着信子，吐着毒液，毒液的腐蚀力，远远超过硫酸，使她的心变冷，变得千疮百孔。因此，所谓不堪回首，其实是逼你频频回首。此时此刻，她觉得自己再不把那条蛇吐出来，就要被它毒死了。她记得很清楚，那是个星期天，她没吃午饭，也没吃晚饭，校园广播响起《渔舟唱晚》的结束曲，天就暗下来，而路灯还没有亮，块状的青色让视线有着比日光下更锐利的清晰，她背着书包，走向青色的深处。她已打定主意，在这一天把硫酸泼向自己，让“他”怀着刻骨铭心的愧疚，捧着鲜花，去医院看她，白天黑夜、寸步不离地照顾她。但她要当着他的面泼，要让硫酸朝她脸上飞行的姿势，还有与她的脸接触的瞬间发出的响声，都成为他的噩梦。她为他做了那么多噩梦，她要把那些噩梦还给他。她这样打定主意之后，就去找他。最近一段时间，他和那个低年级女生，晚饭后几乎在固定的地方约会，找起来并不困难。从宿舍楼出来，走过阅报栏，折而向西，进入夹竹桃掩映的小路，再进入共青团林，共青团林有一个坡度，她站在高处，透过刺柏和万年青，能望见坡底下一棵棕榈树和树底下的两个人。往天她也总是站在那里，任随书包里的家伙抱怨她，嘲笑她，她也站着不动；她恨不得立即将它泼出去，却更期待他能转过头或者抬起头来，看见她，她认为只要看见她，他就会愧疚、后悔、痛苦……可他既不抬头，也不转头，他和那个低年级女生，就像他和她在火车上那样，虽没像火车上那样用衣服蒙住头脸，却基本上是闭着眼睛的，眼睛一闭，嘴唇就成为眼睛，那双眼睛只能看见对方。要是他们让嘴唇歇一歇，让眼睛睁开就好了。

这么一想，她改变了一些主意。

先别忙泼自己，先让他看见自己，观察一下他的反应再说。

既然他的眼睛不睁开，她就让它们睁开！

这个星期天比黄昏稍晚的时候，她只在林子的高处站了片刻，就踏着石梯，径直朝他们走去。她自以为脚步下得地动山摇，其实每一步都下得很轻，轻如竹叶雨。可那两个人还是注意到了，他转过头来，然后那女生也转过头来。他站起身，落落大方地朝她笑，向她问好。女生见是他熟人，也站起身，也朝她笑。她呢？她瞧不见自己的脸，但脸上的肌肉运动告诉她，她同样在笑。再然后，他微笑着朝她做了个再见的手势，走了。女生跟着他。走出不过十米远，两人并排而行，他很自然地伸出手，搂住了女生的腰。女生的腰跟她的脸一样不好看，相对于她瘦小的身材，腰太蛮了，可他的手很瓷实地放在上面。她——林娅，能感觉到那手在往自己的腰里生长，是的，不是那女生的腰，是她自己的腰。这种感觉让她迷醉，直到他们走过棕榈林，又走过前面那条石板铺就、花木拱顶的甬道，再也望不见了，她才清醒过来。清醒只是迷醉的另一种形式、另一种说法，就像画一个圆，起点和终点是同一个点。回敬他的笑，是为了保持自己最后的尊严，而此刻，却成了她最烈的毒和最深的恨，她伸手去抓，要把自己刚才放出去的那个笑抓回来，揉碎！她果然抓住了似的，死死地捏住。

与此同时，另一只手伸进书包里，摸出了那个小瓶儿。

什么声音？她扭头一看，见一只小狗站在离她三米远的地方，朝着她笑。

狗竟然也朝她笑！

她认得，那是教听力课的李老师家的狗。李老师家的狗是全校最自由的狗，从不套链子，想往哪跑就往哪跑——一只贵宾犬，白如新雪，头上别着个蝴蝶发夹，耳朵上吊着两个铃铛样的花布球。它朝她笑的时候，两个花球一摇一摇的，很得意的样子。

她把已被捏死的笑扔掉，愤怒地拧开瓶盖，手往前一送。

硫酸从黑暗里呼啸而出，呈网状朝狗飞奔。

狗在先已经预感到什么，转过身正准备逃跑，可硫酸快如闪电，它躲避不及，脖颈至腰部被罩住，它惊挫了一下，跑了，怪叫着，身上冒着奇怪的青烟。

从那以后，她再也没有看到过那条狗……

难怪隔壁那对小男女养的狗会那么恨她。

狗与狗，有着某种神秘的联系，哪怕天南海北。

人呢？人也有这样的联系吗？

有的！如果没有，那天就不会鬼使神差地将多种血肉相连的巧合汇聚在黄龙场酒楼。世界是偶然的，但世界上又没有一件事情是偶然的。林娅想起，当那两个男人说到关于死亡的话题时，唐宗成的脸色就很不好看，且忘记了往她面前的碟子里夹菜。当黑衬衫说到他们那个叫黄汉兵的同学在云南抢劫、杀人、分尸，他的脸色就更不好看了，但他听得格外专注，这从他凝住的眼神和有意放慢了咀嚼速度能看出来。后来，白衬衫讲到他六年前的那个同事，如何喜欢上一个小妹子，又如何将老婆杀掉，碎尸后塞进冰箱，唐宗成扯了好几张餐巾纸，把嘴捂住，将嘴里的东西全部吐了出来，接着又扯了好几张餐巾纸，擦额头上的汗水，那汗水是突然冒出来的，像拧开了水管子，确实也像水不像汗——太多了。还吃吗？他这样问林娅。林娅说我早吃饱了。按唐宗成以前的做法，绝不会主动问林娅还吃不吃，每次林娅说吃饱了，他都还要劝她再吃些，说你又不胖，用不着减肥，说即使需要减肥，我也不赞同以节食的方式；同样照他以前的做法，就餐结束是直接叫来服务生，说埋单，今天却没有，他领着林娅就下了一楼。总台在一楼。难道这些都只是巧合吗？不，是暗合。简直丝丝入扣。唐宗成的妻子去世后，他去深圳干了两年才回了成都，为什么要去深圳？很可能是逃。是逃，也是私奔。那时候他喜欢一个小妹子，就跟那个小妹子私奔。妻子不是病逝的，是被他弄死的，弄死后用电锯肢解，袋装之后藏进冰箱里。

说不定现在都还藏在冰箱里。

这个杀人犯！

这个碎尸犯！

幸好他在总台结账的时候，她急中生智，说自己头晕目眩，病了。

又想起那次从花卉之乡回来，他邀请她去他家，幸好她也没去……

林娅抽搐了一下。

她抽搐，是因为后怕，也因为想到了被唐宗成带到深圳去的那个小妹子。

而今她在哪里？

林娅记得，唐宗成说过他在深圳有套房子，既没卖，也没租，说怕租出去把房子弄坏了。

那套房里，必定也有一台冰箱。

他回成都五年，尽管工作在这边，但据他说，他在成都定居的时间，一年中最多有三分之二，特别是冬天，他都不在成都住，成都太冷了，看上去温度或许比别处高，可因为湿气重，冷气便淬了火，直往骨头里钻，所以一到冬天，他就往南边跑，或者往北边跑，南边温暖如春，北边有暖气。这么说来，他在全国好些地方，很可能都购了房产。

每套房子里，都有一台冰箱。

他自己喝醉了的时候说，前几年，他跟好几个小妹子“结识”过，那些冰箱里……

——在天府花园的房子里，自然也有一台冰箱。

这台冰箱是为她准备的吗？

林娅“啊”了一声，迅速转过身，望着斜对面的小伙子，叫救命。没叫出声。叫出声之前，她掩了口。小伙子凝神敲着键盘，在他的电脑屏幕上，趴着一只蚊子，像他写在上面的一个字。天下依旧太平。唐宗成在远方，她不怕！她又转过身来，坐到桌前，打开电脑。她要再看一遍《怪房客》，看看西蒙·周和塔尔科夫斯基究竟是怎么死的。

可她打开网页，突然失去了看这部电影的兴趣。西蒙·周和塔尔科夫斯基，与她的处境并不搭界，他们的死因，本就是不可解的，探究不可解的事物，某些有价值，多数没有价值。于是她拉到链接，发现与之相类的电影，竟有数十部，都是她不熟悉的。她随便点开一部，名叫《盒子》，长达三小时二十六分钟。永夜难消，她不怕长，最好有六小时才好呢。这类影片总是要杀人的，用情感和阴谋杀人，情感是阴谋的一部分。一个男人，杀了七个女人，每杀掉一个，都扯下她几根头发，在纸条上写了名字，编了号，再用那纸条把头发束住，装进一只纯金打造的盒子里。那个男人屠杀女人，唯一的原因是他爱这个女人，杀死一个，立即又去爱另一个，如此，也便有了杀掉这另一个的激情和理由。林娅觉得，这片子跟自己的处境也不搭界，但她还是从头至尾地看完了。她着迷于探究那男人的内心，当他杀掉第五个女人并躺在尸身上哭泣的时候，她明白了，那男人并不是爱女人，而是爱杀戮，柔弱无备的女人为满足他的爱好提供了可能。那么，他的哭泣又做何解释呢？那哭不是假装的，是撕心裂肺的；当没有女人在身旁，他夜深人静时打开盒子，会依次拿出那些头发，情真意切地跟头发说话……这些，又作何解释呢？

每个人都是一个深渊。

唐宗成也是一个深渊，他说爱她，希望她嫁给他，却从没带她去见过他的任何一个亲人、熟人，包括他所在公司的员工，他也没把他的任何一个熟人领到她面前来过。

唐宗成是深渊，还有……林娅猛然间想到了朱家文，那个在日本读研的同学。

朱家文平时对她并不关心，为什么要在临行前那么郑重地将她托付给唐宗成？

她立即点开百度，查日本千叶大学。她发现，那里的学费相当贵，加上日常花销，一年要将近二十万人民币。朱家文没这么多钱。他的家境林娅听别人讲过，大三那年暑假，有两个和他同小组的同学，出于旅游的目的，跟他去过他家，他家在一个偏远的河谷小镇上，房子是那种老掉牙的木板房，穿眼漏壁，十分简陋，父母是做馒头的小贩，为供他读书，每天起早贪黑，累得皮勒嘴歪，根本就没什么积蓄；毕业这两年多，他做图书编辑，收入不仅不高，还很不稳定，全看有没有人来他们公司自费出书……林娅明白了朱家文为什么跟唐宗成有那么好的关系了，他们不是感情好，就是“关系”好，关系即是一种交易，唐宗成给他钱用，他给唐宗成什么？想到这里，林娅不寒而栗。她回忆起，朱家文走的前一个月，他们是见过面的，那天是朱家文主动联系她的，唯一的一次主动联系，她开始以为是他考完了，想轻松，现在看来根本就不是那样简单！那天朱家文简直就没认真跟她说过一句话，屁股一刻也没坐稳过，不断起身打电话，还走出过茶楼两次，会不会是跟唐宗成联系？会不会是叫唐宗成偷偷地来看人，并以这样的方式把她“馈赠”给了唐宗成？唐宗成不是找不到“合适”的女人，但她无疑是再合适不过的了，她年轻漂亮，主要的是她在成都孤身一人……再想想朱家文离开前夜关机，肯定是故意的，是估计到她要跟他联系，而他要彻底拒绝这种联系。

出卖。背叛。

背叛。出卖。

林娅颓然地关了电脑。

当她转过身，却发现，斜对面的小伙子不知何时已经睡了。

在林娅看来，这同样是一种背叛。

就连那天的司晨鸟，她也没听见它叫……

天亮的时候，林娅已把东西收拾得规规矩矩。也没多少东西，无非是一些证件，几本旧书，几套衣服，唐宗成为她买的衣服和首饰，一律不要，被子带不走，也不要了，因此一个箱子就装下了。小男女没有起床，这正好，她写了封信，放在客厅的茶几上，用钥匙压住。交给小男女的房租，是一个季度交一次，每季度起首时交，第二季度还有十一天才完，当然不会去找他们退这十一天的租金，连学校还有四天就领这个月的工资，也不能等了。

她拎着箱子，轻手轻脚地出了门，直奔火车站。

要去哪里？她不知道，也无所谓，总之她必须尽快离开这座城市。

排队购票的时候，她听前面两个人说要去宁夏，好吧，那就去宁夏吧。

车八点十分开，检票过后，上车之前，她拨通了110，把唐宗成杀妻（和若干不知名的小妹子）碎尸并把尸块塞进冰箱的重大案情，报告了公安局。

电话打完，她抽掉那张手机卡，扔在地上，踩了几脚。

就这样，她跟这个世界断绝了联系。

现实生活

我们这座城市，地势起伏，类同山城，出门来，不上就下，腿练得好，腰扭得好，自古以来，都不大出胖子。因此，胡坚就格外引人注目。胡坚的胖是躺出来的。他从小就喜欢躺，连走路，也把肚腹挺起，上身后倾，给人随时准备躺下去的印象。为此，他没少受父母和老师的责罚，老师为改掉他这毛病，总把他编在最后一排，让他站着听讲；父母更是苦心孤诣，家里不备沙发，不设靠背椅，有靠背的椅子，也将靠背拆掉、锯掉。但这毫无意义，哪怕只有两分钟空闲，他也会走向卧室。为堵住那条路，父母在夜里九点之前，把两间卧室门都锁着。然而同样没有意义，在这个世界上，能供人躺的地方是很多的，不让往床上躺，可以将几张凳子拼起来躺，还可以直接往地上躺。有回母亲发了狠，命他在床上躺三天三夜，饭给他送去，屎尿为他接走，母亲说："我把你当成我的老人来服侍，你就躺吧，躺三天三夜还嫌不够，就给我躺七天七夜！"结果，他那回躺了四天四夜，母亲就扛不住了，简直要疯掉了，扯下他的铜头皮带，闭着眼睛就一阵猛抽。皮带把卧室里污浊的空气打得尖叫。

他完全不能理解，父母和旁人，为什么把他喜欢躺，当成不可饶恕的罪过。他躺在床上看书，做作业，思考他那个年龄能够思考也愿意思考的一些事，总之啥也没有耽误。他的成绩一直拔尖。这是事实，我可以作证。我跟他是高中校友，比他低两个年级。入学不久，我们就知道高三有个胡坚：那年九月，全国举行数学竞赛，他得了同组第七名。我们金昌市，唯他进入前十，其余都在百名之外。高中毕业，他又以金昌市文科状元的身份，考入北京某名牌大学，成为金昌一中建校以来最厉害的角色。也因此，他的缺点，全成了优点，教过他又来教我们的老师，一堂课总要花好几分钟时间，讲他的轶闻趣事，最津津乐道的，自然是他的“躺”。老师说，胡坚是一匹马，一匹身材壮硕日行千里的骏马，从形态上看，马是躺着的，正如一位美国作家所言，世间凡躺着的事物，比如路、马、车，目标都指向远方。老师又说，胡坚觉得世界跑得太快了，他要让世界慢下来，所以喜欢躺；胡坚喜欢躺，但你们不能躺，你们纵有胡坚的志向，也没有胡坚的天才，不吃不喝地追赶时间，还看不到时间的烟尘，闻不到时间的汗味儿，怎么能随便躺呢？老师的话前后矛盾，但这无关紧要，他们的目的，无非是炫耀自己的高徒，对此我们能够充分理解。

隔三岔五，胡坚就给母校老师写信，收到信的老师，无论在岗与否，阅后都郑重地上交校方，校方再将其张贴在橱窗最显眼的位置。那些信我全读过，一看就知道是躺着写的，字通通朝后倾斜，从一笔一画当中，我能闻到被子的气息，蚊帐的气息，还有我不熟悉的北方的气息。

几年过后，胡坚毕业，回到市里，在市委宣传部上班。

这令我们非常失望。我们都以为，他会留在北京，甚至漂洋过海。他早已成为传说，传说自然越远越好，远到没有烟火气，只有一束若隐若现的光，供我们谈论和仰视。谁知他回了市里。我在本市文理学院读的大学，毕业后在晚报社当编辑，报社和市委大院，相隔一条马路，我经常看见胡坚从马路对面恢宏的拱顶门进出。他走路的姿态，跟念书时没有丝毫两样。只是身体更胖了些。作为南方人，1 米 72 的个头，并不算矮，但因为肥胖，也因为似要将身体折叠起来的后仰，使他显得很矮；连他身上的衣裤，包括领带在内，也习惯了躺的姿势。风从街面掠过，树叶、旗幡、广告牌，都迎风而动，行人的头发和衣衫，也顺风飞舞，只有他的，往上飘；他躺着的那部分，是吹不动的。他目不斜视，更不围观，即使几米开外发生车祸，爆出巨响，闹出血案，他也不会转过头看看。生活在他那里，只是与世隔绝的幻觉。但有回他从我们报社门前过，手里竟破天荒拿着两根刚从市场买来的黄瓜（不是竖着拿，而是横着拿），我想，这一定是他父母的再三交代，实在推脱不过。

对他回到市里，没有谁比他父母更伤心，也没有谁比他父母更放心。金昌作为一省的边地，东、西、北与另三省搭界——这意思是，它与谁也不搭界，脏乱差远近闻名，早被称为“光灰”城市，光灰，就是只有灰；且处在地震带上，隔那么三年五载，就闹一场地震，虽是小打小闹，只在 1916 年震死过二十多人，但山川河流，高楼大厦，该有一双怎样的巨臂才能将它们摇动？每念及此，再镇定从容的，也会产生孩提时才会有的恐怖联想，加之最近十年来，市里每年都搞防震演习，提醒大家：脚下的大地是可以坠落的。这感觉相当不好，稍有办法的人，都会拍拍屁股，溜之大吉。市里有个画家，通过将近五年的周旋，终于调到另一座城市，走到边界上，他下车来，转过身，朝着金昌市撒了泡尿。他以这种方式表明他恨那个地方。胡坚以状元身份考到京城，尽管还是学生，但谁都认为他事实上已经远走高飞，结果还是回了原籍，在金昌人看来，这不仅是不自然的，还是丢脸的。父母就为这个伤心。——让他们放心的是，胡坚几无自理能力，回到身边，他们可以照顾他。但究竟说来，父母不能照顾他一辈子，将来找个媳妇，是怎样一个人还很难说，哪怕是再好的媳妇，也不可能做到像父母这样的巴心巴肝。去北京读书那阵，学校有食堂，饿了，他总知道去食堂；现在，机关里也有食堂，满街满巷还有餐馆酒楼，但他不可能一年四季吃在外面。一旦父母闭眼，他也没那么多钱去外面吃喝。父母都是文化馆的普通职工，为送他读大学，油已熬干，没什么遗产留给他，他们想趁自己还活在世上，让他知道菜市场在哪里，知道天然气炉该怎样打燃，怎样关闭。

然而，就像当初纠正他别随便躺下一样，可以说毫无成效。父母的焦虑和失望，可想而知。在他们的理想中，除了希望儿子懂得怎样生活，还希望他懂得怎样进步。进了市委机关而不追求进步，差不多等同于罪恶。机关里竖着一台天梯，你只能一步一步往上爬，你不往上爬，就只能永远充当垫脚石，永远去看别人的屁股。要论学历的含金量，从科员到书记，无人能与胡坚相比，他念的不仅是国内顶级大学，成绩还样样是优，这样的人才，理应受到重用。而所谓的重用，是人来用你，不是文凭和成绩来用你。你没别的能耐接近权贵，至少嘴巴要放甜些，步子要放快些，脑子要放灵光些，这样别人才可能把你往他的篮子里搁，关键时刻，也才会把你从篮子里拎出来，放到一个恰当的位置上去。

可胡坚倒好，在宣传部上班一年多，连几个副部长都没认清楚！

他刚进宣传部的时候，领导对他寄予厚望，上班不到半月，就遇上省里的文艺汇演在金昌举行，开始市委书记没准备出席开幕式，更没准备讲话，但省长临时决定前来参加，市委书记便马上组织讲话稿，他没让自己的秘书写，而是点名让胡坚写。胡坚只用两个钟头就交了卷。市委书记没作任何反馈，直到开幕式那天上台讲话，胡坚才知道，市委书记讲的，没一句是他写的。类似的经历还有过两次，一次是给宣传部部长写，一次是给分管文教的副部长写，略微不同的是，副部长那次把他叫进了自己办公室，让他修改，说小胡啊，你在名牌大学混了几年，写的东西怎么没一点儿高度？副部长并未指出应该具有怎样的高度，胡坚闷头闷脑地改了两遍，结果是副部长把他的稿子扔进了字纸篓。

谁也不知道胡坚是否为此难过，但迷惑肯定是有过的。

我听他的同事说，有好几天时间，胡坚都在默默地翻阅文件，主要就是查看领导们的讲话稿，文件里不好查，就到电脑上去查，反正市领导的讲话，都在日报上全文登载过，也都上了网，查起来很方便。他不仅从电脑上查出来，还下载了，将若干篇讲话放进一个文档，反复比对、研究，看领导们需要的高度在哪里。研究了几天，别的啥都没明白，只明白了一件事：领导们今年的讲话稿，和五年前乃至十年前的讲话稿，是大同小异的。他把部长关于繁荣戏剧创作的两篇讲话，相同的句子拉红，结果拉红的部分占了整篇讲话的百分之八十五以上，而这两篇讲话相距七年。

胡坚由此安下心来。人们说他脱离现实生活，可他觉得自己跟领导相比，与现实不是离得太远，而是贴得太紧，紧得都有些发烫了。他有了更加可靠也更加强大的理由，龟缩进自己的天地，连买两根黄瓜这样的事情，也不愿再做。父母由焦虑失望变为痛心疾首。他实在太幼稚，分不清现实生活有许多层面，领导有领导的现实，百姓有百姓的现实，就如同在一个池塘里，你能说水的现实和鱼的现实是一样吗？能说鱼的现实和浮游生物的现实相同吗？你胡坚，不去理解领导的现实也就罢了，还以为浮游生物的现实跟鱼的现实没有区别！

父母毕竟是知识分子，知道反省，觉得儿子落到今天这步田地，当父母的有责任。胡坚小的时候，他们只注意纠正他的行姿坐态，这是治标，不是治本。而究竟什么是本，他们怎么想也想不明白，只是觉得，应该让儿子参加一些力所能及的劳动，比如洗碗，洗自己的袜子和内裤，而这些事，胡坚从来没有干过。他也从没给父母递过筷子，没给父母添过饭，就连他自己的筷子掉到地上，也不知道起身去换一双，而是等着父母给他换来。他在活着，却没有生活，不懂得一盘豆芽、一碟佐料，也不是从天上掉下来的。连基本的生存都不会，又怎么可能要求他去理解比生存复杂一万倍的生活呢？

那年春节，父母再次发狠，去了重庆合川，丢下他一个人在家里。合川是他母亲的娘家，与金昌市相距300多公里。老两口在合川从除夕待到正月初四，回来后发现，儿子躺在床上看书，床头柜上放着一口大碗，碗里装着黄褐色的颗粒，他边看书，边把那些颗粒拈起来，塞进嘴里，嚼得脆响。母亲走进去一看，天哪，这不是鸡饲料吗！刚进腊月，他们就在阳台上养了只大公鸡，同时买了一大袋饲料，准备把鸡养到春节再杀来吃，走得急，加上心里有气，就把那只鸡忘了，结果胡坚连续吃了五天鸡饲料，把小半袋饲料都快吃光了。而拴在阳台上的鸡，已经饿死，头朝向客厅的方向，嘴壳张开，尖而苍白的舌头，挺立于喙的正中。很显明，它在临死的那一刻，还在向主人渴求食物，还希望发出最后一声鸡啼。

这件事被母亲嚷出来了。当然不是故意嚷出来的，而是太过惊诧，声音未免大了些，就被邻居听了去。邻居说给单位上的人，单位上的人再说给自己的熟人，一传十，十传百，很快就风靡全城。城市就那么大，经不住几股风吹的。人们看上去忙忙碌碌，风风火火，事实上，每天的日子都千篇一律，着实需要一些这样的稀奇事，给日子注入养分，让我们苦中作乐地过完一生。当然，如果胡坚没有得过全国数学竞赛第七名，没有以本市状元身份考到北京去，现在也没有在市委宣传部上班，一句话，要是他没有那么大的关注度和知名度，这事也不会传得那么快，范围也不会有那么广。

毫不夸张地说，他成了我们市的笑柄，成了懒人的代表、高分低能的典型、废物的代名词。不管跟胡坚认不认识，同事间互相开玩笑，都以胡坚作比，“听说你老婆出差了，”他们会说，“你老婆给你买的鸡饲料够不够啊？”那些自家孩子读书成绩很差的，也终于有了自我安慰的药方：“成绩好有屁用，将来只有吃鸡饲料！”市电台甚至搞了一档听众参与的节目，题目是：“张三（很仁慈地把胡坚换成了张三）的鸡饲料仅够他吃五天，而他父母要十天半月才回来，他该怎么办？”听众参与十分踊跃，给“张三”想出的办法也千奇百怪，比如让他睡进冰箱急冻室，再比如让他趁这机会练练辟谷功，当然，更多的是让“张三”饿死算了，因为他反正是个废物了。

我后来听人家说，关于胡坚的笑话，连教过他也教过我们的老师也在传。

我没去证实，不敢肯定。我已有三年多没进过金昌一中的校门，胡坚的笑话出来后，就更不愿进去了。老实说，我怕。考上大学特别是参加工作过后，我发现，要提到三年高中生活给予我最多的收获，不是课堂，而是橱窗。橱窗立在校门内长廊一侧，高 2 米，宽 3 米，顶端掩映着洋槐树婆娑的枝叶，春天里，白得晃眼的花串子，从枝条上挂下来，香气和着鸟鸣，在四周弥漫，很多时候，我分不清沁人心脾的香味和春水般清澈的鸟鸣声，是来自头顶的绿荫，还是来自橱窗内的书信。那都是平平常常的信：“何老师，我昨天看到几个退休教授打门球，有个人长得特别像您，我知道不是您，但还是把他当成了您，于是叫了声何老师，谁知道他真的姓何！”诸如此类的，实在太平常了，可以说没有一点意思；但那是对别人，对我，却意义非凡，在我看来，不仅那些躺着的字有意思，连每个标点都有意思。在胡坚之后，凡在金昌一中读过书，且多多少少混出了一点名堂的学生，对贴在橱窗里的信件都印象深刻。当胡坚大学毕业，不再给母校老师写信了，学校便把他的所有信件用镜框装裱，挂在教学楼的大厅里。我读大四的时候，寒假去过一趟母校，看到过那一排悬着红色穗子的镜框。——而今，我是说，胡坚沦落为笑柄之后，那排镜框还在吗？我心里害怕的，就是它不在了。

胡坚本人并没有多大变化，但他父母变得厉害。胡坚考上大学那阵，他父母是红人，高考分数下来那天，学校扎了彩车游街，车头贴着血红欲滴的“状元”二字，敞篷车厢里，站着胡坚和他父母，此外还有校长、管教学的副校长和胡坚的班主任。胡坚立于正中，父母分列两侧，胡坚懒洋洋的，像是很疲惫，他父母却红光满面。收到录取通知书，再次游街。金昌市历史不短，文化却很寒碜，有史可考的，是明代有个叫马鑫孝的人，在乡试中中过举，但也止步省城，谁也没像胡坚这样，上达京都，求学于国内顶级学府。第二次游街，他父母不再红光满面，却把头昂得像要把天捅破。那之后有段时间，他父亲跟同事说话，竟抛弃乡音，蹩起了普通话，没蹩几天，觉得周围的一切都在与自己疏离，才及时地把吃饭不说 chi 饭，而说 qie 饭，把白酒不说 bai 酒，而说 bia 酒。但那种内在的昂扬是保留下来的，两口子说话都明显放慢了语速，且都有了动不动就跟人握手的新习惯……现在，他们都变得正常了，随便跟人握手的习惯也早已改掉了；不正常的是，两人目光躲闪，像欠了别人什么东西，头发也白得扎眼，一根一根地白，义无反顾地白，能让人分明感觉到它们白的速度和力度。

再好笑的笑柄，日子长了，也就不好笑。城市不断扩张，人口飞速膨胀，胡坚被彻底淹没，成为不起眼的尘埃。在手机段子和网络上，每时每刻的新鲜事可谓层出不穷，只要你愿意，就会在第一时间，知道非洲有象鼻男，日本有蟑螂女，知道某国际影星在做小演员的时候，跟单位上的司机睡过觉，知道某国国王，竟亲自开车去约定地点接受贿赂，知道某著名球星的模特女友，私处做了什么文身，知道某钢牙利齿的欧洲男人，打广告招募愿意被他吃掉的男女，竟有二百多人报名，事情败露时，已被他吃掉五十多个……熟人见面，包括喝茶、吃饭以及上班的间隙，都兴致勃勃地谈论这些事情。比较起来，胡坚的那些事简直就不叫事。关于吃，别说吃鸡饲料，哪怕像那个欧洲男人那样吃人，也太古老，太原始，太本能，太缺乏时代气息了。那个欧洲男人之所以还被谈论，主要是因为人们愿意让他吃，大家谈论的，是“人们”而不是他，那些勇敢的“人们”，静静地揭示着吃人史的部分真相，因而是有价值的，至少是新鲜的，可胡坚的故事毫不新鲜：上数两辈，甚至只需上数一辈，要是能吃到带着微微苦香的鸡饲料，已是天赐福恩，那时候，鸡吃的是土坷垃，是虫子，人吃的是树皮草根，是马粪，是观音土，我们血液的流动声里，回响着这些物质阴沉的歌唱。

胡坚成了不被谈论的人，成了这个市里可有可无的人。

当然，对我们许多人而言，于这个波涛滚滚的世界，都是可有可无的，但不管怎么说，至少有亲人认为自己重要，然而胡坚的亲人会这么想吗？他父母只要出门，就脚步匆匆，生怕别人问起他们的儿子。其实没有人问了。不要说跟胡坚素不相识的，就是我们这些校友，也越来越少地想起他。

如果不是因为一个人介入了他的生活，我也会把他忘记。

这个人是我高中同学，也是我最好的朋友。那时候的学生，不管家在城区还是郊外，都住校，我俩住同一间寝室。她有一个朴素的名字，叫杨小红，她一度对自己的名字深感厌恶，觉得父母取得太土，太随意，太不负责任。高一上学期，她将小红改成晓红，又改成晓虹、小泓、小鸿，不管怎么改，都脱不了小红这个音——这是她的底线，她不能让父母叫了她十七年小红，又换成叫别的什么，那不仅别扭，还是对父母的不孝。她就是这样看的。到高一下学期，她终于认命，叹着气，把作业本上的晓虹、小泓和小鸿，全都还了原，变成小红。除对自己名字纠结过一阵，小红是我见过的最没心没肺的人。她唱歌左得要命，但班上搞什么活动，叫她唱她就唱，第一句出来，调子就从东跑到西，同学们哦嚯哦嚯乱叫，她以为是欢迎她，唱得越发起劲。她喜欢打篮球，高二有段时间，她在篮球场上跟高三一个男生认识了，而且恋爱起来了，恋爱只偷偷摸摸持续了两个月，那男生就以学习太忙为由跟她吹了，那天她跑到校外的金昌河边，摘了一枝胭脂花回到寝室，坐在床上，把花骨朵一片一片地撕，撕一片，扔一片，每扔一片，就向我哭诉一声："他不要我了，呜呜呜，我咋个活嘛，呜呜呜……"

她没能考上大学。她是我们班没能考上大学的少数几个人之一。

我就读的文理学院，位于城北金刚山上，山丘低矮，顶部地势开阔，但郁郁葱葱的林木，把学院和城区隔开，自成一个世界，我不知是喜欢这样的环境，还是想给人造成求学远游的印象，连周末也不下山，只在假期才进城跟父母团聚，也才有机会跟杨小红见面。小红的母亲经营了一家炒货店，她在母亲的店里帮忙。店铺在滨河路上，傍着金昌大桥，桥东是店，桥西是一家京剧俱乐部，唱京剧的都是退休老人，老人惜钱，很少照顾她的生意，只有等到黄昏降临，年轻人出动了，生意才好一些。夜里七点到十点，是黄金时间，小红忙，也就只忙这三个小时，进货是母亲的事，板栗和瓜子都是现炒，那同样是母亲的事。不是小红不愿意做，而是母亲不放心她做，母亲觉得，女儿的神经少一根弦，去进货绝对吃亏，炒板栗和瓜子，是特别需要拿捏火候的技术活，母亲也担心女儿做不好。

当我读到大三，寒假跟小红相聚，她悄悄地、长时间地给我谈起她的个人问题。她比我年长半岁，我读大三时，她就快满二十二了，的确也到了谈论这事的时候。

那年春天，她又有了一次恋爱。男方叫孙浩，孙浩对她说："待在金昌太没意思，我们去广东打工吧。"她不想离开父母，但孙浩远走他乡的愿望十分迫切，说你不去算了，我出去干两三年就回来，回来后我们马上结婚。孙浩走了不出一月，小红也跟去了。她忍受不了对他的思念。她爱一个人，就掏心掏肝地去爱。她进了孙浩进的那家公司，位于湛江某地。两人不住公司的集体宿舍，去外面租房，同居了。这样过了些日子，她对孙浩说："浩子，我们不如回去把结婚证办了。"她的"浩子"支吾其词，因为他爱上了公司里另一个名叫王新月的女孩，而且跟那女孩有过多次约会。几天之后，孙浩正式跟小红提出分手，自个儿从租房搬了出去。小红远离故乡，不是奔赴湛江来的，而是奔赴孙浩来的，现在她奔赴的人突然空了，她也跟着空了。她只好打道回府。

她的恋爱总是那么不顺，孙浩的孩子满了五岁，我的孩子也有两岁的时候，她依旧是孤孤单单的一片树叶，只能在风中听见自己的响声。论长相，小红是能把一条街照亮的那种女孩。有次我去店铺找她，没急于上前招呼她，而是远远地站住，并不是因为她正忙着给顾客称板栗，而是她把我迷住了。她像维吾尔姑娘那样扎着头巾，粉红色的瓜子脸，把头巾映照得如同火苗，眼睛又黑又大，眼角有淡淡的血丝，是没休息好的缘故。她的美，特别是她眼角的血丝，让我心生感动。我曾经努力去想她的恋爱为什么不能修成正果，得出的结论是：她对自己的美缺乏自觉。她长得好看，却不知道自己好看，男人们欣赏她，就如欣赏一处风景，来了，又走了。能识别风景的天然和可贵，并愿意洗去纷纷扰扰的尘世生活，在这风景里长久驻扎下来，是需要慧根的。何况女人的美和风景的美不同，女人一旦认识到自己的美，那美就加倍增值，就懂得使用矜持来制造距离，矜持既能让美熠熠生辉，又能帮助自己藏拙。小红不懂这些，分明五音不全，却偏要在人前唱歌，恋爱时也不知道爱惜自己，总是无所保留地燃烧自己，那些冻得发僵的男人，被她烘得热乎乎的，之后就精神头十足地离开了她。

小红有些垮了。只有熟悉而且关心她的人，才能看出她的“垮”。表面上，她还是那样爱说爱笑，一站一坐，身体的曲线也还是那样气韵生动。但她的确垮下来了。因为这缘故，我生小孩过后，跟她联系得就少了。正如害怕看到母校撤走了装裱着胡坚信件的镜框一样，我也害怕见到垮下来的杨小红。

正所谓日月如梭，小红已经三十岁了。

我在想，她是不是要变成嫁不出去的老姑娘啊。

她却打来电话，说她结婚了。

“为啥不通知我？”

“我本来想通知的……你猜他是谁？”

尽管城市偏狭，好坏也有几十万人口，我猜不出来。

“胡坚。”她说。

我吃惊得张大嘴巴。但很快，嘴角有了咸味儿。两个让我担心的人走到了一起，多好。

我觉得好，他们的父母可不这么看。对这场婚姻，双方家长都不满意。他俩不是谁追求谁，而是由一个既认识胡坚也认识小红的人牵线搭桥，桥搭上后，两人去茶楼见了面。从某种角度说，这次见面有失公平，因为胡坚在明处，小红在暗处，小红知道胡坚的根根底底，胡坚对小红却一无所知。后来听小红讲，她就像一个算命大师，问出的话让胡坚惊嘴咋舌，在胡坚眼里，小红通晓他的前世今生，成了聪慧到神奇的女人。他不关心现实，却向往神奇，因此欢喜跟小红聊。胡坚的母亲发现儿子的新动向，便转弯抹角地调查，知道了杨小红不过是个卖炒货的，跟好几个男人恋爱过——但这不是她调查的方向，她跟丈夫在意的，是杨小红从哪所大学毕业，由此判断她是否配得上自己的儿子。胡坚是我们的传说，同时也是他父母的传说，现实中的胡坚让父母抬不起头，传说中的胡坚却令他们骄傲，他们为现实中的胡坚白了头，而在骨子里，却保存着那份发黄的骄傲，就如改朝换代之后沦落为庶民的旧官僚，还保存着前朝的任命书。杨小红不仅没读过名牌大学，压根儿就没上过大学，他们怎么可能满意呢？至于杨小红的父母，不满意的理由明摆着，不需要再作说明。

尽管不满意，却也没明火执仗地反对。毕竟，两人都是真资格的剩男剩女了。

既然父母没明确反对，彼此又经常在一起聊，那就结婚吧。“结婚”这个词，是小红首先说出口的，胡坚的回答是：“随便你。”回答过后，他把沾在嘴皮上的一片茶叶拈下来，弹掉。

胡坚家虽有两室一厅，但胡坚住的那间卧室，只能放下一架单人床，他那么胖，往床上一躺，就像豆腐和装豆腐的匣子，配好的，不留一丝缝隙。必须再买一套。想买房很简单，城里到处是已经修好、正在修建和准备修建的房子。胡坚有一点积蓄，但少得可怜，说白了就是他的工资，他除了买书，给父母交伙食费，再无别的花销，母亲就把余钱为他存进了折子。杨小红的财务更是一笔糊涂账，做生意的钱，全由母亲掌管，平时要用，都找母亲要。要几百块可以，上千块也可以，但要几十万是不可能的。她简直就不敢找母亲开口。她深知父母对自己婚姻的态度，嫁那么一个废物，本就让人寒心，如果还要她出钱买房，不就是倒贴给一个废物吗？这不仅寒心，而且屈辱。

要是我遇到这种事，除了绝望，简直没路可走，而小红却轻轻松松就解决了。

她有她的优势。她的优势就是没心没肺。

——她去找了孙浩！

小红离开湛江不久，孙浩又把那个名叫王新月的女孩蹬了，因为他遇到了一个千载难逢的机会。有天他去超市买米，见到一个奇怪的人，此人戴着白手套，穿着高领衣，蒙着头巾和面罩，整个身体，只露出乌溜溜的、像在侦察什么的眼睛。孙浩进去的时候，这个奇怪的人正跟售货员说什么，口齿含混不清。孙浩吓得心直往嗓子眼蹿，以为遇到了劫匪。他正要退出去，说话的人转过身，迅捷地瞄他一眼，低着头，匆匆忙忙地走了。超市外的马路上，停着一辆宝马，那人刚出超市门口，一个站在车身旁边的木棉树下打手机的小伙子，立即挂断电话，谦卑地拉开车门，躬着腰，待那人上去后，又谦卑地把车门关上。他是那人的司机。宝马开离视线，孙浩才惊魂未定地向售货员打听。

这是一家不大的超市，眼下只有这个女员工在，女员工很寂寞，便热心热肠地回答孙浩，说那是我们老板。孙浩这才缓过气，嗤笑一声：“不过开家巴掌大的超市，有辆宝马车，就怕别人认出来？”女员工也嗤笑一声：“半个湛江城的超市都是他们家的。”孙浩张开嘴，发出无声的惊叹，然后站到门口去，伸长脖子，朝宝马离去的方向张望。他只望见了满街的车流，以及浮荡在车流之上、如火焰般燃烧的午后阳光，闻到了空气中坚硬而灼热的钢铁气息。女员工一眼就能看出来，这个开始大口大气的帅气男人，跟她来自同一个阶层，他们有着同样的处境和同样的渴望，包括探听富人的秘密，也包括知道一点富人的秘密、就禁不住要说给人听的渴望。她对孙浩说："我们刘姐……"刘姐？未必是个女的？女员工意味深长地笑了，说我们刘姐戴面罩，不是怕人认出来，而是她得了一种古怪的皮肤病，满身长疙瘩，使皮肤变厚变糙，成了象皮，她四处求医，北京、上海自不必说，还到美国、德国、澳大利亚去过多回，想把皮换掉，但换到身上的皮，无一例外又会生出同样的毛病。女员工还告诉孙浩，刘姐已经三十五岁了，一直没嫁，刘叔叔想方设法给她找男朋友，但一看她的脸，就没人敢要。

说这些话的时候，女员工的表情是悲悯的，腔调里却透出压抑不住的兴奋。这符合孙浩的心态。

但孙浩的兴奋还有另外的指向。

半年之内，他就跟"刘姐"结了婚。

他去追求"刘姐"的过程，完全可以写成一本书的，只不过，这本书跟千千万万本书大同小异，再缺乏想象力的人，也能猜出个大概。婚后，孙浩的岳父把好几家超市的产权，划到了他的名下，孙浩的资产，听说过亿；这当然是有条件的，第一，孙浩将户口办到湛江；第二，产权交接之前，岳父将划给他的财产作了评估和公证，并与孙浩签下协议，一旦孙浩跟他女儿离婚，所有财产将全部收回。

只要孙浩愿意，杨小红去找他借几十万块钱，就像找我们借几十块钱一样方便。但小红神神秘秘地告诉我，她根本就不是找孙浩借，而是找他要，孙浩也真的给了她。"我跟他同居那么长时间，"小红说，"难道他就不该付一点青春损失费吗？何况……"小红停顿片刻，眼眶湿润地接着说，她被孙浩“踢”出湛江的时候，已经怀上了，孙浩也知道她怀上了，她一个人回到市里，从城北跑到城南，去一家陌生的医院刮了宫。对未婚的女人来说，这的确是一种损失，但也不是需要用几十万来赔偿的损失，因此我觉得，孙浩这人挺讲情义的。我并不认识孙浩，只听小红哭诉过他狠心甩掉她的经过，当时我以为他是个无情无义的花花公子，现在改变对他的印象了。然而，这新确立的印象还没成形，小红又对我说了另外的事情：她这次去找孙浩，跟孙浩睡了。孙浩去五星级宾馆订了房间，她把自己脱得一丝不挂，孙浩就吻她，泪流满面地，一寸一寸地，从额头吻到脚板心。吻了一遍，又从头开始。这弄得小红怪感动的，原来，他还这么深情地爱着她。

我承认，小红说的那些事，还有她说话时的表情，都让我感觉很不愉快。她的没心没肺，或许有着另外的解读。胡坚和杨小红，到底算不上一路人。这让我隐隐约约地为他们担忧。

去看了他们的新家，我发现，我的担忧显得非常可笑。

他们的新家在“美湖花园”，傍着金昌河。无风无船也无野鸭戏水的时候，金昌河凝然不动，莲藕静静地生长，在阳光下开花，在秋风里结实，使这段河水真像一面湖。河岸有块纪念碑，碑文漫漶，要到史料上去查，才能弄清那些文字记录的是明末义士抵抗清兵的悲壮故事。美湖花园与纪念碑隔着一条马路，面积很大，绿带宽广，低矮的楼房小岛似的掩映在高树丛中。杨小红对自己的父母说，钱都是胡坚家出的，说胡坚的父亲二十年前淘到一件古董，他把古董卖了，为儿子买了房；她又对胡坚的父母说，钱是她父母出的，母亲做了多年生意，有了这些积蓄，就掏空为女儿买了房。她以为，两家父母会因此含羞带愧，结果根本没有，她的父母觉得，自己如花似玉的女儿，嫁给了胡家一个废物，胡家当然应该买套好房子，别说卖古董，就是把家卖了也无话可说；胡坚的父母觉得，我儿子是状元，是名牌大学生，现在又在市委宣传部，你杨家的女儿呢，高中毕业，还没有工作，理所当然应该倒贴，过去的状元是要当驸马的，胡坚是市状元，当不了驸马，却可以娶市长的女儿！如此思量，彼此都很心安。小红也跟着心安。因为她知道，很关键的人物胡坚那里，完全不需要说明，给他房子他就住，没有房子，让他住猪圈、牛棚，他也无所谓的，只要有个地方供他躺，就万事大吉了。

小红的家在A区10幢2单元的2楼上，130平方米，最引人注目的是书房和卧室。书房的四壁，都排满了顶天立地的书架，数千册图书，以文、史、哲分类，放得满满当当；卧室比普通卧室大一倍，床比普通双人床至少宽三分之一，这倒不是因为胡坚肥胖，而是在傍墙的床头，码了两大摞书，供胡坚躺在床上阅读。他们睡觉不像别的夫妻，别的夫妻有可能交换位置，今天你睡里，明天我睡里，胡坚和小红在床上的位置是固定的，都是胡坚睡里，小红睡外；书放在傍墙的地方，这是一个原因，另一个原因是，胡坚每天都比小红先躺到床上去，下了班，小红做晚饭的时候，他就躺到床上看书，吃过饭，硬着头皮陪小红看几分钟电视，又躺到床上看书去了。他一直要看到子夜时分。睡到凌晨三点，再次起来看书。小红说，他喘着粗气，很吃力地支起上身，摁亮台灯，看上一小时左右，再躺下去。他的一举一动，都弄得地动山摇的，别说旁边睡着一个人，就是睡着一块石头，也会被他闹醒。好在他从不起夜，中途再想上厕所，也忍着；不是怕把她闹醒，而是他自己太笨重了，动作太迟缓了（小红把他动作的迟缓用了一个词来形容：肉）。“他太肉了，夜里起床实在是件麻烦事。”

小红说这些时，嘻嘻笑，很欣赏，也很甜蜜，边说还边在胡坚宽阔的脸庞和肥硕的鼻梁上抚摸。

要跟一个人，就全身心地去爱他，小红还是小红。只是，我眼里老是出现她在孙浩面前脱得一丝不挂的样子。念书时，我跟小红多次共进澡堂，而且共用一个花洒，我知道小红的乳头像男人的乳头那样小，知道她的肚脐圆得像酒盅，知道她小腹的左侧有颗红痣……

作为女性，我无法想象刚跟一个男人结婚，就在另一个男人面前展露无遗，回来之后，对丈夫又是百般缱绻，而且自然而然，毫不造作，这是本事还是本性？如果胡坚知道这些，他会怎么想？

那天我在小红家吃饭。我进厨房给小红打下手，小红不让，说："你去跟你的偶像多聊一会儿吧。"她知道我念高中时，是怎样站在洋槐树下的橱窗前，仰着头，一字一句一标点地读胡坚写回的信件，有次她陪着我（她胡乱扫了两眼，觉得很无趣，就盯住树上的一只麻雀，招呼它下来），突然刮起大风，下起大雨，麻雀喳的一声，隐入密叶，树枝在风雨中摇动，雨点打得额头发痛，她拉我走，我说别忙，她就自己跑了。我是把那封信读完才离开的，跑进教室，衣服几乎湿透，幸好是夏天，雨下了不到二十分钟就停了，迸出来热辣辣的太阳。那时候，胡坚真是我的偶像。说偶像还不够。

可不知为什么，现在小红这样说，却让我感到很不舒服。

我从厨房出来，胡坚却不在客厅了。很显然，他躺到床上去了。客厅与别的房间，用一条走廊隔断，像走廊是根绳子，依次串着一排果子。客厅与走廊之间没有门，只有一个圆形的窟窿，出去向右拐，是卧室，向左拐，是书房。这格局我刚来时就参观过了，但我还是向右拐过去。卧室门没关，头一伸，就能看到胡坚斜卧在床的庞大身躯。让我惊讶的是，他竟然换上了睡衣；躺在床上穿睡衣，本身并不值得惊讶，但他这一太“规整”、太“秩序”的举动，完全不符合我对他的想象。这种改变，一定是小红的功劳了。他丝毫没注意到门口有人，垫了两个厚枕，头搁在床板上，左手捧着一本大书，右手拿着铅笔，在书上写什么。这副模样，果真唤起了我以他为偶像的鲜明记忆。我很想知道他读的什么书，或者说，很想知道是什么样的书，能够把一个明显具有高智商的人牢牢锁住。

我当然不能走进卧室，跟一个躺在床上的男人交流，于是左脚一撇，去了他的书房。

傍门的整面墙，放的都是文学书，拉开一扇玻璃门，跟我眼睛正对的，是老托尔斯泰的著作，顺手抽出《安娜·卡列尼娜》，胡乱一翻，见那页写的是陶丽去伏兹德维任斯克乡下看安娜，安娜让陶丽去育儿室看她跟伏伦斯基生的孩子，说那孩子“可爱极了”，到了育儿室，陶丽凭她贤妻良母的敏锐，一眼就看出安娜很久没进来过了。安娜不喜欢这个孩子。按理，跟自己爱的男人生的孩子，应该喜欢才对，但安娜就是不喜欢。胡坚用铅笔在空白处下着这样的批语：“安娜不喜欢这个女儿，是因为她从这个女儿身上看到了自己的罪恶。安娜竭力回避罪恶，证明她还有救，她后来卧轨自杀，正是走上得救的道路；要是对罪恶无所谓，甚至欣赏，就无可救药了。”我的脊梁骨清晰地震颤了一声，心想，胡坚这个把自己关在现实之外的人，是否更能看清现实的本质？再胡乱一翻，见那页上写着安娜自杀前的自言自语，她见两个孩子拦住卖冰激凌的小贩，心里想：“大家都喜欢吃可口的甜食。没有糖果，就吃肮脏的冰激凌。吉娣也是这样：得不到伏伦斯基，就要列文。”胡坚在旁边密密麻麻地批了一长串文字：“至此，安娜抛弃了仅存的高贵，变得偏狭而恶毒。她现在还是物质上的富人，却是精神上的贫者……想起大三时去南方游学，有天黄昏去一个学友家，他家住在别墅区，大门外长着一棵高大的芒果树，累累果实已经成熟，一辆奔驰车从小区出来，开到树下，从车里钻出一个四十多岁的男人，用雨伞勾芒果，够不着，竟脱掉鞋子，爬上车身，继续勾。能开奔驰车的人，难道没钱买一只芒果？他有钱，但他富而不贵。富和贵之间的差距，比贫和富之间的差距还要大。”

作为报社编辑，我成天处理那么多想象之内和想象之外的消息，成天浸泡在纷繁复杂的大千世界里，但我发现，自己跟现实的距离，很可能比胡坚跟现实的距离要遥远得多。

我以为，婚后的小红会继续跟母亲合作做生意，不跟母亲合作，她自己也会找些事做。但她没有。她似乎把全部心思，都用来照管胡坚的生活了。这让我佩服起她来。换了我，是做不到这样的。我再爱某个男人，也绝不会为了他彻底抛弃属于我自己的日子，即使对女儿，我也不敢说是百分之百的投入。我必须为我的奖金而奋斗，为我的职称而奋斗，如果有可能，我还要为我的职位而奋斗。这究竟是我本身就具有的野心，还是缺乏安全感施加给我的压力，我说不清。我感兴趣的是，小红不工作，他们的钱怎么够用呢？胡坚的收入并不高，宣传部一个小职员，能有多少收入？他跟我也没法比。

住到美湖花园后，到市委上班有将近四公里的路程，胡坚的那身肉，不允许他步行这么远，于是骑上了自行车。第一次看见他骑自行车进市委大院，我感到特别怪异，首先，我觉得他身下的自行车实在太可怜了，就像一匹羸弱的马，驮着沉重如山的包袱；其次，他可是住美湖花园的人啊！不能开奔驰、宝马，最不济也该有辆桑塔纳吧，可他骑的是自行车。

那之后没多久，市里搞防震演习。为不劳民伤财，演习都是在统一的时间里，由各单位自行组织。其实也没什么，警报一响，就从楼道上疏散；警报再响，表明疏散不及，需临时躲避，就往墙角处站，往桌底下钻。这天的演习从下午四点半持续到五点半，演习结束，就该下班了。我去盥洗室略微收拾一下，便下楼回家。刚走到报社门口，见胡坚骑着自行车往菜市场去。这时候我才想到杨小红。小红没有单位，也就没有谁组织她参加演习，可她为什么不买菜呢？在美湖花园不远处，就有一家菜市场。如果不是碰到一位作者，跟那作者聊了一会儿，这事我想想也就算了，正是聊那一会儿，让我看到胡坚买菜出来，从街面经过。我叫住了他。他满头大汗，连衬衣也湿透了。我跟那作者道了再见，走到胡坚身边。他的自行车没装菜篮，几斤土豆和一小包绿豆，分别挂在自行车的左右把手上。我问他："小红呢？"他说到广东去了。我的体内蹿过一股凉气。"她去广东干啥？"我知道我在多管闲事，但控制不住。他说，她母亲在湛江开了家店，请了人帮忙照管，但小红还是要随时过去看看。

连傻子也能看穿的谎言，在胡坚那里却能通行无阻。

"你的意思是说，她随时过去？"

"每隔一段时间她就过去一次。"

接下来，我不知道该说什么了。我只是莫名其妙地盯住他。他的腮帮那样肥大，像嘴里永远含着什么食物。他长得实在不好看。正是他的不好看，让我对他心生怜悯。

他见我无话可说，就说："我走了。"

我朝他笑了一下，很想跟他开句玩笑："没人给你做饭，你怎么不吃鸡饲料了？"但我没说出口。

可他似乎猜到了我想说什么，指了指自行车的把手："土豆炖绿豆，好吃得很。"

他的背影老远也能看见。这么说来，小红不在的时候，他就吃土豆炖绿豆，连饭也懒得煮。他根本就不会煮饭，能知道土豆炖绿豆，已经是天大的进步了。小红真厉害呀，她是凭什么手段，把父母和老师几十年都教不会的事情，在很短的时间内就让他学会了？她去湛江，一次要待多长时间？我后悔没问问他，更后悔没要他的手机号。说不清为什么，我不想通过小红打听他的手机号。好在三天过后，宣传部有一个会，负责我这版的记者去县上采访没回来，我就亲自出马，可以见到他了。胡坚并没到会场。拿到材料，听部长讲了话，知道稿子该怎么写，我就溜了，从五楼的会议室下到三楼，去了胡坚的办公室。那间办公室共坐四个人，现在只有他一个人在，另三位都在会场上忙碌，包括分发材料，负责音响，添茶续水等等，如此简单的活也没分派给胡坚，可见他在领导心目中的地位了。

他独自坐在入门右侧的翻板椅上读报。这无疑又是一大进步。我听说，他以前无所事事的时候，都是坐在办公室看他喜欢的书，而领导是不允许上班时间看书的，除非是上级或单位印发的书籍，否则就被视为不务正业。你可以坐在那里发呆，也可以把一张报纸翻来覆去看十遍二十遍，就是不能看书。市政府的一个科员，每期都为我们报纸纠错，并因此挣了不少奖金。我们报纸承诺，读者每发现一个错别字，奖励5元，每发现一个病句，奖励10元。他们就干着这些事。而胡坚对报纸很拒绝，一张报纸拿上手，似有千钧的重量，报上的各类字体，各种消息，仿佛带着芒刺，扎得他眼睛红肿，一旦读他喜欢的书，顿时就安定下来了。为此，他被扣了不少钱，且从没拿到过先进个人奖，包括精神文明奖，那本是人人有份的。——今天，分明所有宣传部的人都上了五楼，他却在读报纸。

我说："嚯，在认真学习呀。"

他浑身的肉如滚动的波浪，从脸部直达腹部。报纸在他手里扯动着，发出滋溜溜的响声。

很显然，他没有读报，他以报纸为掩护，想着别的事情。这种做假，让我难过。

“小红回来没有？”

“还有几天。”

“这家伙，”我说，“我前天给她打电话，她竟然关机。”这是假话，我并没有给小红打过手机。“你的手机号是多少？万一有什么事，好联系。”

他很难为情地朝我笑：“你怎么知道我有手机？我昨天才买了一部呢。”

从另一个男人那里要了钱，买了房子，让不知情的丈夫住在那房子里，然后又不停地奔赴那另一个男人，这实在太过分了。作为好友，我应该劝劝小红。可是劝她的话却开不了口。我一直想跟她联系，手机摸出来，调出她的名字，又不愿拨通。

待真正跟她联系上，她已经生下了孩子。和我一样，小红生的是个女儿。他们选个星期天，在城南的鸿凤酒楼办了满月酒，邀请的客人并不多，除双方的亲友，另外只有两桌人，但按照时下的说法，规格却很高，因为宣传部部长到了场。我相信，能动部长的大驾，并非胡坚的功劳，因为胡坚和小红去给部长敬酒的时候，部长只看着小红说话，显出格外亲切的表情；他甚至根本就没朝胡坚看一眼。哺乳期的女人不能喝酒，跟我们，小红以椰奶代酒，但跟部长不能这样，她就让胡坚代喝，部长却说：“用不着用不着。”听说用不着，胡坚也果然就不喝了。

小红是怎么跟部长那么熟悉的？

宴会结束，我去了小红的家里。因部长等人要在茶楼打麻将，胡坚要为他们开房间，侍候茶水（领导打牌，不会让外人在场，包括服务员，也包括自己不信任的下属，胡坚能为部长侍候茶水，证明部长信任他了），肯定要很晚才能回家，胡坚的母亲本说过来为产妇熬墨鱼汤，也临时有事，先回家去了。在美湖花园那间宽大的屋子里，就只有我和小红两个人——那个满身红皮、只知吃奶、啼哭和睡觉的漂亮孩子，暂时没把她算作人，因为她听不懂人话，不懂得人世间的甘苦悲欣。小红不太会弄孩子，孩子睡觉时，要把她扎紧，让她有所依靠，才能睡得踏实，可小红不会扎。还是我帮忙，那孩子才无忧无虑地躺到了婴儿床上。小红不好意思地叹了口气，说："去阳台上坐一会儿吧。"

阳台正对金昌河，午后凉风轻起，空气里飘来淡淡的荷叶荷花香。

"你怎么跟冉部长认识的？"

小红笑眯眯地剜我一眼："我哪有那么大的本事，"她稍做迟疑地说，"是孙浩……前几个月孙浩回来过一趟，专门请了冉部长；那之后冉部长去深圳开会，孙浩从湛江赶到深圳，又请了他。"

"他们以前认识？"

"不认识。是我让孙浩请的。再不巴结一下部长，胡坚恐怕连个小职员也做不下去了。"

"你倒有本事，让情人帮丈夫的忙。"

听到"情人"两个字，小红皱了一下眉头。或许是很少见她皱眉头的缘故，她皱眉头的时候真好看，额头上的皱纹少，精巧的鼻子上却满是细密的纹路。

"听说你经常去见孙浩？"

"你听谁说的呀？"她将眼帘翻上去，似笑非笑，是一副非难的表情。

她非难的，好像并不是谁给我说了这话，而是我直截了当地把这话说给她听。

我没回答她，而是问："你们是不是旧情难忘？"

"旧情？"她的眼神暗了一下，但很快又明亮了，用两只手抓住我的一只手，"我给你说嘛……"

门响了，她婆婆提前来了，我们的谈话就此中断。

要了胡坚的手机号，我却没给他打过。闲下无事的时候，我爱拿出手机，调出号码簿里的一个个人名，这些人有的相当熟悉，有的还很陌生，陌生到是在什么场合碰见、又是怎样留下了号码，都想不起来了。我把他们的名字关在薄薄的机子里，而跟他们休戚相关的沸腾的生活，却离我那么遥远。

自从把"胡坚"两个字输进来，我的眼睛常常在这两个字上停留老半天，一些稀奇古怪的想法汹涌而至。比如他远古的祖先是谁？那根生命的接力棒，是通过什么方式传到了他父母手上，然后又传给了他？我尤其想知道的是，他为什么一出生就想躺着。别的孩子在能够站立的时候，总是千方百计站起来，即使跌倒，在额头上摔出几个青包，哭那么几声也就忘了，再一次想站起来，而胡坚却不愿站立，更不愿走路；为教会他走路，父母不知费了多少心血，但最终也说不上成功，他成了"躺着走路的人"。我相信，如果这个世界准许他四肢着地，他会毫不迟疑地匍匐下去。这种姿势，一定让他感觉到更舒服。——而现在，他似乎想站起来了。一个人想站起来，是天经地义的，然而，我却因此为他惆怅。很深很深的惆怅。那次我要了他的号码，他也要了我的号码，但他不会储存，我手把手地教他，他的那份笨拙，那份认真，让我的惆怅达到了极点。

"我给你说嘛……"小红究竟要给我说什么？是要为自己辩解

吗？我想起胡坚对《安娜·卡列尼娜》的批语。安娜基本上不为自己辩解，也不敢正视自己的罪恶，照胡坚的看法，这恰恰是有救的表现。小红还有救吗？当安娜扑到车轮底下，“那支她曾经用来照着阅读那本充满忧虑、欺诈、悲哀和罪恶之书的蜡烛，闪出空前未有的光辉，把原来笼罩在黑暗中的一切都给她照个透亮，接着烛光发出轻微的哔剥声，昏暗下去，终于永远熄灭了。”那束光芒熄灭了，却有另一束更加耀眼的光芒升起，因为她以这样的方式承认并结束了自己的罪恶。但在我们的理解中，所有的罪恶，只要不被人知道，就不构成罪恶；即使有人知道了，只要不被与罪恶有关的人知道，同样不构成罪恶。也就是说，小红背叛丈夫，尽管我知道，还可能有别的人知道，但只要胡坚不知道，就不构成背叛。

有好多次，我都想拨通那个电话，问问胡坚，小红是否又去了湛江。我不需要明确告诉他什么，只提醒他去打听一下，看他岳母在湛江开没开店。但我始终没那样做。每次摁下接通键之前，我都要问自己：我为什么要这样做？如果小红知道是我让胡坚去打听的，会不会觉得我是嫉妒她有一个身家过亿的情人？会不会觉得我是爱上了胡坚才故意破坏她的婚姻？再说，胡坚去打听了，也不一定能获得真相，世上有多少片树叶，就有多少个谎言，小红完全可以找到另外的解释，把胡坚敷衍过去。

我不给胡坚电话，胡坚却主动给了我电话。这大大出乎我的意料。

他有个大学同学来了，请他招待，他简直无从下手，希望我能够帮助他。

这让我听出，小红又去湛江了。

果然如此。她是带着女儿去的。女儿还没跟她脱离生理上的联系。

我对胡坚说："你请你同学去酒楼吃一顿，不要你做饭，不要你洗碗……"话没说完我就打住了，胡坚难得求人，我不该拒绝。他说他同学要晚上七点才到，预定的宾馆是金昌国际大酒店。尽管我没去过那家酒店，但我听说里面吃饭贵得咬人，绝不是我们可以消受的——这时候，我很不情愿地想到了孙浩和他的产业，同时也想到了奔赴他的杨小红——便给胡坚出主意，说那家酒楼不远处，有家湘菜馆，我去吃过，味道相当好，价格也适中，我帮你订包间，而且我一定提前到场。

但我的努力都是白费。我在包间里从六点半等到七点半，也没见人来。给胡坚去电话，他才说："你赶快过来，国际大酒店407。"这让我很不高兴。看来，在哪里吃饭，并不是胡坚说了算，他那同学也太霸道了。我要退掉这边的包间，老板非让我出一半包间费。胡坚应该早告诉我。去国际大酒店的路上，我心里想，管他呢，在那里花八千还是一万，无非是钱，这钱是孙浩给的，孙浩占有了他的老婆，应该给钱让他请客。越是这样想，我越是觉得，胡坚真是一个可怜的男人。

身着艳丽旗袍的服务生将我引进407，我才发现自己错了。在座的，除胡坚和他同学，还有万书记和陈院长。万书记是市委副书记，陈院长是文理学院院长。很显然，这顿饭并不需要胡坚请客。我后来得知，他同学也没跟他联系，只是跟陈院长打电话时，陈院长说："嘿，我最近才知道，你还有个同学在我们市呢。"然后说了胡坚的名字，讲了他吃鸡饲料的笑话，他同学顺便带了一句："把他也叫上吧。"陈院长通过市委宣传部找到了胡坚。他同学是个女的，脸上抹了很重的粉，眼睛大，嘴巴大，鼻子却短，使她的脸显得局促，但她的精明强干，特别是她叽叽喳喳地说个不休，让我这个初次跟她见面的人，也没有精力去评判她的长相。不是胡坚请客，我来干啥？可既然来了，总不能转身就走。那会显得很无礼。何况胡坚坐在墙角的沙发上，眼巴巴地望着我，像是求救。胡坚根本没想到把我介绍给大家，还是我自己介绍的，那情形实在尴尬。好在陈院长很豁达，说他喜欢我编的稿件（我没说自己是文理学院毕业的）。菜刚点上，几人坐在沙发上喝茶。两排沙发之间，横着宽大的大理石茶桌。连同我在内，仅五个人，包间里也只有一张餐桌，却是可供一家三代居住的大房间，铺着厚实的浅灰色地毯，还挂着绘了古代君王宴饮的壁毯。

从他们的交谈中，我知道胡坚的同学姓马（万书记和陈院长都叫她马博士），现任省城某大学教授。也是从他们的交谈中，我听出三人的关系来了：万书记是两年前才从省委组织部下来的，马博士的父亲当年是他的直接上司；有次马博士想发表论文，顺便问去她家走访的万书记有没有学界熟人，万书记就找到他的老乡陈院长，文理学院有学报，但档次显然不够，陈院长又联系到一家有名的核心期刊，在那里做主编的，是陈院长的同窗，马博士的论文很顺利地发表了。万书记和陈院长有什么掰不开的事，马博士总能凭借父亲的关系，为他们摆平，特别是万书记，他不可能在金昌市一直待下去，他要回到省里，做部长、省长……自然需要老上级的帮衬。就这样，三人结下了很深的友谊。

在座的，不仅我是个多余人，胡坚也是。

酒是陈院长带来的，两瓶茅台。我和胡坚滴酒不沾，他们三人边喝边聊。马博士说，她这次来，不为别的，就为看望老友，但来了就得玩两天，她想明天去雪溶洞走走。雪溶洞在金昌沧水县，离县城三十公里，是国家 4A 级风景区。明天是星期五，万书记和陈院长都走不了，马博士便撒起娇来，扭扭细长的、多少显得有些嶙峋的脖子，说：“你们不陪我，我玩起来有什么意思啊？”万书记说：“我派人把你送过去，然后找那边的人陪你。”摸出手机打电话。接电话的人，是沧水县一把手，万书记说：“老郑，明天马博士要去雪溶洞，你安排人陪一下……她可能要住一天……”万书记根本没说马博士是谁。用不着说，只要是他打的电话就行。随即他给老郑发了个短信，把马博士的手机号告诉了他。过了不到五分钟，马博士的电话响了，她一看是个陌生号码，后面三个9，问是不是老郑的？万书记点了头，马博士就拿起来接听：“喂——”这一声拖得很长，故意夹着喉咙，压得很低沉，像个男人的声音。然后才把喉咙松开，“哦，郑书记呀……用不着你亲自陪的呀……宾馆不用太高档，干净舒适就行哪……”收了电话，马博士又扭起了脖子：“郑书记说要亲自陪我，这么高的规格，我哪里受得起呀！”脖子带动腰，全身扭动着，“嗯”了两声，又说：“我喜欢。”言毕端上酒杯，跟万书记碰。万书记说：“听上去还以为你没见过世面呢。”陈院长说：“如果他知道你父亲是谁，恐怕他连司机也不要，亲自开车陪你。”马博士呵呵笑。

因为明天的事安排妥当了，马博士的话越发的多起来，说她走了三十多个国家，不管去哪里，坐头等舱都成了她的义务。有回只有半小时机程，接待方给她买了经济舱，结果办事员遭到上司的臭骂，办事员笔直地站着，嘴唇和双手只管抖，弄得她都有些过意不去，说不过半小时，经济舱就经济舱吧。但对方那个大肚子上司说：“不行的，这是尊重。”马博士又开始扭脖子了：“嗯，尊重，我喜欢。”说她有回去古巴，如何违规带回了一大包雪茄，但安检的时候，又让她丢掉了一根4000多块钱的皮带。或许是因为有个“巴”字的缘故，她接着说到巴厘岛，“你们去过巴厘岛吗？”她问万书记和陈院长，万书记说早就去过了，可她还是按自己的思路说下去，

“什么时候空了，你们去玩几天，那边的一切开销由我负责，我有个学生的父亲是××公司老总，在那边有很大的势力。”然后又说，她要给万书记和陈院长送沉香木，从印尼来的，只有印尼的才是真的，中国的全是假的，小小的一块，就值数万，在房间里一点，满屋生香，还能驱除病害，但这都是次要的，关键是它能提升生活品质。

她说个不停，喝个不停，还不停地抽烟，她抽的烟据说要几百元一盒。

我仿佛进入了另一个世界，恍恍惚惚的，很困。但我必须强打精神。在座的，陈院长和马博士且不说，还有万书记呢。尽管他们三人自始至终没看过我和胡坚一眼，我们就如同一张凳子，可就算是张凳子，在万书记面前，也要把凳子当好。我把手放下去，毫不顾惜地掐自己的大腿。当我的耳朵又能进言，听见他们已经改变了话题，说到了信仰。“人没有信仰是不行的。”他们差不多异口同声地说。马博士说她最近读了《般若波罗蜜多心经》，受到很大的启发，可中国人还有几个在读书呢？尤其是汉人，读书的人数更少不说，读书的品位也不能与少数民族同日而语，“我有回去新疆，”马博士说，“看到那些卖馕的、卖干果的、卖皮帽子的维吾尔族人，都在捧着书读，我以为读的是爱情或武打小说呢，结果，嘿，人家读的是《福乐智慧》，他们民族的经典！那么普通的人，直接跟世界对话，跟真主对话，我们……”马博士摇着头。谈到国家的前途，民族的未来，他们变得忧心忡忡了。

快到凌晨1点，饭局还没结束。但很快就要结束了，因为万书记说：“马博士，你走了几百公里路，明天还要去雪溶洞，早些休息吧。”马博士说：“我没有关系，我可以三天三夜不睡觉，去年国庆节，我连续奋战三天，你们猜我赢了多少？四万!”陈院长笑起来：“日进一万三千多金，值得……那就休息吧。”马博士点烟的时候，万书记和陈院长分别拨了个电话。他们刚把手机放下，坐在陈院长右手边的胡坚，突然有了一个古怪的举动：他把陈院长用的酒壶（里面的酒还没喝完），一把抓起来，抓的动作结实，鲁莽。他这是要干什么？好在除了我，没人注意到他，因为他们三人又在安排马博士从沧水县回到市里之后，如何接待她了。还没安排周详，万书记和陈院长的司机就到了楼下。于是大家起身。胡坚起来得最晚，疑惑地望着大家，像是不明白为什么都站起来了；几人走向挂衣钩，穿上外套，朝门外走去，胡坚才将酒壶放下，跟了上来。马博士把我们，不，把他们两人送下楼。在电梯里，陈院长对马博士说：“你既然来了，就必须去我们学校搞一堂学术讲座。”马博士双手握住，放在胸前：“拜托了哥，我时间太紧了，下回吧。”陈院长不依：“我不管你。”然后陈院长翻着眼皮掐算时间，“我给你安排在星期天上午，讲两个钟头，吃了午饭你就走。讲什么你自己定，但你要提前给我一个大致的题目，好做海报。”马博士弯着脸，撒着娇说：“我讲一堂课……”伸出五根指头。陈院长笑着说：“是五千不是五万嘛，你担心啥？未必我还亏你？”马博士严肃起来了，又是那副忧心忡忡的表情，说：“我就讲一讲知识分子如何建构自己的精神生活吧。这个题目我在上海和武汉都讲过。”陈院长说好的，你不要讲得太深就行了，你知道，现在的大学都是浅化教育，尤其是像我们这种学校。

下了楼，依照顺序，万书记先走。万书记的车开出去后，陈院长非要把我和胡坚送回家，我帮助我自己，也帮助依然没醒过神来的胡坚，谢绝了陈院长的好意。陈院长走后，马博士微笑着，跟胡坚握了手，又跟我握手，然后把我和胡坚合起来看了一眼，说了声

“再会”，转身走回大厅。

前面来了辆出租车，我正要举手，胡坚却弯了腰，捂着肚子，哇哇地吐。

一股刺鼻的酒臭。他跟我一样，滴酒未沾的，吐出的秽物怎么会有这么浓烈的酒臭？这让我百思不得其解。我一手拍他厚实如墙的背，一手伸到自己嘴巴面前哈气，哈出的气流竟也有一股酒臭！

胡坚的呕吐声在空阔起来的大街上奔跑，我真担心整座城市都会听见。还没到家的万书记、陈院长和就在背后楼上的马博士，自然会听见的；马博士要是住在临街的房间，打开窗户，就能看到胡坚的窘迫相。好在被她看到的可能性并不存在，她的房间是万书记订的，万书记不会让她睡在临街的房间。在楼房里侧，有很大的花园，这时节，枝叶扶疏，九重葛正艳丽地开放，睡清静舒适的房间，也是马博士的义务，万书记不会不知道。分明不会遇见熟人，我脸上还是火辣辣的，那是被马博士的眼光烫伤了，就是她把我和胡坚合起来看的那一眼。那眼光至今也没有离开。我做自我介绍时，并没说清楚我跟胡坚的关系，或许，马博士以为我是他妻子，抑或情人？

我应该感到脸红吗？

我应该大大方方地告诉她，胡坚是——至少曾经是——我崇拜的偶像！

可我没有这样说。

事后才想到自己尊严的人，本身就没有尊严可言，我活该被人瞧不起。

又吐了一阵带着酒臭的酸水，胡坚才气喘吁吁地停下了。吐得这么厉害，我只好先把他送回家。两人坐在出租车上，一路无话。路灯匀速地闪过，我能看到他脸上的疲惫和迷惑。他很可能在想，彼此勾肩搭背挖墙脚捞好处是他们的现实，忧国忧民怎么也成了他们的现实？我也正想这事。我想不明白，只能说，前者是他们的现实，后者也是他们的现实，这本身就是现实。现实是讲条件的，是分场合的，比如马博士在课堂上或去外地举办讲座，能够讲她如何打通关节发表论文吗？能够讲她怎样打着父亲的招牌花着公家的银两满世界游逛吗？能够炫耀她一根皮带就值4000多块吗？如果这样，她就违背了现实——她这时候的现实是，她会受到隆重接待，热烈追捧，而且开一堂讲座至少可拿到5000块钱，因此她必须忧国忧民，必须满腔热血地强调知识分子应该建构自己的精神生活。

扶胡坚上楼的时候，我差一点就问他宴会快结束时，为什么会有那奇怪的举动。

但我估计他没有心情回答。其实我也没有心情问。

小红的女儿快满三岁了。凡见过那小家伙的，都叫她白雪公主。她比她母亲长得还好，特别是皮肤，梨花一样白，当她叫叔叔阿姨的时候，声音就像开放出来的花瓣，有花瓣那样的色彩、形状和香味。人人都喜欢她，我也不例外，但每次见到她，我都禁不住预想她的未来。她母亲如她这么大的时候，一定也招人喜爱，人们也会把最美好的祝福给予她，断然料不到她过了三十岁还嫁不出去，最终嫁出去了，嫁的却是满城尽知的“废物”。这种对孩子的预想真是缺德。我承认自己缺德，但每一种生命密码，都来自对自身的解读，当初潮明示了我的性别，在关于未来的梦幻里，我何曾把自己搁在这座被山与河围困的城市，那时候，我想的是飞到云空里，在云空里与某个面目不清却光彩照人的男子相遇，他张开双臂迎娶了我，让我成了含情脉脉的幸福的女人。可事实上，我丈夫跟我一样，都是这座城市土生土长的。我幸福吗？——谁要在现实生活中去讨论幸福，我认为都大而无当。这是一个伪命题。“理想的白马骑不得，梦中的爱人爱不得。”这话很对，因为理想和梦幻，都与现实无关。

更糟糕的是，一个小小的插曲，竟在我的生活中强行楔入了另一种现实。

那次我把胡坚送回家，只送到了门口，根本就没进去，他没邀请我，我也没打算进去，上楼之前，我就让出租车司机在楼下等着。当我帮胡坚把门闭上，背转身，寂寞的虫子即刻跳上我的脖颈，成群成队地在脊背上蔓延。那是胡坚的寂寞。胡坚的寂寞让我感同身受，同时也让我觉得羞耻。我像做了见不得人的事，开自家门时，生怕丈夫堵在里面，质问我何以这么晚才回来。要真是这样，我一定会撒谎。我从没在丈夫面前撒过谎，看来今天晚上要破例了。我后悔把小红常去湛江找孙浩的事告诉了丈夫，后悔下班之前给他打电话时，老打老实地说我要去帮助那个“废物”招待客人……不过没关系，胡坚的客人是个女的，我还要把万书记和陈院长抬出来，说出这些，完全没有撒谎，可我就是感觉这是谎言。分明很疲惫，开门时却挺直了腰，故作镇定。结果没人堵住我，屋里黑漆漆的。走进卧室，床上空空荡荡的。他还没回来。他几乎每天夜里都回来得很晚，有时甚至不回来。他要打牌，要喝酒，要跟伙伴们谈生意。走进另一间卧室，女儿和她外婆睡得很熟。是我下班前叫母亲过来陪女儿的。

这种景象实在无趣，还不如丈夫就堵在门口呢。

我的腹内像兜着小兽，拱来拱去，想吐。跑进卫生间，对着马桶干呕几声，啥也没吐出来，只弥漫出酒臭。但我还是按下了抽水马桶，哗哗啦啦的响声，表明我弯腰撅股所费的力气，并没有白费。抽水的声音一停，夜晚便静如荒原。马桶里那个椭圆形的窟窿，不怀好意地盯住我，以无声的语言对我说：其实，人真的说不上高贵，从下面和上面的孔道排出的东西，都可以被我抽走。

洗过澡，赤条条地就躺到床上去，让床头灯亮着。我生而不美，上身太长，小腿太粗，听人说，小腿粗的女人不能干，是的，我只会认认真真地编稿，勤勤恳恳地做家务，算计着过日子，不像小红，坐飞机去湛江，住在高级宾馆里，袅袅婷婷地往男人面前一站，一躺，就拿回大笔的钱来。她的确比我能干。但此时此刻，我的兴趣不在这里，我只专注于自己的身体。养育过孩子的身体，腿松了，腰松了，屁股松了，乳房松了，乳头发蓝，起着难看的折褶，像被人丢弃的风干了的果仁。小红的会不会这样？她的乳头还是那么小、那么鲜红欲滴吗？我真想再有机会看一看！这种渴望无与伦比！但我已经没有机会了。一旦嫁人，女人的身体就属于男人。即便去公共澡堂，小红也多半不愿和我共有一个洗浴间。可她却愿意袒露给两个男人。我把灯光调暗了些，想象着我也把身体袒露给两个男人，一个是我丈夫，另一个……可不管怎样用心想象，两个男人都有着同一张面孔，同一种体味。

在这一点上，我跟胡坚一样不可救药。

丈夫不知道我那么晚回去，但我并没因此而平静，我依然像做了亏心事，觉得对不起丈夫，也对不起小红。我把家务活做得更加无怨无悔，比先前更加频繁地跟小红联系，还给她女儿买了一身衣服，仿佛这样做，就能弥补什么。小红快乐地接受了我的友情。有个周末，她领着女儿来我家玩，我的女儿带着她的女儿，去卧室里玩积木，我俩坐在客厅的沙发上聊。我尽量回避提到胡坚，也不提到我丈夫，可小红偏偏问我："海舟呢？"我说你又不是不知道他。她又问："那天他在家吗？"小红说的"那天"，是指五天前的深夜，大约凌晨 2 点多钟，仿佛从地底下冒出一个声音："地震了！"这声音顷刻间弥漫全城。以前地震，都是静悄悄地来临，人不知道，猫狗也不知道，这次喧嚷得如此厉害，想必非同小可。人们从睡梦中惊醒，拖家带口地涌出屋子，去开阔地躲避。结果是虚惊一场。这几天，所有人都在谈论那场虚惊，开口就是："那天……"觉得怪好玩的。那天我丈夫鲁海舟跟往常一样，并不在家，他比我先得到消息，打电话来，让我赶快跑，当我拿上房产证、结婚证、银行卡和笔记本电脑，拉着女儿从七楼跑到三楼，才和飞奔上楼的丈夫遭遇，他接过我肩上的挎包，抱着女儿，又朝楼下飞奔。"幸好是场虚惊，"我对小红说，"要是真的发生大地震，等他回来，我跟女儿早就被埋了。"

小红正要说什么，却听到她女儿丽娜——小红嫌自己名字太土，便给女儿取了个洋气的名字——的哭声。她敏捷地起身，跑进卧室。原来是小家伙感到委屈了，"姐姐说我笨，"她向妈妈告状。小红做样子打我女儿，恶狠狠的地把我女儿屁股后面的床垫拍得乱响，但小家伙还是不依，哭闹着要回去。我和小红便分了手。她已走下两步楼梯，又回过身来，小声地，郑重其事地对我说："过些天我再来找你玩儿，我想给你说件事。"

我的胸腔砰砰乱跳。那是心里的鬼在打鼓。这让我生自己的气。小红穿梭于两个男人之间，啥事没有，平静如水，而我，分明清清白白，却庸人自扰。

不过，我真有那么清白吗？

每一个问题，哪怕再简单，也不能细想，细想就会陷入迷茫。是谁发明了"？"？这符号看上去像个耳朵，提醒你多去倾听，可我去听谁的？谁又能回答我这个问题？

这个问题是："我真有那么清白吗？"

上下班的时候，只要想“碰见”胡坚，几乎都可以碰见他。有好几次他都买了菜，再不是绿豆加土豆，而是像所有热爱生活也会生活的人那样，荤素兼搭，讲究口味。这应该不是他所具有的能力，而是小红的吩咐。但事实上我错了，只要胡坚买菜，小红都不在家。胡坚变了。他不仅懂得了生活，行姿坐态也大有改观，臀部不像先前那样塌下去，而是尽量往上提，这样，能保证他走路时不至于后仰。熟悉他的人，照样能依稀识别出他欲朝后躺下的印迹，不熟悉他的，绝对看不出来了。如果大街上的人还在注意他，仅仅因为他超越常人的胖，而不是他古怪的姿势了。

最大的改变，是他竟然写起了文章。

那段时间，马博士曾去过的沧水县出了一个英雄人物，叫梁华，是某镇镇长，他下村检查烟叶栽种，遇到山体滑坡，跟十二个村民被埋。这时节，没下过大雨，本来不该遇到这种事，偏偏被他遇上了。人们自然而然地联想到“那天”夜里的虚惊，联想到金昌市随时可能遭遇的“实惊”，就说：“趁还有口气，赶紧享乐吧！”全市人，老的少的，男的女的，都这样说。梁华被挖出来时，鼻子嘴巴都塞满泥浆，头上压着一块方方正正的石头，但两只手却穿透泥尘，钢钎一样前伸，看样子是要把某人推开。市领导早就在寻找一个甘于奉献的典型，来压制甚嚣尘上的享乐之风，梁华适时地成了那个典型。市里发了文件，号召全市人民向梁华同志学习，我们报纸开辟专版，天天登载领导和市民的学习心得。别人写不足为奇，我没想到胡坚也写，只不过他写的是篇理论文章：《略论梁华精神的时代性和进步性》。他发短信给我（他也会发短信了），要了我的电子信箱，托我把文章转给专版编辑。

全文透辟而晓畅，不愧为状元，不愧为名牌大学高才生。唯有一句引文不是很清楚——引文本身是清楚的：“人并不高贵，人性才高贵”，但说这句话的人，叫马晓丹，马晓丹是谁？负责专版的，是个老编辑，每一个字他都要解剖，凡有不清楚的地方，必须弄清楚，他经常教育我们这些年轻编辑：许多时候，话并不重要，是谁说的才重要，举个简单的例子，希特勒一生总不可能没说过一句正确的话，但他的话再正确，也不能从正确的含义上去加以引用。他让我打电话问问胡坚，说明马晓丹的身份。于是我就打电话过去，说胡坚啊，恕我孤陋，我从没听说过马晓丹这个人，你在文中略微介绍一句吧。胡坚顿住了，显然感到惊诧。我并不脸红，在他面前，我没什么好脸红的。

可他的回答让我比他还惊诧。他说：“马晓丹你不仅听说过，还见过呢。”

我的某根神经猛地一收：“未必……是马博士？”

他说就是啊，那句话是她去文理学院做讲座时说的。

放下电话，我继续吃放在面前的橘子。这只橘子昨天就放在这里，昨天吃了两瓣，给胡坚打电话之前吃了一瓣。昨天很好吃，今天很难吃，一夜的风，没收了它的水汁和甜味儿，塞在齿间的，类同木屑。我一边苦恼地咀嚼，一边上网，查马博士那次讲座的原文。结果，文理学院的网站上只有马博士做学术报告的消息，没有一个字的内容。这么说来，胡坚那次亲自去文理学院听了她的讲座？

一定是这样的，不然他怎么知道。

橘肉的渣滓怎么咽也咽不下去，只好吐进电脑桌下的字纸篓里。胡坚为什么会去听她的讲座？讲座结束，是不是又跟他们一起吃了饭？那天夜里他猛地抓住酒壶，是要敬他的老同学一杯吗？在文理学院的餐桌上，这愿望是否达成？……不知为什么，我又塞了一瓣橘子在嘴里。

慢慢咀嚼，竟然嚼出一点甜味儿了。原来它是有甜味儿的，只是藏得很深。

小红果然找我来了。她给我说的“事”，使我全身一震。

她说：“我想离婚。”

她的眼神初始凌厉，见我整个人变得僵硬，她又笑嘻嘻的了，“开句玩笑呢，就把你吓成这样。”

“……这种玩笑不是随便开的。”

“不过是玩笑嘛。”

“你要知道，你是过了三十岁才嫁出去的女人。”

她哈哈大笑，每一条笑纹都舒展而真诚。她并没有怀疑我。

我自己也无法解释的是，这时候我为什么会有一丝压抑不住的激动？是因为她没怀疑我，还是听说她想离婚？但我故作认真，问她是不是跟孙浩扯不开了。她没回答。至少半分钟过去，她说：“你是不是很看不起我？”这突如其来的问题，反而把我给噎住了。我像吞一粒不听话的药丸，舌根和喉咙蠕动老半天，才笑着说：“你这不要天良的，我怎么会看不起你？我又凭什么看不起你？”

谎言无处不在。没有谎言，就没有现实生活。我们的现实生活是虚构的。虚构的比真实的更加可靠。她不理会我夸张的言辞和表情，清清浅浅地说：“其实，我早该告诉你我跟孙浩的实情。我并不是第一次去找他就打定主意在他面前脱光的，我就是去找他借钱。是借，不是要。他愿意借当然好，不愿意借，呵，我也没有办法。人总要活下去。死人才不能活下去。我又不是吃不上饭，只是没地方住。当时我都想好了，我跟胡坚去租房，然后我再找事做，像妈那样开个炒货店，或者干些别的，一月挣一两千块钱，总不会太难。可是我到孙浩那里，遇到了另外的情况。”

小红盯住我的眼睛，我只好“嗯”一声，等着她继续往下说。

一表达正经事情，她的芜杂和啰唆就让我无法忍受。耐着性子听了不下半个钟头，我才听出这样的意思：那次她找孙浩借钱，本想打个电话说的，但要借的数目太大，电话上说太草率，还容易被拒绝，于是她动身去找他。出了火车站，她给孙浩发短信，说她到了湛江，有事想见他。短信刚发出去，孙浩就来电话了，孙浩说你在哪里？我来接你。他果然自己开车到火车站接她了。他把她带到了一家宾馆，让她坐在大厅的沙发上休息，他去开房。她没想到是那么高级的宾馆。宾馆不就是让人睡觉的吗，可这家宾馆除了卧室，还有迷你厨房、迷你酒吧、独立餐厅、宽敞的接待室，并配有多媒体音响和两台数字电视，此外还有行政办公桌、室内传真机、语音信箱、电子保险箱、各类护肤品，至于床上用品和桌凳的质地，以及地毯和壁挂的精美，就不必去说了。好些东西她根本就不认识，也没必要认识，因为生活中并不需要。她承认，那一刻她觉得自己高贵了，浑身散发出任谁都会惊叹的光辉。她忘记了此行是来借钱的，孙浩叫她坐，她就坐下。孙浩说你累了，先冲洗一下吧。她就站起来，走向浴室。她不会摆弄，是孙浩帮她把水放好，并教会她如何使用里面的洗漱用具。洗了澡出来，孙浩坐在接待室抽烟，她便坐到孙浩的对面去。

洗澡的过程中，她有些清醒了，心想必须尽快说出找他的目的，免得让他产生误会。可在孙浩的对面落座，见他闷头抽烟的愁苦相，她想说的话说不出口了。“他是不是猜出了我的意图，就事先摆出这副样子来封我的口？”正这么想，孙浩开口说话了。他说的是比他大十岁的妻子，以及妻子那古怪的皮肤病。妻子满身上下不仅长着粗糙的象皮，还像炭一样黑。

说着说着，他下意识地举起两只手掌，迅速扫了一眼，像是察看手掌是否被妻子的皮肤割伤了。

“我已经很久不知道女人光滑的身体是什么样子了。”他说。

“他说得一点儿不色情，只有悲哀，”小红对我说，“要不然，我也不会脱光了给他看。”

她的话我听明白了，做那件事情，是她自愿的，主动的，并不是孙浩的要求，更与金钱无关。她也是这样给我解释的。她说，当孙浩泪流满面地吻了她，她几乎对借钱的事感到绝望了。这时候提说，就有要挟的意思了。但借不借是他的事，说不说是她的事，跑那么远的路来一趟，总不能腔都不开就打转身吧？“更要命的是，果真那样，孙浩就更有理由误解我了。”于是她就说了。

孙浩没有一丝犹豫地答应了她，还多给了她，直接就在湛江为她办了张卡，把钱存在里面，当他把卡交到她手上时，他说：“这一点钱，用得着借吗？你拿去用就是了。”

“我以前对你说让他赔偿青春损失费之类的话，”小红告诉我，“全是假话。以后我去找他，也不是他要我去的，是我主动去的。他实在需要安慰。”

我该赞美她的高尚吗？

“那你为什么说想离婚呢，真的是开玩笑？”我揪住这个问题不放。

她眯了一下眼睛。她最近做了假睫毛，长而上翘，眼睛眯起来的时候，两排睫毛失去了依托，给人惊惶失措的感觉，仿佛在张嘴呼喊什么。“当然是开玩笑啊，”她说，“我离了婚怎么办？像我们这种年纪的女人，再嫁就只有嫁给五六十岁的老头子了。你以为孙浩会离婚娶我？”她撇撇嘴，嘲讽地笑了两秒钟光景，“他一离婚，就变成穷光蛋了，只有傻瓜和疯子才会为女人把自己弄成穷光蛋。你别这么看着我，我知道你在想啥，我不会抛弃家庭去做别人的小三，虽然我经常去见孙浩，但那是怜悯他，为他难过，绝不是他的小三，连普通的情人也不是。”其实我并没这么想，但我不言声，让她继续说下去。她突然笑起来，笑得前仰后合的，笑够了才说：“现在有种说法，允许有实力的男人多娶老婆。可这只是说法，一夫一妻制的法律并没有修改，孙浩有再多的钱，也只能娶一个老婆。不过话说回来，就算孙浩可以娶十个老婆，我也不会成为那十个当中的一个。我迈不过那个坎儿。”

我努力去理解她的话，看她说的“坎儿”究竟指什么。

大概是指她被孙浩抛弃孤身回乡的那段经历吧。

也可能还有另外的“坎儿”，我不知道而已。

“再说，”她苦笑了，“我把一个废物训练成现在这样子，容易吗？”

这倒是的。我能想象那种难度。

胡坚早不是以前的胡坚，在单位上，他已得到重视，宣传部理论科的老科长临近退休，听说胡坚铁定了接替他的位置。前期铺垫已经做好，胡坚调到了理论科，做老科长的副手。他在宣传部本是个可有可无的人，而现在走进那幢楼，很容易就能听到人们呼唤他的名字，如果领导不在，还能听到人们跟他大声说笑，有人甚至把他吃鸡饲料的旧事搬出来。这在以前是不可想象的，以前人们只是私下取笑，不会当着他的面说，现在不仅当面跟他说这些，还能引出他一连串的、无所顾忌的笑声。这证明，那件事情已经过去了，无论是别人，还是他自己，都不会当成他身上的污点。

然而，小红再次对我说起她想离婚。

不管怎么装，她这次的眼神都比前次说这话时认真了许多。

“你是觉得自己对不起胡坚吧？”

“我对不起他？”小红很惊讶，“我没有啥对不起他的。”

“果然不要天良!”

小红又笑了。“尽管你读过大学,”她说,“又做了这么多年编辑,但你理解问题,还不如我这个高中生和无业游民。女人去跟丈夫之外的男人睡觉,并不一律的都是对不起丈夫。这要分情况。身体算什么?谁都有一副身体,只要心不在,两副身体睡在一起,跟两个机器人睡在一起又有什么区别?哪怕两副身体有一些动作,那也是两个机器人的动作。两个机器人的动作也有道德标准吗?我这话并不是说,我跟孙浩睡在一起时我的心不在场,它在场,但不是那种心,是另一种心,怜悯他的心。女人去怜悯一个男人,总不至于就说她对不起自己的丈夫。我以前对你说过,孙浩跟我分手过后,和王新月好上了,不久他遇到现在的妻子,又把王新月蹬了,孙浩老实向我承认过,结婚过后,他去找过王新月,她还在那家公司,做了部门经理,她根本不愿跟他见面,只让同事给孙浩传话,说她已经结婚,说孙浩跟她丈夫相比,还不如一条狗。她结了婚是实话,但后面这一句,谁说得清呢,上次我去孙浩那里,听说王新月被查出艾滋病,跟她丈夫一起,被送到湖北某个艾滋病康复中心治疗去了……”

小红突然停下来,咕哝一声:“我说这些干什么?”

的确,这些话并不能帮助她自圆其说。她自己也感觉到了,摇一摇头,粗重地叹了口气,改换了话题:“可惜了……你没见过王新月,那真是个美人坯子。你经常夸我长得好看,要是见了王新月,就不会对我说半句赞美的话了,除非你成心撒谎。”说到“撒谎”两个字,她竟然恶狠狠地盯我一眼,盯得我骨头发麻。随即她像对自己不满意那样扭了一下头,神情温和地对我说:“王新月是个丰满的女人,爱穿露背装,她本是辽宁人,去广东是对的,广东的天气可以供她一年至少有三个季度可以穿露背装。她身体的那个饱满,皮肤的那个白，那个细嫩，那种光泽，就跟石膏一样……如果她愿意像我这样接受孙浩，孙浩就不会在我身上来重温光滑皮肤的滋味了。”这句话说得很轻，很快，像自言自语。“我不相信孙浩没去嫖过，我甚至觉得他经常出入那种场所，但是，他不把妓女看成女人。男人们都是这副臭德性，个个自以为是，认为嫖不算本事，勾引良家妇女才算本事，在他们的风流簿上，一般都不把妓女记入名册，只记良家妇女。他们把勾引良家妇女叫‘吃粮（良）食’。”

“你懂得真多啊。”

我自己都没想到会把这句话说得这么有气无力。

她咧开嘴笑，露出雪白整齐的牙齿，和牙齿之上鲜红干净的牙龈。

但眼睛没笑。“我这人，”她说，“到底没读过几句书，说着说着就走题。”

她说的题目是她想离婚。

“我有什么对不起胡坚的？”她终于接上开头的话，“要不是我，他连个住的地方都没有。这件事就不说了……我本来早就计划买辆车的，但就是不想买……不说这些了……没有我的话，他就不可能改掉那些臭毛病。他父母都承认我的功劳。你知道他父母以前是看不起我的，觉得我不配做他们儿子的老婆，当他们的儿子由一头熊变成一个人，才明白究竟是我不配做他的老婆，还是他们不配做他的父母。再说，要不是孙浩帮忙跟冉部长拉拢关系，别说胡坚写了几篇文章，就是写一百篇文章，冉部长的眼睛说不看你就不看你，你能把人家怎样？”她表现出少见的激动，少见的愤懑。

看来，胡坚的父母给过她不少的脸色，说过不少的风凉话。

为缓解她的情绪，我说：“该不是胡坚有对不起你的地方吧，未必他也‘吃粮食’？”

小红愣了一下，短促地“呵、呵”两声之后，是一连串的呵呵，头埋在两腿间，瘦削的肩背颤动着。当她把头抬起来，耳根都笑红了，眼眶里盈满泪水。“他呀，”她说，“再给他两个脑袋，他也不会知道去‘吃粮食’，他还没有进化到这种程度。”接着，小红给我描述胡坚的生活起居。

大体说来，还是老样子，尽管不再随时随地给人要躺下去的印象，但爱往床上躺的习惯并没有改。因为路远，中午他不回家，晚上回去，哪怕只有五分钟就吃饭，他也躺上床去看书。他甚至把电脑也拿到床上去，要写啥，就把电脑放在平伸的腿上。一年四季，三百六十五天，都这样。他根本就没有周末的概念，对他来说，周末除了不上班，别的一切，吃饭、看书（现在还加上写文章）、睡觉，跟平时完全没有区别。“他真的就是个机器人，机器人需要‘吃粮食’吗？”小红说罢，又是一阵大笑。

她不知道这笑声有多么刺激我。

但我什么也没说。有些话，再好的朋友也是不能说的。不仅对朋友，对自己也不愿意说。

可小红像成了心似的，不断刺激我的神经，接连两个周末，她都来找我玩，事先都没打电话，直接就找上门来了，一次带着女儿，一次没有带。不管有没有女儿在身边，她都是那句话：“我想离婚。”

我不愿接她的茬儿，把话题引开，她高高兴兴地顺着说一阵，突然又是那句：“我想离婚。”

重复得多了，我觉得，小红是故意让我难堪的，她可能早就知道我的境况。我丈夫鲁海舟，是典型的“现代”男人，有个段子这样描述现代男人的一天：上班时间思来想去，下班电话约来约去，晚上吃饭眉来眼去，饭后唱歌摸来摸去，夜里桑拿翻来覆去，凌晨回家骗来骗去。鲁海舟就是这样的。

他在市中区某街道办上班，同时跟几个朋友合资开了家洗脚坊，他的整个生活圈子，都是在外面，"家"只是他的客栈，他回来，并不是因为家就是让人回来的，而是因为家里有他的义务。当某个地方只剩下义务时，那地方对谁都会成为一种折磨。他在外面时，衣服穿得笔挺，皮鞋擦得锃亮，说话诙谐幽默，做事八面玲珑，回到家里，就被腾空了，只有一张没精打采的皮囊，脸总是阴沉着的，嘴总是紧闭着，若是周末，让他睡到十点过再喊他起来，他连睡衣也不换下，甚至也不梳洗，就坐到餐桌旁（比胡坚也不如了），咀嚼声有一下没一下的，吃得懒心无肠。吃饭之前，他就把手机打开，放在离自己最近的地方，吃两口，看一眼，像是惊异它为什么一直没响。如果吃完饭还没响，他就主动拨打，声音细得像蚊子叫，仿佛马上就要断气似的。然后，他开始打理自己，多数时候都要洗澡。我对他说，刚吃过饭就洗澡，对身体不好，但这毫无意义，他不会听的。洗了澡出来，他边穿衣服边对我说，朋友找他谈生意，或者单位找他谈工作，他要出去一趟。他说这话时表情痛苦，甚至带着恼怒，以此表明外面那些事情的纠缠，让他多么劳苦，他本是多么不愿出门。然而，一旦跨出家门，他就如逃脱牢笼的野兽，恨不得放开蹄子奔跑。他出去这"一趟"，往往是一整天不回来，有时连续几天也不回来。开始，他中途还打个电话，做一番解释，后来电话也懒得打了。

我知道他在外面有人——只要是女人，不需要侦察，直觉就会告诉她丈夫在外面是否有人。何况认识他也认识我的朋友，还不止一次地给过我暗示，但我装傻。遇到那些带着强烈的责任心，把关心别人的生活当成天职的家伙，始终揪住这个话题不放，差不多要把暗示变成明示的时候，我就做出一副深深理解男人，并且宽容男人那“微不足道”的缺点的样子，斜着腰，靠一条腿支撑住身体，翘一翘嘴角说：“让他去蹦跶吧，他总有累的时候。”据说，我的这种态度，在他的朋友圈里赢得了好名声，他的朋友们说，像我这种老婆，娶一个真的太少了，应该娶五个、十个！

寂寞自知。每当夜深人静，我似梦非梦、似醒非醒地把头往一条胳膊上放，终于放了个空，并因此清醒过来的时候，我知道自己有多么落寞。当我想到那条胳膊上正枕着另一个女人，他和另一个女人鼻息交错，我的心就被扔到烙铁上，发出短促的滋溜声，立即被烧得枯干。

有男人陪着该有多好，哪怕是个机器人！

我不愿跟小红联系了，也不愿接待她了。她打电话来，我总说自己忙，她不来电话就上门，我也是匆匆忙忙跟她聊几句，就说报社有事，我必须马上去处理。我没有义务去听一个幸福女人的牢骚。曾经，我瞧不起她的幸福，现在我改变了看法，她不仅有一个夜夜陪着她的男人，还有一个供她怜悯的男人。如果——我控制不住这样想——我在丈夫之外也有这样一个男人，日子就不会像现在这般枯燥乏味了吧？这念头往往出现在深更半夜，也就是我想枕一条胳膊却扑了个空的时候，除了我自己和我头顶三尺之上的神灵，没有谁知道，但我还是被这念头吓住了，胸口发紧，大腿无端地流汗，摸一摸，凉浸浸的，是冷汗。我把被子一掀，腿上的汗迅即干掉，胸口也变得通泰了。神灵知道又怎样呢，既然彼此勾结争权夺利可以成为某些人的现实生活，高歌信仰、人性并且忧国忧民也可以成为他们的现实生活，这就证明，神灵赞成他们的生活状态，神灵鼓励人们不应该只有一种现实。

翻年过去，春草还未探出头，老科长退了，胡坚顺利接位。当一个小小的科长，实在算不了啥，但人都是在比较中生活的，一比较，意义就非同凡响了；对胡坚而言，科长这把交椅并不重要，重要的是它传递出的信息。他自己也是这样看的。接位不久，我去宣传部见到他，明显能感觉到他的意气风发。

说来也巧，那天我俩站在大厅里说话，就碰到万书记了。陪马博士吃饭的那天，万书记没朝我们看过一眼，没想到时间过去这么久，他竟然朝我们笑，那笑容表示，他不仅跟胡坚熟悉，跟我也熟悉。或许是光线的缘故，他过早长出斑点的脸，显得很暗，但笑容却很亲切，那些斑点使他显得更加亲切。他在我们面前侧身停下，脸转向我，说你们昨天发的那篇产业调整的文章，非常好。他把我的身份记错了，那篇文章是日报发的，不是我们晚报，但仅凭他记得我在报社工作，就让我心生感动。我没有纠正，说谢谢书记的表扬，还说要把书记的表扬转达给总编。然后他又把脸转向胡坚。胡坚向右挪了半步，正对领导，免得让领导侧身说话耗费力气。万书记说："小伙子不错，好好干。"跟胡坚说话，与跟我说话又有不同，跟我说话时，声音昂扬，跟胡坚说话声音就放低了，是很体己的、跟"自己人"说话的声音，让人自然而然地想到，胡坚是马博士的同学，而马博士的父亲是万书记的保护人，胡坚和万书记之间，就有了某种默契。同时还让人感觉到，胡坚之所以取得进步，当了科长，与他万书记的照拂是分不开的。思路再打开些，胡坚给市委书记写讲话稿的历史也会浮现出来，那时候的胡坚没完成任务，而今的胡坚绝对比市里任何人都写得好，如果万书记做了一把手——这是很有可能的，此前，他有个机会调回省里，但他没走，大家都说他是在等着做一把手——会不会让胡坚去当他秘书？

真是那样的话，胡坚就飞黄腾达了。并不是说秘书的位置有多高，但在现实生活中，除明文规定的官阶和从属关系外，还有一种更为实质性的从属关系，懂得了这种从属关系，就会懂得，为什么一个有些干部，会向他们上司的司机献媚，更不要说上司的秘书了。

万书记说了那句话，带着欣赏的目光，把穿着西装的胡坚上下打量一番，就朝电梯走去。胡坚抢到万书记前面——当然不是正前方，而是侧前方，因为领导向前的路，谁也不能挡——摁下了箭头。当电梯门打开，胡坚伸出左手把门拦住，像他不拦住，电梯门立即就会合上似的；万书记进去之后，胡坚又把头伸到里面去，按下了"5"，再把头缩回来，规规矩矩地站直，门关了，而且电梯肯定带着万书记至少上到二楼去了，他才回到我身边。我们两个都很兴奋。万书记把日报的那篇文章说成是"你们"的，就等于表扬了我们晚报，因为是我听到了他的表扬，这表扬也就属于我独有了。胡坚更有兴奋的理由。我的兴奋在胡坚的兴奋面前相形见绌。当我向他告辞，他脸膛红通通地跟我握手的时候，我就感觉到了这一点。那一刻，我感到悲哀，并因此冷静下来。冷静下来后，才发现也没有多少悲哀的必要，我没理由为自己高兴，也该为胡坚感到高兴才对，因为他变得特别"正常"了，"正常"的标志，就是他已经懂得了一个最核心的现实法则：额头触地，才是崛起的路。

由于我老说自己忙，小红也感觉到了我的冷淡，于是不再跟我联系。不过，在跟她断了联系那段时间里，我真的忙得晕头转向，报社一人去大学进修，一人请产假，我的编辑任务增加了许多。但最主要的是女儿折腾我。他们班换了一个数学老师，新来的女老师姓江，二十五六岁，不知是生活不顺，还是性格如此，江老师上课老是马着脸，对学生说话言辞刻薄，学生们都不喜欢她，便写了封信，要求撤掉，全班同学签名，投到校长办公室。第二天的数学课，江老师怒气冲冲地走进教室，砰的一声将门闭了，破口大骂长达一刻钟，然后挨个查笔迹，看是谁执笔写了那封信。因为抬首是“尊敬的校长大人”，她便命令学生在本子上写“尊敬的校长大人”，每人写十遍。查验的结果，我女儿被揪了出来。在江老师看来，谁执笔，谁就是造反头目，第二天，第三天，凡是数学课，她都把我女儿赶出教室，叫去她办公室罚站，下了课，她一句话不说，又把我女儿从办公室轰走。大家都在等着换老师，因此隐忍着，我女儿也没把这事给我们讲。可一个星期过去了，校方根本没有换老师的打算。江老师对学生越发刻薄了，尤其是对我女儿，尽管第三天过后允许我女儿进教室，但我女儿有了什么疑问向她请教，她都把头一昂：“请你听讲时把耳朵带上!”我女儿气得再不听她讲课，她上课时，我女儿故意拿出语文书，她不管；我女儿不做作业，她也不管。那次月考，我女儿的数学得了43分。

这是她入学以来从没有过的事。她把卷子拿回家，让家长签字，看到钢刀般刻下的“43”，我还以为是她把别人的卷子拿错了，待确认了是她本人的，她娇嫩的脸上，便长出了长短不一的五根指头印。女儿的头弹开半圈，又弹回来，但她没哭。我又是一巴掌过去，下手更重。这回她哭了，眼泪豆子一样朝脸颊上泼。不哭怎么行，不哭就表明她不服气。光哭还不够，我需要她的解释，尽管她和我都知道，她的任何一种解释，都必将被我视为狡辩，但我仍然需要。我甚至都不用动脑筋，就能猜出有多少种解释可供她拿出来说，我也当过学生，怎样给家长撒谎，再笨的人也无师自通。

我真的没想到会是那样的，那超出了我的意料。

我为女儿心痛，心痛她太稚嫩，看不清自己的现实。

你是学生，她是老师，你再正确也是学生，她再错误也是老师。你不听她讲课，不完成她布置的作业，最终吃亏的是你，不是她，就算她因所教班级成绩不好被扣了奖金，但与你的前途相比，那又算得了什么呢？你还期待学校换老师吗？你又怎么能知道她跟校领导的关系？跟校领导没关系，跟校领导的上级有没有关系？你年龄小，不懂这些事，我不怪你，但你必须慢慢学，不学，你的人生就大可忧虑了。你胡坚叔叔当年是多么优秀，当他考取状元站在彩车上游街的时候，谁也无法估量他的前程，结果呢，成了被人取笑的废物，走了那么多弯路，才混上一个科长。他还算不错的，毕竟幡然悔悟了，要是他一直不悔悟呢？女儿开始听得云山雾罩，眼神空洞，待我说到胡坚，她的眼睛亮了，撅了两下嘴巴，想说啥，又不敢说。我说你想说啥就说，没关系，说错了也没关系，今天妈妈给你机会。

于是她就说了："胡叔叔是废物怎么啦，人家是个堂堂正正的废物。"

"去你妈的！"——是的，我就是这样骂我女儿的。这世间只有废物，没有堂堂正正的废物，或者说，你想堂堂正正，就必然成为废物。我不是告诉你，胡叔叔都已经悔悟了吗？

女儿见出我的凶相，怕我再打她，眼眨眨的，样子怪可怜。我不忍心看到她可怜，把她拉进怀里，继续给她讲道理，大道理不讲了，只说他们江老师。我说老师也是人，是人就有人的性格，人的际遇，人的情感，江老师上课时马着脸，并不是不乐意教你们，很可能她就是那种表情。每个人都是有表情的，表情是可以欺骗人的，你要学会透过表情去看内心。江老师的内心很可能是滚烫的。她对你们说话刻薄，是想让你们知耻而后勇，是对你们好，哪个老师不希望自己的学生成绩优秀呢？

这些话，女儿全部听懂了，但她完全不同意。她要求转学，而且态度坚决。

金昌市城区早就实行学生就近读书，想转学，需去相中的学校所在区域买房子，并把户口迁过去。这无异于天方夜谭。海舟做生意，的确能让家里宽裕些，但我从没见过他拿回像样一点的大钱，最多的一次，是给了我五千，这能顶啥用？当然，不买房子，不迁户口，交择校费也行，五万八万的，具体是多少，我没去问。我把女儿的情况和想法对海舟说了，海舟闷头抽烟，烟蒂都烧掉一半，才抬起头说："不能啥都听一个小娃娃的……你我像她那么大的时候，老师动不动还要给两巴掌呢！"他这样说话，我很伤心。我以为他会为了女儿的前途，腰板一硬："好，交择校费，转学！"结果他想的跟我想的一样。我再次很不情愿地想到孙浩和他的产业，想到奔赴他的杨小红。小红花着孙浩的钱，而另一个女人，花着我丈夫的钱，我不知道那另一个女人是谁，于是我觉得那个女人就是杨小红，我因此恨她。他把钱大把大把地拿给"杨小红"用，却不愿给女儿交择校费。我真想跟他大闹一场。

我咬着牙，在那里忍。一旦闹起来，他对我隐瞒的事，特别是我对我自己隐瞒的事，就会闹穿。当堤坝穿孔，一池水就会流走，显现出干涸之后的丑陋和荒凉。作为池子里的一条鱼，我需要那些水，尽管浑浊，但有那些水的存在，我就可以继续欺骗自己，并且理直气壮地把日子过给别人看；一句话，我就能维系住自己的现实生活。小红说得对呀，像我们这种女人，离了婚有什么好下场呢，只能嫁给老头子了。老头子都不一定要呢，老头子只要有钱，照样可以娶到黄花女，还要挑三拣四，看这女子贤不贤惠，漂不漂亮。咬牙咬得腮帮发酸，我才终于忍住，对我面前又点燃一支烟的男人说："女儿跟老师闹得那么僵，肯定学不好的，上次考了 43 分，下次怕只好考 23 分了，总得想想办法呀。"

"让她去给老师道歉，这是最好的办法。谁让她出风头呢！"

抽两口烟，他又说："风头谁不想出？可得想想有没有能力承担后果。这世上有几个人能承担出风头的后果？别说她，自以为能干得不得了的，都被风头打得灰头土脸。明天就去道歉！"

我真不愿回忆那天的情形。为表达诚意，我跟海舟都在单位上请了两个钟头假，一同去了学校，事先也没通知女儿。我们在她三楼的教室外面等到第一节下课，去把她找到。女儿高兴死了，以为把她转学的事办妥了，现在来接她走。我把她拉到墙角，蹲下身，好言劝她，她一听，全身的血直往脸上涌，"我不！"她说。这时候她爸爸来到了她身后，"你说不就不？"声音低沉，却有石头那么硬。女儿小小的肩膀抖了一下。她跟爸爸相处的时候不多，爸爸跟她说话的时候更少，因此她怕他。他捏住她那小小的肩膀，往教师办公室拖。许多学生，包括女儿的同学，都朝这边看。女儿那眼神，就像一个被抓住的贼。江老师刚好在办公室，拿起一把米黄色尺子，拍打一只急于飞出玻璃窗的苍蝇，玻璃窗是关着的，苍蝇一飞一碰头，江老师的尺子便在它碰头的瞬间拍过去，终于把它拍死了，呈黑黑的一粒，掉在桌上，江老师笑了，用学生作业本撮起来，打开玻璃窗，倒了出去。这时候，我才给江老师打招呼。我和海舟都没见过江老师，但从女儿的神情，还有办公室里四个老师，唯她陌生，也就知道她是谁了。江老师瞅了一眼被海舟拎着的孩子，脸色阴沉下来。

不亲耳聆听江老师的教训，我们真不知道一个人可以刻薄到什么程度。那些话我是不愿重复的，只需一句，就可以把人的祖宗八代钉在耻辱柱上。而江老师说了很长时间。她说话真快呀，水泼不进去，刀也插不进去。我觉得自己在被江老师分解，让我看清自己是多么没有教养，教出的女儿更没有教养。海舟也在被分解，单位上，生活中，他都是潇洒惯了的人，此刻却规规矩矩地站着，傻乎乎地咧着嘴。女儿蹿着头，但我相信她照样能看到父母的脸。她父母的脸都被踏到尘埃里了。她突然挣脱爸爸的手，向江老师走近两步，一弯腰：“江老师，对不起！”话音刚落，就转过身，飞跑出去。

门口甩出一片湿，那是她的泪水。我好像听见哗的一声。

之后的好些天，女儿回来都不跟我们说话。确切地说，是不跟我说话，她爸回家的时候越来越少，偶尔回来，她已经睡了，第二天她去了学校，他还没起床。

这个周末，他又出去了，我打电话叫他回来。这样的事我以前做过，后来慢慢就不做了，因为每次叫他回来，反而让我怄气，我叫回的不是一个丈夫，而是一具恒温 37 度的躯壳。今天我再次这么做，也不是叫回丈夫，而是叫回女儿的父亲。他照旧是一脸愤懑地进屋，刚换了鞋，我就把他拉进厨房，说了我对女儿的担心。他一言不发，去敲女儿的房门。她把自己反锁在房间里。敲老半天，门才开了。他走进去，我在门外听。我听见他对女儿说：“打是亲，骂是爱，不打不骂才是害，这话现在还用得着，你们这代人，就是打骂得太少了，所以才受不得委屈，才那么自私。何况你这根本就不叫委屈，是你先冒犯老师的嘛！”女儿一直不吭声，直到她爸说：“你丢了自己的脸，也丢了爹妈的脸！”女儿这才哭起来，说那封信又不是我写的，是闵鹿苹写的。

屋子里静默片刻，一声暴起：“那你为什么不早说？蠢猪！该背时！”

这事终归有了一个结局，不算圆满，但也只能这样。女儿始终不愿去告发她的同学闵鹿苹，问江老师电话，她也不说，我只好打电话给她班主任，问到江老师的号码，向她说明了真相。不久，听说闵鹿苹转学走了。女儿恨透了我，骂我是奸细。她爸伤我的心，她也跟着伤我的心，但她是从我身上掉下的肉，而且还是个孩子，我有义务让她懂得生活的道理。我对她说："你对闵鹿苹倒是够讲情义的，可是她对你呢？你被老师轰出教室的时候，她为你说过一句话吗？她主动站出来承担责任了吗？你爸爸说你蠢，你真的……"我气得喉咙里嘶嘶响，只管摇头。不知是不是这样的提示起了作用，女儿眼神里的敌意慢慢淡下去了，充满了超越年龄的忧伤。就从这天开始，她像突然间长大了，先前的活泼消失得无影无踪，既不跟我执拗，也不跟我亲热，作为一个母亲，我自然感到失落，但为她的前途着想，我必须承受这样的失落。或迟或早，她得经历这样的刺痛，早经历比晚经历好。胡坚就是经历得太晚了，他当学生的时候，尽管父母和老师责罚他，但那只触及了肉体，所以长时间不能醒悟。

把女儿安顿好，我才想起，许久没跟小红见面了。

说实话，我有些想她，盼望她打电话来，但"杨小红"三个字，始终在我手机里沉睡着。我想主动跟她联系，又厌恶她故意——我认为是故意——在我面前说想离婚的话，便压抑住想见她的念头。

可就在这时候，我却跟她不期而遇。这天，毗邻的普光市来了一位报社同仁，她从外省回来，路过金昌，顺便来我们报社走访，遇到这种事，都是要请吃饭的，我们去别的地方也是这样；因是女的，她在《普光晚报》编辑的版面，跟我在《金昌晚报》编辑的版面相似，领导就让我陪她吃了顿午饭。午饭结束，离去普光的班车还有一点时间，我又陪她去滨河路走走。走了将近一公里，快到金昌大桥，我也没想起小红母亲的炒货店，就开在滨河路上。或许是这时节的河水太美妙——阳光下，水面呈华贵的金色，在午后的风里微微起皱，两只比翼齐飞的白鹭，越水而去，不知要飞向哪里——那同仁很感慨，说金昌河流到普光市，就没这么美了，很窄，很脏，很猥琐，“难怪金昌人比普光人更精神，更漂亮。”她赞叹得忘记了时间，还有一刻钟班车就出发了，才惊叫一声，拦了辆出租车就往车站赶。她走了，我放松下来，听到桥西硬度十足不留余地的京胡声，才陡然想起，小红的母亲在桥东呢。

想到她母亲在那里，但没想到小红就在她母亲的店铺里。

小红瘦了，瘦得嘴都有点包不住牙齿。因为瘦，使她显得老了些，上次见她时，她还像个姑娘，现在是真资格的妇人了。不过依然是笑。她一个人侧脸坐在柜台前，懒洋洋地嗑着瓜子，我往柜台前一站，她以为是买主，脸自然而然地笑开了，站起身，问我要啥，待看清是我，立即双手握成空拳，在柜台上敲，边敲边跺脚，说你咋这么坏呢！然后翻开挡板，让我进去。与此同时，脸转向里面，扬声喊：“妈！妈!”她母亲在一挂翠色布帘后面应了，人还没出来，小红就推着我出了柜台。

“去河边坐一会儿。”她说。

滨河路高于河面十余米，“Z”字形的石梯，直通河滩。刚在河滩的青草地上坐下来，小红就问我：“最近见到过胡坚没有？”我说见过的。他还到日报社去过。我们晚报跟日报在同一幢办公楼里，日报在七楼，晚报在五楼，那天我去洗手间，从电梯门口过，电梯门刚好打开，有人从电梯里出来，我不自觉地转过头一看，见胡坚跟几个陌生人在里面，我正要喊他，电梯门关了，下楼去了。不知是空间的缘故，还是光线的缘故，他的脸色显得有些灰暗，而且更胖了，分明站在角落里的，却感觉他站在正中，几个瘦瘦的陌生人蜷缩在他身旁。那次以后我又见到胡坚两次，两次都有机会说上话，但除了简单的问候，并没有交谈，因为那时候我女儿还在闹别扭，

我心里焦躁不安。（我真的不想在胡坚面前表现出我的焦躁，不管这焦躁是出于什么原因，当然这话不能对小红讲）

小红望着河水：“这么说来，他没有告诉你？”

“告诉我啥？”

“我跟他离了。”

阳光抖动了一下，被阳光照耀的河水也跟着抖动。河面无限延展，变得苍苍茫茫。

“能告诉我原因吗？”

“我给你说嘛……”小红举起右手，用食指压住下唇，像在考虑究竟说不说。

但她还是说了。

“你还记得那场假地震吗？”

我说记得。

“那天晚上，”小红说，“女儿发高烧，我照顾她，差不多一点钟才睡。自从有了女儿，我就不跟他睡一床，因为他每天半夜要起来看书，听说小孩夜里照灯光不好，会影响生长素，所以我都是带着女儿去另一间卧室。但那天晚上我实在太累，就搂着女儿睡到了他的床上。尽管女儿的高烧已经退下去，可万一复发了呢？如果烧得太厉害，就必须连夜去医院，不然烧成个聋子哑巴怎么办？我想的是，他反正三点钟会准时醒来，顺便摸摸女儿的额头，我也放心些。谁知道……当我被外面的吵闹声弄醒，发现他不在床上。这让我非常奇怪。我大声喊他，说胡坚地震了，快跑哇！喊死没人应。我把所有房间的灯打开，到处找他。不见人影。没办法，我只好抱着女儿下楼。我差不多是整个美湖花园最后下楼的人。结果……结果……他早就下楼了，坐在花园里的石凳上……”

说到这里，小红突然痛哭失声。

“他是那么肉的一个人啊，平时翻个身也地动山摇的，可那一天，他从我和女儿身上翻过去，我竟然一点也不知道。他多半是飞下床去的……他只顾他自己……”小红猛烈地摇头，摇得披头散发，“这件事发生后，我就想跟他离婚。我一直克服，但克服不了……你想想，海舟本来在外面，还跑回家去救你们，可是他……我真的是克服不下去，才被迫跟他离的……”

十余天后，我在街上碰到胡坚。我把小红的话原原本本地转告给了他。

他没说一句话，在我面前默默地站了足有两分钟光景，转身离去。

他神情沧桑，身体肥胖，但那种随时准备躺下去的姿势，再也没有一点儿形迹了。他由一个“躺着走路的人”，变成了“站着走路的人”。他跟我们完完全全是一样的了。

我本想问问他离婚后住哪里，小红是否还在跟孙浩来往，但问这些又有什么意义呢？

望着他的背影，想起小红在河边的悲伤，我发现自己是一个多么幸福的女人。

回忆一个恶人

二十年前的七月，渝州师范大学中文系一班，毕业了 47 个学生。这些学生，包括我本人在内，都是平庸之才。毕业宴会上，我们互相祝福，连祝福也显得那样平庸，十年奔科级二十年奔处级之类。事实证明，我们是有自知之明的，时至今日，只有一人当了中学校长，正科级，另一人当了某地革命文物纪念馆馆长，副处级。绝大多数人做了中学教师，因为平庸，所以用功，十年过后，都在各自的学校成了顶梁柱，其中一个女生，还被授予“重庆市十大杰出教师”称号，受到隆重表彰。

该女生被表彰的当月，渝州师大举办五十年校庆。

正值暑假，我们当年的 47 个人，46 个到了场。缺席的那位，名叫杨顺城：男性，身高 1 米 66，下齿两颗门牙朝外拱，一年四季留平头，平均半天刮一次脸，因为他浓密的络腮胡，能在一个钟头内长出来；喜穿灯笼裤、运动鞋；只要肩膀上没别的东西，就必然挎着一把吉他。

把他说得这样详细，并不是他很逗人喜欢。不是这样的。

念书那阵，每到傍晚，他就背着吉他，提瓶开水，坐到中心花园的草坪上去弹，边弹边唱：“我可爱的她呀在哪里，为什么没有她的消息……”他把吉他弹得那么好，显然是为了勾引女生的。女生们觉得，分明知道有人抛下了一条钩子，你还去咬，是愚不可及。自己再缺智商，也没缺到那个份上。问题的关键还在于，他挂在钩子上的诱饵，不过是吉他弹唱。

四年大学，好些同学或长或短都有了恋爱的经历，没有这经历的，比如我，也在心里盘算：毕业后，去工作的地方找个女人，中规中矩、踏踏实实地过完一生。我们相信，天底之下，总有个女人愿意跟我们谈恋爱，愿意嫁给我们，并和我们一道，生儿育女，把光阴慢慢变老。

而他，杨顺城，却一直是孤孤单单的。

我是说，他的身体是孤单的，心也是。

他孤单得就像一具影子，没有温度。

到了大三下期，他跟同寝室的人也不说话。在路上，同学向他打招呼，他充耳不闻。只是偶尔，他会站定了，猛地盯你一眼，眼光锐如利器，寒彻肌骨，三伏天也冷得人打抖。

久而久之，就没人理他了。他在寝室睡窗口左侧的上铺，室友和他本人感到的唯一不便，是他需从下铺的床头上下。无论寒暑，一旦上床，他就把蚊帐放下来，将下摆在床边掺紧。渝州师大位于重庆市沙坪坝区，重庆的那种热法，没去过的人是不知道的，到十月份，睡到天亮，沸腾的汗水还从头发梢往下滴，我们都恨不得睡到野地里去，甚至跳进与学校隔着一片街区的嘉陵江，泡一整夜不起来，他却把蚊帐关得那么严丝合缝。他总是天蒙蒙亮就起床，洗漱完毕，绝不在寝室待过五分钟。

他就像一个隐身人，无形无迹地消融在他所处的任何背景之中，没有一丝生气。

连他走过的路，坐过的凳子，都浮荡着阴冷的气息。

只有背着吉他走向中心花园的时候，他才会从背景中现身，人们也才会短暂地注意到他的存在。

我们听他弹唱的最后几句是：“夕阳下山头，月亮挂枝头，晚霞更红。”

尽管不喜欢他，可他是班上的一员，如同我们身体的一个组成部分，他不到场，就相当于我们的某根脚趾没有到场，即使不痛，也老是想着。谁也没料到，校庆聚会，几十个同学大老远跑到重庆，提说得最多的人，竟然是杨顺城。可真正拉开话头，才发现跟他是那样陌生。我们弄不清楚，念书时，他除了上课、吃饭、睡觉、进图书室、弹吉他之外，还干些什么？他老家是什么样子？家里都有些什么人？尽管读书时我们不怎么谈论自己的家庭，但多多少少是要谈一点的，而杨顺城从没谈过。

幸好他有个老乡，刘畅。刘畅和杨顺城都是川东北宣汉县人，以前并不认识，成了大学同学后才认识的。大一寒假，两人乘同一趟火车回去，在县城下车后，杨顺城死活要拉刘畅去他家玩两天。

“那样子不像邀请，而是乞求，”这时候刘畅对我们说，“我不忍心叫他失望，只好去了。”

原以为他家离县城不远，没想到坐上一辆破破烂烂的汽车，在黄尘漫天的山路上，摇了六个多小时，才进入一个镇子。镇子被大山挤压，呈狭长的一绺，走路时甩手的幅度稍大，就会碰到两边的山壁。杨顺城对他说：“我们吃点东西再走。”还要走？刘畅后悔死了，他家的方向，跟这里完全相反。

杨顺城生怕他转身回去，说不远了，真的不远了。

在街边的饮食店里，各吃了三两挂面，又上车。

这次坐车很奇怪，杨顺城没领他往车站走，而是去了菜市场。反正就一条独街，菜市场也在街边，远远地，看到一辆蓝色小货车，杨顺城兴奋起来："我就知道他们这时候要来买菜。"而那辆车的车身上，分明写着"七里沟监狱"几个字。刘畅觉得神秘，还隐隐约约觉得害怕，当然也越发的后悔。

买菜的师傅，穿着白褂，像个医生，只是褂子很脏，前胸后背，都油腻腻的，糊着黑灰。他正把一蛇皮口袋南瓜往车厢里扔，见到杨顺城，说顺城放假哪？那口气就像杨顺城一直在镇上读书。杨顺城说："李叔叔，我放假了，这是我朋友。"听到朋友两个字，刘畅皱了一下眉头。

尽管是老乡，两人接触并不多。进校不到两个月，杨顺城就买了吉他，拜高年级同学为师，刻苦用功地学，把指头都弹裂了。而刘畅跟许多同学一样，高中读得太苦，进大学的主要目的，是让自己放松，提到课本之外还要学什么，不仅心理上拒绝，生理上也有反应：发干呕。

货车只能在副驾坐一个人，杨顺城让刘畅坐了，自己爬进斗厢，与蔬菜为伍。半个多小时后，到了。杨顺城跳下来，身体里渗出一股白菜萝卜正在腐烂变质的气味。他身上不是现在才有这股味儿，刚进大学那阵，他的室友，还有跟他同过桌的，都说他有这股味儿。看来，他从小就喜欢搭乘这类购物车，到镇上玩，那股味道，已经浸入他的皮肉，成为他自己的味道。

他爸爸在七里沟监狱当保安科长。

如果不想到它是监狱，你会觉得，这里的风景多么秀丽。冬日里，围墙外的山野木叶尽落，在冰冷的夕阳照耀下，光秃秃的枝柯懒心无肠地伸向天空，但刘畅凭简单的想象，就知道春天一来，这里该是怎样的流光溢彩，百鸟翔集，到了夏秋，又该是怎样的郁郁葱葱，层林层染。到处都很静，静得能听见静的声音，围墙之内更是，分明只有两个人走路，却像来了一支队伍。远处，一个剃了光头、穿着囚服的年轻人，在打扫卫生，扫把与地板摩擦的声音，如河水奔流。

杨顺城对那人视而不见，刘畅却有一眼没一眼地看过去。他只在影视剧里看到过囚犯，因而只敢躲在杨顺城身旁，偷偷看。他生怕自己的眼睛跟囚犯的眼睛对上了，囚犯就会冲过来，扼住他的咽喉。

杨顺城注意到了刘畅的神情，大踏步朝扫地的囚犯走过去。还有二十米远，囚犯就将扫把一扔，双手紧贴裤缝，规规矩矩地立正，嘴里还说了句什么，刘畅没听清，好像是向领导问好。

那人个子很高，骨骼粗大，杨顺城站在他面前，就像一把竖着的干柴。但这把干柴举起右手，伸出中指，把那人的下巴顶了一下。那人铮的一声，站得更直。其实他已经够直了，现在的直，是被铁匠锻打的那种直，下巴尽力上扬，棕色脖子上的喉结，像马上就要滚落下来，脸朝后仰，与天空平行，仿佛在察看天空是否干净，是否也需要他打扫。夕阳只剩下猩红的意象，天空越压越低，乱云飞渡。

杨顺城一句话没说，回到刘畅身边。

两人穿过槐荫夹道的水泥路，继续朝前走。走到一处墙皮剥落的楼房前，马上就要拐角的时候，刘畅回头望了一眼。远处的那个人，依然保持着那种姿势，纹丝不动。

时过多年，刘畅也无法把那个人、那种姿势，从自己的眼睛里洗去。回到学校后，他之所以没说自己去过杨顺城的家，这么多年，他也没向任何人——包括他老婆——说起过，就因为在七里沟监狱见到的第一个囚犯。刘畅的个子比那囚犯还高，能清晰地看到囚犯望天时的眼神：畏葸、恭顺、疑惑、寒冷、坚硬……他说那眼神是道不尽的。他想把它的性质分辨清楚了再告诉大家。

可他至今也没分辨清楚。

要不是同学们知道他跟杨顺城是老乡，逼迫他说出个一二三来，他还会沉默下去。刘畅相貌英俊，是那种不明朗的英俊，平时话不多，也不怎么笑，为人处事，老是温吞吞的，即使到一个完全陌生的地方，也没有人通常所具有的好奇。世界在他眼里，就像一张烙饼，翻过来是这样，翻过去还是这样。

但既然已经说开了，当然要从头至尾地说完。

那次，他在七里沟待了一个晚上，半个白天，始终没见到杨顺城的父亲。他父亲到两公里外的煤矿去了。七里沟原本是煤矿，20世纪60年代末，也就是杨顺城出生的前后，这里建了监狱，煤矿也收归监狱所有，押送过来的服刑人员，都下井挖煤。监狱抢了当地人的金饭碗，彼此间几十年来纠纷不断，就在杨顺城放假回来的前两天，上百名当地人砸烂铁轨，拦下运煤车抢煤。杨顺城的父亲带着手下，驻扎到矿井外面，维持秩序去了。听说双方发生了械斗，且双方都有人挂彩。

听到这消息，杨顺城就当没听见。

不满七岁，他就跟父亲到了监狱，监狱成了他的家，犯人越狱，并因此遭到击毙，包括狱方和当地人的流血冲突，在他听来都稀松平常。他也没有想见父亲的念头，更不为父亲担心，只是请去矿井增援的人，给父亲带个口信，让把钥匙拿回来。然后带刘畅去食堂。刘畅一点不饿，但他觉得特别无聊，除了吃饭，也没啥别的事好干，就吃了一大碗。饭菜的气味儿，和杨顺城身上的气味儿差不多。

天黑过后，有人把钥匙带给了杨顺城。带给他钥匙的人，并没有带回父亲的一句话。

杨顺城的家在职工宿舍楼的三层上，两室一厅，磨石地板。刚打开门，刘畅就闻到一股臭气。这股臭气跟大学男生宿舍里的臭气一模一样。一张黑皮脱落的沙发，怪模怪样地横亘在客厅中央，沙发上堆满皱巴巴的衣物，还有一只旅游鞋，淡红色的鞋垫，像舌头那样伸出一半，鞋垫上的脚皮，舌苔般扎眼。走进屋，才发现中间有面墙是凸出来的，一部十四英寸的黑白电视机，靠着那面墙，放在一张方凳上，与沙发的距离不过半米。给人的感觉，杨顺城的父亲看电视，是抱着电视机看的。

这明显是缺乏女人的家。

杨顺城的母亲呢？

他曾含糊其词地说过，他有个姐姐，但六岁过后，他就没见过姐姐了，现在，即使姐弟俩在街上碰见，彼此也认不出来。他为什么要跟姐姐分开？姐姐是被母亲领走了，还是被别人领走了？

刘畅开始想问，后来看电视就忘了。

次日一早，杨顺城带刘畅参观监狱。

也没啥好参观的，就是一幢连一幢的房子，都很旧。围墙上铺设了电网，这在意料之中。监狱里也没怎么看到人，犯人看不到，狱警也看不到。两人走到一处水泥空坝，见旁边一扇铁门，挂着大锁，铁门和大锁，都黑得发沉。杨顺城丢下刘畅，朝空坝那边的值班室走去，跟坐在里面一个穿制服的中年男人交涉。杨顺城说："侯叔叔，把门打开，让我的朋友看看。"

侯叔叔连连摆手："那不行，得有上面的批条才行。你朋友是干啥的？"他瞄了刘畅一眼。

杨顺城说："我朋友是记者。"

"那更不行！"

侯叔叔语气坚定，样子却很为难。

杨顺城说：“哎呀侯叔叔，他又不写啥，他只看看。”

侯叔叔很不情愿又不由自主地把上身倾前来，抬起屁股，打直膝盖，放正身体，跨出小屋，下五步石梯，来到空坝。杨顺城给刘畅挤了挤眼睛。在学校，只要没弹吉他，杨顺城就相当闷，闷到木讷，回到监狱，却表现得这样从容自在，让刘畅暗暗吃惊。在杨顺城身上，似乎怀着某种幽暗的奥秘。

打开铁门之前，侯叔叔对刘畅说：“只看看就出来啊，千万不能写啊。”

刘畅不知道铁门里锁着什么，从脚板心到脑门心，蹿过一股凉气。他很想告诉侯叔叔，不管铁门里关的毒蛇猛兽，还是金银财宝，他都不想看。他本来就不是记者。但真的这样说了，就是给杨顺城难堪。何况侯叔叔已经把右胯耸起来，从系在腰带上的一大串钥匙中拎出了一把。

铁锁在铁门上撞击，声音空旷，幽深。铁闩如同铁门的肋骨，侯叔叔要把那根肋骨抽出来，铁门发出痛苦而迟钝的尖叫。叫声刚停，侯叔叔的两条腿，微微劈开，用了很大的劲拉门。刘畅毛发直竖，觉得那扇门是这座监狱的胸腔，声音是监狱的灵魂，要么静如荒原，要么撕心裂肺。

铁门里面还有一道铁门，只不过这道门不是封闭的，是横一道竖一道的铁钎焊接而成的栅栏，每根铁钎都有拇指粗。栅栏内陡直的石梯之下，是七里沟监狱的一处监舍。

里面关着三十六个男犯人，分三间，每间住十二个，上下铺床。但现在，只有五个犯人在，三个生了病，躺在床上，用浅绿色的毛毯把整个身体裹住；两个是上了岁数的，闭着嘴，抄着手，在室外巴掌宽的地面上，走过来，走过去。监舍左边是厕所，右边是个小卖铺，所卖物品只有水和饼干。

三人没站到一分钟就出来了。

走了很远，刘畅还觉得脊背发凉。他背着那两个年老犯人的目光。他们刚进去，那两人就盯住他们。他很想跟他们打声招呼，可侯叔叔和杨顺城瞧都没瞧他们一眼，他也就不好招呼了。而且他不敢招呼，那两人的目光，像斧子凿过的冰块。当他们回过身，朝石梯上爬，那两人并排站在下面，望着石梯顶端半开的门，或者说，望着从门外漏进来的长方形的天空，目光里的贪婪和攫取，根本就不该属于老人。侯叔叔关门的瞬间，刘畅发现，那两人的目光里，只剩下恨了。

一个被囚禁的人对自由人的恨，笼子里的野兽对观光客的恨。

表面看去，监狱很平坦，事实上到处都不平坦。从监舍出来，向东走几十米，一长排小叶榕外面，是一个深坑，瘦得几乎看不见的土路，把深坑和平地相连。说是坑并不对，因为下面是菜地。从高处望下去，菜地小如火塘。在这样的地方种菜，象征意义大于实际意义。几个着囚服的人，各占一只角，躬腰驼背蹲在地里，不知是要把圆白菜拔起来，还是给它们培土。下面和上面，都无人看守。如果他们想跑，不必冒死翻墙，从大门就可以跑出去。那里虽有门卫，但时有人车进出，门经常大开着，趁门卫不备，冲出去就可以消失在荒山野岭之中。

但杨顺城说，他们不会跑的，凡是没下矿井，又在监舍外面活动的人，不是刑期将满，就是表现很好，面临减刑。他们再愚蠢，也不会在这个节骨眼上逃跑。刘畅又想起昨天见到的那个囚犯。这么说来，他也是表现很好，或即将刑满释放。某一天，当他走出高墙，是否还记得自己的下巴被人用中指顶了一下？是否还记得他以那种古怪的站姿望见的夕阳和天空？

杨顺城蹲下来，在小叶榕暴露的根部上抠。干得发白的土块，还有这一带随处可见的红石子，被牢牢地囚禁在根与根之间，杨顺城费力地把他们抠起来，放成一堆儿。因为弹吉他的缘故，他留了指甲，但指头还是密布着淡紫色的血口子，这一用力，口子张开，颜色变深，血水在毫无防备的情况下，惊惶失措地遭到流放。他的好几根指头，连同土块和石子，都红艳艳的。

可他似乎全不察觉，抠出十几粒，就一粒一粒地往深坑里扔。

打在地里，打在菜棵上，打在弯曲的脊背上，打在铁青色的光头上，然而，竟没有一个囚犯抬头望一眼。他们先前是什么姿势，现在还是什么姿势，不仅没抬头，连伸手摸一摸也没有。子粒虽然不大，可这么高扔下去，光头上发出的“噗、噗”的响声，清晰可闻，他们竟然摸都不摸一下。如果不是因为他们的双手像抓耙似的，伸前伸后地忙碌，你完全可以认为，你眼中所见，并非活物。

刘畅说：“走吧。”

杨顺城没回话，继续扔，把土块和石子扔完，才站起身。

他的脸上，有了难得一见的、充盈着稚气的快乐。

或许，他想起了自己的童年。

天地间爆出“啪嗒”一声响，刘畅吓得膝盖一软，突然膀胱发胀，想屙尿。他以为是有囚犯越狱，触了电网，或遭了枪击。但不是的。是起风了。寒风越过大巴山，像也知道七里沟是监狱，进入这片地界时，先顿挫地爆出响声，给以威慑，之后才自北而南，一趟跟一趟地横扫过去。风头带着尖利的芒刺。刘畅缩着脖子，裹紧衣服。杨顺城看他两眼：“你不喜欢风，囚犯们喜欢呢，”他淡然地说，“哪怕是白毛风、刀子风，囚犯们也喜欢。风带来外面的信息，带着远方的经验。”

后面一句话，给刘畅留下了深刻的印象。

他觉得，杨顺城绝对是个诗人。只要他愿意写诗，肯定比《双江潮》上那些跳神强多了。

《双江潮》是渝州师大文学社的社刊，每期都给各班级赠送。尽管读的是中文系，我们年级却无一人有成为作家的志向，除完成作业和不得不写的书信，我们再不愿多写一个字，自然也就没人在《双江潮》发表过文章。我们都小看那些吟诗作文的家伙，把他们统称为“跳神”，意思是端公或巫婆。

刘畅猜想，杨顺城很可能有过这样的志向。对此我们都表示同意，因为每次《双江潮》发到班上来，都放在讲桌上，很少有人去注意，更没有人去翻，只有杨顺城，眼睛明碌碌地盯着，下课后，他会做出不经意的样子，从讲台经过，以极快的速度，把那蓝皮封面、散发着油墨香的本子翻开，骨头也不吐地吞进几行文字。图书馆里有全国各地的文学刊物，而这本书上的文字，多是本校学生写的（也选登外校兄弟社团的文章），味道肯定不同。他不愿在众目睽睽之下久翻，吞下那几行文字，又做出不经意的样子离开。要是没人，他会是另一番举动，有回我亲眼看见，他神色慌张地将书一卷，塞进了书包。那时候教室走空了，我还在后门边系鞋带，桌子挡着，我侧目看见了他，他没看见我。

其实，他完全可以大大方方地拿走。但他害怕被集体小看。

掐灭成为作家诗人的梦想，也是基于同样的理由吧？

刘畅离开七里沟的时候，杨顺城的父亲还没回来。但听说他当天下午就要回来了。如果他不回来得这么快，刘畅计划明天早上再走的，反正午饭后去搭车，只能赶到县城，需花钱在县城住上一夜。

听说杨顺城的父亲要回来，他就坚决要走了。

说不清为什么，他怕杨顺城的父亲。

杨顺城找出各种理由挽留他。可越挽留，刘畅回家的心越急迫，甚至到了发火的程度。

“杨顺城当时那样子，”刘畅说，“看上去怪可怜的。”

恰恰是因为他的可怜，使刘畅格外地想念起父母来。寒假短暂，他是要回家陪父母的，不是留在这里陪杨顺城。

实在挽留不住，杨顺城就去食堂，找到昨天买菜的李叔叔，让他开车把刘畅送到镇上。平时，李叔叔买菜不会去这么早，热天下午 5 点过去，冬天下午 4 点过去，这时候的菜要便宜大半。但他答应了杨顺城。刘畅坐上副驾后，杨顺城爬进了斗厢。刘畅说你别去了。杨顺城没言声。

在镇车站分别的时候，杨顺城拥抱了刘畅，眼里含着泪光。

刘畅有个感觉：杨顺城想跟他一块儿走，甚至想去他家过完整个寒假。

这感觉异常鲜明，就像在你面前放着一把枪，或者一枚炸弹那样鲜明。但刘畅故意不承认自己有这感觉。跨上公交车的踏板，杨顺城也跟着跨上来，他侧过身，把杨顺城往下推，说你回去吧，李叔叔在等你呢。他是把这话说给司机听的，因为发车时间已过，车子突突突响，表达自己对路的饥渴，司机抽着烟，早就很不耐烦地等着这两个站在车门边黏黏糊糊的人，听说被推得打了几个趔趄的家伙，只不过是送行的，司机断然关了车门。喇叭长鸣，四轮滚动。

刘畅看见，杨顺城追了两步，然后站住了，眼里亮闪闪的光，一朵一朵地暗下去，直至熄灭。

春季开学过后，刘畅跟杨顺城冷淡了。

刘畅跟杨顺城冷淡，杨顺城也跟刘畅冷淡。

这究竟是为什么，刘畅至今解释不清。毕业后，他去重庆郊县一所中学教书，很快跟大学时的女友结婚生子，并且把父母接了过来，在老家宣汉，只有两个姐姐，他三年两载的才回去一次，在两个姐姐家各住一夜，匆匆忙忙的就走了。因此，对杨顺城的近况，他一无所知。

谁也不知道他的近况，也没有人知道他的联系方式。

我们当年，小部分毕业生自主择业，大部分还是分配，杨顺城被分到达州地区教育局，达州又将他分到所属的宣汉县教育局，宣汉县教育局见他来自七里沟监狱，又把他分到七里沟监狱子弟校。但他根本就没去报到。据说他去了西藏，在藏北阿里地区多木拉一所学校代课。大半年后，他回了趟母校。那已是仲春时节，他却穿着皮大衣。我们那时候的工资，是七十多块，他在西藏可以领到三百多，他穿着皮大衣回母校，并非不知道重庆和高原的气候差异，而是为了显摆。

这件事情，是高玲玲说出来的。

高玲玲是我们班最漂亮的女生。当然，女生各有各的漂亮，说谁最漂亮并不合适，但男生们躺在床上，瞌睡吊断眼皮也不睡，熬更守夜地给女生打分，高玲玲的确常常摘桂。她除了漂亮，还洋气。

对这样的女生，男生想爱，又不敢爱。杨顺城却敢。

不过，要不是高玲玲今天把这话说出来，我们还不知道杨顺城真的敢去爱她。

杨顺城和高玲玲是同一个小组的。班上同学分成四个小组，辅导员是刚毕业的留校生，比我们年长不了几岁，充分理解大家的心思，分组时，尽量做到男女搭配。尽管这种搭配是无效的。杨顺城他们小组 12 个人，七男五女，刚入学那阵，几乎隔周就聚餐，大家凑钱买菜，到男生寝室烫火锅。

第二次聚餐时，几个女生让来让去，都不就座；她们要等男生先坐了再坐。这是为了见机行事，尽量离杨顺城远一点。她们不喜欢杨顺城身上那股白菜萝卜的腐烂气息。那时候，高玲玲还在盥洗室，等她从盥洗室过来，只有杨顺城身边还有空位了。女生们往旁边挪了一下，意思是叫高玲玲跟她们挤一挤。高玲玲说："那边不是有位置吗？"侧身从人、桌凳和床的缝隙中挤过，傍杨顺城坐了。吃到中途，杨顺城下巴上滴了油，高玲玲摸出一张餐巾纸，递给杨顺城，动作轻柔而自然。接下来的第三次聚餐，高玲玲喝醉了，醉得像没长骨头，杨顺城抢着去扶她，把她扶回了女生宿舍。

这个"抢"字，是男生们说的，可这时候高玲玲给予了纠正，说杨顺城根本不是抢，而是别的男生都木呆呆地站着，没有一个人去扶她。酒醉心明白，当时她把这情形看得一清二楚。

那天杨顺城在四个女生的簇拥下，让高玲玲的手搭在自己的肩膀上，像扛一袋米那样，把高玲玲扛下楼，走过阅报栏，走过楼间花园，又把她扛上楼。他把她放在了李小冉的床上，因为李小冉睡下铺，高玲玲睡上铺。当他把她的手从肩膀上顺下来，他在她手上狠狠地捏了一把。

"当时我很感动的，"高玲玲说，"酒醒后想起这事，却觉得厌恶，半夜三更就爬起来，用力士香皂洗手，不知洗了多少遍，半块香皂都快用完了，皮都快搓破了。"

在她的印象中，杨顺城的手汗淋淋的，胶水一样黏稠。

之后没多久，高玲玲跟李小冉在路上走，杨顺城竟然悄无声息地跟在后面。那是一段煤渣路，两旁开满红灼灼的夹竹桃花，李小冉家是做花木生意的，她爸爸不仅种花、卖花，还研究花，写过一本书，虽未出版，但李小冉认真读过，觉得爸爸写得真好。她借爸爸的智慧，从夹竹桃开始，给高玲玲讲各种花开放时的韵律，说一般人只能看到花开的形状，听不到花开的声音，世上第一个音乐家，绝对是能听见花开的声音的人，那声音有的像钢琴，有的像小提琴，有的像吉他……

说到吉他的时候，高玲玲肩膀一耸，头摆了一下，沉醉地吸了口气："我最喜欢听吉他了。"

正是摆这一下头，让她注意到身后有人。

转过头看，是杨顺城。

那可是煤渣路啊，光着脚走，也会弄出沙沙的响声，而杨顺城穿着皮鞋，却像走在棉花上，走在云彩上，是真正的悄无声息。而且他不看路，眼睛直愣愣地盯住她，像他的眼睛饿慌了，要吃人。他怎么能这样呢！高玲玲没理，继续跟不知情的李小冉聊，只是聊得一点也不安心了。

按李小冉的意思，走完煤渣路，接着朝右拐。右边是一条很深的、僻静而润湿的土路，路旁真可用万紫千红来形容的，芙蓉、胭脂、天竺桂、美人蕉、炮打四门、香水月季，各色鲜花杂陈开放，李小冉想把每样花都讲一讲。她并不是喜欢卖弄的人，但在高玲玲面前，她控制不住卖弄的欲望。

入学不满一月，她和高玲玲成了关系最好的朋友，上课、下课、去食堂、进图书馆，都形影不离的，连上厕所也一块儿去。只要两人走在路上，就必然手挽着手，也不嫌热。两人差不多一般高矮，像双胞胎姐妹。真有人这样认为。其实，李小冉是四川攀枝花人，高玲玲是黑龙江佳木斯人，可谓天南地北。慢慢的，李小冉终于弄明白了，"双胞胎姐妹"，别人话是那样讲，事实上她不过是高玲玲的陪衬。要说，圆脸窄腰、双腿颀长的李小冉，如果单独行动，也会吸引一些男生的目光，可跟高玲玲在一起，哪怕男生的目光汇聚成一条大河，也绝不会从她的脸上漫过。

或许是有了这种自觉，到大二的时候，她跟高玲玲就不再那么好了。高玲玲约她出去，她会找各种理由拒绝，等高玲玲走了，她再自个儿出去。在教室，也不跟高玲玲坐在一起。

这方法立竿见影。没过多长时间，一个高大帅气的男生就向她求爱了。她和这个男生不仅成了我们班最稳固的恋人，还最终成了一家人。这个男生就是刘畅。

与刘畅恋爱之前，李小冉跟高玲玲有说不完的话，但在别人面前却像哑巴，别人给她打招呼，她只咧一咧嘴，不敢看人的眼睛，像欠了别人钱一样。她觉得，即使高玲玲不在身边，人家招呼她，也像是在招呼高玲玲。和刘畅恋爱后，她完全变了一个人，虽依然不大言语，却不是先前那种焦躁的沉默，而是出奇的文静，一站，一坐，都如花瓣飘落；她的文静可以摘下来，放在书桌上。从小在花木丛中长大的人，本来就该如此。可一旦开口，又落落大方，心直口快。毕业十年，她不仅没变老，还比读书时年轻和白净，也因此显得更漂亮了。看来，两口儿的小日子过得不错。

——那天，高玲玲知道李小冉的心思，但高玲玲有自己的心思。她害怕僻静。走完煤渣路，她左腿一撇。李小冉也只好跟着往左撇。那时候，她只是高玲玲投下的影子。两人去了中心花园。中心花园人多、敞亮。走到花园正中的假山前，高玲玲斜眼一看，发现杨顺城已经不在。

第二天，杨顺城就去买了吉他，不要命地跟人学。

“嚯，我们还以为杨顺城弹吉他是想勾引所有的漂亮女生，原来是想勾引你一个人啊。”

李东这样说。李东当年跟杨顺城住同一间寝室。

同学们轰的一声笑起来。高玲玲没笑，若有所思地眨着眼睛。

睫毛太长，眼睛睁开一半，上下睫毛还不愿分离，使人觉得，对她而言，眨一下眼睛是件相当费力的事情。然后她喝了口麦芽茶，诧异地望着众人，像刚才在做梦，现在梦醒了，明白了自己在什么地方，正聊着某一个人。

她说，如果杨顺城只是买了吉他，她完全可以把这事看成与己无关。

尽管他刚刚学成的时候，随时在她出没的地方弹唱。

比如今天是星期一，澡堂向女生开放的日子，他就在下课后迅速躲进棕榈林，因为高玲玲去澡堂，需经过这片林子。他盘腿坐在伞盖似的树下，弹唱《秋日私语》，唱词全是他自己配的："我是深谷中一粒谦卑的黑土，在梦里遇见遥远的星座；我长久凝视，直到自己也成为一片小小的光明……" 再比如，今天是星期四，英语沙龙活动的日子，高玲玲参加了这个沙龙，周四黄昏，在杏园聚会。杨顺城必然在黄昏稍早的时候，去杏园的某个角落，弹唱不知名的曲目，很可能词曲都是他自己编的："说什么一万年，说什么永远；一万年只比九千九百九十九多一天，永远不过一辈子。"

不管怎样，这些语意含混的词句，大可不必理睬，但问题在于，杨顺城给高玲玲递了情书。

那天上写作课，杨顺城去得很早，但他不找位置坐下，直到高玲玲跟李小冉手挽手进了教室，高玲玲靠走廊坐下了，他才坐在高玲玲的后排。写作课一次上两个钟头，中途有十分钟的休息，前一个钟头没什么，事情就出在中途休息的时候。杨顺城站起身，往前面走，把高玲玲的书撞到了地上，他迅速弯腰，把书捡起来，递给高玲玲，还向高玲玲道歉，之后从前门出去了。

高玲玲有种直觉：杨顺城是故意把她的书撞落的。

他们在教室后面几排，要出去放风，应该走后门，不该走前门。

想到杨顺城那黏稠的手摸过她的书，她很不是滋味，禁不住苦着脸，把书多看了两眼。这一看，发现书页间有条缝，像嵌着什么东西，翻开，见两页纸先分别折成条状，再中间扩开，两头交缠，如同杨顺城穿在身上的灯笼裤。这就是他给她的情书。

看了情书，高玲玲不仅想到了杨顺城黏稠的手，还想到了他身上的气味、毛乎乎的脸、朝外拱的门牙、猫一样的脚步，当然，也想到了杨顺城的身高。那时候，中国人突然对身高有了觉悟，对男人身高的重视，仅次于文凭，1 米 70 到 1 米 75 之间的男子，被称为二等残废。杨顺城只有 1 米 66。女生的眼睛是一把精确的尺子，1 米 66 和 1 米 67，也能准确地目测出来，女生找男朋友的标准，是“男人的一半是女人”，这么算下来，1 米 64 的高玲玲，找的男朋友应该有 3 米 28。

她怎么看得上杨顺城呢？

准备上下半场课了，学生全都进了教室，老师还没开讲的时候，高玲玲端起水杯喝水，水杯滑了一下，小半杯水淋到了地上，与此同时，两页被楷体字填得满满当当的纸，刚好掉进水里。高玲玲没低头看，用脚在地上碾着，擦那些水。笔画柔韧的字块儿，被肢解成残缺不全的尸体。

下课后，好些人看见，杨顺城把地上泡肿了的纸屑捧了起来。

不过当时并没引起人过多注意，还以为那些纸屑是杨顺城丢下的，出教室的时候，他顺便把它们带走。保持公共卫生是杨顺城的习惯。在寝室，别人的洗脸帕几乎没拧干过，湿淋淋地搭在从窗框拉到门框的铁丝上，水流满一屋，从外面带进来的尘土，和成泥浆，久而久之，积了厚厚一层，跟地板血肉相连，铁铲也铲不下来；而且把鞋袜乱扔，甚至扔到了屋中央，走路时一脚踢过去，一脚踢过来，也不收拾。杨顺城从不这样，他自己的东西可以脏，可以臭，但在公共场合，至少能做到表面的洁净。

被杨顺城捧起来的纸屑，说不定现在还被他保管着。

这当然只是猜想，不知实情。

唯一知道的是，从那以后，他就固定到中心花园去弹吉他。

李东又插话了。他本来就是个话包子。他晃动着纤细多筋的脖子，哼一声，说："自以为是的男人老觉得每个女人都在等男人的情书，不管这男人是高贵还是卑贱，是歪瓜裂枣还是相貌堂堂，接到情书的女人，可以不答应，但心里一定是高兴的。事实证明完全不是那样，一个被自己看不上眼的人在爱自己，女人会认为是对她的侮辱。哎，我们做男人的，要引以为戒呀。"

他这议论并非凭空而发。据他自己说，他老婆是他们的县花，尽管跟他结婚已经八年，儿子也有七岁半了（他骄傲地向我们宣称，结婚之前，他就让老婆怀上了），但还是有些不知天高地厚的男人，频频地给他老婆打呼机或者写信，每次接到这样的信，老婆都要郁闷一整天，气得饭都吃不下。

坐在刘畅旁边的尹世茂，歪着宽银幕那么大的脸，很严肃地向李东指出："这件事情，你要认真对待，你老婆郁闷，究竟是因为对骚扰她的男人生气，还是心里起了波动？"

这话把李东弄得面红耳赤，并因此变得闷沉沉的。

杨顺城去西藏大半年后，穿着皮大衣回母校，高玲玲是怎么知道的呢？

高玲玲说，杨顺城去找她了。

高玲玲毕业后没回老家，留在了重庆，跟刘畅和李小冉一样，在重庆郊县教中学，只不过刘畅在巴县，李小冉在合川（两年后跟丈夫调到了一起），高玲玲在璧山县。那次杨顺城回母校转了一圈，没碰到什么熟人，连教我们的老师也没碰到一个，于是乘车去了璧山，在县三中找到高玲玲。

尽管走上工作岗位的时间那么短暂，高玲玲的心境已经发生了很大变化。可以说是脱胎换骨的变化。这是特别需要说明的。念书时，她把主要心思，用于穿着打扮，每次考试前，都加班加点地抄李小冉和其他室友的笔记，并靠背那些笔记，勉强过关。我们都以为，高玲玲将来不是做官太太，就是做款太太，连班也不需要上，只清闲一辈子，优雅一辈子。谁知道，她不仅去上了班，还比我们谁都做得认真，做得杰出。我前面说，有个女生被评为重庆市十大杰出教师，指的就是她。

她也没嫁给官员和大款，就嫁给了他们学校一个普普通通的物理老师，而且也不怎么打扮了。这次参加校庆，女生个个都把自己弄得花枝招展的，戴首饰，抹唇膏，搽眼影，自不必说，有两个对身材自信的女生，还穿了低领旗袍；偏偏是她，高玲玲，彻底的素面朝天，一条洗得发白的牛仔裤，一件蛋青色的T恤衫，脖子上、耳朵上、手腕上，都光光趟趟。这种转变是怎么来的，我说不清楚。我不知道这是命运，还是人心真可以洗，洗成另外一个样子……

仲春时节的重庆，跟中国许多地方盛夏时的温度差不多，加之湿度太大，穿短袖衬衫，身上也像披了块粘满糨糊的毛巾。因此，当那天下午3点钟，看门师傅把裹着皮大衣的杨顺城引到高玲玲的办公室，高玲玲愣了至少五秒钟，才“哎呀”地惊叫一声。她叫，是因为她以为杨顺城发了疟疾。

她没问杨顺城从哪里来，为什么来，直接就把他往医务室推。

推到楼下，杨顺城在一个花台前站定了，高玲玲再也推不动他了。他双眼湿润地望着她，说：“玲玲（是的，他就是这么叫的），我感谢你，你对我这么关心……但是我用不着去医务室，我又没病。”

高玲玲的舌头把嘴唇顶上去，顶到了鼻尖。听他的声音，看他的样子，的确没病。他唯一的异常，是脸很黑（虽然胡子刮得很干净），额头上像拧开的水龙头那样冒汗。

高玲玲说：“你没病，为什么穿这么多？”

他把自己在西藏代课的事说了，说那里春雪比冬雪还厉害，把牛羊都冻死了，房子都压塌了，这些天放假，他才有时间回来，去师大看了看。他说以前并不觉得母校怎样，到了遥远的地方，才发现自己怪想念的，遗憾的是没碰到一个熟人。还说，他在藏北待了大半年，这样穿习惯了，走到再热的地方去，穿上出汗，脱了就冷。接着他问高玲玲去不去西藏，说那里的工资有三百多。

正是听了他报的工资，让高玲玲觉得，他穿着皮大衣来重庆，根本不是习惯不习惯的问题。我们班的格绒勇多，就是从西藏日土来的，日土同样属阿里地区，人家在那里生活十九年才到重庆读书，到重庆的当天，就脱下袍子，穿上短裤和凉鞋。杨顺城就是为了显摆的。高玲玲推他的时候，感觉他身上的皮衣，像婴儿皮肤一样细嫩，这是要花很多钱才能买来的。

女人显摆情有可原，男人显摆真是没有出息。

高玲玲没回答他愿不愿去西藏的话，只说：“我要上课了，我很忙。”

“我等你下课。”杨顺城说。

“你不必等我，我真的很忙。”

花台里种着芭蕉树，杨顺城拉过一片肥大的绿叶，褐色的手很用力，那样子不像拉扯，而像攀沿。

他把眼睛低下去，不看高玲玲，说：“我的行李放在门卫室的。”

这与高玲玲有什么关系？未必他还想把行李放到高玲玲的寝室去？

但杨顺城不是这意思，他说："我的吉他放在行李包里……我想给你弹一首曲子。"

高玲玲被某种东西击中了，心上的某一处，锐利地刺痛了一下。

但这是她过后才感觉到的。她当时只觉得有面墙压过来，堵得慌，闷得慌，想尽快摆脱。

她说："谢谢你，可惜我早就不喜欢听吉他了。"

正这时，一个老师走过来，给高玲玲搭话，高玲玲顺势转过身，跟那老师进了教学楼。

上楼之前，她急慌慌地朝杨顺城挥挥手，就隐身不见了。

那天放晚学后，高玲玲去食堂吃饭，看门师傅也端着碗去食堂，紧追几步赶上高玲玲，说高老师，今天找你的那人是不是个疯子？高玲玲听后很不高兴："你怎么认为他是疯子呢？你是说他穿那么多吗，那是因为他感冒了，而且他从高原上下来，那样穿习惯了。"

看门师傅端碗的那只手，不停地摇摆，像是要把浮渣撸开，舀一碗干净的空气。摇了好几下，才说："我不是指那个！你不知道，他离开前到我那里取走行李，跨出校门，把行李袋放在地上，拉开拉链，取出一把吉他，坐在行李袋上弹。高老师，他弹得好哇，真好！我儿子从小就学吉他，我儿子学吉他的头一年，每次都是我陪他去老师那里，我听老师讲了一年，听我儿子弹了多年，吉他弹得好不好，我是听得出来的。我本来想出去制止他，就是因为他弹得太好了，我才没动。"

确切地说，到了这时候，高玲玲才清晰地感觉到心里锐利的疼痛。

看门师傅没注意高玲玲有些扭曲的脸，还在自顾自地说。他说高老师，那个人边弹边唱："我这荒野中独狼的眼睛，无比温柔……可是灰白的路上，人心遥远……被阳光忽略的，没有被风暴和黑暗忽略……"唱完那首歌，他朝前走几步，到马路边，把吉他高高抡起，啪啪啪地在梯坎上敲。每敲一下，吉他就哭一声。"真的，高老师，我不骗你，他的吉他真的在哭，比人哭起来还伤心。"

高玲玲站下来，闭着眼睛。

看门师傅也站下来，继续说："我'喂喂喂'地朝他大声叫，可他越敲越起劲儿，等我出去拦他的时候，吉他已经碎成了一包渣。他像完成了一桩事业，背上行李，吹着口哨，迈着大步，走了。"

高玲玲的眼泪夺眶而出。

她承认，她当时无所顾忌地让眼泪夺眶而出。

她返过身去，朝校门的方向飞跑。她要去捡拾那些吉他的碎片。

可马路早被环卫工人打扫得干干净净。

她蹲在那里，泪水止不住地流。

——事实上，此刻，也就是她给我们讲这件事情的时候，泪水同样在止不住地流。

现在的泪水，和差不多十年前的泪水，静静地靠拢。

气氛怪压抑的。

而这是五十年校庆，是同学们毕业十年后难得的聚会，不该这么压抑。

尤其是说到杨顺城的时候，更不该这么压抑。

尹世茂递给高玲玲两张纸巾，然后呵呵呵地笑起来。不是对着众人笑，而是勾了头，独自笑。

这家伙生在黄河岸边，对岸就是因红军过草地而闻名天下的诺尔盖草原。不满十岁，他就跟随父亲和哥哥，在月黑风高之夜，乘羊皮筏过河，捞回一两只散放的肥羊。他家是甘肃辖地，对岸归属四川，因此，这算是跨省偷盗。如果被发现，还可能动刀子。刀子总是随身携带。他常常给我们讲那些惊心动魄又妙趣横生的夜晚，既不自责，也不自夸。他们村的人，祖祖辈辈都这么干，那只是日常生活的一部分。或许是有了这些经历的缘故，他成了我们班的老大。他不是班干部，但大家都服他、听他，连班长也听他的。他也真有老大的风范，为人特别宽厚，男生女生有了烦心事，除杨顺城外，都愿意找他诉说，班上同学被人欺负，或捅了娄子，全由他出面解决。

大家记忆最深的，是有一回，杨顺城在中心花园的草坪上弹吉他，惹得旁边几个喝酒的体育系学生很厌烦，叫他到别处弹去。杨顺城比他们先到，当然不听。后到他也不会听。不仅不听，还不减一丝深情，不乱一丝指法。“龟儿子!”这么骂一声后，一个人走到杨顺城跟前，居高临下地俯视着他，把他的吉他踢了一脚。踢得并不重，与其说是踢，不如说是提醒。他们以为他跟贝多芬一样，是个聋子呢。

杨顺城飒然起身，一拳打在那人的下巴上。

那人朝后一仰，像扇石磨那样倒下去。

尽管他膀大腰圆，还是败给了速度。

杨顺城拿着吉他，拔腿就跑。

刚跑回寝室，就有四个大汉追上来了。他们共有五个人，除被打倒的那位，都来了。

我们住的是木楼，非凡的动静，引起了尹世茂的注意。那时候他也在喝酒，他提着啤酒瓶，出来察看，见四个大汉猛踢312室的门。门板削薄，是经不住踢的，再踢几脚，不垮，也会踢出一个洞。

尹世茂走过去，听见李东在里面惊惊慌慌地在指责杨顺城，意思是说，你一个人惹的事，你一个人担，你怎么能把狼群引进来，让我们全都遭殃？“你出去吧，”他对杨顺城说，“叫他们别踢了！”

李东是我们班最富裕的男生，他把他的钱，第一用来吃，第二用来穿，主要是穿，他在穿这方面下的功夫，超过任何一个女生，自然也超过了高玲玲。他的裤子，一年四季裤缝笔挺，毫无褶皱，这是因为，每次去厕所蹲坑，他都要把身上的裤子换下来，换成专用蹲坑裤再去。他这样做，就是怕蹲下时把裤子弄皱了。哪怕正上课时想蹲坑，他也必然给老师请假，不去教室旁边的厕所，而是跑很远的路，回到寝室，换了裤子再解决问题。为此，累得两腿打战，憋得双目赤红，也在所不惜。

听到凶猛的踢门声，他所担心的，并不是有人冲进来误伤了他的身体，而是抓抓扯扯地伤了他的衣服。那可真要了他的命。

尹世茂拍了一下踢门人的肩，说兄弟，别急。那人还没反应过来，尹世茂就叫：“开门。”听到尹世茂的声音，李东知道救星来了，连忙把门打开。尹世茂抢进去，站在门里边，一手撑门框，一手拿酒瓶，往嘴里灌。他本来就体型宽大，尤其是屁股，壮实得能坐断山梁，这么一撑，就把门堵住了。

几个大汉说：“让开，不关你的事，我们找他！”

他们的指头像手枪一样，比着站在屋中央的杨顺城。

尹世茂头也没回，又喝了一口酒。

几个大汉说：“你他妈的听见没有？再不让开，连你一起剐毛！”

只听一声炸响，尹世茂把啤酒瓶在门框上磕碎了。

他的手上握着半截龇牙咧嘴的瓶子，瓶子里的残酒，像冒着泡沫的白血，淋淋漓漓地往下流。

而他的神情却格外的轻描淡写。

几个大汉你看我一眼，我看你一眼。

这么看了几眼，他们的腿就不听他们的使唤了，朝来的方向撤退。只是嘴上还在骂骂咧咧。

没撤几步，尹世茂说："兄弟，等一下。"

他自己紧赶几步，追上前去，请四个大汉去他寝室喝酒。几人怒气冲冲，但不知是被尹世茂的诚恳打动了，还是被他的淡定镇住了，说我们不喝，我们在草坪上喝，我们那里还有个人。尹世茂说："是这样啊，那你们拿两瓶去吧。"进寝室取出两瓶酒，硬是塞给了他们。几人的脸色和缓下来。尹世茂这才说："310 到 314，住的都是我的同学，你们最好把我的同学认一认。"

这意思很明显，是叫他们今后别欺负他的同学。

尽管没去认，但的确再没找过我们班的任何麻烦，杨顺城也安然无恙。

可这时候尹世茂笑什么呢？高玲玲哭得那么真诚，那么伤心的。

等高玲玲不再哭的时候，尹世茂才经不住大家的催逼，说了他为什么笑。

他搞过杨顺城一回。

那是大三上期，放假前一个月的某个星期六，晚上，他去沙坪影院看了两部卓别林的电影回来，路过中心花园，听到杨顺城还在弹吉他，还在唱那首唱一万遍也不嫌烦的歌，当他唱到"我可爱的她呀在哪里，不要忘了今晚的约定"，尹世茂灵机一动，回到寝室，从听课笔记上扯下一张纸，写了一句话："明晚 9 点，半月湖紫藤树下见。"尽管已经 10 点过了，因为是周末，整个宿舍楼都没有睡意，尹世茂有了这个突发的点子，更没有睡意，在公用书桌里翻，终于找到信封和邮票，封好粘好之后，不辞辛劳地走到校门口，投进了邮筒。他知道，最迟明天下午，杨顺城准会收到这封信。

次日晚饭过后，重庆建工学院两个老乡来找尹世茂，他带着老乡，在校园里转。两个老乡说：“你们的半月湖那么有名，带我们去看看吧。”说到半月湖，尹世茂竟没想起他给杨顺城写的那封信。一觉醒来，他就忘了。他对半月湖是拒绝的，但他想时间还早，去去也无妨。走到半月湖弧形顶端的紫藤树下，在朦胧的灯影里，看见杨顺城怯生生地坐在木椅上，他依然没想起来，还奇怪杨顺城怎么没去草坪上弹吉他。他跟杨顺城点过头，领着老乡又走出十来米远，才猛然忆起自己搞的那个恶作剧。

他看了看，8点43，杨顺城提前赴约了。

开始他跟老乡聊得兴兴头头，这时候突然坏了心情，很想回转身去，叫杨顺城别再等。

可细一思量，万万使不得。那会伤害他。碰上别的人，可以把这事当成玩笑，即使受一点儿伤害，也不会伤得太深，对一根筋的杨顺城，就会伤到骨髓里去。而且尹世茂作为班上的老大，一直被同学们信赖的，如果他去向杨顺城坦白了，杨顺城再传扬出去，真是毁了一世英名。

把两个老乡送走，尹世茂回到宿舍，寝室门也没进，就去了312室。

靠窗左侧上铺的蚊帐，还是卷起来的。

他跟李东他们说了几句话，走出来，去了盥洗室，又去了厕所，都不见杨顺城的影子，便依然没进自己寝室，再次下楼，脚步匆匆地穿过宿舍区，穿过文化长廊（因塑着若干名人雕像而得名），再穿过中心花园、桃园、杏园和玫瑰园，走了三里多路，去了半月湖。

半月湖约有五亩，形状像D，左边那条直线，是条人来人往的大路，一旦从两端进入弧形区，就是秘密的世界了。无论寒暑，到夜里9点过后，那里就变成了恋人的天堂。刚上大学那年，尹世茂不知内情，有天晚上从图书馆出来，不想马上回寝室睡觉，就信步乱走，走到“D”下面的端口，拐了进去。里面是两米宽的廊道，青石板铺成，廊道上空搭着架子，架上藤萝交错。秋天里，湖里蛙鸣如织，习习凉风，从蛙嘴里吐出来，丝丝缕缕地吹向湖岸，带着荷花的香味，带着干净的水的气息。尹世茂顿觉神清气爽。他想起了自己的故乡，想起了父母和为他读书一直推迟婚期的哥哥。

他一点也没注意到旁边有人。

廊道内侧，每隔两三米，就安放着一张木椅，每张椅子上，都坐着一对恋人。走到三分之一处，忘情的亲吻声和低低的呻唤，使他从宁静美好的想念中回过神来。他以为是蛇。当他发现不是蛇，而是紧紧拥抱的男女，便加快了脚步；谁知脚步越快，扎入眼里的同样的景象，塞进耳朵的同样的声音，也就越多。他陷入的是迷魂阵。他已经听不见蛙鸣了，也闻不到荷叶荷花香了。

最糟糕的是，到了这一步，退又退不得，进又进不得！

这个在幼年就敢于跨省偷盗、经历过大风大浪的黄河人，竟有了深深的恐惧。但他总不能蹲下去哭，就像独自夜行在荒郊野岭，心里再害怕，也不能蹲下去哭。只有放开趟子跑，跑完余下的路程。

当他终于冲出另一个端口，满头大汗，气喘吁吁，却有了重生之感。

整个大学期间，尹世茂之所以拒不恋爱——班上好几个女生向他示好，周末到他寝室，像恋人一样帮他洗衣服和收拾床铺，他却始终只把她们当同学看待——与这次经历不无关系。

再说那些恋爱的男生他看得很清楚，要给女友打饭、打水，要千百次地回答女友那个傻得出奇的问题：“你真的爱我吗?”把“只有你才值得我爱”之类的屁话憋出来后，女友又要求他再说一遍。稍有空闲，就被拉出去约会，去晚了两分钟，女友就给气受，就陷入纠缠不清的解释，并以加倍的殷勤去补偿，以求女友的原谅。等女友好不容易原谅了他，把掺和着泪水的温柔又给予他，一个美妙的夜晚就浪费掉了。凡是恋爱了的男生，跟同学话也少说，酒也不喝，真没球意思。尹世茂最害怕没意思。他是打定了主意的，哪怕全班男生都恋爱了，他也不恋爱，没人跟他喝酒，他就一个人喝……

那天，他急匆匆走到半月湖去找杨顺城，却只走到大路上，不敢进去。

不进去，就意味着啥也看不见。

夜已深，半月湖的灯光越发朦胧。半月湖本身并没有灯，只有立在大路边高杆上的两颗路灯，影影绰绰地照过去，在湖面形成浅橙色的反光，连湖心那片枯死的荷叶，也不能看见分毫，至于藤萝遮蔽的廊道，更是漆黑一团。何况紫藤树在弧形的顶端，从大路望过去，是有相当距离的。

尹世茂在那条路上来来回回地走，走得整个校园都沉入了梦里，还是不敢进去。

罢了，我不信杨顺城在那里干等两个钟头、三个钟头，还会那么傻等。他吉他弹得那么好，功课也学得那么好（连续两年，杨顺城都拿头等奖学金，我们班仅此一人），想必没那么蠢。

这么想着，尹世茂踏上了回寝室的路。

校园真的空了。走到中心花园，在假山下的池子里，看见一轮圆月。抬头一望，天上果然有月亮，然而它像一块冰片，更像一团圆得无可挑剔的云，没有光。它的光还在高空就被冻住了。别看重庆进入春天就热得人无处躲藏，可秋天一过，黄叶飘零，冷气便千军万马地驻扎进来，附着在树梢、墙壁、路面、皮肤，以及所有想象得到和想象不到的地方，使人臃肿和迟缓；特别是子夜过后，朔风吹刮，寒霜簌簌而下……只有热恋中的男女才是不计寒暑的生物，可杨顺城是在等待爱情，而且是毫无指望的等待。他别冻坏了啊。尹世茂有了一丝担心。

但他也因此觉得，这么冷的天，杨顺城更不可能无止境地等下去。

回到宿舍，大家都睡了。

他去312察看，门关着，只从门缝里传出拉锯似的呼吸声。

说不定杨顺城早就回来了。

第二天早上，尹世茂是他们寝室第一个起床的人。往盥洗室去，要经过312。312的门虚掩着，他轻轻推开，见杨顺城床上的蚊帐，严严实实地罩下来。他吐了一口浊气。这口浊气胀鼓鼓地折磨了他一夜，连做梦也被它折磨，现在终于吐出来了，感觉浑身轻松。

盥洗室里只有李东一个人。他在刷衣服。并不是洗，而是将应该起棱角的地方刷湿润，再回寝室，用小熨斗熨。见尹世茂进来，他停下手，神神秘秘地说："杨顺城那龟儿子，终于搞到女朋友了。"

他把那个"搞"字，咬得特别重，特别的意味深长。

尹世茂慢腾腾地挤上嫩绿色的牙膏，"不能因为人家回来得晚，"牙膏太少了，他又挤了一点，"就一定是搞了女朋友。"

"啥回来得晚啰，"李东将衣刷在洗衣台上一碰，"刚回来！"

尹世茂开始刷牙。水把牙齿冻得在嘴巴里直跳，跳几下就麻木了，像是嘴巴里没长牙齿了。

李东没注意到尹世茂的表情，又说："他肯定去外面开了房。"

那时候，去外面开房的大学生非常少，但也不是没有。侧校门外，有一排平房，因低于街面，看上去像地下室，平房里住的全是重庆的老居民，他们不止这一处房产，就把平房办成地下旅馆，20块钱一夜，某些不仅向心灵、还向身体索求爱情的大学生恋人，会去那里开房。这是校方严厉禁止的，只要被发现，二话不说，男女生一起开除。就在前不久，生物系才开除了一对儿。去年春天，外语系也开除过一对儿，宣布的当天，那女生就跳了嘉陵江。

尹世茂擤了擤鼻子，把水龙头开到最大，捧水洗脸。水把他的脸淹住了。冰凉刺骨的水。他仿佛要把自己的脸好好冻一冻。听见李东的话，他说李东，这种话你是不能乱嚷嚷的，既然你已经嚷出来了，我也听见了，你就只能让我一个人听见，要是有第二个人听见，你要负责任的。

因为脸被水淹住，尹世茂说出的每一个字，都咕嘟咕嘟，像被开水煮着。

李东明白这些话的分量了，说尹哥，我只说给你听，绝不会说给别人。

那天，杨顺城没有去上课。

这是四年大学，他唯一的一天缺课。

他没给老师请假，也没找任何人代假。尹世茂见他没来，就先给班长打了招呼，说杨顺城感冒了，发高烧。是班长向老师说明情况的。那天上午的课特别多，满满当当的四节，四节课尹世茂都没听进去，他在想：会不会杨顺城真的找了女朋友？会不会那封信不是我写的，而是一个女生写的？

中午回来，尹世茂去食堂打了饭（只要上满四节课，我们都把碗装在书包里），但没吃，他要把饭送给杨顺城吃。送去才知道，杨顺城真的感冒了，真的发了高烧。尹世茂也才从恍惚的神思中醒过来。那封信，的确是他写的，不是某个女生写的，杨顺城并没有找到女朋友。

杨顺城没吃他的饭，只吃了他去医务室拿来的药。

换了别人这么关心杨顺城，同学们会觉得奇怪，尹世茂这么做，就不奇怪了。

“我从来没遇见过像杨顺城那么傻的人，”这时候，尹世茂对我们说，“比羊还傻，风雪来临，羊就迈着碎步，自动地挤到一堆儿，相互取暖，无同伴取暖，就不停地鸣叫，还以一只羊的智力，判断哪个方向是它的家，边鸣叫，边朝家的方向奔跑。杨顺城分明没有取暖的对象，却不知道回屋。你等一个钟头没来，就绝对应该怀疑了，等两个钟头，就不只是怀疑，而是断然离去。哪怕写信的人是貂蝉，是天仙，也不应该让一个赴约的人等那么长时间。而杨顺城竟然一分一秒地捱，挨过半夜，挨过后半夜，一直挨到天亮，才孤孤单单地站起身，孤孤单单地往寝室走。操！”

正是在这一点上，尹世茂不同情杨顺城，他的愧疚之心，也因此减淡了许多。他认为，杨顺城不在他手上吃亏，也迟早会在别人手上吃亏，他提早给杨顺城一个教训，对杨顺城或许是件好事。

但想象中的“好事”，似乎并没有发生在杨顺城身上。

他终于变成了一个没有温度的影子，一个活在人世间的鬼魂。

李东沉闷了一会儿，现在又变得活跃起来了，他挤眉弄眼的，像撒娇一样埋怨尹世茂：“尹哥，你做得不对哟，这些事你读书时不告诉我们，拖到现在才说，还把我拉扯进去。”

“说不说真有那么重要吗？”尹世茂反驳他，“我当时不说，并不是害怕影响我的形象，”他哈哈几声，“我也没有什么形象好影响的，——我是担心像你这种家伙去取笑杨顺城。”

这话一半儿假，一半儿真。

李东讪笑一声，又把脸朝向高玲玲："杨顺城那次穿着皮大衣去找你，看来并不是显摆，你冤枉了他。他是冻怕了，他一想起你心里很热，身上却冷，所以他去找你的时候，就穿了皮大衣。"

笑声灌满一屋。或许是在空调屋里坐在太久，或许是酒喝是太多，还可能是因为老是在说杨顺城这个不逗人喜欢的家伙，太闷，有人发起疯来，用勺子使劲儿敲打餐桌。屋子里乌烟瘴气的。

参加完校庆的活动，我们46个同学，就去了后校门斜对面的火锅城，要了一个很大的包间，两张大圆桌，一张桌上坐23人，跟读书时分小组一样，同样的男女搭配，同样的凑份子。包间隔音良好，弄出再大的响声，也不会影响到别人。

不过，这种凑份子吃饭的方式，却多多少少显得寒碜。

我们那届中文系，渝州师大共有两个班，我们一班47人，二班48人，二班的学生，毕业那年就有五个考上研究生，毕业后的三年内，又有七个考上了，这12个人，全留在了高校；余下的，前前后后都离开了中学教育岗位，干别的事去了。我们班毕业二十年后，才有人做了副处，人家二班，毕业十年，就有个女生当上了县委常委、宣传部部长，给母校赠了一大笔钱，给老师们带来满满一车土特产：营养丰富的黑鸡蛋。校庆那天，她被体体面面请上主席台，还发了言。另一个男生，毕业不久就下海，经营电器，听说资产已过千万。他也被请上了主席台。二班的48个同学全都到齐了，吃、喝、耍，总之在重庆的一切开销，全由那个千万富翁负责。

但我说过，我们班都是平庸之才，平庸有平庸的好处，就是没有那么强烈的欲望，我们吃得一般，喝得一般，虽感觉到了那么一点儿寒碜，但并不十分在意。

而且，我们似乎没有精力在意这些。人家二班全都到齐了，我们还有一个同学没来。

我分明感觉到，大家笑一阵过后，都不想再提杨顺城了。曾经，我们都觉得班上同学，只有杨顺城才是一个黑洞，现在发现，他是最简单、最明白的，我们在座的46个人，每一个人都比他有丰富得多的秘密，应该感到陌生的，不是他，而是我们自己。很可能是这样的。再说下去，我们就会像高玲玲和尹世茂那样，把那个深深地潜藏起来的“自己”，不经意间抖搂出来了。

比如我本人，也跟杨顺城有一点小故事。那是大四下学期，还有两个月就毕业，不怎么上课，大家都在准备毕业论文。老实说，写篇论文并不难，选定一个题目，去图书馆查阅资料，像裁缝那样，东拼一块，西凑一块，一件衣服就成了，花不了多长时间的。因此，那两个月可以说是四年大学最放任自流的时期。寝室里经常见不到人，不知道这些人都到哪里去了。

那天下午，我们寝室就没人，到晚上还是没人，我心里突然一空，感觉大学生活其实现在就已经结束了，禁不住有了伤感和孤独。我住在314，尹世茂所在的310，刘畅所在的313，都有人声，但我不想去找他们。我跟任何人都是既亲近又疏离的关系。我父母都是小学教师，从小就教我做乖娃娃，我听他们的话，处处小心谨慎，从不惹是生非，加上我个子小，说话细声细气，别人都把我当女生看待。我单独跟某个女生去看了电影，逛了公园，班上同学绝不怀疑我在谈恋爱：男生把我看成女生的同类，女生也把我看成她们的同类。女生跟我走在一起，有时还亲亲热热地来拉我的手。

而在我身体里最隐秘的地方，有个声音一直在怒火满腔地提醒我：你是男生！

我不知道应该听从父母的教育和别人的目光，还是听从身体的呼唤。

当我听从前者，跟同学们很亲近，听从后者，又变得疏离了。

或许孤独本质上属于男人的情绪，这天我没去找别寝室的人闲聊，独自下了楼，出了校门。侧校门。当看到那排平房的时候，我觉得有颗炸弹在我体内爆开了。我听同寝室的人说过，有间平房里放黄色录像，他去看过的，看了回来说得眉飞色舞。当时我是多么瞧不起他呀，觉得他是多么堕落呀，他父母送他上大学，真是白花钱了呀。

但此时此刻，我一点也没想到自己的父母。我渴望堕落。

室友透露过，放录像的那间平房，门柱上有块心形的红色涂料。一路找过去，在倒数第二间，终于看到了那颗心，但不是红色，而是紫色，紫得发乌。是这间吗？看上去应该是，但我不敢断定，又倒回去找。那是多么漫长而艰险的旅程，我觉得街上的每一个人，都知道我是干什么来的。我的脸上像有人用刀在刻，刻一个“耻”字。然而，越是这样，我越是找得仔细。

只有那间房的门柱上才有标记。我装模作样地咳嗽两声，下七级台阶，到了门前。

门关着。弹簧门，一推就开了。当然，推的时候，需要有一股决心，用一些力道。门的内外两面，都包着厚厚几层棕色人造革，仿佛站立着的气垫。门里坐着一个跟我年龄相当的女子，在卖票。其实没有票，交两块钱，撩开女子屁股后面一挂厚重而肮脏的蓝色门帘，好东西便出现了。

里面至少坐了二十个人，燠热难挡，烟雾呛鼻，鸦雀无声。我是说，这二十个人都屏住了呼吸。我坐在后排，看了两部半片子。对我而言，那比战争还要血腥的镜头，不是别人的表演，而是对我的撕扯和割裂。在难以自持的挣扎中，我感到一种叛逆的快意。

如果不是出现意外，我会一直看到凌晨2点。这是他们息映关门的时间。校门11点半关，这无所谓，两米多高的铁栅门，很容易翻过去。但换第三部片子的时候，机器出了故障。放映员弄了几下弄不好，就开了顶灯，查检线路。灯光洒下来的同时，我抽了一口冷气。

在我旁边，坐着杨顺城！

杨顺城的背躬成犁的形状，手伸进裤裆。裤裆一瘪一饱，像临终者的呼吸。他很可能没注意到开了灯，就算注意到了，也不明白是怎么回事。他已经停不下来。在之前之后的任何场合，我再没见到过那么难看、那么痛苦的脸，双唇尽力裂开，暗红色的牙龈暴露无遗，牙齿死死地咬住，两颗朝外拱的门牙，绝望地龇向乳白色的、压得很低的天花板。尽管我知道，他这样子代表的不是威胁，而是服从，对一棵草也不会构成伤害，但我还是感到了深深的震恐。

他变成了我的镜子。

我无力摔碎这面镜子，只能选择离开。

正在我起身的时候，他被惊扰了，跟我四目相对。

我趺趺撞撞地走出去，蹬上台阶，飞跑起来。

校门马上就关，看门师傅以为我抢时间才跑这么快的，嘴角露出一丝笑。是那种可以向别人行使某种权力的笑。但我进了校门，依然飞跑，跑到空无一人的运动场，一圈接一圈，不停地跑，皮鞋敲击地板的响声，在运动场四周回荡。最后，我瘫倒了，仰卧在跑道中央。我望见了满天的星星。

从小到大，没有哪一次望见的星星，有今晚这么亮。

因为我熟悉了黑暗。

“熟悉黑暗的眼睛，才能更好地察看光明。”这是杨顺城自编自唱过的两句歌词。

然而，他却成了笼罩在我头顶的巨大的黑暗。

好几次，我单独碰见杨顺城，都想跟他搭成协议：我不说他，他不说我。

事实证明，这样的协议完全没有必要。从没听说过人和鬼魂订什么协议。

但人和鬼同宗同源。佛教高僧说，灵魂离开身体的位置，决定了未来再生的去处，灵魂从肛门出去，就会投生于地狱道，从生殖器出去，就会投生于畜生道，从眼睛出去，就会投生于色道，从鼻子出去，就会投生于人道或鬼道……也就是说，鬼可能变成人，人也可能变成鬼……

只是，这么多年过去了，我依然抹不去心头的疑虑：

做那种事被我发现，杨顺城真的就不受一点儿影响吗？

我不知道。我也不会给同学们说。

并不是为杨顺城保守秘密，而是为我自己。毕业之后，到了新的环境，我首先做的事情，就是改变自己，走路时抻着双臂，不像以前那样夹手夹脚，说话时先把喉管扩张，让话饱满壮实地冲出来，最好是胀得喉管发痛、充血。十年的塑造，效果明显，在我工作的地方，没有人再把我看成女人。我在妻子面前表现出的粗暴，一度时间让她畏惧，泪水涟涟地求我温柔些，文明些。可是，回到同学中间，我不自觉地又变成以前的样子了。没有人只扮演一种角色就能过完一生。转换角色能让自己轻松，有时还会带来好处。轻松本身就是好处。毁坏了一种角色，就可能毁坏了全部。我不愿意这样。

而且，在特定的环境将某种角色贯彻到底，也是对别人的尊重。宽厚的一直宽厚，乖巧的一直乖巧，时髦的一直时髦，朴素的一直朴素，人们就会觉得，自己的过去并非虚无，甚至觉得还停留在过去的时光里。有了这种错觉，就不会徒生岁月无情的感叹和忧伤……听了高玲玲和尹世茂的话，看他们流泪和窃笑的样子，我就知道时光在流逝，世界在改变，就无法不让丝丝缕缕的忧伤弥漫在心底。

大家都不愿再提杨顺城，可杨顺城仿佛始终躲在暗处，瞅着我们，我们也知道他在瞅着我们，想不去在意他，不去说他，都不行。

李小冉站起来给同学敬酒——尽管她多数时候是文静的，喝酒却不得了，喝再多也不醉，到某一个时候，她好像有了醉意，但再喝两杯，又清醒了。谁也不敢坐庄跟45个人喝酒，她就敢。喝到尹世茂门口，她偏了头，很好奇地问："你给杨顺城写那封信的时候，模仿的是谁的笔迹？"

谁都听得出来，她是对高玲玲不服气，要成心打击她的。高玲玲不是说杨顺城那么爱她吗，不是因为杨顺城对她惊天泣鬼的爱流眼泪吗，如果杨顺城真的那么爱她，就会尽可能熟悉她的一切，包括她的笔迹。然而，尹世茂写那封信，不可能模仿高玲玲的笔迹，除了入学之初杨顺城"抢"着扶过高玲玲一回，没在公开场合对高玲玲有过任何表示。去棕榈林和杏园弹吉他，根本就算不上表示；并非只有高玲玲一个人去澡堂才经过棕榈林，英语沙龙在杏园的活动，也不是高玲玲一人参加。如果尹世茂随手写了那封信，杨顺城就死心塌地地跑去赴约，他的赴约就和高玲玲毫无关系。

大家听出了李小冉的意思，却不好点穿。连李东也知趣地保持了沉默。

高玲玲跟我们同桌，在我的斜对面，尹世茂的正对面，我看见高玲玲漂亮的脸蛋抽搐了一下。

尹世茂聪明，知道这个问题回答不好，不回答也不好，便爽朗地笑几声，模棱两可地说："我记不清了，反正我模仿的是个女生的笔迹，你们说，谁对杨顺城有那么大的魔力？”

然后跟李小冉干杯。

酒是干了，那个问题还摆在那里。不仅是我们，就连高玲玲，也在期待尹世茂给一个明确的答复。然而，真的明确了，要么让李小冉尴尬，要么让高玲玲伤心。高玲玲一定会伤心的。她伤心并不代表对自己的婚姻不满意，无论如何，她丈夫也比杨顺城强，强一百倍。那人我们见过，是他把高玲玲送到母校来的，胖是胖了点儿，却仪表周正，彬彬有礼。把妻子送来他就离开了，离开时高玲玲对他说：“我回来之前给你打电话啊，你要来接我啊。”这种自然而然的依赖，证明她爱自己的丈夫。

然而，有一种爱是温泉，有一种爱是烈火。

我们浸泡在温泉似的爱里，却渴望着烈火的焚烧。

还是刘畅，李小冉的丈夫，出面解了围。

他轻轻巧巧地把话题荡开：“如果杨顺城分配好一点，不知道会怎样。”

我们当年的分配，有统分和直分两种，直分当然更好，好在可以直接进入某个单位，不像统分那样，被人当皮球一样踢来踢去，而且是从高处往低处踢。我们班有七个直分名额，我和刘畅都是直分的，杨顺城为何没享受到这种待遇，不得而知。按成绩（这是主要标准），他长期全年级第一，如果他愿意去考研究生，绝对能考上北大，二班有个学生就是考到北大去的；表现么，他只缺过一天课，课后就知道弹吉他，至于看黄片，别人看过，我也看过，何况系里不知道我们看黄片的事。

即便被踢来踢去，如果不踢回七里沟，他大概也会去上班，也会过上另一种人生。

然而，他到底从哪里来，又回到哪里去了。他对那个环境的厌恶，让他不愿意回去。

大家唏嘘感叹了一回。

李小冉还在挨个敬酒，但刘畅叫她别喝了。她果然就不再喝。那些没被敬到的同学不干，她说："下回补上。"她的眼睛里，有对丈夫无限的感激。尽管她喝再多也不醉，但酒是乱心性的，酒点燃了她嫉妒的火焰。那粒嫉妒的种子，一直埋在她的心底。现在那火焰灭掉了。是丈夫帮她灭掉的。再也不会复燃了。就像一枝毒花的种子，在适宜的气候下，爆出嫩芽，长出枝叶，张开花瓣，还没来得及结出新的籽粒，就被掐掉了。那粒毒花再也不会开花结果了。她在自己位置上坐了不到半分钟，就跟另一个同学交换，坐到高玲玲身边去。这样的情景，已经显得多么遥远了啊。

尽管遥远，却让我们清晰地回想起大一的时光。不止是大一发生的事情，还有那时候的热，那时候的冷，那时候从江上飘来的润湿的空气，那时候同学之间边试探边靠近的新奇和温暖，——那时候，杨顺城背着吉他，在校园里弹唱"我可爱的她呀在哪里"，弹唱他即兴创作的歌曲……

两张面孔，依然是高玲玲的更美，但而今，同学的意义大于脸蛋。甚至没有人在心里去评判她们的脸蛋。现在真正让我牵肠挂肚的，是没有到场的杨顺城，那个在念书时我们都不喜欢的人。

刘畅对老婆的做法很满意，对别人看她们的眼神更满意。这从他微微上翘的嘴角可以看出来。

尽管世界如同一张烙饼，翻过来是这样，但翻过去，却不一定是这样。

"被阳光忽略的，没有被风暴和黑暗忽略……"

这是杨顺城从西藏回来后，在高玲玲校门外唱过的歌。

在他自编自创的歌曲里，老是出现黑暗、光明这样的字眼，以前，他是要让光明照彻黑暗，这两句歌词表明，他打定主意要回到黑暗里去了。他砸碎吉他，吹着口哨，究竟去了哪里？

谁也不清楚。

要是清楚，就通知他回来参加校庆了。

好几年过后，消息才陆陆续续地传来。

他没再回西藏，而是去了云南某地一所偏远的中学。那里的教师，最高学历是中师，杨顺城这种本科毕业生主动上门，等同于天上掉馅饼。他一去就受到重用，教高中毕业年级的语文，而且当了尖子班的班主任。他把班费收起来，揣进腰包，一天课也没上，就不辞而别。

班费能有多少钱？顶了天几百块。不知道他是怎么想的。

随后他去了广东佛山，在一家鞋厂做工。厂里没有住宿，他就在厂子附近租房。租给他的那家人，有三室一厅，手头紧，就腾出一间租给他，于是，他跟这家人用着同一把大门的钥匙，像是一家人。房主真是把他当成一家人看的，有客人来，请他同桌吃饭、喝酒，买了好菜，也请他品尝。他在那里租住了大半年，有天夜里，房主两口子外出办事，他就把他们的女儿强奸了。女儿不满十五，还有一个月才初中毕业。他在那小女子的抽泣声中，迅速出门，消失于茫茫人海。

这些都是小道消息，甚至无法理清消息的源头。小道消息的生命特征，就在于“理不清”。

但我们都听说了。

又过去两年，也就是我们毕业十九年过后，某天下午 1 点半，我正在睡午觉，手机突然叫起来，把我做着的一个好端端的白日梦，惊惊乍乍地吵醒。是刘畅打来的。

刘畅问我：“你知道杨顺城的情况吗？”

我说我不知道啊，我怎么知道呢？

原来他不是要问我，而是要告诉我。

因大姐生病，他最近回了趟老家。大姐是血液粘稠，引起轻度中风，在镇医院输了几天液，好多了，他跟二姐一起，陪了大姐两天，就返回重庆。走到县城时，他搭车去了七里沟监狱。去的目的，是想找到杨顺城，至少打听到他的下落，弄清他的联系方式。我们班开毕业典礼那天，有一个约定：二十年后，大家再回母校聚首。时间定在2011年7月15日。为此我们还制定了若干规章，其中最关键的一条，是在这二十年间，谁也没有权力死去。毕业十年利用校庆聚会的时候，由于杨顺城没到，害得大家像被割了一块肉，从头到尾地想着那块肉，说着那块肉。千万不能下次又这样。二十年可不容易，二十年有太多的话想说，不能只说杨顺城。刘畅是杨顺城的老乡，有义务帮助大家找到他。

县城去七里沟的路，已全部硬化，车程由六个多小时，变成了不到三小时。那个小镇还是一条独街，却有了许多高楼，变得认不出来了。刘畅想找到当年跟杨顺城吃挂面的那家小店，已经找不见了。但菜市场还在那里，一眼就能望到的。只是没看见七里沟监狱的购物车。刘畅搭公交车去了监狱。半面斜坡上的大门外，显得格外冷清，只有个七十来岁的老人，站在那里，相当落寞地瞭望远处。

刘畅对门卫说，他要进去找个人。门卫问找谁，他说找杨顺城。门卫不认识杨顺城，刘畅说他爸曾在这里当保安科长，现在想必退休了。门卫还是不知道，当然也不放他进去。

那个老人听见刘畅的话，问了一声：“你找杨顺城干啥？”

刘畅转身看他，眼睛慢慢发亮。

尽管这人的头发都白完了，但刘畅还是认了出来。这是当年去市场买菜的李叔叔。

刘畅叫了声李叔叔，说自己某年跟杨顺城到这里来过，还坐过他两趟车。

李叔叔比刘畅还高兴，“缘分啊!”他说，像遇到亲人一样，抓住刘畅的手不放。然后他告诉刘畅，七里沟监狱要搬往成都郊县，搬迁工作已进行了四年，绝大部分干部职工和服刑人员，都走了，煤矿也还给了地方。现在，监狱里只留下了极少数人，这些人年底前将全部迁走。“我不走，”李叔叔说，“我在七里沟干了四十多年，舍不得走。等他们走光了，我就守这个破庙。”

难怪他显得那么落寞。

“杨顺城他爸呢?”

“走了，今年三月份走的。”

“李叔叔你有他爸在成都那边的电话吗?”

“电话……你是想找杨顺城吗?自从大学毕业，杨顺城就再也没回过家了。”

刘畅“哦”了一声。但并没彻底失望。杨顺城没回过家，不等于他爸就不知道他的联系方式。

于是他又问李叔叔要杨顺城父亲的电话。

李叔叔看着刘畅，眼神苍老、悲凉。

“你别费心思了，”他说，“杨顺城死了。”

杨顺城是被枪毙的。

因为他杀了人。

案情发生在川滇交界处的水富县。九年前的某个深夜（算起来，那正是我们参加五十年校庆的前后），他跟同伙在水富县郊外，拦截了一辆车，把车主杀死，碎尸后装入大提包，扔进金沙江，抢了车主的手机一部，相机一部，现金两万三千元。之后与同伙分散逃跑。杨顺城逃到合肥，逃到武汉，逃到贵阳……具体逃了多少个地方，连他自己也记不清了。许多地方都只在车站停留。大半年后，他到了宁夏的青铜峡。或许是因为逃跑太累人，或许是看中了青铜峡这座西北小城，他终止了混乱的脚步，在此隐姓埋名地住下来。钱早已在逃跑途中花得精光，他便去建筑工地做力夫，卸水泥。那是一种只有肉体的生活。他把肉体作为赌注，去跟白天黑夜抗衡。

这年五月的某个黄昏，杨顺城下了班，往出租屋走。从清晨忙到黄昏，他没觉得累。一具没有心灵的肉体，是不知道累的。但经过一处公园的时候，他突然腿脚打闪，差点儿跪下去。

有个二十多岁的小伙子，坐在一棵菩提树下弹吉他。

小伙子边弹边唱："我站在故乡的中心，却是一个离乡背井的人……"

杨顺城听见自己身体里发出"嘎嘣嘎嘣"的声音，像冻结多年的冰层正在坼裂。

他蹀蹀躞躞地走到那人身边，对他说："你唱的是我的歌。"

是的，这是杨顺城的歌。当年，他从不把歌曲写在纸上，那些即兴弹唱，是通过谁的笔，谁的手，谁的嘴唇，从南方传到了北方？在某一处暗角，有一双眼睛在注视他，有一双耳朵在倾听他，并把他孤独的生命接纳过去，抚慰更多的孤独。然而，对这些，我们，包括他本人，都不知道。

小伙子无论如何也不相信，这个满身水泥灰的人，会唱歌，而且还说是"我的歌"。

"我可以弹弹你的吉他吗？"

这是小伙子听到的又一句话。这要求能拒绝吗？小伙子拿不定主意。

由于出汗，杨顺城扑满水泥灰的衣服，变得硬翘翘的，连头发也硬翘翘的，脏不忍睹。他便将衣服脱下来。五月下旬，在他的故乡，早已枝叶扶疏，而在这座西北小城，还是一派冬景，特别是太阳落山之后，空气干冷，直钻骨头。光着膀子的杨顺城，接过了小伙子手里的吉他。

小伙子说："别，你穿上衣服再弹吧。"

杨顺城没应，躬着油黑的脊背，在六根弦上摸索。吉他叽里咕噜，像一窝受到惊吓的鸟。他的触觉已经生疏，但这无关紧要，吉他是他的另一副身体，他和它，会在短时间内相认。摸索一阵，空弦音便在指头上绽放，紧接着，冰棱棱的乐曲流淌而出。"故乡，我只能远远地看你了。风声在母亲的子宫里鸣响，大道上尘土飞扬，模糊了我的双眼……"他唱完了小伙子没唱完的歌。

小伙子泪流满面。他自己常常弹唱这首曲子，却从没有过这么刻骨铭心的感受。

他把杨顺城介绍到了自己所在"火柴乐队"。

杨顺城很快坐了火柴乐队的头把交椅。以前，乐队都是翻唱别人的歌，在市内的娱乐城里混，现在，他们可以拥有自己的歌了。杨顺城创作的那些歌曲，无一人能真正听懂，比如："水呀，站起来吧，站成光明磊落的空间，把血肉还原，把骨头还原。我会打着赤脚，静静地，跪在你的面前。"谁能知道他是在祭奠葬身金沙江的冤魂？又有谁能听出他深入骨髓的忏悔？但奇怪的是，所有听众都被打动了。他从冰凉的河川上踏过，一直往前唱，唱到他的大学，从大四唱到大一，唱到刚入学的日子。他的歌曲就此改变了温度，阳光渗入，坚冰融化，变得柔软，发出甜香。那时候，有个女生不嫌弃他身上的气味儿，那时候，有个女生温柔地递给他一张餐巾纸……那时候，他心中有爱。

他在火柴乐队待了七年，创作的若干首歌曲，都有对“玲玲”的呼唤。

“玲玲，冬天到了，天空沉了，花儿谢了，我把我的翅膀折下来，让你欣赏……”

想必，杨顺城走南闯北，一定遇见过比高玲玲更漂亮的人，他却从未动过心，更没有恋爱过。

然而他没能在这样的怀念中老去。

2009 年 3 月，东南某电视台举办民间乐队大赛，火柴乐队当然希望参加。但这完全取决于杨顺城。当同伴征求杨顺城的意见时，杨顺城沉默了一会儿，说：“这是一个机会。”

他说的“机会”，含义模糊，但有一点是肯定的：他又有了追求。

有追求，就意味着有生活的渴望。

火柴乐队得了一等奖。杨顺城的歌感动了无数人。

乐队回到宁夏，估计还没来得及开庆功会，杨顺城就被抓了。

杀人之前，杨顺城和他同伙在水富县城住过两天，第三天，他们既没回宾馆，也没退房，就销声匿迹了。当车主的家人报了警，从车辆旁边浓稠的血浆判断，这是一起凶杀案。公安把目光瞄准了路外的江水，派人打捞。那个大提包很快现身。各种迹象表明，从宾馆莫名消失的那两人，有重大作案嫌疑。刑侦人员根据监控录像和宾馆服务员的描述，栩栩如生地绘出了杨顺城和他同伙的肖像，四处张贴，还在网上发布。火柴乐队上电视台表演时，水富县先前那家宾馆的服务员正看那台节目，一眼就把杨顺城认了出来。尽管不是以前的名字，但绝对是那个人。他毛茸茸的脸（跟高玲玲见过最后一面，他就不那么勤常地刮胡子了），特别是那两颗朝外拱的门牙，实在太显眼了，他也没想到去整整容。

服务员报告了警察，警察千里追凶，将杨顺城擒获。

他在浙江打工的同伙，也在半个月后被缉拿归案。

“要不是盛军，杨顺城不会变得那么坏的。”李叔叔对刘畅说。

“盛军是谁？”

“就是跟杨顺城一起犯下命案的那个同伙啊。他曾是我们这里的一个服刑人员，那回你跟杨顺城来的时候，他正在这里服刑。小伙子本来很不错的，当年犯罪也是出于义愤，一时冲动：他跟几个朋友聚会，其中有个侏儒，饭吃完，主人端出梨子，侏儒给大家削皮，削出第一个，他从凳子上跳下来，跑到席桌对面，递给一个女子，说他爱她，还亲了一下她的手，惹得那女子很不高兴。另一个朋友挖苦侏儒，说你爱她可以，等你长过1米75再说。那时候，侏儒27岁，不到1米3。侏儒被刺痛了，跟那人吵，没吵两句，那人重重地扇了侏儒一个耳光。盛军是个厚道人，平时对这个残疾人朋友也特别照顾，见他被打，心里不平，站起来和那人理论，那人说：‘这小矮子是你爹呀？我就要打你爹！’一脚朝侏儒踢去。侏儒被踢到桌子底下。盛军拿起水果刀，一刀刺过去，把那人搞成了重伤。”

李叔叔用舌头卷了一下嘴角干沙沙的白沫，接着说：“他被判了五年徒刑。来到监狱，他表现得非常好，下了一段时间矿井，就被提升到地面，打扫狱区的卫生。你们来的时候，他就在打扫卫生。小伙子本来很不错的，可不知道为啥，出去过后反而屡次犯案，屡次进监，后来也不知道杨顺城是怎么跟他搅和到一起去的……”

刘畅知道盛军是谁了。

他什么话也没说，跟李叔叔告辞，回了重庆。

回重庆的第一件事，就是给同学们打电话。让人惊异的是，杨顺城被抓后，对自己的所有罪行供认不讳，其中包括他在云南某中学席卷班费逃走，以及他在广东佛山强奸了房主不满十五岁的女儿。这些找不到源头的消息，为什么如此准确地传进了我们的耳朵？或许，正像因纽特人认为的那样，经常说到和想到某个人的名字，名字里就会附着那个人的灵魂。

2011年7月15日眼看就到了。毕业典礼上，我们确定二十年后的聚会，由班长和尹世茂联系，校庆聚会时，又增添了高玲玲作为联系人。但直到7月14日，他们谁也没有提起，也无任何人过问。

而今，约定聚会的日子，早就过了。

光阴没有等我们，光阴一如既往地流逝，仁慈地帮助我们忘记那些不愉快的事情。

越 界

我的生活又归于平静。但这只是表面的，我很清楚，在猪界，我已臭名昭著。别说本乡本土，就连外县、外市、外省乃至外邦的同类，都在议论我，鄙薄我，说我不配做猪。两年前某个初春的午后，我在回龙镇的戏楼底下被新主人买走，我的名声就败坏了；更确切的说法是，从那时候起，我的名声就走在败坏的路上。

我的新主人名叫汤成民，是个三十八岁的单身汉。他身强力壮，本不该找不到女人。从镇上人的只言片语中，我听出是因为他懒，可天下的懒人比勤快人多，多很多，如果懒人都找不到女人，人世将不堪设想。不过这事用不着我操心，我只说跟我有关的。那天，汤成民本没想买猪。想买猪的人，必然背个花篮，篮底铺着稻草，回家路上，把猪放在稻草上，既让猪舒坦，也免得猪拉屎拉尿弄脏了裤腿；他没有，他抄着手，满街瞎逛。我承认，见到他我就怕得慌，竟致四肢抽搐。他脚步闲，眼睛不闲，不管看谁，哪怕看一堆土，眼神里也有股凶狠劲儿。不巧的是，我瞅他时，他也正瞅我，他看出了我的怕，于是朝我走过来，二话不说，就拎住我的一条后腿，将我倒提起来。那手劲真大，只差没捏碎我的骨头。我强忍着，没叫。是怕得不敢叫。他说，这龟儿子，为啥不叫呢？言毕，伸出指头戳我睾丸。你知道，我其实没有睾丸，我来到世上已有六十三天，十天前，旧主人请来一个骟匠，那骟匠用片柳叶刀，把我睾丸挤掉了，三天前拆了线，但伤口并没真正愈合，抹在伤口上用于消炎的清油和锅灰，宛然犹在。汤成民就盯住那里戳，戳一下笑一声，呵，呵，呵。我实在熬不住，锐声嘶吼。那时候天气阴沉，残破的戏楼檐角上，挑着低垂的黑云，我旧主人的脸色，成为黑云的一部分。我知道她是在疼我。她很疼我。骟我那天，我叫得凄惨，她不忍心听，更不忍心看，干脆跑进屋躲起来。这时候，她黑着脸问汤成民要不要，不要就放下。汤成民放下了，她一把将我揽进怀里。可汤成民并未离开，摸出根纸烟塞进嘴里，没点，又摸钱。多少钱？他问。我旧主人席地而坐，屁股旁边放着杆老秤，但汤成民说，不用称了，给你六十，够不够？我值不了这么多的，我最多值五十五，因此旧主人期待地沉默着。汤成民掏出一张百零券递给她，她来不及找补，就伸过嘴把钱叼住，双手将我捧给汤成民。汤成民却又只拎住我的一条后腿，我旧主人找钱时，他再次戳我，且下手更毒。我扬起脖子向旧主人求救，我倒悬的头跟她相距咫尺，我的叫声离她更近，可她不再疼我了。她把我卖了，还卖了高价，巴不得尽快和我一刀两断。汤成民收了零钱，把我往腋下一夹，走了。

买我之前，他就进过饮食店，明显还喝过酒，因此精力充沛，兴致勃勃，暂时还不想回华阳村的家里，只在街上闲荡。赶场的村民已走大半，街道撑宽了许多，他能随心所欲，高一步，低一步，窄一步，阔一步。无论从哪家店门前过，都有人招呼他，还说些好听的话恭维他。这让我知道我的新主人是个名人。当然，凭我当时的见识，还听不出别人恭维他时，带着讥诮。他是个被讥诮的名人。其实他自己也没听出来，他把自己当成了真正的名人。这怪不得他，人全这德性，被假心假意恭维几句，就不仅臭美，还发癔症。比如骟我那天早上，有七八个人围观，那些人说：罗师傅手脚利索！那姓罗的家伙就发起癔症来了，挤出我的睾丸，“叶”的一刀下去，睾丸倒是切除了，却也把我阴囊割伤了，缝针也缝得潦草，就为了表明他确实利索。汤成民的癔症跟罗师傅有别，罗师傅得了恭维，觉得该拿出点实际行动，好对得起那种恭维，汤成民则是嘴上功夫，见树就上，见竿就爬。人家说：汤成民勤快起来了。他说不勤快些，吃啥？穿啥？人家说：汤成民要结女将了，养了猪将来办大席。他说是准备结一个，家里没个行茶办饭的，不方便。人家说：汤成民把猪抱恁紧，它是你儿子么？他说不是我儿子未必是你儿子？笑声像鞭炮，响了一颗，就响成一串，整条街都噼噼啪啪的。一句话能让这么多人笑，让他更加得意。走到下街，他本应出了镇子，穿过豆荚林和野草滩，下到河沿，坐渡船去对岸；对岸是个坦平的半岛，叫太平坝，坝上有连成一片的两个村庄，同盛村和华阳村，汤成民的家在华阳村一棵柏树底下。我的意思是说，他本应该回家去，可他太得意了，不仅没下河，还跃上几步石梯，钻过一道夹巷，上了另一条街。这是新街，他开始在老街。出巷道口，左侧四十米开外，是镇政府，政府门前堵着三五十个人。汤成民见有那么多人，把我朝胳肢窝深处送了一下，大踏步朝那边走去。

那些人都是山里来的。回龙镇本属山区，全镇除太平坝上的两个村子，其余十二个村都在山里。当然，而今山里人是越来越少了，我旧主人住在老君山上，那村子卧于山腰，名叫千河口，据我妈讲，它当姑娘的时候，千河口平时有三十多口人，春节那几天，猛增到二百多，才几年过去，到我出生时，就减少大半，罗师傅骟我那天前来围观的七八个人，就占了全村留守人口的四分之三，大多是老得笑翻了也看不到牙齿的；即使逢年过节，也不会超过五十个，绝大部分家庭都在镇上买了房，老的小的，去镇上住着，年轻人从务工地回来，只回镇上，不回村子。他们把老屋和田土，都撇下了，再不认那个埋着先人遗骨的地方，人家说改邑不改井，他们是邑也改井也改。但毕竟，山野辽阔，起起伏伏的波峰浪谷间，鸟屎般东落一户，西落一户，加在一起，也还有数百人上千人。

这三五十人堵在镇政府门口，是要干啥呢？汤成民站在那里听，我也跟着听。他们是来讨活路的。镇外的这条河，叫清溪河，十年前，镇子下游探到了天然气，有公司就在那里开采，两岸山下井架林立。说是无任何毒害，可眼见着山里的果树只开花不结果了，到后来花也少开，紧跟着，再好的母猪也难怀肚子，长此以往，怕是连庄稼也不长了。经他们这一说，我想起我妈有天夜里的抱怨，它给我们三兄妹喂奶，我妹妹噙住奶头，哼哼哭叫，是在嫌奶水不足。确实不足，且有股怪味。妈诓了妹妹几声，妹妹还哭，妈就发火了，说我养儿养女的头两年，一胎生十多二十个，也没见说我奶水不够，后来越生越少，这回只生了你们仨，我自己都觉得丢脸，你们还嫌这嫌那，是成心让我丢了脸还要丢命？后面这句话，妈说得很是哀婉。生而为猪，大多活不过腊月，像我妈这种，以下崽为使命，才可以多活几年，要是不能下崽，主人家就会请来屠户，揪住耳朵和尾巴，又拽又搡地弄到院坝，往宽凳上一按，白刀子进红刀子出。现在想起妈的话，我这心里还痛。我不知道它是否还活在世间？……三五十个村民叽叽喳喳的，可没人理他们。

汤成民非常失望。这三五十人个个激愤，谁都没注意他腋下的猪。再说这些人又不认识他。街上的居民认识他，山民不认识他。他转过身，准备离开。

正这时，一个黄胡子山民揪住了他。那山民把汤成民也当成了山民。你这老弟，黄胡子抖着胡子说，真是个有心人，把猪都带来了！然后脸朝大门，高声怒吼：我们说果树不开花，母猪不下崽，就算下个崽，也干筋瘦壳，不成个猪样，你们不信，现在猪在这里，你们出来看看！目光齐刷刷射向我。黄胡子怕别人看不清，一把将我夺过去，单手举起。我高于人头，低于天空，藏无处藏，躲无处躲。我说过，我妈缺奶，而且奶水里有怪味儿，尽管我是家里的老大，六十多天过去，还是小如仓鼠。从毛色判定，我是白猪，可不要说别人，就连我自己，也看不见我身上长着毛。太丢脸了，丢我的脸，丢我妈的脸，丢祖宗八代的脸。他们不仅看到了我的瘦小，一定还看到了我没有睾丸。我曾经是有睾丸的，被姓罗的家伙挤了。我痛起来。开始是被汤成民戳痛的，现在是被陌生人看痛的。高天的风从我肚皮下拂过，我感到一丝清凉，却是裸露的清凉，深含耻辱。除了哭叫，你说我还有别的办法吗？汤成民是我的主人了，我就叫给他听，只能叫给他听。然而，他被山民当成了山民，就像微服私访的皇帝被当成了庶民，脸上一团和气，骨子里却在鄙视，鄙视有多刻骨，和气就有多动人。他豁着嘴，亮着眼睛，任随黄胡子把我举到天上发表演说。黄胡子是个天生的演说家，能搜罗万物，为他所用，且极具煽动性。他任意夸大我的年龄，说这根猪哇，养了四个多月了，四个月的猪都该出槽了，可这根猪，戴起眼镜也瞅不见，连骨带皮的嚼，牙缝也塞不满！还不信么？不信我就扔给你们！三楼有面半开的窗户，黄胡子望着那面窗，做出要扔我的样子。我哭得自己耳聋，别人也听不见了，因为四周是一片声的叫嚷：扔！扔！扔！黄胡子呼呼有声地挥着手臂，我头晕目眩，闭着眼睛等死。

猛然间，天地哑静下来。

我被摔死了，或者在砖墙上碰死了，啥也听不见了。

可是不对，一个女人的声音传进我的耳朵。睁眼一看，大门开了，一个中量身材、剪着齐耳短发的女人站在门口。我照旧被黄胡子死死捏住，我没有死。

邹……镇长……

我的新主人汤成民，这么低喊了一声。

原来她是镇长。

镇长满面含春，说：同志们，对不起啊，一个钟头前，我才随县里贺书记，去韩国，考察了半个月回来，说实在的，累，我饭都没吃，在办公室午休，不知道你们来了，我要是知道，早就，出来见你们了。但是！她脸上的春花谢了，侧向身后，她的身后站着两个男人。谁叫关门的？镇政府装这两扇门，不是用来关的，是用来开的！两个男人诺诺连声，把本来已经大开着的双扇门，又向墙壁推了几下。她脸上的春花又开了。你们说的事情，我都知道了，前些次，都因为太忙，没来得及答复，今天，我给大家打个包票，两个月后，嗯，不如定死，六十天后。她掐着指头算日子。今天是三月十七，到五月十六，我就给你们一个说法。怎么说呢，天然气是矿产，矿产是国家财产，国家派人来开采，我们总不能拦着，对不对？我们回龙镇的百姓，历来，通情达理，服从大局，正因为这样，我这个做镇长的，也脸上有光。这次贺书记，带人去韩国考察，随行人员中，只有两个镇长，我，就是其中之一，这不是看得起我邹某人，是看得起，回龙镇的百姓！可话又说回来，再是通情达理，大家老辈子在山上住着，因为开采，受了损失，要点儿赔偿总不过分吧？过了五月十六，我就亲自带队，去山里实地评估，根据损失大小赔付，你们说，要不要得？

邹镇长讲话的时候，黄胡子捏住我的那只手，一直举着。他也不嫌累。尽管我干筋瘦壳，不成个猪样，可即便举着空手，时间长了，想必也累。听到赔偿两个字，他把手放下了。他似乎忘记了自己还抓着一根猪，也忘记了这根猪是谁的。他和他的同伴们，都涨红了脸，畅想着厚厚墩墩的票子落到自己手上，并因此高声大气地对邹镇长说恭维话。我被埋没在胸膛和脊背之间，看不到邹镇长的脸色，但我猜想她要发癔症了。

结果我错了。镇长到底不同于百姓，她不仅没发癔症，还格外严肃起来，说：但我把话撂在前头，接下来的两个月，镇里事情一宗接一宗，都是大事，打明了给同志们讲，我们要应付检查，检查我们的部门，非常多，项目更多，机关上下把脚背忙成脚板，也不一定，能忙得过来，要是你们还来添乱，那就。她停顿了片刻。当她再次开口，我听出，她脸上的春花不仅谢了，还败了：要是你们还来添乱，赔不赔偿，我也就管不着了。这事本来就不该我管，人家采气，照规定划了危险区，该搬的搬了，该赔的赔了，没让你们搬，也没给你们赔，证明你们的生命也好，生活也好，都是安全的，你们的果树不开花，种子不发芽，母猪不下崽，与开采无关。既然无关，还赔个啥？但我前面已经说了……她又变得和颜悦色起来：事情没那样绝对，气体嘛，不是人，也就听不懂人话，很可能偷偷，跑上山去，给大家闹出些乱子。这没关系，将来我带队，上山评估。这话我说两遍了，不再说第三遍。我这人，别的没啥，言而有信是有的。我讲信用，你们，也要讲，两个月内，你们不能到这里来，要是你们做到了，我就。刚才是谁举着一根猪？“嗖”的一声，我又高于人头，低于天空。黑云散了，天空明朗，要看清我更不费事。好在邹镇长只用侧光瞟了我一眼，就说：要是你们做到了，我就亲那根猪！我摇晃起来，比黄胡子矮了一头的汤成民，攀住黄胡子的手臂，把我抢了过去。它是我的！汤成民红着脸说。黄胡子也承认，是他的，猪是他的。邹镇长挥手掠了一下耳发，照旧以严肃的腔调说：那你记住，五月十六那天，请你把它带到这里来。你们也都到这里来，我当着大家的面，亲它。

说完，邹镇长麻利地转过身，七八步之后，向左侧的廊道一拐，不见了。

人群很快散开。他们或许觉得，现在还围在政府门口，即使是围在这里拉家常，也是对不起邹镇长。汤成民也带着我离去，但没把我夹在酸臭刺鼻的腋下，而是两只手捧着，贴在胸口的位置。当他从新街又转回到老街，那些跟他打趣的，还意犹未尽，说：汤成民，你说它是你儿子，你给你儿子取的个啥名字啊？旁人随即附和：对呀，小孩子风一吹就长变了样，隔些天，你支使你儿子来我们这里赊东西，不说名字我们哪里晓得啊？汤成民愣住了，一时想不出个名字来，但既然是他儿子，又不是刚刚出生，怎能没个名字呢？他那胸口跳得很厉害，嗵，嗵，嗵。我偷眼看他，见他有些焦躁，但瞬息之间，他不焦躁了，脸上的喜色直往下滴，我赶紧把头低下，那喜色就淋在我后脑上，黏黏糊糊的。他定是有了主意了。果然，他停下脚，大声宣布：你们记住，它跟我一个名字，叫汤成民！又是满街的笑声，大笑，狂笑。边笑边骂：幸亏那龟儿子爹妈死得早，幸亏结不到婆娘，要不然生个儿子跟他一个辈分，一个名字，把爹妈和婆娘都要气死，祖坟上也没法立碑。汤成民听到这些了吗？当然听到了，只是他无所谓。他乐颠颠地像搂儿子那样搂住我，走下河滩去了。

仲春时节，草长莺飞，河堤上的迎春花恣意绽放。偌大的半岛上，深的是油菜，浅的是麦苗。东面的清溪河挽着它的两条支流（北面的小巴河、南面的野洮河），向半岛伸出柔软的舌头，形成纵横交错的河汊水网。青青麦叶微微泛白，那是风吹的。风是好风，带着水的气息，还有土地和庄稼的气息，宽阔，醇厚，似能放心大胆地躺在风上睡觉，也能放心大胆地躺在那气息里睡觉。汤成民搂着我，在片石铺成的主道上走了十多分钟，踅而向右，沿田间小路一直往深处去。远望半岛，遍地是禾苗，可深入进来，才发现有那么多荒地，荒地上的茼蒿比汤成民还高。也不见人。到处都没有人。离河远了，不闻水响，只听见汤成民时轻时重的脚步声。终于见到树木。我在远处就望见过树木，觉得只是虚幻的影子，没想到这么高大，一片小小的林子里，根根深梢，冠盖如云。在河岸等船时，汤成民就告诉过我，他的家在一棵柏树底下，还说，半岛人相信树能聚魂，所以有人住的地方，必定有树，指认某人的住处，也是以树为标记；而林子里的树都不是柏树，也就是说，还没到他家。林子背后隐着深宅大院。汤成民从大院穿过。院里铺着龟纹石，多已残破，石缝间拱出野草，还长着拇指粗的宽叶构皮。汤成民的脚步声也跟石头一样破碎，发出空茫回音。回音也是破碎的。这么大的院子，怎么还是不见人影？看来是没人住这里了。一尊分上下两排反向雕着十八条青龙、被称为“八方错”的石礅，闲置在阶沿底下；它承接的柱头断了，房子塌了。多数房子虽然没塌，但梁柱倾斜，门窗损毁，风过处，吱嘎乱鸣，蛛网飘荡，有几家门前的碓窝里，齐葱葱长满看麦娘，连门斗里也生着几枝野豌豆，野豌豆的紫色花朵，艳丽地开着。阳光射进院子，使院子里明暗切分，暗处干净，明处脏；其实都脏，只是阳光打眼，看不出暗处的脏。脏的不是柴草和尘土，而是萧索。我原想，只有千河口那样的贫瘠山村，人们才会丢下祖业去外地务工，或把家搬走，谁知太平坝人也这样。这半岛不仅坦平，还肥沃，肥沃得随便抓起一把土，指缝间就往下滴油。实在不该离开。我不知道他们为什么要离开。他们的魂聚在大院前面的林子里，身体却离开了，我不知道这种割裂，会不会给人带来痛楚。

唉，人的事，猪永远想不明白，又何必去想。

然而，猪活在人的屋檐底下，如果猪不去想人的事，就连猪也做不好。

自从离开镇政府，我就没法不去想邹镇长的话。她要亲我，时间是五月十六。她将以亲我的方式，表明自己言而有信。可我总感觉这当中有什么地方不对头。具体是哪里不对头，长着一颗猪头是很难想明白的。我最好多想想我的新主人。他正一声不吭地搂着我，穿过荒败大院。我的心和他的心，只隔着一张人皮，一张猪皮，彼此这么近，我几乎能听见他心脏里的血吼，却要费力巴沙地去猜想那吼声里的悲欣与渴望，而且根本就猜不透。但也是因为近，明知猜不透，也得去猜。镇上人除了暗示过他懒，我还听见有人直接叫他懒脓包，并且说他至少三五年没养过猪，既如此，今天何以心血来潮，要把我买走？从他瞪我、提着、戳我、夹我，我有理由认为，他买我，无非是想在家里放个怕他的活物。或许，他一生都在怕别人，却没有谁怕过他，连他以前养的畜生，也都是些烈性子，不像我胆小。他买的不是我，而是他自己的舒坦。有个东西怕他，他觉得舒坦。然而，邹镇长讲了那番话，我又突然变成了宝贝，是他认为邹镇长要亲我，我就跟着涨了身价？如果是这样，我真是无话可说。他也不想想，人不会亲猪，正如猪不会亲人。如果我是邹镇长的宠物，自然另当别论，但我不是，她亲我就不是亲宠物，而是亲猪，这可能吗？不可能的。我们猪，为人作出了巨大牺牲，却历来就不被待见，平时少挨几棒，就该念佛了，别说亲。在大庭广众之下亲，更不可能。邹镇长冷静下来后，会不会在五月十六日到来之前，派人找到汤成民，让他把我由猪变成猪肉？她说的是亲猪（而且点明了是亲我），没说亲猪肉，我成了肉，她不亲，就不算失信。汤成民接到指令，多半会执行，并以此为荣耀。这不是糟践我的新主人，是表明我对他不抱信心。先是莫名其妙地戳我，然后又像搂儿子那样搂我，对这样的人，我没法抱有信心。

大院里的梯坎、废墟和断垣戗木，让汤成民走得很不平顺，有些地方不得不曲腰撅股，累得他气喘吁吁。这倒让我不好意思起来。我把身子拱了拱，表明他可以把我放下来，让我自己走。但他没理会，他踩着大院零落的尾翼，进入了一片油菜田。

田里菜梗粗壮，却很稀疏，也不规整，仿佛这田的主人不是人，而是风或鸟。汤成民的身体一起一伏，像坐在船上，这证明他脚下的土地很松软。我也跟着一起一伏，头晕晕沉沉的，想睡。今天清早，天没亮明白，旧主人就把我们三兄妹拎进了花篮，下山途中，我在料峭的晨风里迷糊过一小会儿，此后再没睡过。到了街上，就不断受到惊吓，见到汤成民，更是吓到骨髓里，直到离开镇政府，才相对安稳了。长时间的精神痉挛，使我疲惫不堪。而且饿了，早就饿了。对我而言，饿比困更难熬，也更刻骨铭心。我很想问汤成民：你的家究竟在哪儿啊？为啥老也走不到啊？可是我敢问吗？且不说我对他的人品毫无把握，单是那声“你的家”，就会惹他发怒。怎么，他会这样说，你还不愿意跟我？不识抬举的东西！他不仅拿钱买了我，还出了高价，因此他有资格骂我，骂啥都成。既可以骂，也可以打，还可以杀。我最好放乖巧些，别拿鸡蛋去碰石头。不如闭上眼睛，让世界远离。闭上眼睛就做梦。我梦见了我的弟弟妹妹。它们都比我先被买走，是因为它们比我光滑些，漂亮些。母亲奶水不足，我这当老大的，得让着。我总是等它们把每个奶头都嚼过了，嚼成了干菜叶子的模样，我再去含住。我含住的就是干菜叶。旧主人正是知道我让事，才那么疼我。弟弟妹妹是被同一个人买走的，但依然哭叫，那人走出戏楼老远，我还能听见它们的哀号，直到现在，那哀号也声声在耳，萦绕不去。那是它们在给我道别——永别。永别了，我的哥！永别了，我的旧主人！这样的道别，我们清早就做过了，是跟母亲和故乡道别。猪是没有故乡的，出生不久就被卖掉，从生到死的路途上，很可能不只卖一次，许多时候，临死前还被转手，我们在陌生的地方长大，在别人的故乡死去。这是我们的痛，山高日远的痛，之所以没把这痛记入历史，是因为人霸占了文字。人自从霸占了文字，就把所有物种当成自己的需要，就一方面书写着自身的历史，另一方面以人的眼光书写着万物的历史。

但令我不解的是，人有一个故乡，人却要纷纷逃离故乡……

我的耳朵里滚过雷声。

一共是三声，每一声都是一个字，加起来便是：汤、成、民。

我打个激灵，骤然睁开眼睛。

原来汤成民已经坐在凳子上了。他到家了。他捧起我，把我举到他嘴巴面前。

我还懵懵懂懂的，没完全清醒，耳朵里再次滚过雷霆。

又是那三个字：汤！成！民！

镇上人已经说了，汤成民爹妈死得早，家里就他一个单身汉，是谁在叫他？是他邻居吗？我斜着眼睛四处瞅，到处都不见人。这当口，他气得右手将我高高抡起，做出用力下掼的动作，最后却是停在了半空，用左手的食指弹着我的耳片说：你为啥不答应？我在街上就讲过了，你跟我一个名字，叫汤成民，我那么大声叫你，你为啥不答应？见我依旧沉默，他说：你这龟儿子，未必是个聋子？我赶紧用鼻孔嗡了一声，表明我不是聋子，我听清了他的话，我不答应他，只因为我不认。我是猪——尽管我营养不良，瘦小难看，但我照样要拍着胸脯向世人宣称：我是猪！既然是猪，就不该有人的名字。在街上的时候，我还以为汤成民是故意作践自己也作践我，来逗那些给他赊账的店家取乐，没想到他当了真。谁又想到他会当真呢？我的旧主人经常叫我乖儿，但她知道我是猪，她疼我，是把我当猪来疼，她从没傲慢到要给我取个人的名字，更没傲慢到要给我取个跟主人同样的名字。

我把这些话对汤成民说了，他却置之不理，又朝我喊。

我把头别过去。

他将我搁在他的膝盖上，两手揪住我左右两侧的耳朵，让我的头跟他正对。

这一刻，我再次看到了那种眼神，凶狠的、直刺骨头的眼神。

我战栗着，大气也不敢出。在我的血统里，铭刻着许多记忆。我正是凭借血统里的记忆识别自己，也识别同类。哪些可以做，哪些不能做，什么是本分，什么是叛逆，都受着那记忆的裁决和掌控。先辈遗传给我的记忆里，兜头盖脸，是惊风暴雨般的恐惧。都与人有关，也与刀有关，先是一片光闪闪的柳叶刀，再是一把黑沉沉的窄叶刀，窄叶刀长过一米，长刀近旁，横着一面宽凳，蹲着一口黄桶，黄桶里盛着滚水。放了我们的血，就把我们丢入滚水里，翻来覆去烫了，再挦毛，挦了毛再去蹄割耳，开肠剖肚。我们以肉身供奉着人的餐桌，无论喜庆或哀伤，都让人远离贫瘠，心生安稳。当割下我们的头，蹲在案桌上，人说：看哪，它在笑！是他们自己的笑脸映在我们脸上了。但说我们在笑，却也不假。既然注定了要吃一刀，在被横放宽凳，封住嘴唇，亮出脖颈的时候，我们就忘记眼前，陷入回忆。恐惧的烟云背后，是长长久久的快活。请不要取笑这句“长长久久”，虽说猪活不过腊月，可那是人的日历。我们有自己的日历。我们的日历比人的大，我们活一天，相当于人活一个月，甚至一年。万物都在各自的日历中走完一生，对时间的设定，只是为了给予自己足够的长度。人难道不是这样么？分明是一天，却要分出白天和夜晚，且细化为凌晨、拂晓、黎明、清晨、早晨、上午、傍午、正午、下午、傍晚、黄昏、晚上、半夜、深夜，每个时间段里，还可细碎地掰下去，细到没有穷尽。如此不怕麻烦，就是希望把生命加长。

加长不是为了经受恐惧。天底下找不出任何活物，能够和愿意持续不断地经受恐惧。正因此，学会忘记便成为我们的必修课。并非要等到刀架在脖子上，我们才忘记与生俱来的恐惧感，平日里就这样，吃过了，喝过了，就躺下睡，睡足了，就在圈里转悠。旧主人的猪圈，呈正方形，我妈走过去是十二步，走过来也是十二步，而我得要好几十步。旧主人天天为我们打扫，圈里干净得很，有阳光和月光的日子，光斑从外面的竹林溅进来，那光斑也干净得能捉进嘴里吃。我就经常去捉来吃。从我出生那天起，吃就成为我的主题。我特别喜欢看我妈吃食的样子。圈里轮着一方石槽，主人站在圈外，将沉甸甸的木桶拎过圈栏，哗！热热络络汤汤水水的食物便倾进槽里，妈庄重地站起身，前脚靠近槽口，先哼哼两声，再将长嘴没入食物深处，待嘴取出，再大开大合地咀嚼。其间，两铺水帘从嘴的两边扇出，牙齿咬碎红薯、土豆、南瓜和苞谷棒子的声音，还有牙齿和牙齿碰撞的声音，闹出非凡的动静。那一刻，村落庄重，山川肃穆。第一次看我妈吃食，我就立志将来也要像它那样，把食物吃得汁水四溢又圣洁端严。有时候我还学我妈蹭痒痒，将身体撇在圈栏上，噗噗有声地刮……点点滴滴，不忍回想，又不能不想。那是我的幸福时光——已经彻底丢失的幸福时光。摆在我面前的现实，是耳朵被揪住，头微微扬起，遭受凶狠目光的逼视。汤成民的眼睛大，眼球圆，是俗称的“铜壳眼”，听这称呼，就能闻到一股墓穴气。老实说，我可以面对柳叶刀，也可以面对杀猪刀，却无法面对汤成民的眼神。单用一个凶字，描述不了那眼神。能凶过刀吗？当然不能，然而，刀上刻着亮色和畅快，那眼神却是慢性的，生着锈。此外还有许多。怀疑。耻笑。鄙视。玩弄。拉拢。恩赐。命令。

强迫。我说不尽。这些都是让我恐惧的缘由。在他家里，只有我们两个，他那眼神便会时时与我相对，我也因此要时时经受恐惧的折磨。持久的折磨。

你听出来了，我屈服了。

在他眼神的逼视下，我屈服了。

汤成民！汤成民喊我。

咕。我应了一声。

汤成民！汤成民又喊我。

咕。我又应了一声。

他笑了，松开我的耳朵。龟儿子，这才像话嘛，他说。然后把我放到地上，又说：等倒，我给你整点吃的。土坝前面是块菜地，他两个大步走出院坝，跨过排水沟，进到菜地里，逮住一窝开着残花的白菜，扔给我。菜树上没剩几片叶子。他望我一眼，又逮住了扯，扯了一大堆。够我吃了，足够了。他拍拍手，进到屋里，响锅亮勺地给自己做饭。他在街上吃过的，现在太阳还高挂着，却不去干活，又要吃。懒人胃勤，这话不假。不过这是他的事，用不着我指手画脚。我只管吃我的。食物的性质决定了，我不能像我妈那样吃出气概，但我尽量稳重些，别显出饿痨相。菜叶涩涩的，老筋纵横，要嚼烂了吞进肚子，对我的嫩牙是个考验。好在除了死亡，没有什么能挡住吃。我吃着，又想起了我的弟妹，也想起了我的妈。这时候，弟妹和妈都有了味道，是涩涩的味道。嚼一会儿又成了酸。酸在牙根，更酸在心里。弟妹和我一样，都在罗师傅的瘾症里受了伤，对妹妹的手术相对复杂些，伤得也更重些。它们的伤叠加在我身上。如果我能流泪，我就流了。一只蜜蜂飞过来，在躺倒的菜花上盘旋，我不忍打搅和惊吓它，走开了。我也差不多饱了。其实没吃多少，饿得太狠，反而吃不多。汤成民还在做饭，我能抽这空子，看看他的住处了。他单家独户，没什么邻居。两间木瓦房，不知是哪朝哪代修的，板质泛白，雕花窗上挂着尘球，底下堆着柴草。房屋西边，有个土墙打的偏厦，偏厦没门，张眼就瞧见一方茅坑，茅坑里侧，是个穿眼漏壁的猪圈，久不养猪，也不打扫，散发出陈年往事的气息。从偏厦绕过去，傍田埂确实长着一棵柏树，树身扭曲如蛇，很高的地方才有枝丫，枝丫上头有个喜鹊窝，天空从窝里漏下来，证明那是早被遗弃的空巢。田野远处，弥漫着淡青色的雾，河雾，即使被太阳照着，也湿漉漉的。我不能走得太远。一根猪是不能走太远的，除非被主人赶往别人的故乡。于是我回到院坝，走到伙房门口窥视。门槛不高，挡不住我的眼睛。跟我老主人的伙房差不多，一尊巨大的土灶，几乎占了一半的空间，土灶前面有个火塘，火塘上挂着吊罐。汤成民勾着腰，一手握罐绊，一手拿铁瓢，在搅拌什么。他宽厚的脊背，在暗影里强韧地抽动。

不管我愿不愿意，汤成民就是我的主人了，这里就是我的家了。

白天是什么？

白天是晚上。

晚上是什么？

晚上也是晚上。

这是我为自己唱的歌谣。我的白天跟晚上一样安详。这让我始料未及。我的新主人，汤成民，对我实在太好了，真的让我始料未及。当然，他还是没扫猪圈，他把我关进去时，我的蹄子即刻被浮尘淹没。但大体说来，这似乎无关紧要。干净，到底不是一根猪的追求。再说浮尘那东西是能赶走的，只要我在里面住些日子，它们自会跑掉。我需要的，是能睡好，吃好。汤成民竟那样体贴，把一捆稻草抖散，放在圈的北面（南面有个小孔，直通茅坑，我去那里拉屎拉尿)，我睡上去，沙沙有声，还能闻到残存的谷香，也能闻到凝结在梗子里的阳光的香味。旧主人也没给我们铺过这么好的草。旧主人铺的草，像是从床上换下来的，霉味儿里掺杂着尿骚味儿。我妹妹跟主人家的孩子一样，爱尿床，山里风大，入夜冷风如割，加上猪圈龇牙咧嘴，冷风直灌而入，尿湿的地方结成冰，连我母亲也冻得哭，它哭，我们跟着哭，一家老小哭声恓惶，而在虚楼上头，却响起旧主人若无其事的鼾声。汤成民为我铺的草，不仅从没用过，他还每天检查，见我随时都能保持睡处的干爽，且知道去坑位大小便，他说：嘿，没看出你这么有教养呢。然后把脸骤然一垮，高喊一声：汤成民！我立即答应。见我答应得这么快，他哈哈大笑，将圈门打开，进来为我把草抖松。如果松得没弹性，是"死松"，哪怕我自己觉得无所谓，他也要扔出去，再抱新的来。吃方面更不亏待我。他拿米汤给我吃。米汤是米油，山里是人吃的，山里人在米汤里加入切碎的青菜，稍稍一熬，就成美餐。汤成民也这样给我做。我这么讲，你可能觉得我没见过世面，现在的猪，谁还吃野草不成？现在的猪比过去的地主都吃得好，吃蔬菜和粮食不必说，许多时候还吃特制的饲料，米汤煮青菜有啥好稀奇的？是不稀奇，但我要说的是，汤成民吃的跟我吃的，从同一口锅里舀出来。

你如果真的关心我，应该这样提醒我：可不要因为吃得好睡得香，就昏了头。

谢谢提醒。我并没昏头。阴影无处不在。我们兄妹出生不到二十天，妈就对我们说，天地大德，生养万物，但自从人霸占了文字，人就成了万物的主宰。凡当主宰的，都活得累。累在心。人的心思最密集。因为心思密集，使人和人也千差万别，有君子，有小人，有外君子内小人，有外小人内君子，有里外君子，也有里外小人。所以连人自己都承认：人和人之间的差别，比人和猴子之间的差别还大。当然大，大得多，人和人之间的差别，是神和魔的差别。神不可怕，魔也不可怕，可怕的是神和魔的中间物，那就是人。人当中，君子不可怕，小人也不可怕，最可怕是平常人。因为对平常人最缺乏提防心。你们记住，对这样几种人需加倍小心：抖腿的，叹气的，不扫猪圈的，放屁很响的，指桑骂槐的，文过饰非的，阴晴不定的……妈的这些话，我一字不漏地记在心里，我前面讲，我对汤成民不抱信心，就是觉得他阴晴不定（而且不扫猪圈）。他会在笑逐颜开的时候突然变脸，用那种特有的眼神刺向我，我连忙低了头，缩肩夹背，四肢颤抖，做出怕得要死的样子。我一怕，他就乐，乐了就不吓我了。我那样做，大概就是我妈说的小心吧。但从根本上讲，所谓小心，几乎是句空话，别说加倍小心，就是万分小心，又能怎样？我们的地位和处境，决定了我们既惹不起人，也最终躲不起人。这铁一样的事实，妈当然比它的儿女更了然，因此它又说：你们将来，不知会落入谁家，那是你们的命。既然是命，就得认，认是你的命，不认还是你的命，所以认是认，不认也是认。认命不是服从，而是放下。——妈的这番教导，是否对我起了作用？我的意思是说，我在唱着那首白天是晚上、晚上也是晚上的歌谣时，仅仅是因为我自己放下了，还是汤成民真有那么好？对此，我不想深究。我没必要去分辨假象和真实。于我们猪而言，实就是象，象就是实。汤成民能让我吃得香甜，睡得踏实，我就觉得他真有那么好。我愿意觉得他有那么好。我现在看到的，只是他的好。

他好，万一邹镇长不好呢？

事实上，自从上了半岛，我最大的阴影就不是来自汤成民，而是来自大河那边的邹镇长。

邹镇长很忙，她自己说过的，但她会不会在繁忙的工作之余，抽空拍拍身边人的肩膀，说：去通知那天带猪来的家伙，让他赶紧把猪变成猪肉！

这种担忧，让我在最快乐的时候，也在某个暗角深藏焦虑。如同鲜花有了残瓣，华服沾了油渍。只要有机会，我就朝镇子方向张望，看有没有那样一个人走过来。

一天天过去，没有那样的人来。

谁也没有来过。

残瓣落了，油渍祛了，我和汤成民，都相对安稳地过着日子。尤其是汤成民，安稳到沉默——如果沉默真是因为安稳的话。他在家里跟在镇上表现出的，完全不同，在镇上时吊儿郎当，疯疯扯扯，而在家里，除喊我时声音大些，做饭时锅瓢响些，其余时间，简直静默如哑。在他伙房里，跟土灶呈对角线的地方，有张四仙桌，比八仙桌小一半，也矮许多，那桌上放着一台很老很老的电视机，汤成民有时会看，但声音开得极低，感觉他把那东西开着，却并没看，更没听。我觉得他身上有两个汤成民，一个活在别人的眼睛和嘴巴里，一个活在他自己家里。当然，说他懒倒是事实。他不为我打扫猪圈，也不为他自己扫地，至少三顿饭过后，才洗一次碗，穿在身上的衣服，似乎从没换过。他不怎么长胡子，只稀稀疏疏的几根，不大看得出胡子的脏，但看得出脸上的脏，特别是头发的脏，脏得结饼。每天，他都是很晚才起床，消消闲闲吃过早饭，才扛着锄头走出家门，最迟到晌午，就回来了。回来第一件事，是把我放出来。他解开圈门的搭扣，说：汤成民，出来耍。我便跟在他屁股后面，走到院坝里。他搭根小板凳，坐着，让我偎在他身边。开始那些天，他把手抚在我身上，坐在那里一言不发，只望着半岛的远处，或者半岛的天空。远处是河雾，没有河雾就是山，就是镇上越起越高的楼房。天空里呢？猪的前额太高，加上颈椎是直的，站着时望不见天，某些自作聪明的人因此断言，说猪没有梦想，他们不知道，只要愿意，我们总有办法望见天空。我随着汤成民的目光，看到天上有云，没有云就是天空的脊背。天空只在干净的夜里才露出自己的脸，但从不露出自己的心。汤成民，还有我，望了远处和高处，许许多多的东西奔入眼里，却没有看见过一个人。这么大一个半岛，咋会没人呢？就说我们曾路过的大院败了，未必就无别的院子活着？这些疑问我没说出口，但汤成民猜到了。他凝视着我。我与他的眼神对了一会儿，就移开了。这次不是吓的，是冷的。那眼神里的寂寞，比月亮冷，也比冰冷，冷得我打哆嗦。我曾经那么害怕看到人来——怕他们是邹镇长的信使，可是现在，见汤成民寂寞得那般荒凉，我也盼有个人来了。但是没有人。

只有我，还有汤成民。

汤成民把我也叫汤成民，因此，两个其实只是一个。

又一个晌午到来时，汤成民回到家，打开圈门，说：汤成民，跟我走。我陡然一惊，以为我的时间到了，要去让邹镇长亲了。可想想不对，还早着呢。但我依然迟疑。人的事捉摸不透，万一邹镇长把时间提前了呢？走哇！汤成民催促着。我还能赖下去吗？我知道自己没有撒娇的权利，更没有抗拒的权利。这些天，跟汤成民吃同一口锅里的食物，不是白吃的。

结果是我多心了。他并没领我去镇子，而是从偏厦外的柏树底下，朝东走一段田埂，又踅而向北，去往半岛的中心。我被淹没，被半岛的广大淹没，被庄稼、杂草和竹木淹没，被蔚蓝色的天空淹没，也被汤成民的沉默淹没。阳春时节，即使好些天不下雨，港汊和池塘也水光潋滟，田土和空气也自带湿意，我每走一步都留下蹄印，蹄印清润，精巧，美如花朵。嫩绿的小草在我蹄印里装死，我刚离开，它们就探起身子来。昆虫多得起网，朝我脸上扑，你扑了，我扑，我扑了，他扑，没完没了，害得我眼睛都睁不开。连这些家伙也欺生。其实我没怪它们。我既不怪它们，更不伤害它们，实在受不了，才拍拍耳朵，温和地把它们赶开。不管多大多小的虫子，从头至尾都晶亮得透明。它们自带晴光。每一只昆虫都是一个春天，这样，半岛上就有数不尽的春天。汤成民是领我春游来了。他的慷慨——赐予我春天的慷慨，让我深怀感激。不过，我走累了。走得实在太远了。我停了脚步说：回去吧。他没听见，继续走。我只好跟上去。他转过头，见我落在后面，站下来等我，我跑到他身边，他也不再走了，右臂大幅度一挥，说：汤成民，你晓得么，这些，还有那些，全是我种的。我太矮了，看不远，不知道他划定的区域有多大。但似乎也不必弄得那么清楚，他挥那一下，本身就很模糊。我想他只是在为自己辩解。你无法将一个种了这么多土地的人，说成是懒脓包。为表示对他的尊重，我故意蹦跳两下，像是努力要见证他的丰功伟业。他弯腰把我抱起来，左臂平摊，让我骑在上面，右臂又是那样随便一挥：全是我种的。那动作真是气派，很有些指手为界的古风。成就他气派的，是半岛的辽阔。天哪，眼睛也要看酸的大片田野，真是他一个人种的？我想象不出一个每天只劳动小半天的人，能伺候这么多土地。老君山千河口的旧主人，周年四季，天晴落雨，起早贪黑，也不过种出几亩。尽管在平坝跟在山里种庄稼，完全是两回事，尽管半岛上的庄稼都拉拉杂杂，许多地方野草比庄稼更深密，可数量本身就构成难关；比如你一个人养了成百上千条猪，养得再粗，也只会出现两种情况：不是你累死，就是猪饿死。但我不打算戳穿他。我宁愿相信他。

他却不想让我有任何疑虑，说：汤成民，这些田地呀，都没得人要了，那些家伙不是出远门打工去了，就是住到镇上或县城去了，酸枣树下的陈通，挣了大钱，干脆搬进了省城。反正差不多走光了，把田地扔在这里，我想咋种咋种。我既不挖地，也不犁田，季节一到，我颈项上挎半箩筐种子，沿着田埂，闭着眼睛胡乱撒，出稻秧后也不成行栽插，更不施肥除草，我让它们自己长，长成啥样是啥样。种子和谷粒被鸟吃了，吃就是！萝卜被野兔吃了，吃就是！菜叶被青虫吃了，吃就是！多着呢，我一个人哪吃得完。你问我为啥不走（其实我并没开腔）？我为啥要走？人是不是去过新鲜地方，一点也不重要，如果那个地方让你喜欢，让你惊醒，让你觉得值，当然好，不然就说不上好。我就喜欢太平坝，以前喜欢，现在更喜欢，我在这里既当长工又当地主，起床，吃饭，睡觉，都由我一个人说了算，太阳月亮管不着我，风雨雷电也管不着我，我就是我，手上只做我一个人的事，心里也只装我一个人的事……呵，眼下有了你，龟儿子，我就要多做一份事，多费一番心了。但是你也管不着我对不对？你的事，我的事，都由我说了算。将来我死了，我就烂在半岛上，烂的是肉，骨头是不烂的，至少短时间不烂，我的肉死了，骨头还活着，我就用骨头种地，也用骨头吃饭和睡觉。你见过活着的骨头人么？嘿嘿，你没见过。等到某一天，我的骨头也死了，但魂还活着，我的魂在那棵柏树上，这个你晓得的吧？到那时，我的魂从柏树上下来，我又用魂种地，也用魂吃饭和睡觉。魂比骨头还好，好在别人看不见，别人会说，那半岛上分明连根人毛也没得，咋来那么多庄稼呀？他们坐船过来，想探个究竟，可那些肉眼凡胎，看得见票子上的暗纹，却看不见人的魂。我等他们在某个地方站住了，比如在一块菜地面前站住了，我就去那地里做事，他们看不见我，只看见菜叶一片一片撇了下来！

说到这里，汤成民自己惊异起来，咝咝抽气。惊异过后，他哈哈大笑，像那样的事情已经发生或正在发生，他正把那群过来探看的男女，吓得鸡飞狗跳。

笑了四声半，他突然停了。然后一动不动地站在那里。停下的瞬间，他似乎就彻底忘记了自己刚刚眉飞色舞描述的远景，只将目光投向右边的田野，又投向左边的田野。那样子似在欣赏，又似在愁苦。事实上更像愁苦。何必要愁？不用说，我已完全相信了他，大片田地确实都是他种的，这么多，管理得再差，抛撒得再厉害，也足以让他过得流汤滴水。不过还是那句话，对猪而言，人是永生永世的谜。他是我的谜。汤成民是我的谜。他的身世，包括他多大的时候死了父母，怎么死的，还包括为什么要我怕他，为什么要在人前装疯卖痴，为什么种了这么多庄稼还去镇上赊账，为什么不找个女人，等等等等，都是我的谜。听镇上人的意思，是他找不到女人，但在我看来，只要诚心，不可能找不到。山里女人有的是，年轻女人自然是走掉了，但跟汤成民年龄相仿或比他稍大几岁的女人，在千河口就能数出三个。这三个女人，两个有丈夫——有丈夫的就不说了，另外一个也有丈夫，但她丈夫不要她了。她丈夫去外地打工，她在家种田种地，伺候公婆，还带着个长年生病的女儿。村里人都说，她比牲口还苦。但她丈夫几年不回，在外面跟别的女人睡，不仅睡，还睡出了个儿子。当她知道了这件事情，就要领着女儿回娘家，可她公公婆婆一边一个，扯住她的两条袖子，哭得嗡嗡响，不让走，说我们没他那个儿子，只有你这个女儿，你就跟我们住，到时候寻个好人家，我们嫁你！她感念两个老人，同时觉得两个老人需要她，就留了下来。汤成民算不算好人家？说来也算，跟千河口比，这里好得像天堂。再说汤成民也并不坏，他要我怕他，我装出怕他的样子，他也就心满意足，不再折磨我。只是，他像是对女人没有兴趣，就算我想当这个媒人，也当不成。

我还骑在汤成民的手臂上呢，他不累，我累。我用前蹄把他手腕子刨了两下，他才收回目光，将我放到田埂上。他自己也顺势坐下来，摸出烟抽。吐了几个烟圈，他对我说：当年啊，这半岛上多么热闹，两个村子，有上千人；那边同盛村和华阳村交界的地方，还有所中学，县办的，我在那里念过两年书，上下游几个镇的学生都来这里念书，里面又有上千人。现在中学是早搬进城去了，一个个村民也走了……老实说，我很想他们。我想他们，但有时候也怪他们，还恨他们，恨他们怎么舍得走。我总觉得，他们把半岛舍了，也把我舍了。我晓得这是完全不搭界的两码子事，可就是要那样想。那些人，分明是你的邻居，现在却离开你，去做了别人的邻居……其实我也明白，他们走，有走的道理。那回我看电视，有几个专家在那里坐成一排，你说我说，说得白泡子翻天，意思是要保存村落，认为只要改善了村落的生活条件，农民就会自觉自愿地留下来。这是把农民当猪看。在他们眼里，好像农民吃饱喝足，就百事不想。汤成民你说，这半岛的条件不好么？好得很！可他们还是要走。农民也是人，一辈子也想有所生发，各种生发的机会都在城镇里面，不去城镇，就等于自动放弃。尽管半岛跟镇子只隔一条河，可你还是村子，村子里没有机会，镇里才有，城里才有；如果紧挨城市，连镇里也没有，只有城里才有；如果紧挨大城市，连小城市也没有，只有大城市才有。这些道理，农民都明白。农民不是猪，长得不是猪脑壳……

说到这里，汤成民注意到我是猪，打住了，盯我一眼，有些尴尬。

但不知是为自己解围，还是有了别的什么想法，他扬起下巴，冷笑了两声。

赶场天里，汤成民去了镇上。只要上街，他总是早去晚归，因此出门前就把食物为我预备充足：将槽倒满，又在槽旁边放个木盆，把木盆也倒满。他现在给我吃的，已不限于米汤煮青菜，还有各类粮食，包括米饭。今天，他倒进槽里的是汤，倒进盆里的是饭。其实我吃不了这么多的，不过就大半天时间。但他明白，饱和饿，不仅与胃有关，还与眼睛和心有关。胃能看得饱，也能想得饱，那是在食物丰盛一呼即至的时候；如果你知道未来的很长时间内将没有食物，即使刚刚傻胀过一顿，胀得肚皮发亮，响屁连天，甚至如山里的黑瞎子，胀得大肠翻出肛门，只要你不知道下顿的着落，眼里心里，也空落落的，发慌。汤成民担心我出现这种感觉。这感觉很不好。由此推测，在他生命中的某个时期，很可能也挨过饿，将心比心，他便用过量的食物，帮助我杀死那种感觉。

饥饿的感觉杀死了，另一种感觉却复活了。

这种感觉同样不好。

那便是挨时光。

无论贵贱，一生中多多少少，总有独处的时候。怎样把独处的时光挨过去，只能靠自己。这天汤成民出门的时候，我已作好了准备。准备独自度过大半个白天。最好的办法，当然是睡觉。一旦睡着，光阴就把你没有办法。光阴不是个好东西，它不是让你觉得短，就是让你觉得长。我承认，这么些日子过去，我对汤成民有了依赖，说成依恋也行。他在田野里还好，田野跟他的家连成一体，他咳一声，走一步，抓一把，挖一锄，我都能感应到，就像一根弦子，在末梢拨一下，整根弦都动。去镇上就不同了，隔着大河，还如汤成民所说，隔着村和镇的两种身份，他走进镇子，就走进了另一片天。在那另一片天里，汤成民变成了另一个汤成民。那个汤成民只知道吓我，伤我，且以烂为烂地自我糟践。我不喜欢那片天，也不喜欢那个汤成民。不如暂时将他洗去，想办法混过这段光阴，把我喜欢的那个汤成民迎回来。这话说起容易做起难。平常日子，早饭过后到晌午之前，我都是接着晚上的觉往下睡，可只要汤成民上街去了，就很难成眠。今天更是。或许是把睡觉的准备做得过于充分了，反而毫无睡意。只好起床，像我妈那样，也像我小时候那样，有事无事在圈里转圈。走过去是十七步，走过来还是十七步。麻烦的是，我不是我妈，我也不是小时候，转了五个十七步，就没趣味了。没趣味就是无聊。人只知道他们为打发一生中的无聊时光，付出了艰辛的努力，不知道其他物种同样如此。为什么有些动物要冬眠？那是因为，凡冬眠的动物，都有久远的历史，它们在浩瀚的时光里，受够了无聊之苦，干脆心一横，不吃，不喝，不听，不看，彻底抛弃俗世的乐趣，把整个冬天睡过去。猪没学会冬眠，是由于猪的寿命被人操控，大多不能善终，不得已，才尽量拽住光阴的尾巴，哪怕光阴带着我们，跑进一片垃圾场。别说垃圾场，就是停尸场，只要能领走你的心，让你忘记了时间的存在，都是老天的仁慈。所谓玩心跳，就是与寂寞搏斗。这方面，万物跟人是一样的，区别只在于，其他物种比人更难。人可以从战争、从其他动物身上打发时间，此外人还可以干活，可以上街，可以旅游，可以起哄，可以踢球，可以打牌，可以看电视，可以玩手机，可以幸灾乐祸，可以男男女女的调笑。这一切活动，其他物种要么不能参与，要么只能以牺牲品的身份参与。猪是最通常的牺牲品。像我，一根没有同伴也没有睾丸的猪，在最后的牺牲之前，先要作寂寞的牺牲品。

这大概就是我妈说的“命”。

我听我妈的话，认命，所以在圈里转圈，打发时间，。

转了五个十七步，我加大了步子，结果走过去是十四步，走过来还是十四步。

把自己当橡皮筋玩，有意思吗？

没有。

没有意思还做，是加倍的无聊。

我停下了。

刚刚停下，耳朵里便“轰”的一声。那是静的声音。半岛的静，跟半岛的土地一样丰饶。四月的阳光倾泼在偏厦的屋顶上，阳光倾泼之声，也就是静的声音。柏树枝上和远近田野上的鸟鸣，还有野兔和獴子窸窸窣窣的奔跑和进食，同样都发出静的声音。我的肚子里，被这些声音塞得满满当当，光阴想从肠壁间溜走，也没缝隙了，于是跟我的脚步一样停下了。光阴泛滥，我的五脏六腑，都在光阴里浸泡着，越泡越沉，让我站着也累，便又躺下去。睡吧，我对自己说，睡过去就万事大吉了。说一声清醒一分。而我身下的稻草，却睡得很沉。跟我相比，稻草有福了。可从另一方面讲，稻草这样晚上睡了白天睡，是不是因为有太多寂寞的缘故？还有风，还有偏厦外的柏树、阳光和田野，还有田野上那些会跑会飞和不会跑不会飞的生命，是不是都有着各自的寂寞？华丽的寂寞。黯淡的寂寞。辉煌的寂寞。琐碎的寂寞。各自寂寞，无法分担。世间有无数条隐秘的路，这些路彼此封闭，从不交叉。我能听见稻草的心跳，却进入不了它的心。稻草拥抱着当下，却在怀念逝去的时光。在那些缥缈成梦的时光里，它以站立的姿势，跟土壤和季候结谋，跟扬花、吐穗、结实、飘香等等动人的词语搭配，跟丰收、粮仓、餐桌汇成同一条河流……你听出来了吗？我也在怀念过去了。我似乎说过，旧主人的猪圈外面，有片竹林，竹林里有条小溪，大热天的午后，几层院落的人，都爱去那竹林里，坐在溪旁乘凉。我、我妈和弟弟妹妹，听他们说，听他们笑，听他们挥舞篾扇驱赶蚊虫……我不是要说他们，是要说它们，说我的妈和弟弟妹妹。我的妈呀，我的弟弟妹妹呀，好长时间来，我没说过你们了，看上去我是把你们忘了，其实也真是忘了，留在我身上的唯一纪念，便是我能像妈那样，把食物吃出动静，吃出形状，吃出色彩和滋味。可是我当真忘了吗？在我心里，垒着几块坟茔，坟茔里埋着你们，不是你们的肉身，是你们的气息。你们也把我埋在你们的坟茔里吗？也跟我一样，在这沉闷的春天里，因为思念而寂寞和惆怅吗？我想是的。有爱就有寂寞。有爱必有寂寞。爱让寂寞欲哭无泪。

如此，我享受这寂寞了。

我翻了个身，想认认真真寂寞一回，院坝那边却有了响动。啊，响动！从起身到跑向圈栏，我差不多一气呵成。我是去看外面的光线。光线齐崭崭落下屋檐，就是晌午了，平时汤成民就回来了。今天只比晌午稍晚一点，他是去了镇上，怎么可能回来呢？他转了老街转新街，等着所有熟人跟他打招呼。他本来可以主动招呼的，但他不，像主动招呼就失了他的尊严。而那些店家，若正忙着，眼里就没有他，只有闲下来才会拿他开心。他就一直等到人家闲下来。他听到人家的招呼，再顺应那些含讥带讽的俏皮话，把自己作践一番。即使啥事不做，单是完成这趟活，也要好几个钟头。而且现在有了新的话题，无需去想，我就知道，那些人必定会问到他“儿子”：汤成民，你为啥不把你儿子带来呀？汤成民，咋老不见你儿子的妈呢？你儿子的妈肯定貌若天仙，你才不敢带到街上来，怕别人抢了。诸如此类。此外，他们还会提到……我是说，他们还会提到邹镇长要亲我的事情。我都把这事忘了。我相信邹镇长也忘了。她一定比我忘得更快。她忘了好，免得指使人来叫汤成民处决我。总之汤成民不会这么早回来的，再快，也要等到下午两三点钟。——但的确是他回来了。他从田埂走进院坝，径直走进偏厦，开了我的圈门，没吭一声，就又回到院坝里。我跟过去，他却没在院坝里坐，直接跨进了伙房。看来他是要弄吃的。我站在他习惯闲坐的地方，有些手足无措。好一阵，里面都没有锅碗瓢盆声，只有间隙的砰、砰、砰。这是陌生的声音。我悄悄溜到门边，见他并未做饭，只坐在四仙桌旁，摁着电视机的按钮，砰，开了，刚出图像，砰，又关了。如此反复。为什么这样？我不敢打搅，正要退开，他说：汤成民，进来。尽管叫的是我，也只能叫我，但我还是犹疑。我是猪，猪在变成猪肉之前，不能走进人的屋子，这倒不是说人比猪高贵，而是猪的一种自我限制。世间之物，真正的高贵，正是懂得自我限制。当我说“我”的时候，就已经暗含着自我限制的意思了。

见我没动，他把声音提高了八度：汤成民，听见没有！

我吓得一抖，只得听令。尽管门槛不高，我还是没想到自己进去得那么容易，一条腿紧跟一条腿，就迈入了我从未涉足过的领地。人的领地。当我以猪的眼光站在门外窥视，觉得里面逼仄得很，进来后才发现不是那么回事。这大概跟那些不会水的人掉进一口池塘是同样的感觉，站在岸上看，池塘小如脸盆，掉进去它就变成了汪洋，每趟一步都是深渊。汤成民以我说不清楚的眼神，瞪我一眼，然后身子一斜，将一条板凳捉到他身边，在凳上拍拍，是叫我爬上去。你知道，猪这一生，只上一回板凳，那条板凳叫杀猪凳。他的那动作，唤醒了我血统里的恐惧记忆。但很明显，他这时候不是要朝我颈项下捅刀子，这一点我能够分辨。再说他已经明确过他的原则：我的事，他的事，都由他说了算。刚上凳了，我就嗅到一股血腥气。这是血统给予我的警告。在不该死的时候上了板凳，是对血统的挑战和背叛。我喷了两下鼻子，把血腥气拂开，才敢抬头。我看见电视是开着的，他叫我进屋时“砰”那一声，刚好把电视打开。但他没看。我当然更不看。他一如往常，一只手搭在我的身上，像石头那样沉默着。而他的脸色，比他心情最不好的时候都更糟。

看来他是遇到烦心事了。

你可以给我讲一讲的，我对汤成民说。他却没听懂我的话。我和他的交流，许多时候不是听，是猜。我能听懂他，但还得去猜他，因为他是强者，弱者想活下去，就必须研习强者的语言，同时还必须猜测强者的心思；强者没必要听懂弱者，更没必要去猜测弱者。汤成民之所以猜我，是因为在半岛上，除我之外，他没人说话。可这时候他没猜到我的意思。或许猜到了，只是不愿意讲给我听。又默默地坐了好一会儿，他才起身，去灶台上拿过一瓶白酒和一袋饼干，把饼干袋撕开，把酒瓶旋开，吃一片，喝一口。饼干的香气和脆爽的响声，让我滴口水，他递一片到我嘴边，我接住吃了。难吃。他再给我时，我不要了。我宁愿看他吃。这些东西又是赊来的吧？我这样想。只是想，没说出口，他却即刻明白了我的心思，转过头问我：汤成民，你晓得我为啥要赊吗？这也正是我想问的。他并不缺钱。别说种了那么多庄稼，半岛浑身是宝，随便摘些野花、挖些野菜去卖，也足够买回一缸酒。我回答不出，他也不逼我，举着瓶子，像喝水那样喝了几大口，才自言自语地咕哝：我要那些家伙惦记我。要是一手交钱一手交货，转过身他们就把我忘了，我欠了他们的钱，他们就惦记我了。

午风从门外跑过，带着油菜花的药香。半岛上庄稼出得早，我刚来时，油菜花就大多凋谢，但那些散落在田埂上的菜籽，因田埂硬，出苗晚，进入四月，才黄灿灿地开出小花。那药香也是黄灿灿的，在阳光里亮眼；只是稀微，瘦弱，亮一下，又亮一下，就流失于茫茫野地。风越跑越急，越跑越欢实，像有紧急公务，其实只是做出样子，让别人觉得它不寂寞。流失于茫茫野地，是花香的归宿，也是风的归宿。风比不上汤成民真诚。

我很想对汤成民说：还有我呢，我随时都惦记着你。但这话是猪能说的吗？尽管我有理由相信，不仅我对他有依恋，他对我同样有，否则不会这么早回来，可那样的话还是不要轻易出口。幸亏是这样。下面的话，道出了他心烦气躁及早回来的真正缘由。他说：汤成民，我对你说过的那些话，怕是要泡汤哪。这是指哪些话？我有些懵。他说：你晓得不，半岛要变样啦！那些龟儿子，要在河上架三座桥，小巴河、野洮河、清溪河，各架一座，将半岛打通，这样半岛就不是半岛了，半岛就成陆地了，他们要把镇子扩过来，利用矿产优势，将回龙镇建成仅次于县城的大镇。有的说不是建镇，是建化工园区。以前建在十公里外的那个，嫌不好，要在半岛重建。还说，最迟一年半载，就要动工了，邹镇长应付的那些检查，有一部分就与建园区有关。说不定他们还到半岛来看过，只是我们没发现。不管建啥，半岛都要受折腾了，半岛的肥田沃土，要穿上水泥衣和铁盔甲了……说到这里，他点上烟，不取口地吸。我明白了他前面那句话的意思：他曾经告诉我，他死后，肉烂了，就用他的骨头种地，骨头碎了，就用他的魂种地。然而，在他还活着的时候，就将无地可种。

我不知道说什么好。并非找不到安慰他的话，是找不到安慰我自己的话。究竟说来，人的事情，猪是管不着的，但这时候，千真万确，我和他沉浸在共同的哀感里。“人定胜天”是人特别喜欢的词语，它为他们折腾输送了源源不断的信心，却不懂得人定胜天应该是：人定，胜天。定是安定。世态安定，内心安定。只有安定了，才能胜天。折腾是不行的，折腾只能遭殃。汤成民把折腾和遭殃连在一起，无意中揭示了某种事实。

可这又能怎样呢？半岛会变，才是坚硬的事实。

他见我扬起脸，以为我在看电视，就去电视机屁股上戳了几下，把锁住的声音放出来。一个女主播正在播报新闻。画面上是漫天大火，女主播说，那是某地森林烧着了，毁了多少公顷，幸无人员伤亡。听到这句话——“幸无人员伤亡”这句话，汤成民瞟了我一眼。我知道他在瞟我，但我没理他。那场大火，不知烧死了多少飞禽走兽和花草树木，人却用那样一句总结，表达着他们的“幸运”。人是自私的。何况那场火灾，还是人引起的。多数人只是“现在”的人，所谓道德观和天地观，只限于口头和书本，他们以说和写，来装扮自己，也消除寂寞，还顺带发发癔症。也是在他们的口头和书里，竭尽所能地贬低动物，先是说它们不会使用工具，后来又说它们不会伤心，而且想当然地以为，鱼的记忆只有七秒，猪的情绪只能保持半分钟；除了贬低动物，还指责和污蔑动物，说蚂蚱是害虫，苍蝇是害虫，老鼠是害虫……殊不知，人才是世间最大的害虫。你问狼：蚂蚱是害虫吗？狼说：我不知道。你又问狼：人是害虫吗？狼一定说：当然是害虫！你问鸟：苍蝇是害虫吗？鸟说：我不知道。你又问鸟：人是害虫吗？鸟一定说：当然是害虫！人是万物异口同声的害虫。人说保护土壤、河流、森林和空气，前面总要加上一句：为了人类更好地生存。这句话真丢脸。这不仅是自私，还是浅薄和狂妄。

汤成民见我闷闷不乐，拍拍我的脑袋，换了个台。一个身量矮小的男人，正讲一起案件：一个人将另一个人，活人，装进铁笼子，扔进了滔滔江水。那人被抓了，供述了，可就是捞不到尸体。尸体是最核心的证据。公安便想了个办法：将一根与受害者体重相当的活猪，装进铁笼子，在相同地点扔进江水，过几天看看它移到了什么位置。

砰！汤成民把电视关了。

去他娘的，他说，今天成心和我俩过不去。

我没跟着他骂，我只是感到悲伤。

他同样悲伤。这种情绪，在我俩之间彼此流转，也彼此添加。

柏树底下的气氛很沉重。

直到又一个赶场天过后。

这天汤成民也回来得比较早，刚进屋，我立即发现他有种神经质般的兴奋。把我放出圈门后，他独自笑着，呵呵有声。然后他拿出把尖刀，是他削果皮和菜皮用的，刀面既有泥土，也有浆汁，发黑，他却用来刮胡子。他站在阶沿下，迎着阳光，让刀口在下巴上滚来滚去。那几根胡子经不住滚，飘到他脚下的阴影里；它曾经长在人身上，被称为胡子，现在只能叫毛，且是身份不明的毛，只需一缕轻风，它就成了流浪汉，流浪几天，甚至几小时，几分钟，就归于尘土。汤成民的下巴红殷殷的，像有血浸出来，他却将那团圆鼓鼓的肉，摸一把，又摸一把，那表情像吃辣椒，有些刺痛，但痛得舒服。这并没有完，他从柴草窝里，扯出一条高板凳，他叫大板凳，放在院坝中央，再舀盆水出来，搁在板凳上。盆是铝盆，被太阳一照，白光喷射。接着又搭根小板凳，放在大板凳旁边。他坐在小板凳上，向我招手。我走过去。他抚住我的脊背，说些颠三倒四的话。我明显感觉到，他不是在跟我说，是在跟他自己说，跟他自己的兴奋说。每说几句，就抬头望望太阳，又伸手探一下盆里的水。原来他是在让太阳把水烤热。他实在太懒了，连热水也懒得烧。不过他要热水干啥呢？除了赶场日子，他是脸都不大洗的，即使抹一把，也是用冷水。大约过了半个钟头，他又起身进屋，在土灶背后的旮旯里寻。那里有个洗脸架。洗脸架上没有他要找的东西，便蹲下身，两只手像泅水那样在地上摸索。终于摸到了，高高兴兴地拿出来。我却不认识那玩意儿，一握大小，厚薄不均，被黑森森的三合土裹住。他将它丢在大板凳上，返身取来刚刮过他胡子的尖刀，站在一旁刮那东西，把三合土刮去，才看出是块肥皂。之后他又坐在小板凳上，把头埋进了盆里。他是要洗头了。他的头有多久没洗过？不知道，反正我来过后，他从没洗过。

他把那颗头泡了足有一顿饭工夫。

我看不见盆里的情景，只从他手上的动作，看出凝结成饼的发丝，在慢慢散开。哗！头露出来了，更像是弹起来了。那头发不像头发，像一片片不规整的海带，且是泡得太久的海带，有涎涎的黏稠。他开始抹肥皂，除往头上抹，还往脸上抹。抹了三次。当他把水倒进排水沟，沟里涌出黑烟。然后舀水出来清洗。或许是头皮冻麻木了的缘故，这次他没让太阳烤，直接把头瓮了进去。清洗两遍，奇迹出现了。我只能说是奇迹。那头发，竟黝黑浓密，长及肩头。先前太脏了，长一分蜷一分，还以为是地衣，永远都只那么长呢。他将头一甩，长发沉沉荡开，水珠子在阳光里飞溅闪烁。这气派，这潇洒，一点也不输给他站在田原上，手臂一挥，说“全是我种的”。还有那张脸，鼻梁挺拔，唇线分明，额头上的“川”字纹，使之在善感的气质里显出硬气；如果不是因为下巴肥实了些，他简直可以称为英俊。不过已经够英俊了。原来，我的主人，汤成民，是这样英俊的一个男人。我得适应他的英俊，也就是说，我要确认英俊的汤成民和被肮脏遮蔽了英俊的汤成民，是同一个人。幸好他的转变是在我眼皮底下完成的，不然我会觉得汤成民把我卖给了别人，我又得经受换主和流离之痛。

把自己打理好了，汤成民笑嘻嘻地看着我，说：汤成民，你等着，我马上给你洗。

又说：我可以不洗，你必须洗。你不仅要洗头，还要洗澡。

这跟上板凳一样，背叛着我的血统。猪这一生，只在长刀从心脏里抽出，才被扔进黄桶清洗。清洗不是为干净，而是为了烫毛，也为了把甲垢烫软，便于屠户用铁做的刨子，将我们“叶拉叶拉”地刮得雪白。我正要分辩，汤成民已端出满满一盆水，还有几米远，就泼到我身上。我惊得一蹦。他却哈哈大笑，你龟儿子嫌冷？他说，我都不嫌，你嫌？他完全忘记了自己把头伸进水去之前，让太阳烤了半个钟头。他过来，拿起肥皂，也不怕湿了裤子，一条腿将我靠住，在我身上横涂竖抹。抹了脑袋、脊梁、屁股、腿脚，又抹肚皮，肚皮是干的，他又去弄来一盆水，搁在我四条腿之间，躬了腰，手捧着往我肚皮上浇，浇湿了接着抹。抹了肥皂，又搓。他搓到了我的阴囊。没装睾丸的阴囊。我曾经是有睾丸的，被姓罗的家伙挤了。我出生不到六十天，就失去了性别。这种隐痛，但愿人能够知道。就像买我那天戳我一样，他对那地方很感兴趣，反复搓洗。这回不是让我痛，是让我舔舐羞愧。我真想恨他。或许他是无意的，但我还是想恨他。他原本就不是我后来想象的那样好。我依恋他，就把他想得好了，其实他还是他，阴晴不定。他今天神经质的兴奋，恰好证明了这一点。

他完全照搬了为自己洗头的程序，打三道肥皂，再冲洗两遍。然后他让我站到干爽地方去，晾干。阳光毫无遮拦，拍打着我的脊背，把浸到皮毛里的水拍出来，身下滴滴答答，生出另一根猪，当然只是猪的模样。我失去了繁殖后代的能力。上天赋予了我那种能力，但被人剥夺了，这辈子，我做不成父亲了。尽管，猪的父亲都是隐者，也是被精子呼啸催逼的行者，从不能享受天伦之乐，可那种深含孤独、风尘仆仆奔赴使命的激情，正是一根公猪的光荣。而我，激情不再，光荣远离。我只能生我自己。生我自己的阴影。

太阳均匀地，抚慰一般地拍打我，把我脊背拍得发麻，麻过后是痒，痒得似在轻微地炸裂。这期间，汤成民在屋里忙，也不知忙啥。待他出来，又端着一盆水。他把水盆往地上一放，说：汤成民，过来。老天，你还要怎样？他说，过来过来。我一步一顿挨过去，却吓得屁股一挫。我看见了另一根猪。这根猪有硕壮的脑袋，有肥厚的耳朵，大睁双眼，瞪住我。原来汤成民又买猪了，我竟然不知情。我有了同类，不再孤单，按理该高兴才对。但我高兴不起来。不知不觉中，我有了占有欲。占有半岛的辽阔，占有汤成民给的食物，占有我对汤成民的依恋，也占有汤成民对我的依恋。我说人是自私的，结果我自己也是。我并不比人好。我的窘态，让汤成民仰天大笑，他那头飘逸的长发，在笑声里波动。我们的痛苦，总是能给人带来那么多欢乐。他把眼泪都笑出来了，用手擦泪的时候，还在笑。然后他弯下腰，从背后搂住我的前胯，将我拖过去。那根猪朝我冲来，但样子极委屈，也极惊恐。看来，担忧和害怕的，不只是我。我不愿看它，汤成民却强行按住我的头，非要我看。他问我：你认识它么？我不答。他又笑，说：硬是长的他妈个猪脑壳，那是你呀！我如遭雷击。这是指我吃惊的程度。稍作镇静，我才注意到那根猪在水里。那是我水里的影子。可那当真是我么，我不是小如仓鼠、干筋瘦壳、不成个猪样么，怎么变得这般长大健壮？

但一点不假，那就是我。先前，我吃的米汤煮青菜，或者别的什么汤汤水水的食物，都浑浊得落不下我的影像，汤成民用一盆清水，让我发现了自己。

除了壮硕，还有那身白毛，溜光水滑，如银如雪。

多么英俊的一根猪啊！

如果我能笑就好了，那我就要跟汤成民一起笑。可是我笑不出来。我们猪，只有被剁下头颅，放在案桌上时才笑。我笑不出来还因为，在我惊喜的底色里，弥漫着化不开的忧伤。我由那么丑陋的一根猪崽，长成个帅小伙了，可是没有谁告诉过我，更没有谁赞美过我，我毫无知觉。我错过了我的成长。别说我母亲，就连我自己，也错过了我的成长。

但忧伤是短暂的，汤成民高兴，我也高兴。我们两个都焕然一新了。他不仅为我洗了澡，还扫了圈。他先用锄头去圈里刨，又用铁锹铲，铲出几篓干尘和陈年的臭味，倒进旁边的菜地里，再牵出一根橡皮水管，拇指压住头口冲刷，既冲地板，也冲圈栏。水漫金山。当水从便口流进茅坑，我的居所也变得英俊了。青色石地板。黄色松木栏。食槽外侧，不知是哪个高明的匠人，錾着天高地阔人寿畜欢的祥和图景（冲洗前根本看不出来），那股巧劲儿，完全可与荒败大院里那尊“八方错”媲美。我和我的居所，彼此般配，互生欢喜。古往今来，猪死了是肉，活着是脏，这是人对猪的命名，而事实上，猪不是天生就脏，猪虽然不把干净作为追求，但也从不追求肮脏，猪滚泥塘，是为泥土在身上干裂后，清除让我们恼火的寄生虫，并非为了沾染泥塘里的脏。这跟人往自己身上贴黏洼洼的膏药是一样的。

那天夜里，汤成民喝了很多酒。我陪在他身边。自从第一次进了他的屋了，我就享受着出入自由的特权。当然多数时候是他请我进去。来一杯？他把酒杯扬在我面前。我以两个响亮的喷嚏回答他。他笑两声，把杯子收回去，自顾自喝，喝到二麻二麻，话就多起来，我也从中听出了让他异样兴奋的缘由。他见到邹镇长了。他从政府门前过，过第四遍的时候（这证明他是故意往那里去的），听见楼上有人叫：喂！喂！他抬头一望，三楼的窗口上，有个年轻人倾出半个身子，正向他招手。他把手往自己胸口压了一下，那人点头，表明确实是叫他，而且做了个让他上去的手势。他上去了，结果是邹镇长要见他。他被领进镇长办公室，邹镇长请他在写字台对面的沙发上坐了，还让领他进来的年轻人用纸杯为他倒了水，才问：三月十七那天带一根猪来的是你吧？他应承了。邹镇长说：记得五月十六把猪带来，我说过的话是要算数的，上午十一点，准时！汤成民点了头，邹镇长又问起我的情况，问我长得好不好，又问我身上干净不干净，说你们山里农民有个误解，以为猪在粪水里滚才肯长肉，其实哪里呢，上个月我去韩国考察，看见人家那些农民养猪，三几天就给猪洗趟澡。汤成民说，我不是山里的，我的家在太平坝华阳村。邹镇长张着嘴，长长地“噢”了一声，说对对对，那你带猪来就更方便了，给猪洗澡就更容易了，半岛上到处是河汊，用不完的水。

原来，汤成民为我洗澡，是因为邹镇长叫他洗。

原来，邹镇长并没忘记要亲我的事情。

我以为她忘了呢。

我以为那只是她的策略呢……

汤成民又在倒酒，眼睛盯住杯子，嘴上一直没停。他讲了另外一件事情。这件事他是从街上听来的。这件事的主人公，是回龙镇的书记。那书记姓马，跟邹镇长一样，都不上四十岁，也跟邹镇长一样，精明强干。他们最大的区别，也可以说唯一的区别，是马书记是男的，邹镇长是女的。类同太多，便相互排斥，面子和谐，里子死掐。马书记比邹镇长高一截儿，邹镇长就想把他高那一截儿掐掉，邹镇长比马书记矮一截儿，马书记就要让她始终矮一截儿。去年，县里打算调邹镇长去另一个镇当书记，可她不走。这么绕来绕去兜了几大圈，邹镇长被县委贺书记选中，跟他去韩国考察，马书记却被省纪委选中，抽调出去办案子。问题恰恰出在马书记办案。他跟人去办的，是省委某个副书记的案子。省委副书记啊，他搭着楼梯也摸不着的，人言，三个等级一个层次，三个层次一个境界，马书记和省委副书记，正是等级和境界之别。这个当然重要，却也不重要，真正重要的在于，那人曾是马书记的偶像；不仅是马书记的偶像，也是许多人的偶像。早在十年前，他在某市当市长的时候，就是明星级人物，博晓古今，学贯中西，谈吐随机应变，做事大刀阔斧；作为一方领导，有这些就够了，偏偏他又长得好，形如玉树临风，举止洒漫成棋。那些年，电视上有再好看的连续剧，不少人都宁愿错过，到处找新闻节目，看有没有那市长出现。他的出镜率是很高的，市台、省台、中央台，都有。可就是这样一个万民追捧的人，却因贪污受贿而被审查。马书记接到通知那天，就知道是去审他，马书记很激动，激动的不是要去审他，而是要去见他。然而，他见到的是一摊废墟。

汤成民说，马书记没完成任务，就装病提前回来了。他见到了一摊废墟，自己也变成了废墟。他的精气神垮了。他曾经是个很有追求的人，都以为他前途无量呢，可是他垮了，没有前途了。听说他最近已写了辞职报告。你想想，汤成民对我说，邹镇长铆足了劲儿要搬他这块石头，结果那块石头自己挪开了，不仅挪开了，还碎了，他的那把交椅，不是顺理成章就该邹镇长坐么？汤成民面露喜色，可我想不出邹镇长坐了那把交椅，与他有什么关系。但为了表明在感情上和他步调一致，我点了点头。他却嫌我态度不够热烈，揪住我的一只耳朵说：你龟儿子咋闷拙拙的？你晓得不，趁邹镇长高兴的时候，我问她是不是要在半岛建镇或者化工园区，她说八字还没一撇呢。她虽然没否认，至少表明并不像传说的那样一年半载就动工，为这个，我俩就该欢喜对不对？半岛多在一天，我们就多欢喜一天！

洗澡。还是洗澡。邹镇长说，韩国农民三几天为猪洗一趟澡，汤成民却是每天为我洗。他似乎迷恋上这工作了。我的身体，成了他实现自己的某种途径。难怪洗上几天，让我习惯了他对我的全身抚触，他便把我搂进怀里。一种姿势奇特的搂抱：叫我后腿直立，前腿搭在他的臂弯里。这是人与人的搂抱。他这样抱住我，往后退，我则是向前走。他说，走，走，走。他说一声，我迈一步。这让我相当难受。猪为什么用四条腿走路？是因为猪需要四条腿走路，他现在相当于卸掉了我的两条腿。他以这种近乎残酷的方式，不仅挑战着我的血统，也挑战着我的本能：他要我像人那样，直立行走。可我再三强调，我是猪，不是人。我进了人的屋子，坐了人的板凳，跟人吃同一口锅里的食物，用同一个盆子冲澡，已经大大越界，再跨半步，我还好意思说自己是猪吗？反抗。对不起了汤成民，我只能反抗，必须反抗。他说走走走，我说不走不走不走。我当然没说，只是不迈步子。他拖着我走，拖你的，反正我不朝前迈。我就当我的两条后腿残了。他开初还很有耐心，教我该怎么来，他说你前两天都会，咋倒退了呢？言毕腾出一只手来扳我。趁他搭不上力，我干脆坍下去。他明白了，我不是倒退了，而是故意和他作对。他把我往地上一掼，返身去抽柴枝。他要打我了。如果刚进他家门，他再怎么打，我只会害怕，不会伤心，现在，柴枝还没抽上身，我就伤心得想哭。伤心伴随着决绝，我对他说：你打，打死我算了，那样我们就一别两宽了。他夸张地用手掌将柴枝上的细桠劈尽，劈尽了却没抽向我，而是喘着粗气，再次搂住我的前蹄，要我走、走、走。我偏不走。他手一松，将我丢开，在我正前方蹲下来。这是一场阴谋，目的是让我看到他凶狠的眼神。他深深地懂得一个道理：最初的怕和最初的喜，将明明暗暗地伴随一生。他是要我回忆起回龙镇戏楼底下的情景，迫使我听从他的摆布。可是我的主人汤成民啊，你既然很早就失去了亲人，你应该知道伤心的力量超过一切，自然也超过恐惧。他彻底激怒了，完全可以说气急败坏。气急败坏的汤成民，当真打我了。不是用那根柴枝，而是用腿。我无法形容那条粗壮的腿奔向我的肋骨时，天地在怎样的摇晃，只知道那一刻世间没有别的事，只有他踢我这一件事。我惨叫一声，滚出几米远。

那时候我到底幼稚，不知道在某些情况下，委屈和伤心是可耻的，比仇恨、欺骗、辱骂、恐吓、劫掠乃至残暴，都更可耻。我这话是泛泛而言的，并不特指我和汤成民之间的关系。凭良心说，他给了我伤心和委屈的权利。怪只怪我用了那权利。我太幼稚了，还不懂得有些权利给了你，你却一辈子也不能用。

汤成民倒并没想把我踢伤。他害怕把我踢伤。伤到骨头没有？从下午到晚上，这句话他不知问过多少遍了。我卧在地上，眼睛睁一会儿闭一会儿。他在伙房傍着火塘的地方，铺了件衣服，将我放在上面，随后抱进一捆柴火。我本来没觉得冷，四月已走了很远的路，也不该冷，可火一生，火苗子一熛，我反而打起了摆子。大概是心冷的缘故。他用指尖探察我被踢到的半边，一根肋骨一根肋骨地探。没事，他说，汤成民没事。说着笑了。见我没有回应的意思，他连忙把笑收住，显出几分寡淡，也有几分怯弱。其实，我也没想踢你，他结结巴巴地往下说，我是一时来气，没能管住我的腿。说心里话，我舍不得踢你。这家里就我们两个，我们两个都叫一个名字，我踢你不等于踢我自己吗？我踢你不等于你踢我吗？见我轻蔑地撅了撅嘴，他把上身伏下来，你以为我在狡辩？他说，不信你试试，你现在就踢我一脚，踢两脚也行，踢过后再看我说得对不对。我踢了你的肋巴骨，你就直接照我脸上踢。他把脸侧过来，踢呀！见我不动，他抓住我一只前蹄，在他脸上打得啪啪响。蹄印重叠，脸如猪场。七脚，他停下后说，我数了，是七脚。我踢了你一脚，你踢了我七脚，就相当于我在你那里赊了一块钱的东西，几个钟头过后，就还了你七块，黑心啊，汤成民，你这高利贷放得黑心啊。他的这些话，我只是朦朦胧胧地听见，因为正如他所言，打他的那条腿，当真痛乎乎的。我打了他，尽管是被动打他，也相当于打我自己。

再没必要使性子了，我站了起来。

欣慰和喜悦无以言表，他就反复搓手，像他的心长在手上。搓着搓着才想起什么似的，提来吊罐做饭。做了满满一罐。这顿晚饭吃得晚，我们都饿了。他不让我回圈里去吃，端来滗米汤的木盆，让我在木盆里吃。木盆就放在四仙桌旁，我跟他一道吃。他倒酒的时候，以遗憾到骨的口吻说：你不会喝酒，真他妈可惜。猪不是会吃酒糟吗，吃酒糟不就是喝干酒吗，你咋就不会呢？我想这是不必回答的。人也并非个个都能喝酒。我很快吃饱了，他又让我上了凳子，摸着我的头，很动感情地说：汤成民，我们两个有缘，你晓得不，我们两个有缘！好几年了，我既不养鸡鸭，也不养猪狗，我看到一切会走的东西都烦，对我自己也烦，可是那天，见你第一眼，我心里就活泛了，你说这不是缘分还是啥？我却在想，把我倒提起来，用指头戳我，也是缘分？他接着说：汤成民，自从有了你，我就觉得自己有了个相依为命的活物，我绝不杀你吃肉，我要一直养着你，猪的寿命应该跟狗差不多吧？那么你可以活十多年，只要不出意外，你大概比我先死，你死了，我也不吃你的肉，我要弄口棺材，把你埋了，就埋在柏树底下。我的魂在柏树上头，能日里夜里看着你。

我的蹄印还留在他脸上，他说话的时候，那凌乱的蹄印跳动着，像我还在朝那里拍，还在发出啪啪的响声。

我往他身上靠了一下。

就在这时，他陡然问了一个非常莫名其妙的问题：你觉得邹镇长这人怎样？

该如何回答呢，我只见过她一面，而且是在那样的情境里见她。现在回想起来，她长得很漂亮，但不是打人的那种漂亮，是经得起看、也经得起评说的漂亮，即所谓的“二眼美女”。或许是因为她说要亲我的缘故，我记住了她的嘴唇，唇吻丰润，机敏，灵动，可以包含，也可以开放，包含和开放能在瞬息间完成。我只能说这么多了。好在汤成民并没听我说，他沉浸在自己的心思里。待我静下来，他扎实地吞下大杯酒，又喷出一口火辣辣的酒气，眼望别处，沉缓地说：我跟她，是校友。我在回龙中学念初中二年级的时候，她念一年级。那时，回龙中学在半岛上，有八十多年历史，围住校舍的树木，横桷树、洋槐树、桂花树，也有八十多年，嵌在操场上的瓷渣，面在小路上的石子儿，全都有八十多年，即使寒暑假，校园里没一个人，只要起风，就能听见读书声，那是八十多年来的学子在读书，风把他们的声音保存下来了。十三年前，学校迁走，校舍荒废，古树也被掐头锯枝，运进城里栽种，但读书声还在，我也经常去听。我听了六年。六年过后，那声音突然消失了。它没和我打声招呼，就离开了。它跟半岛人一样，把我抛弃了。从那以后，我再没往那边去过……唉，说这些干啥呢，我不是在说邹镇长吗？我读二年级，邹镇长读一年级，当然那时候她不叫邹镇长，叫邹静。她名叫邹静。我跟邹静有天在去食堂的路上相遇，我看她一眼，她看我一眼，对她来说，这一来一去的两眼就像风吹过；对我就不一样了，我的魂被她没收了。从那天起，我就为她害单相思。单相思这东西，汤成民啊，你龟儿子是不懂的，那整死人哪。最整人的地方就是得不到回答。我只读完初二就辍了学，可对她的单相思有增无减。我经常去校门外溜达，就为了能见她一眼；也经常去河边，几条河都去，我对河水说：我闭上眼睛，等我睁开时，你要是干了，我就不想她了。可当我睁开，河水却汪汪洋洋的，打着水酒涡，欢快地流——水跟着水，水酒涡跟着水酒涡，白天黑夜，永不停歇。她在回龙中学读了初中读高中，后来考上了大学。我以为她一走，我就得了解放，哪晓得想她想得更恓惶，就像身上的病，皮上长个疮，痛起来可以摸，痒起来你可以抠，要是痒在骨头里，也痛在骨头里，你看不见摸不着，那才喊天！我狠狠地骂自己，啥野鸡凤凰啊，癞蛤蟆天鹅肉啊，可是骂管卵用？未必癞蛤蟆想吃天鹅肉就犯了天条？我不是找不到女人，是心里装了她，再也装不下别的女人；我心里没有野鸡，没有凤凰，没有癞蛤蟆，也没有天鹅肉，只有她。你是不是觉得很可笑？她都不认识你呢，你把她装恁紧干什么？想想也是，我也经常这样问自己。骂都不管用，别说问。这辈子，我只能做单相思的烈士了。她大学毕业去了哪里，我不晓得，直到大前年的七月十四，我在街上偶然碰见了她……虽是三十三四的女人了，头发也剪短了（她以前的头发拖到屁股丫子），但我一眼就认出了她，我的单相思跟她一起在长大，在变老。汤成民，说起来真丢人，见到她我就红了脸，耳根烧得青辣子痛；就像少年时候一样，想见她想得发疯，真的见了，脸却红得起火，躲都躲不赢。其实她根本就没瞅我一眼，我是说大前年七月十四那天。我听见人家叫她邹镇长，才晓得她现在的身份。嘿，那天回来，我发现自己不想她了，你说怪不怪？可到夜里，我又发现，我不想的是邹镇长，邹静还在继续想。麻烦的是，邹镇长的确是邹静变来的，我想邹静，咋能不想邹镇长呢？……

他怅惘起来，咕嘟嘟喝酒。

我该不该相信他的话？他分明说自己的魂在柏树上，怎么又说被邹静没收了？

可我还是觉得应该信他。即使不信他的话，也该信他一往情深又痛苦不堪的样子。

我在邹静和邹镇长之间打绞绞，汤成民继续说，打绞绞的结果是灰心。灰心得很。我在人前有多跳，在心里就有多僵。这不是说邹镇长不好。两相比较，邹静是花，邹镇长是叶，你不能说叶就不如花好。人说三月看花，四月看叶，证明它们各有各的好。我的意思是，邹静和邹镇长，都让我苦恼。让我苦恼的却与我没有关系，这比病生在骨头里还糟。也是老天怜惜我，遇上了你，而且邹镇长要亲你。你跟我一个名字，她亲你，也就是亲我。你要转得过这个弯儿来。等这件事情过后，我就干干净净把她丢开，我们两个就好好生生过日子。

原来是这样。

所以汤成民，他摩挲着我的脑门说，为了把这事干得体面些，我才叫你站起来，学两脚走路。你想想，你不站起来，她要亲到你，就必须蹲得很低很低，她是镇长，那样子不好看。这是一方面，更重要的是，她亲你是要给人看的，我不是说她有坐头把交椅的大好机会吗，言而有信能为她加分，具体到这件事情上，她亲你能为她加分。要是蹲得太低，能看见的人就少多了，效果也跟着打了折扣。你就看在我的面子上，受点委屈和折磨，行不？

话都说到这个份上了，我还有什么好说的。

从那第二天，我就开始了刻苦训练。刻苦的前提，是有强大信念的支撑，帮助汤成民了结他的单相思，为他单相思的对象加分，是一种信念，但还不够强，我得从根子上让自己强大起来。于是我就想，人最初也是四蹄奔走，后来前脚离地，弯腰慢行，再后来，腰直了，后脚灵便了，前脚变成了手；人背叛了自己的血统，并因此霸占了文字和智慧，成为万物的管家，人可以，猪为什么不可以？——你听明白了么，我是主动与血统挑战了，我是把自己跟人比了，或者再说利落些，我是把自己当成人了。我要从远古起步，走过人走过的路，奋力追赶。汤成民在家时，他搂住我前蹄在院坝里练习，他不在，我就在圈里抓住栏板练习。我的后腿肿了，睡一觉消了，然后又肿了。这不打紧，打紧的是我的蹄花裂了。疼啊。

罗师傅骗我，汤成民戳我，都没这么疼过。那是叫不出名字的疼，是比疼还疼的疼。但我横下一条心。我把这疼既当成考验，也当成福音。连汤成民也看不下去，我告诉你，他甚至流下了眼泪。功夫不负有心猪（说有心人也行），我成了。这天，汤成民做午饭的时候，我前蹄蜷起来，站着从院坝走过去，左脚一迈，右脚再一迈，就迈进了他的门槛！

也迈进了五月十六的门槛。

头天夜里，也就是五月十五的夜里，汤成民自己洗了澡，又为我洗了澡，还铺了干净稻草让我睡。当天清晨，也就是五月十六的清晨，天刚泛白，他就起了床，先做饭吃，吃过饭，他刮胡子，刮了胡子又为我洗澡，且特意为我洗脸，尤其是洗我的嘴，洗得那个仔细，只差没把我嘴皮搓破。然后，他拿出一件衣服，新崭崭的，明显是前场才买来的。过来，他坐在几米开外的凳子上说。我刚起步，他就摇头。哦，我怎么能趴着走路！“噌”的一声，我直立起来，梆，梆，梆，走到他身边了。他把衣服往我身上披，吓得我又趴下了。这是给我穿的？他都没穿过新衣呢。但我立即想起来，我就是他，他就是我，衣服穿在我身上，跟穿在他身上是一样的。我再次直立，他把袖子套进我的前腿，腿短袖子长，他比画了一下，脱下来，拿出把剪刀，毫不犹豫地把袖子弄短了一截，再穿，很合适了，刚好笼到我的蹄腕。接着他又拿出一件东西，是纸剪的大红花，红得精致，红得蓬勃，明显也是买的。他把红花往我脖子上套。龟儿子，他说，可惜没有大鼓，以前，半岛上的大鼓是很有名的，同盛村和华阳村各有一拨，三十个人，三十面鼓，加起来就六十个人，六十面鼓，农闲时节，两村斗法，敲得震天动地。可惜那些龟儿子全都不在半岛上了，鼓也毁了，要不然，敲着大鼓把你送到镇上，那才气派！在这样的遗憾声里，红花戴好了。出发！他大声下令。我记得他说过，邹镇长让他十一点前领我到场，现在最多八点钟，怎么就出发了？

别忙！我刚动身，他又说，去镇子的路上，包括到了现场，你都用四条腿走路，你要等到邹镇长快亲你的时候，才突然立起来，那样才出效果！

穿过半岛，一路上没什么，就是觉得热。又是一个太阳天。五月的太阳可不比三四月，三四月的太阳是凉水、温水，到了五月，就烫了。何况我还穿着衣服。在我的祖传记忆里，没有过穿衣服的任何印迹，衣服于我，是九天里凿出的另一个太阳。这也没什么。与我刚来时相比，半岛上有了新的景致，稻秧齐楚楚地冒了田，蛙鸣播撒着秧苗的清香。我忘情其中。可快上渡船时，明显感到气氛不对了。不知是凑巧还是邹镇长特意掐算过，这刚好是个赶场天，半岛上平时看不到人，赶场天里却还是有人坐船。我进半岛那天，船里没有艄公，乘客攀住横在河上的铁索，一把手一把手地换，船就去了对岸，现在有艄公了，大概是那时水浅，现在水大，再那么过河不安全。我跟汤成民在堤岸高处，见船里已有了五六个人，或站或坐，高声大气地摆龙门阵。他们是去卖菜的，想赶早，闲谈的间隙，没忘记催促：快推呀。艄公从棚子里钻出来，抬头望见了我们。那声笑，像肺炸了。乘客也望见了，也像肺炸了。在集体的暴笑声中，我和汤成民上了船。上船后他们不笑了，看看汤成民，又看看我。汤成民那头艺术家似的长发，让他们鄙夷。对我，自然更加鄙夷。他们可能还不知道邹镇长要亲我的事情，以为我是故意出风头。偏偏这时候起了河风，红花颠来倒去，在我脖子上招摇。哼，一根贱猪，还穿衣服呢，还戴红花呢！他们的眼睛分明在这样骂我。我真想站起来，让他们知道，我跟你们一样，也能站立。但汤成民交代过，这时候不能站。再说浪头子撞得船板啵啵响，我怕站不稳，反而丢丑。

是怎样走过半截老街，穿过夹巷去了新街，又走过几十米新街去了镇政府，我是想不起来的。我只记得自己被笑骂声围困。快看啊，他们呼喊着，看那根猪啊！他们都是瞎子，看不见我正走在人的路上。进到镇政府，却不见人，更没见邹镇长。我们在底楼的廊道上等了好一阵，才有个年轻人进来，愣愣地把汤成民盯了两眼。大概也是为他的长发，还可能为他的英俊吃惊。吃惊过后才打招呼：这么早就来了？口气虽然热烈，却掩饰不住居高临下。然后指着我，低声说：乱球整，给它穿衣服干啥？穿上衣服，远处看去还以为是个人呢，脱了脱了！汤成民连忙蹲下，为我脱。悲哀，真是悲哀。我猜想，这个年轻人就是那次在三楼的窗口上喊汤成民去见邹镇长的那位，连他也不承认我的身份。他把我们领进一间空屋，说：在这里等，到时候我来叫你。他只说“你”，没说“你们”。出去的时候，他把门关了。这太过分了，我是来给邹镇长加分的，不该遭受这样的冷遇。在路上我还想象：当我们走到政府门口，邹镇长立即迎出来，跟汤成民握过手，又跟我说话，夸我的白，夸我的干净和帅气。我还提醒自己冷静，别在邹镇长夸我时就站起来，要像汤成民交代的那样，到关键时刻才站，给她一个惊喜，也给所有人惊喜。结果却是这般景象。屋子里有张木沙发，汤成民在沙发上坐了，将从我身上脱下的衣服放在旁边，腾出手正要把我抱上去，却又打消了这念头。你委屈一下，他说，这是人坐的，要是你也坐，我怕他们看见了不好。你听见了吗，汤成民也把我跟人划清了界线，而他以前口口声声表白的是，我就是他，他就是我。我有一种被欺骗的感觉。但我没有退路了。我陷入了一场噩梦。我想尽快结束这场噩梦。

屋子里，只有一面高窗，啥也看不见。看不见外边的景象，也就是看不见时间。汤成民既不戴表，也没手机，他同样不知道时间。我们只能在对方沮丧和焦虑的神情里，感觉时间。然而，那可恶的时间，却丢下我们不管，自己逛街去了。

我想屙尿！我对汤成民说。

汤成民奔向门边，怯生生地把门开了，侧着身子溜出去，又把门闭了。过一会儿回来，满头大汗。他肯定是去找厕所的，可显然没成功。他小心翼翼关了门，屙，他说，就在这里屙。哗，哗哗哗。他龇着牙。他龇牙的声音跟我屙尿的声音一样绵长。他一定在想：龟儿子啊，咋这么多啊，赶快屙完啊。我奋力往外挤，胀得出口隐隐作痛。当我终于停下来，他叫我站开些，然后用脚将尿液四处驱赶。尿液变薄，变淡。这时候他才坐下来，告诉我说，厕所他是找到的，但只有人的厕所，没有猪的厕所，那厕所比这间屋子还干净，装着小便池和抽水马桶，他说抽水马桶你肯定不能用，小便池又太高，你站起来也尿不了那么高。他还告诉我，他甚至冒着被当成流氓的危险，溜进女厕所看了，女厕所里连小便池也没有，只有抽水马桶。这话不说还好，一说，我的肠子蠕动起来，紧跟着，肚里翻江倒海。

我要拉屎！我对汤成民说。

话音未落，半截屎已经出洞。

汤成民没有抓拿。尿过一会儿就干了，干了就看不出我屙过尿了，屎却不同。他说，嘿！你嘿又怎样呢，五谷轮回，谁又管得着呢。眼看那坨屎要掉地上了，汤成民迅速扯过沙发上的新衣服，接住了。他把衣服捧着，叫我快拉。我哼哼哼的，往肚子里运气。但他还是嫌我拉得慢，对我切齿咒骂，啥话都骂尽了。你知道那时候我在想什么吗？我想的是：我应该待在我该待的地方，那才是我的自由王国。我不要做人了。我本来就不是人啊！

我拉完后，汤成民用衣服的干净处擦了我的屁股，正准备去厕所处置那些粪便，门外却响起脚步声，而且明显是朝这边走过来。汤成民将那衣服一团，宝贝似的抱在怀里。

又是那个年轻人，他把我们领了出去。

晚上六点半钟，汤成民打开了电视。他要看地方新闻。今天最大的新闻，莫过于邹镇长亲我。我也是在看新闻时，才回忆起那整个过程。邹镇长不是说在政府门口亲我吗？可那年轻人却把我们往老街带。人真多啊，怒潮似的，追着我们跑。邹镇长把时间定在十一点，是有讲究的，山民沿山沿岭来赶场，脚步再勤，也赶不了早，到了镇上，多是半上午，慌脚忙手办了事，又得回转，因此，上午十一点左右，是人最稠密的时候。邹镇长就等这时候，让更多的人看到。我们去了老街，直奔戏楼。那里人更多，都没长手，也没长躯干，如扎进箩筐的笋子，只高高低低露出头。人再多也挡不了我们的路，数十个健壮男人，用肉身为我们开辟了通向戏楼的小径。戏楼早已毁坏，只剩残破的檐角和一个令人怀想的名字，再就是一个空坝子，是回龙镇上最大的空坝，平时做广场，赶场天成为交易场所，但不知啥时候，空坝中央搭了个木架高台，邹镇长已站在台上，台下架着摄像机。她请来县里的记者了。摄像机可比大鼓洋气，汤成民用不着遗憾。走到高台的楼梯口，记者挥手阻止了我们。他还在调试机位。调好之后，他对领我们来的年轻人说了声“ok”，年轻人就对汤成民说：带上去。汤成民真是个脓包。我要说，我的主人汤成民，真是个脓包。他竟然脸红筋胀，紧张得手脚没有搁处。如果是因为见到自己单相思的人红脸，我还能原谅他，可我觉得不是。我觉得他是因为害怕。三月十七日那天，他把我从黄胡子手里夺过去，高声说“它是我的”，脸虽然也红，却不是现在的这种红法。他是被眼下的阵势吓住了。关键时刻，人是靠不住的，主人也是靠不住的。我自己上去好了。我沿着坡度很大的楼梯，往上爬。喝彩声山呼海啸。我看见，汤成民这时候又变成了英雄，昂然四顾，像正往上爬的，不是我，是他。邹镇长站在原地，笑盈盈地等我走过去。走，走，走，噌！距邹镇长还有五步远，我直立起来，并且以直立的方式，朝前走了四步半。我这样做，跟汤成民交代的有出入，但我是故意的，我就是要让台上台下的人都看看：我，不仅能够站立，还能够直立行走！邹镇长朝后退了一步，全场也哑静下来。哑了足足半分钟，才响起尖叫声。那尖叫不是兴奋，而是惊恐。更加惊恐的是邹镇长，她明显化过妆的脸，变幻着颜色。见她迟迟不动，我又朝前迈了半步。亲啊！亲啊！终于有人喊。邹镇长笑了一下。我从没见过那么惨然的笑。她完全失去了自主，只是机械地低下头。就在我能够着的时候，我猛然亲了过去。——你听明白了吗？不是邹镇长亲我，是我亲邹镇长！我由被动变成了主动。哦，细嫩的嘴唇。三十六七的人了，嘴唇还是那样细嫩。那是我接触过的所有物件中，最为细嫩之物。

在现场时没注意到，看电视才发现，不仅有摄像机拍摄，还有许多人用手机拍摄。这即是说，我不仅会在电视上出现，还会在网络上出现。电视不出县境，网络却走遍天下。我成了大明星，还必将成为更大的明星。汤成民说：龟儿子，你火了。而我看见的，却是他的嫉妒之火，那团火烧得他眼珠发红。他嫉妒我成了明星，更嫉妒我不是让邹镇长亲，而是主动亲了邹镇长。这完全出乎他的意料。为了掩饰自己的情绪，他例外地把电视声音开得很响，让我听众人的呼喊，开始喊的啥听不清，画面上，只见汤成民扭过脖子，对着人群高叫：它叫汤成民！近处的人听见了，一传十，十传百，百传千，千传万，戏楼上空，便回荡着那个人一样的名字：汤成民！

汤成民！汤成民！汤成民！……

然而，就在那天夜里，趁汤成民熟睡的时候，我逃跑了。要翻出那个圈栏，对我来说可谓轻而易举。

一开始我就说过，这是两年之前的事情了。也就是说，我已经逃跑两年了。两年前的五月十六，我穿过星光下的半岛，脚下没有方向，河流便成为我的方向，跑啊跑啊，终于听到了水声。扑通，我跳了下去。泅水是祖传的技艺，用不着学就会。泅到对岸，我抖掉水珠，郑重地转过身，直立起来，面朝半岛，深深地了鞠一躬。那是我最后一次直立。

是的，我还说过，我逃跑，是因为觉得自己的名声败坏了。也是在电视上，我看到有些人背着花篮，花篮里装着大大小小的猪，猪们都伸出脑袋，朝我看。那鄙薄的神情，将成为我永生永世的伤疤。猪平凡而卑贱——平凡是老天爷说的，卑贱是人说的——可再平凡，也有名声和尊严。我输不起那尊严。是的，我表达过这层意思，但如果你是聪明的，你该知道我是在避重就轻，就像马书记审过的那个省委副书记，为逃避罪责，就以消遣女人的方式避重就轻一样。你知道吗，我之所以逃，是因为我不仅挑战了自己的血统，还挑战了人。人不仅心思密集，还很小气，很自大，他们经不起挑战，更不容许一根猪的挑战。还不明白么？那我直说了吧：如果我不逃，第二天我就会面对屠刀，走上不归路。

我一心想着的，是逃到老君山，逃到我的故乡千河口。我知道我的旧主人也不会容我，对此我也并不奢求。我只想看看我的妈。妈听说了我的事情，大概同样不会容我，我照样不奢求。我只想远远地看它一眼，看它是否还活在世间，如果活着，又是以怎样的模样活着。可是我渡错了河。小巴河和野氿河，在半岛东面汇入清溪河，我本应该从小巴河和清溪河的交汇处，渡到北面去，结果却从野洮河渡到了南岸。这可能与心急有关，与夜晚有关，也与我下意识里要避开镇子有关。总之我到了老君山的对岸。对岸的这面山叫马伏山，是老君山的影子山，跟老君山一样深广，一样险要，当我踏进野地，眼前团团的都是崇山峻岭。星月之下，草木光辉，我就寻着漫无边际的光辉上行。这时候，我才感到脚痛。蹄花痛。练直立行走，练得我蹄花开裂，在半岛和平整的街面上，还能忍受，来到这乱石嵯峨的山野，便痛彻心扉。当然，主要是我扔掉了那个信念，没有了强大的支撑。我不想去描述自己这两年是怎样过来的，我只想说，我无时无刻不在饥饿中度过。每个日子，整个白天我都缩在洞里，绝不敢靠近人的庄稼地。事实上晚上也不敢靠近，我总觉得，在黑暗的深渊里，也有金石之眼，直棱棱盯住我。何况还有开采队竖起的火炬塔。火炬塔很高，亮得了天亮不了地，但我还是怕。再怕，也得吃，得喝，我的吃喝都是在三更半夜匆匆忙忙解决的，吃喝一顿，就管一整天，渴得再狠，饿得再凶，白天也绝不敢出洞。我是全民公敌。此处的“民”，不仅指人。连树枝也抽打我。连雀鸟也嘲笑我。最可气的是，有天在我洞门前来了一只松鼠，它竟然吱吱叫唤，把我从睡梦中叫醒，再用爪子在自己脸上刨，羞我。自那以后，类似事件就经常发生，我不得不随时变换住处。我形单影只，没有同伴，更无朋友。

直到一年半过后，情况才有所好转。

可接着又遇到另一种苦恼。也可以说是更大的苦恼：有天深夜，我碰见一根母猪，它想跟我温存，我也想，可我马上发现它要的是特别的温存，它屁股上的气味滔滔不绝，那气味闪烁着血样的光芒，奔腾着繁殖的激情。我想到了罗师傅，想到了柳叶刀，想到了早已死去的睾丸，我怒吼一声，狂奔而去。我失去了一次机会。那机会早就失去了。

我还是没有同伴，没有朋友，更没有家人。

但不管怎么说，我一天天的在往下过。到而今，我的生活基本归于平静了。表面的平静。据说过分的孤独能催心死，果真是这样倒也好了，麻烦的是我的心没死。我还记得汤成民为我取的名字。在我最艰难困苦的时期，我也想到过半岛，想到过汤成民，尽管我不可能回去。现在更不可能回去。说不定半岛已被毁了，邹镇长当时说八字没一撇，可是谁知道呢。邹镇长还说，她要带人上山，实地评估，根据损失大小给山民赔付，是否做过这事，我不清楚，但我总觉得悬。我亲了她，也等于是她亲了我，就算她言而有信了。我感觉到，邹镇长当初想出亲我的主意，也是在避重就轻。她是否因此提干了？是否如愿以偿了？我同样不清楚，也不关心。我真正关心的是我妈。马伏山上，即使春夏，也看不到几朵花，偶尔开几朵，凑近花蕊也闻不到香气，叶子大多蔫不拉叽的，打不起精神。马伏山如此，老君山也差不离。我说过，马伏山是老君山的影子。它们互为影子。如果我妈彻底丧失了下崽的能力……

不能再等了，我必须去看它。

下山，过河，又上山。这其间的辛劳，我是没资格去讲的，因为我是去看我妈。我早该去的，为什么要等到今天。我从记忆里搜索旧主人背我们下山时的路径，但你知道，那条路变得越发荒芜，根本看不见路，其实是没有路。如果不是思念深切，我简直会放弃。我没有放弃，经过八个晚上（白天我还是不敢亮相，心再急，也只能蛰伏起来），终于找到了千河口。然而，这是我的故乡吗？完全认不出来了，才两年多时间，就恍若隔世。见不到人，更见不到家畜。我不顾忌什么了，这天上午，我挨近旧主人的院子，发现门轴上牵着蛛网，其荒败程度，虽不像半岛上的那个大院触目惊心，但荒败本身已成为事实。看样子，卖了我们不久，旧主人就把我妈杀掉，搬走了。明知道自己没有妈了，但还是下了梯坎，踅过一条布满碗渣的小路，钻进畜棚，先是牛棚，再是猪圈。空。空得空茫。空得阔大。空得只剩下阳光的斑点。但那斑点再不能捉进嘴里吃。太脏了。

妈，我回来了。

我回来晚了。

但我回来了。

猪是没有故乡的，可是我，回到我的故乡来了。

我要在我的故乡生活下去，直到老死。

不知在圈门外站了多久，直到渴得嗓子冒烟，不得不找水喝，我才起步离开。圈外竹林里的小溪还在，只是没人去那里乘凉了。我朝小溪走过去。小溪照出我的影子。长着獠牙的影子。或许早就长出来了，我不知道而已。我再次错过了我的……该怎么说呢？说成错过了我的成长吗？我不知道。见到那两颗钩状的獠牙，我是喜悦还是悲伤？我不知道。人言，身下无光，就误以为是影子，这话当真吗？我不知道。都不知道。全不知道。通通不知道。你问我一万遍，我还是说不知道，请你不要逼我回答。

砰！

什么声音？

是枪声。猎人的枪声。

砰砰！

枪声越逼越近。

难道他们是追着我来的？

血液呼啸起来。

我听见，天地之间，一个声音高叫着：

汤成民，快跑！

河　风

那时候，回龙镇上有个王小英。

但没过两年她就不在回龙镇了。

她本来就不是镇上人，是从老君山下来的。那年她十九岁，个子小小的，长得好看。

来到镇上，她在镇东租了房，做烧腊生意。

租房的地方原是街道——上街。回龙镇就一条独街，以戏楼为界，分上街和下街，几年前清溪河发大水，将上街（连同戏楼）干干净净扫进了河里，房舍自不必说，连铺在地上的青石板，也悉数卷走。水退过后，住户都迁到了下街，下街因而朝下游延伸了将近一倍。上街成为空坝，空了五六年，蒿草高过头顶，葛藤螺旋形的嫩芽，转眼间就变成青绿的尖叶，速度之快，几乎能看见它们的生长。人不敢进，里面有蛇，镇东码头上的船夫，常见碗口粗的乌梢蛇把老鼠撵下河。镇里有部分人是农民，农民见不得土地抛荒，终于将野草清除，种菜。是空坝的时候，没人过问，一旦种菜，过问的人来了，令将菜拔掉，说要建厂。厂很快建起来，是无须厂房的预制板厂。老板是河那边半岛上的，工人也来自半岛，清早摆渡过来，晚上回去，连午饭也是自己带。

但还是搭了两间棚屋，让一个铁匠住。铁匠白天干他自己的活，晚上就把预制板守住。

王小英的租房，就是两间棚屋中的一间。便宜。比去街上租居民的房，每月便宜八十块。尽管居民房也多是歪歪扭扭的木屋。她的生活所需十分简单，一架钢丝床，一张案桌，一口大锅，就成了。锅是用来制烧腊的。朝下游走三百米左右，有家回龙镇唯一的屠宰场，每天后半夜——也可以说是凌晨——杀猪（临刑前，猪嘴上都戴了铁笼，免得嚎叫吵人），王小英就后半夜起床，去要了猪头、宝肋、圆尾，各称十多二十斤，用花篮背回来，剔毛、蒸煮、去骨、切割、点卤。香料也是自己配，香茅、八角、丁香，加少许料酒，再用熟油调上辣椒面。做这事特别坏手，有人卖烧腊卖上两个月，一双手就烂得不成样子。王小英不想坏她的手，点卤之前，必戴上手套，淡红色的塑料手套，长及肩头。

烧腊卖给预制板厂的工人。快开午饭时，王小英将案桌搬到棚屋外面，纱罩把各类肉品罩住，旁边放刀，放秤，放佐料，准备停当了，站着等食客。食客都带着保温盒，里面的饭啊菜的，其实都已搭配好，但他们还是来照顾王小英的生意。王小英的烧腊做得太好吃了。几十个工人，三个五个的结伙，称两三斤，再走几十步路，去居民开的副食店里买瓶酒，坐在地上，或蹲在风干的预制板上吃喝。

他们都能吃能喝，两斤烧腊几筷子就夹完了。于是说：再去称点儿。

由谁去呢，大家都想去，但都不表态，直到有人做出勉为其难的样子，起身朝王小英走过去，别的人才后悔。这些二十多岁、三十多岁、四十多岁的汉子，都喜欢王小英，都想站到近处去看她。

王小英做的烧腊的确好吃，但主要是想看她，想跟她搭话，想把她留在这块地盘上。想留住她是非常重要的，要说肉食，他们吃得够多了，可王小英的案桌上还剩了好些，他们又只吃中午一顿，晚上不可能照顾她生意，她连冰箱也没买，放一夜会坏掉，亏了本，她就会搬走。

走过去的人对王小英说：再来两斤猪头肉。

王小英将纱罩揭开，翻出半边颤悠着的柔软猪头，刀一划，肥瘦间搭，放到秤盘里称。多一点，割下来，少一点，添个碎头。称好了，放在梨木案板上切。案板金黄，刀身雪白，刀口把肉一沾，肉就很匀称地碎了。点卤时戴手套，现在她把手套除了下来，不知是嫌戴上不利索，还是觉得那样做，在一群苦力面前显得矫情，或者，干脆就是要亮出她的手给人看。她身上无处不好看，自然也包括手。指甲修得平平的，干净得很，小巧得很，手背粉红粉红的，被油裹了，感觉特别香，真想吃一口。她的瓜子脸也是粉红色，一身黑衣将脸托出来，鼻沟很深，呈一条笔直的阴影。眼睛也是一片阴影。她的眼睛又大又亮，却给人阴影的感觉，真怪，也真逗人喜欢。

如果没旁人在，称烧腊的人就细声跟王小英搭话，问她为啥来镇上，做烧腊是跟谁学的，晚上睡觉害不害怕。王小英有问必答。她说我跟你们一样，来镇上挣钱；她说做烧腊又不是学算术，需要跟谁学呢？她说有张大哥在，老虎来了也不怕。

张大哥就是那个铁匠。

听见她说话，别的人也凑过来。王小英的话不能让一个人独享。可人一多，反而不知道怎样跟她搭腔。别人不问，王小英也就不说。她也没正眼看过一个人，她的眼睛总是低着的。于是汉子们自己说，你一言我一语，每句话都与王小英无关，但每句话都说给她听。还大声笑，其实没有那么好笑，即使真的好笑，王小英也听不懂他们的玄机。风从河面吹来，王小英被钢夹针别起来的头发，纹丝不乱；风里有水的气息，有河边芦苇的气息，有湿润的土地的气息——这应该就是王小英的气息。

张铁匠从不去王小英面前晃。他吃饭老是跟工人们错开时间，下午两三点钟，才吃午饭，晚饭把碗端上手，街灯已熄大半。饭都是他自己做。他就一个人，养着一条仿佛永远长不大的黑狗。他来镇上很早，在上街还是一片荒地时，他就到了回龙镇，在现在的地方开了铁匠铺。生意说不上好，但也不坏。回龙镇是个河谷小镇，除河对面的半岛，出镇就是山，老君山、杨侯山、白斗寨，海拔都过千米，山里的庄稼人要购买和修理农具，都找本村铁匠，不可能翻山越岭跨沟过河地背到镇上来；镇上虽有部分农民，可土地越来越少，把一样农具用坏，总得一两年时间。张铁匠的生意主要做给半岛人。半岛方圆五里，有数百户人家，逢赶场天，半岛人就把撕了裂、缺了口的锄头、弯刀、镰刀等物，用黄荆条串起来，像提着一串鱼，过河之后，扔到张铁匠的铺子上。

那时候，张铁匠自己搭了间棚屋，棚屋里堆满了铁器，连架床也放不下，他就不要床，夜里腾出能容身的地方，热天铺张席子，冬天铺张塑料薄膜，再垫一床又老又破的棉絮。回龙镇的冬天能把骨头冷得打抖。从秦岭和大巴山刮来的野风，从几面山上洪水般泄到镇子，把镇子变成冰窖。张铁匠的棚屋用不规则的木板拼凑而成，龇牙咧嘴，冷风进出方便，但他却能呼呼大睡。他有铁板一样的身体，只要不是大冬天，打铁时他都光着上身，背脊、手膀、胸脯，硬而且厚实，被黑烟熏了，真像铁。该是三十出头的人了，肚子却平平板板的。他不怕冷。有了那条黑狗，就更不怕冷。

黑狗不是他带来的，它自己找到了他。仿佛天底下的城镇，都有无主的野狗，黑狗就是一条野狗。镇子喧闹的时候，它躲在街口的角落里，甚至躲到河边的芦苇丛中，像个老人那样坐着，一坐就是半天。屠宰场的腥味儿老是刺激它的胃，但要吃到什么是不可能的，以前的屠宰场是个敞坝，有骨碴飞出来，现在是水泥房，骨碴被墙壁挡了，然后被人收走，去烧化后做肥料。黑狗只能喝到从阴沟里淌出的血水。阴沟在离河五米远的地方成为阳沟，流出的东西往河里灌。血水到底止不住饿。它饿。它缓慢地转着头，问身边的芦苇，你可以填肚子吗？用舌头把芦苇卷进嘴里，嚼几下，牙齿底下木木的，看来不行，吐了；又问身下的泥土：你可以填肚子吗？舔一舔，那感觉更糟。

但它并不悲伤，当镇子睡去之后，它就鼻不离地，满街窜，总能在房前屋后找到吃的。

那天后半夜，它找到张铁匠的棚屋外来了。张铁匠起来撒尿，碰见了它，它呼啦一声退开，把沉重的夜色划开一道黑色的口子。张铁匠没急着撒尿，想到自己还有半碗冷饭，端出来，倒在地上让它吃。吃过后它就不走了。它赖上了。也可以说是张铁匠赖上了它。张铁匠怕它走。过了两天，没人来找狗，他就知道它是无主的，用废铁打了根链子，把狗拴在铺子外面的柱子上，柱子旁边，有艘倒扣过来的破旧木船，也不知是谁放在那里的，狗弓腰坐在木船上，看着来来往往的人，没人来，就望着远处，或者专心致志地看主人打铁。想拉屎拉尿，它会叫，那叫声是它自己特别设计的，汪汪汪，汪——汪汪，张铁匠听见它这样叫，就知道它想干什么，丢下活，把它拉到河边的芦苇丛里去。晚上，张铁匠将它牵进棚屋，解了铁链，跟自己一铺睡觉，像两个兄弟。

没有人问过张铁匠：你家在哪里？家里有些啥人？做了多少年

手艺？为什么来镇上？

诸如此类的话，从没人问过他。连他的姓氏，也是他在拴狗的那根柱子顶端，挂着块巴掌大的木牌，木牌上用蓝墨水写着几个字，“张铁匠铺”，人家才知道他姓张。好像他生下来就是个铁匠，姓什么无关紧要，来不来镇上，也无关紧要，他没来的时候，想修理农具，总是能找到匠人的。张铁匠也不主动跟人拉家常，他的话少得很，早上起来，就扯着风箱，把炉火烧得呼呼响，铁器埋在炉火里，变红，变软，然后夹出来，放在砧子上，翻过来翻过去地锻打。铁屑四溅，铁屑如同向上或横着飘飞的红雨。他的每条裤子都孔孔眼眼，光着的上身却无任何伤形，只是汗毛被烧光了。回龙镇把汗毛叫苦毛，苦才流汗，一根苦毛代表了一分生活的累，张铁匠没有苦毛，是不是就不苦不累了呢？

俗话说，世上有三苦：撑船、打铁、磨豆腐。看看张铁匠的那双手，又厚又宽，几乎成正方形，大拇指叉开来，可以跟手掌呈九十度直角，像横着长出去的一根树疙瘩，结实，倔强，充满力度，手掌的黄色老茧，延伸到虎口，那老茧能把铁割得滋滋响。

这些都印证了那句俗语，可他又真的显得不苦。他按照自己的身高，把砧板升到恰当的位置，打铁时就不需要太弯腰。铁料被他锤打着，每一锤下去，红色都淡一层，直至发暗，发青。每经历一次这样的过程，就朝目标迈进一步。铁料变换着形状，变为铲，变为镰，变为锄头弯刀，变为拴羊的转管。他把它们举到近前，虚着眼睛察看，用手触摸，还凑近鼻子闻。

这是他特有的功夫，通过闻铁的气味，判断它是否变成了自己想要的。万物都有各自的言说方式，最精确的语言，就是气味，铲有铲的气味，锄有锄的气味。稍不满意，就再烧，再打。在刃口上钢，需与器具血脉相通，浑然一体，钢刃是器具的眼睛，或者说心脏。淬火的声音在他那里如同唱歌，要是打得不满意，那声音就变为抽泣了。这区别别人听不出来，他听得出来。淬火之后还用砂石磨，把浮铁去掉，让其有坚硬的质料，柔软的颜色，细腻的手感；且把刃口磨快，让顾主拿回去就能用。

这最后一道工序，别的铁匠往往是省略的。

货再多，生意再好，他也不赶时间。他知道赶出来的时间往往是无效的，所谓一寸光阴一寸金，是说要把每一寸光阴过踏实，不是叫你赶时间。即使不能按期交货，顾主也原谅他，甚至欣赏他，因为大家对他都有个共同评价：张铁匠的活，做得老实。

正由于此，建预制板厂时，才没把他赶走。老板信得过他，让他帮忙守厂。不发工资，只把他原先那间棚屋推倒，为他搭了两间宽敞些的，一间做作坊，一间生活起居。

结果他还是只用了一间。他不能离开他的铁器，离开了铁器，他就睡不着。

王小英到回龙镇时，找房子租，找了几家都嫌贵，有个房主很不高兴地对她说：你去上街（人们还是这样称呼）找铁匠，他的不贵。虽是气话，王小英却听进去了。到铁匠铺外，她首先注意到的确有间空房，敞着，没上锁，本身也没有锁。房子的简陋让她暗自欣喜。随后，她注意到蹲在木船上沉默的狗，还有挂在狗头之上的木牌。她对在棚屋里扯风箱的张铁匠说：张大哥，听说你有房子出租？

张铁匠转过头，瞄她一眼，你去问他们——他一只手指了指身后，房子是他们的。

王小英放下背篼。狗从木船上跳下来，嗅那只背篼。背篼里装着衣物。王小英摸它的头，狗翻着眼睛，扬起下巴，舔她的手。王小英说，好乖哟。之后朝工场走去。工场里只有男人，没有女人。

这才好呢！她是来做烧腊卖的，原以为只能把生意做在赶场天，既然有工场，就天天有生意做了；男人比女人能吃，在生活的享乐上，也比女人大方。王小英下定了决心，无论如何，也要租下那间房子。

充斥着水泥味儿的工场里，被声音塞满了，是搅拌机的轰鸣，至于人，大多叼着烟卷，一言不发地打板、灌浆，头发里裹着白灰。王小英走到两个工人身边，问他们老板，说她要租房。两个工人歇了手，说租房找老板干啥？那是铁匠的房子。他们丢了家伙，将王小英引过来，还有十几步远，就扯长了喉咙喊：张铁匠，张铁匠，有个小妹子要租你的房子。声音欢喜，像遇到天大的喜事。

张铁匠还在拉风箱，看着炉火说：他们同意，你就住吧。

这时候，他穿上了上衣。他起先是光着膀子的。

这个细节两个工人没注意到，王小英注意到了。

王小英问房租，张铁匠还是那句话，房子不是他的。

两个工人说，你先住下，我们老板明天来，这房子是给张铁匠修的，估计老板不会要钱。

第二天老板开着摩托来了，工人们没给他汇报业务，先就说有个妹子住进了张铁匠的空房。老板边给工人散烟，边呵呵笑，说这有你们啥事？但他自个儿朝这边走来。王小英正在打扫房间。这实在是件辛苦活儿，某些不愿认命的小草，只需一点花花太阳，就能生得欢天喜地，屋里到处是草。老板在外面跟张铁匠说话，从说话的口气，王小英听出是老板，就走出来。老板吃了一惊，这么乖！

王小英头上扎着蓝花花手帕，腰上系着蓝花花围裙，脸上扑满灰尘和蛛网，不说粗服乱发，也够狼狈的，但那身材小得恰到好处，脸蛋子真是好看，眼睛真是动人。老板说你要租房？王小英应了，正要解释为什么没经他允许就住了进来，老板手一挥拦住了她，说我知道了。王小英又问租金，老板没急于回答，看了一眼张铁匠。

张铁匠正往炉子里撮冈炭。老板对王小英说：嗨……给不给……无所谓……一个月给 20 吧，算是个意思。王小英高兴地进屋，拿出 100 元，说先交五个月。

工人们都盯着这边，看到了老板收钱。他们觉得老板实在不该收钱。且不说棚屋是为张铁匠搭的，要收也该张铁匠收，老板除了这家预制板厂，河上游两公里处，还有砖厂、石灰厂，银子水一样往家里流，还在乎这点儿小钱？老板感觉到了一种气氛，一种无声的指责。他与大伙儿都是半岛人，祖祖辈辈一同走过，他的根根底底，大伙儿都知道，这几年他靠着胆子大，发了财，成了老板，但在乡邻面前，他就是熬不起老板的派头。他有一种不明方向的隐怒，也有些不好意思，掰出 20 块，很大方地递给王小英，喊叫着说，去买把锁吧，姑娘家的，总不能不锁房门。

世间之物都有筋疲力尽的时候——哪怕是一匹石雕的马呢，哪怕是被黑狗当成座椅的破旧木船呢。于是，造物主创造了黑夜。该如何感谢这黑夜！天光收尽，回龙镇的声音越来越稀，渐至沉寂，这时候的街道与河流，才慢慢呈现。被人踩踏了整整一个白天的青石板，都被踩白了，现在可以静静地、放心大胆地吐露青光。垂落在河里的星辰，随水奔流，自由自在，无所用心。

天擦黑，王小英就关了房门，但并没熄灯。电灯是老板为张铁匠接的（以前张铁匠用煤油灯），且不收电费。从这个意义上说，老板每月收王小英 20 块房租，实在不多。应该收拾的，下午就收拾好了，应该清洗的，傍晚时分也到河里清洗过了，现在王小英除了睡觉，无事可干，她就躺到床上去。床是她到镇上后才买的，一架单人钢丝床，铺着花花绿绿的床单，床头的墙壁上贴了干净的报纸。

她跟张铁匠只隔着一层胶合板，只要想听，彼此出气的声音也能听见。

她来这么久，怎么没见过张大哥的妻子来看他？他这个年龄，当然应该是有妻子的，而且应该有孩子。不过，这事究竟与王小英无关，她只是偶尔这么想一想，发一点浅浅的疑问。

但也并非全无关系，王小英明显感觉到，她和张铁匠之间，存在着某种紧张关系。

张铁匠从不买她的烧腊，要吃肉，都到屠宰场去割。他能一顿吃一斤肉，加半筲箕青辣椒，用一口大电炒锅炒，看上去够四五个人吃的，他一会儿就扫得精光，连油都拌饭喝了。但不是天天吃肉，有时三五天，有时七八天，才去割一块来。每顿饭，都只做一个菜，坐在帆布绷成的马凳上，就着锅吃。他吃饭嘴唇动得极快，像羊，却不怎么嚼，团两下就吞下去了。是怕脏了他的牙吗？没见过他刷牙，那两排整齐的牙齿却白得晃眼。吃热了，就敞开上衣（自从王小英来了，他就没光过膀子），铁一样的胸脯呼啸而出，逼得人喘不过气，以至于王小英不看，也知道他啥时候敞开了上衣。

不买烧腊也就罢了，他竟然也不跟王小英搭腔。

他做饭的时候，王小英说，张大哥做饭了？他吃饭的时候，王小英说，张大哥吃饭了？他都嗯一声了事，再无二话，显得她像个傻子。他的狗坐在木船上吃，狗碗是一个大黑钵，可能是从河边捡来的，缺了一角，王小英会把不小心弄到地上的碎肉丢进钵里，说黑儿，尝尝看，好不好吃？这条狗本来没有名字，张铁匠把它拉进拉出，很少跟它说话，要说，也不需要把它叫答应了再说。王小英叫它黑儿，它就喜欢上这个名字了，从那以后，别人——包括张铁匠在内——笼统地叫它狗，或者只像唤狗那样呜呜地唤它，它是不理睬的，叫它黑儿，它才会转过头，或者张嘴应答一声。

王小英说这话，是想让张铁匠知道她给黑儿吃了肉。

他听见了她的话，却听而不闻，看不都看一眼。

王小英觉得自己是在讨好他，这感觉相当不好，但有什么办法呢。

一男一女，单门独户地隔壁而居，如果话都不说，实在太古怪了。

古怪里潜藏着某种风险，这风险不甚明了，但它是存在的。尽管几十米外就是街，但街上的人不跟他们来往，要打菜刀什么的，也不找张铁匠，而是直接去家用商店购买，就连散步，也不往这方走，嫌这里白天太闹，晚上，凝在空气中的水泥味太刺鼻。如此，张铁匠和王小英，就像住在郊外，住在荒山野河，自成一个世界。

——要是他妻子来跟他住在一起就好了！

王小英常常通夜不关灯，隔壁的人翻个身，也会让她惊醒。

醒来后就再难睡过去。夜晚是供人休息的，不能睡觉，即便屈身躺在床上，也算不上休息。血液闲得慌，就把大量工夫用去消化。王小英老想起夜。这事情相当麻烦，旁边没有厕所，街上也没有公共厕所，要解手，只能跨过横躺着的预制板，爬“〈”字形的两段石梯，上到几十米高台。高台上是回龙镇中心学校，那里有厕所，来来去去的，光在路上就要花七八分钟，碰上肚子不好，一夜多跑几趟，上厕所就不是松包袱，而是需要吃苦耐劳才能完成的工作了。糟糕的是，这段路上没灯，只能打手电筒。手电的光晕让夜晚显得更深远，更神秘，给人图谋不轨的印象，又似乎在招引着罪恶。

王小英偷偷买来一把夜壶，放在床底下，用床单遮了。可用夜壶有个毛病，会发出响声，她在口子上塞了稻草，就没那么响了。傍河沿堆了很多稻草，铺垫新打出的预制板，她随便用多久也用不完。虽如此，碰上解大手，还是只能去中心学校。

相对于王小英，张铁匠的烦恼要少得多，即使起夜，通常也用不着跑那么远，出门，朝下走十余步杂草丛生的斜坡，就是河。张铁匠把尿撒在河里。河水一浪一浪地拍击岸边，但张铁匠撒尿的声音依然清晰可闻，哗哗啦啦的。这是王小英最害怕的时候。直到张铁匠回屋，将门顶上了，她的心才勉强安定下来。张铁匠没有门锁，也没有门闩，一句话，他的门从来不关死，只在睡觉时用一块铁顶住，不为防人，只为防风。他要是锁上门也好，把门锁了，王小英也会觉得安全些。

有天她从厕所回来，从张铁匠门前过，见他的门是翕开的。她吓得一步跳开，冲进自己屋子，嗒的一声将门闭了。躺到床上，她还觉得有只钢铁般的手，从张铁匠的屋里伸出来，把她拽走。

以后的若干次，王小英都发现，她从厕所回来，张铁匠的门都微微翕开，而她出门时，看见那道门分明闭着。当她进了屋，才听见隔壁的铁砣轻轻滑动，张铁匠又把门关严了。

联想到第一次见他时，他开始光着膀子，转过身就把衣服穿上了，王小英觉得，自己想象中的风险，或许并不存在。他是在保护她。当工人问她晚上害不害怕时，她说“有张大哥在，老虎来了也不怕”，就是故意说给他听，表达她的感激。

他听见了吗？应该听见了，可他照旧听而不闻。

有好多回，王小英都想端碗烧腊送给他吃。一个干苦活累活的汉子，三五天甚至七八天才吃一顿肉，哪怕一顿吃两斤，也顶不了事。但看一看他那铁一样冷的表情，王小英打消了这念头。她懂得囊中羞涩之人的自尊。凭张大哥的收入，并非吃不起肉，他那么节俭，定有他的难处，有他的想法。

王小英的心里涌起一种陌生的感情。这感情不好命名，勉强可以称为怜悯。

怜悯这个孤独的男人。

工人们有时想跟张铁匠开开玩笑，可他不是开玩笑的人，再说这玩笑也不能开。尽管王小英把张铁匠叫大哥，其实该叫叔叔才对，不相干的人之间，年龄决定辈分，拿不同辈分的男女说笑，是违背伦理的。可工人们到底还是想说点啥，说了，下午干活不累，否则那些话压在心里，身体沉得慌。万变不离其宗，他们想说的，无非男女。

他们问王小英，成家没有？王小英说，没有。又问，有对象没有？王小英说，没有。她回答这话的时候，总是飞快地瞭一眼问话的人，那眼睛真是深，眼睛里面像长着无数双小手。不过，问话的人却相当扫兴，一个没成家也没谈对象的女子，就是标准的姑娘，你怎么好跟一个姑娘说男女之事？

但时间一长，工人们到底憋不住，有些放肆起来了，称烧腊时，好些人围过来，不直接跟王小英说放肆的话，他们互相说。比如：某某的饭盒里，有鸡蛋，也有豆腐，定是夜里被掏了，婆娘心疼，用鸡蛋和豆腐为男人补身子。再放肆一点，是说：婆娘哪里知道，你还在悄悄用烧腊补身子。反正是类似的言语，离不了下三路的。平时，男人们主要也说这些，有女人在场，说得更来劲罢了。王小英的脸一层一层地热。

她不言声，低头切肉，刀时轻时重地游走。

她给的分量越来越少了。

先前，秤杆翘得老高，现在平平的，甚至往下坠。

曾经，王小英是抱过幻想的。她幻想能在他们当中找个人，把自己嫁了。

她家在老君山顶，老君山是清溪河流域最高的山，山顶离天很近，植物怕把天捅漏了，都长得很矮，连松树也是矮松，主要是两尺来高的旱杉林，野鸡在林里做窝、下蛋、孵化，岩鹰在苍天盘旋，察看这片东西延伸的贫瘠土地。那里的姑娘，最好的结局是嫁到半山。谁也不敢奢望嫁到坝下，更别说土肥水美的半岛。但王小英的确这样幻想过。

有个年龄比她稍长的工人，留着老长的头发，染成黄色，张牙舞爪地向后披散，像床烂蓑衣，干活也直着腰，一看就不是那架势，而且抽烟厉害。王小英不喜欢这样的男人。但也有让她喜欢的地方，他言语不多，一说一笑，看上去有些羞涩。当然，最喜欢的地方在于，他是半岛人。然而，人之所以有幻想，就是用来破灭的。那个言语不多的男子，那个看上去有些羞涩的男子，不仅已经结婚，在她面前说骚情话，也并不比别人嘴软。

王小英心知肚明，这些人其实是在拿她当下酒菜。

既然我做了下酒菜，我称给你们的烧腊，就得克扣些。

她给那个长头发男子的分量最少。

秤杆下垂的时候，工人们很想让她再添点儿，很想问问她，你的分量咋越来越少了？但抹不下情面。大家相处一段时间，彼此间就有了情面。他们从没跟王小英争过秤，因为她的分量本就那么足，现在不足了，却也不好争了。他们只是觉得，王小英再不像以前那样可爱了。风月抵不过馒头，这种生活哲学是颠扑不破的。渐渐的，他们不大来烧腊摊了，这时候也才发现，老婆配给自己的菜啊肉的，很香，而且完全够吃。

王小英卖出的烧腊一天不如一天。她像往常一样勤劳，后半夜就去屠宰场办货，背回来细心打理。她的手艺更纯熟，火候拿得更到家。空闲时候，她爱半蹲在木船边，逗黑儿玩，眼睛却瞄进铁匠铺，看张大哥啥时加钢炭，啥时扯风箱，啥时翻料，啥时锤打，啥时淬火。张铁匠做事忘情，她欢喜这种忘情，仅此而已，但看得久了，也耳濡目染，悟出了火候的重要。世间事说起来复杂，大道理其实是相通的，王小英把悟出来的道理用在自己的生意上。她懂得了先热炉，再加水，再高温，再中火，继之文火；她以前制出的烧腊身枯、脱皮，不知道什么缘故，现在明白那是火烧得太老，致油过量流失。她还学会了恰当利用味源，在调料中加姜和微量玫瑰露，使肉品看起来鲜亮，吃起来醒胃。

可人家却少于往她这里来。她知道症结，似乎又不知道，因为人来了，她照旧抠秤。是她打定主意要让他们的轻薄付出代价，还是生意做久了，抠秤就成了自然而然的反应？

老实说，现在还往她这里来的，并不是嘴馋，也不是想听她说话，想看她的脸、看她的身段、看她的手，固然，她的声音好听，样子好看，在镇上待一阵，她身上多了河谷的温润，变得更好看了，——但他们不是为了这些，而是觉得，开始闹闹热热地去照顾人家生意，人家抠一点秤就不去了，显得太小气，太不像男人；当然，这其中也少不了同情因素，或许这种因素还是最重的。可王小英并不领情，秤抠得越来越狠。

既然这样，工人们就都不往她那里去了。

他们要的不是味道好，而是分量足。挣钱可不容易，辛辛苦苦挣来的钱，不该用于享乐，更不该抛开家人，独自享乐。检点这些日子，工人们觉得，自己的花费实在太大了，要买烟抽，要打酒喝，要称烧腊吃，一个人的花费，顶一个家，甚至不止，实在太不成体统了。到吃午饭的时候，工人们坐得远远的，且不约而同地背向两间棚屋，彼此也不交谈，只顾低头吃饭，恨不得几口就吃下去，免得受折磨。不管怎么说，他们觉得自己对不起王小英。王小英站在摊前，看着他们的背影。

河风永不停歇地吹，风自己没来，是水流生风，风里也带着水样的生命，带着皱褶似的波纹。

王小英要一直看着最后一个吃完饭的工人，在水龙头上洗了碗，把碗放进塑料提篼，在衣服上擦了湿手，摸出烟来抽了，她才把肉搬进屋去，收了放在门外的案桌。

这期间，张铁匠没停止打铁，但他不能像以前那样忘情了。他注意到了棚子外面的景象。早就注意到了。工人们说骚情话的时候，他就心里发紧，觉得事情不妙。至于怎样不妙，倒没细想。也可能细想过，只是想不清楚。

王小英收了案桌，首先感到伤心的是木船上的黑儿。它在耐心地等肉吃，很长时间来，每天中午，它都能吃到烧腊，有时是王小英不小心弄到地上的，更多的时候，是王小英收摊前，特意把削下的碎头给它一些，这些天是怎么了呢，它还没吃到肉，怎么就收摊了？它在木船上转圈，呜呜叫。张铁匠丢了家伙，走出来安抚它，饿了？他问。黑儿叫得更响，更委屈，朝王小英的屋子纵跳，每次起跳，都被铁链拉回来。铁链哗哗摇响。张铁匠朝旁边瞄，见王小英的屋子关着，屋子里悄无声息。

那些肉又只能便宜处理了，张铁匠想。他很想去敲开门，称两斤，甚至三斤。但无济于事，王小英制的烧腊，有几十斤呢。别人分明不再来买，可她进的货并不减少，像是故意跟谁斗气。斗气的结果，是自己吃亏。连续好几天，她都是在下午时分，把烧腊背到街上的饮食店里，本来二十三块钱一斤的，十五六块就卖给人家了，他们有冰箱，不怕囤积，等到赶场天，四方乡民拥来，就能干干净净地腾空，三百五百地嫌。王小英却赚不了钱，顶了天，也就保本。

这天，张铁匠把黑儿轻轻呵斥两声，进屋做饭。将饭煲上，再理四季豆。刚理了两根，从衣兜里掏出块电子手表看时间。12 点 33 分。他放下筲箕，走出门，快步登上高台。

这次他不是去上厕所，而是找中心学校问些事。

中心学校离高台崖口，将近五十米，那是一面大湾，背靠白斗寨。白斗寨作为大巴山余脉，从上游数十公里奔突而下，很霸道地将沿途的镇子朝河边挤压，偏偏到这里窝进一面大湾，像是它考察过回龙镇的地势，若无这面大湾，连学校也没处建，于是发了慈悲。校门朝河开，但只有弧形框架，没有门。倒是有个守门的师傅，兼做收发。往常，张铁匠去学校上厕所，从不跟那个因为秃顶而不好分辨年龄的师傅打招呼，师傅也从来不问，年年月月，他把报纸收了，信件收了，分发到各个办公室，就搭把已经发黑的藤椅，坐在箱笼似的门卫室外面，兢兢业业地混着光阴。看上去，他的一生是多么漫长。今天的张铁匠却很谦卑地朝他走过去。阳光散散淡淡地照着那师傅，师傅看到了阳光里的阴影，每天他都会看到数不清的阴影，直到太阳沉入河流，天和地都变成了阴影，这一天才算完。

可今天这条阴影却停在他面前，跟他说话。

师傅吃饭了么？

他抬起头，警惕地望着问话的人。尽管张铁匠在他眼皮底下不知走过多少回，可他那样子，像从没见过这个人。他瞪了张铁匠好一阵，才咕哝一声：吃了。

张铁匠说，师傅，我问个事呢。我想在学校门口摆个烧腊摊，成么？

他皱着眉头，像在思考，然后站起来，说，不成。

这句回答把他自己吓了一跳。这很可能是他平生头一回否定别人的话。他因此激动起来，虚胖的脸和亮光光的头皮，变得通红。他说学校是教育重地，教育重地怎么能让小商小贩在门口摆摊？话有些结巴，但他觉得自己说得太好了，居然能说出“教育重地”这样的字眼。主人翁的感觉油然而生，让他不仅激动，而且骄傲。他把那句话重复了好几遍。

张铁匠认为有道理，而且这是别人的地盘，本身也由别人说了算。校园内左手边，离大门20米开外，有排火砖平房，共六间，是学校的食堂，供给千余名学生。张铁匠问师傅，食堂是学校开的还是私人承包的？师傅告诉他，是私人承包的，但外面的人不能承包，必须是学校职工才有资格。他的话一点也不结巴了。

张铁匠道了谢，朝食堂那边走去。

六间食堂外面，有一长绺牛毛毡搭成的棚子，稀稀拉拉的学生在棚子里站着吃饭。12点10分才下课，可这些小学生、初中生，到上午第四节课，就不大听讲，等着吃饭，下课铃一响，立即箭一般射向食堂，据说体育老师选拔短跑运动员苗子，就是蹲到食堂旁边。现在绝大部分学生都吃过饭了。张铁匠走过去，问他们吃些啥，又问买一份肉要多少钱。

学生们一五一十地回答他。这些孩子大多来自村上，以为张铁匠是谁的家长。对家长，无论谁的家长，他们都很热心。张铁匠问过了，说，你们知道下面有个预制板厂么？学生说知道。张铁匠说，预制板厂有个卖烧腊的，比你们食堂的便宜，肯定也更好吃，你们不如去那里买肉。学生说，我们都吃饱了。张铁匠说，不是叫你们现在去。他本想叫学生吃晚饭时去，知道王小英下午会把烧腊处理给饮食店，而他又不想让王小英知道是他为她拉了客人，于是说，明天中午去吧，我保证不骗你们。

张铁匠回屋的时候，正碰上王小英背了烧腊出门。

当天晚上后半夜，张铁匠听见王小英起床的声音，往背篼里放塑料口袋的声音，然后是开门的声音。他长舒了一口气。他生怕她死了心，搬离了这个地方。他尖着耳朵，听王小英的脚步声。平时，王小英穿皮鞋，去屠宰场就穿胶鞋。河水的流淌让镇子越发宁静，王小英走过土路，走上青石板街，那声音细微，含糊，但张铁匠听得清清楚楚。他不是在听，而是在数着王小英走路。

然后她回来了，用芦苇秆发火。河边芦苇太密实，那些纤巧脆弱的，长不过同伴，够不着阳光，慢慢就枯死了，每天黄昏下来之前，王小英都会去河边扯些干芦苇，用于发火。她跟张铁匠一样，用电不受限制，但她不能用电锅制烧腊，那制不出味道，需用木炭，还必须是优质木炭。明明没人来买，张铁匠想，却还是这样起早贪黑，真是不可思议。

这证明，在她娇小的身体里，埋着一股子狠劲儿。

中午，她又把摊子摆出去了。

工人们12点准时收工吃饭。一如既往，他们背向着她，坐得远远的。她也一样，迎着风，站在那里。这局面刚刚出现时，她会时不时动动脚步，像脚底下站不稳；会时不时低下头，看自己的手，像手上受了伤；会时不时望着远处，像她所关心的，不是自己眼前的处境，而是河流、山峰和遥不可及的天空。现在不了，她站得很稳，很直，也绝不东张西望。在张铁匠眼里，这与其说是勇于直面，不如说是把别人手里的刀子接过来，架在自己脖子上。这时候，张铁匠扯着风箱，电子表就放在旁边，他不看，时针分针秒针，却主动跳进他的眼里。他一面扯风箱，一面注意高台。

高台上有了几个学生，端着碗，朝下面张望。

从他们的角度，望不见王小英的烧腊摊。张铁匠歇了手，站到门外去。学生们看见他了，他以不经意的动作点点头，学生们就从梯坎上下来。他迅速进屋，继续扯风箱。

这天，王小英的烧腊卖了个精光。那些学生发现，王小英的烧腊真的比食堂的好吃，好吃得多，食堂的是肉，她的是美味。而且也真的比食堂的便宜。最重要的在于，食堂师傅称肉，如果不是手脚快，迅速把秤杆捉住，秤砣就会砸了脚背，而王小英的秤杆，却翘到天上去了——她给学生称肉，又像开初给工人们称肉那样，分量给得特别足。学生们回去一宣扬，就像牵线子似的，从高台上跑下来不少人，围住她，叽叽喳喳的像麻雀闹林。

第二天，第三天，以后的每一天，都是这样的。

学校有个单身教师，也跟学生一样，去食堂买饭吃。

他叫田茂，是初二某班的班主任，跟学生的关系就像兄弟姐妹，某些女生去街上买了巧克力，咬下一半了，突然看到田茂，马上跑过去，说田老师，我请你吃糖。把另一半喂到他嘴里，他喜滋滋地就吃下去了。别说巧克力糖，就是麻圆、碗儿糕这些特别黏牙的食物，学生吃过一半再请他吃，他也从不拒绝。他班上有几个学生爱去王小英的烧腊摊，这天吃晚饭的时候，他们买了烧腊回去，依然站在食堂外的棚子里吃，见田茂急匆匆地端着空碗过来，都围上去，让他吃自己碗里的烧腊，生怕他吃不到自己的，用筷子夹着，甚至直接用手抓起一块，抢着朝他嘴里递。吃过后他说，嚯，这么香，哪里买的？

学生给他指了地方。

从那以后，田茂成了王小英的常客。

田茂从师范大学毕业三年，二十五岁，不过那模样实在不像一个二十五岁的人，身体单薄，皮肤白净，又生一张娃娃脸，看上去就像个中学生。作为男人，在应当成熟的时候却显得那么稚嫩，是一种缺陷，他认识到了这种缺陷，便在形象塑造上狠下功夫。他首先把自己搞了一个背梳头，无论冬夏，每天清早都要洗头，然后拿啫喱水往头上喷；头发稀少，这么梳得溜光水滑的，头皮便一路一路地亮出来，倒真有些历经沧桑的样子。然后是穿着，能穿西装的季节，他绝对穿西装，打领带，夏季太热，不能穿西装，他也一定要穿长袖衬衫，而且扣着袖口，衬衫每天换洗。这形象自然就跟学生区分开来了。他去王小英的摊子，不听学生喊，王小英也能看出他是老师。这让王小英高兴。这证明她的手艺得到了更加广泛、也更加高级的认可。既然听学生喊过，王小英知道他姓田，每次田茂来称了烧腊，抬步离开的时候，王小英都忘不了说一声：田老师，谢谢你。

田茂说你把烧腊做得这么好吃，该谢你呢。

他的声音沙哑，是回龙镇说的哈喉咙，像他只教了三年书，喉咙就被粉笔灰灌满了。

不过王小英说谢他，倒不是随便说。因为田茂的缘故，他班上好多学生都来照顾王小英的生意，像王小英是他们的师母。他们如此喜欢自己的老师，当然要照顾师母的生意。

田茂还没谈女朋友。

他在大学时谈过一个，那女子是西安人，大四下期，他跟她去过一趟西安，四处求职，但没成功。女子自己，倒是在父母的帮助下被西安一家公司接收。毕业后，他只好暂回老家，正碰上县里招考教师，他考上了，分在回龙镇中心校。他不想去的，家在县城，又在大城市读了四年书，结果落脚在偏远的、只剩半条街的小镇上。再说他的心被西安那个人带走了。可现实是坚硬的，能在毕业后马上找到饭碗，已是老天睁眼。就是这份饭碗，要不是他文化成绩太好，面试就被刷下来了。他面试只得了60分，水面之上的理由，是他是哈喉咙，水面之下的理由，是没送红包。有个面试官有回喝醉了酒，在席桌上大声武气地说了实话，他说：我可以给你90分，也可以给你60分，就看我高不高兴。许多人为了把60分变成90分，都给面试官送红包（接红包的时候面试官是高兴的），进教师行列，送4万，进银行系统，送10万，明码标价的。田茂的父母一个是机关小职员，一个是家庭妇女，供儿子读书，早熬干了骨油。田茂敢不敢拒绝这份工作，就不是胆量的问题了。

开始一段时间，他天天跟女朋友通话，天天听千里之外的哭声。日久天长，电话少了，哭声断了，曾经格外亲近的两个人，各自进入了完全不同的世界。

在她那里，有古城墙、大雁塔、兵马俑、华清池；在他这里，有连绵起伏的大山，有从山头逼压下来的褐色雾霭，有在大山里挣扎着寻找出路的清溪河。她藏在林立的高楼里，有深长的走廊，整洁的办公室，宽大的写字台，舒适的沙发椅；他的办公室，起个身都怕碰了别人的胳膊，油漆剥落坑坑洼洼的桌上，堆满了作业本和教学用具，屁股底下是方木凳。下班之后，她去各式各样的会所，吃夜宵，喝咖啡，唱歌跳舞；他在十余平方米的单身宿舍里，备课，改作业，要出门转路，花上三十四分钟，就把校园和街道全转完了。生活呈现给他们的距离，是比地理上的距离更加遥远的。

偶尔，他想到自己曾经跟她那么亲密过，就像是做梦一样，很缥缈，很不真实。在真实和虚构的撕裂中，他心里有了尖锐的疼痛，痛得彻夜难眠，甚至把脸捂在枕头上，或者用被子把头裹起来，呕出卡在嗓子眼里的呻吟。这呻吟他只能让自己听见，唯此，才能确认曾经有过的真实，要是别人听去了（尽管他住那里根本就没人能听见），不仅是对他神圣情感的玷污，还让一切都变得虚假。他呻吟起来就没个完，一声，一声，又一声，每一声都热辣辣的，每一声都像把她吐了出来，他把呻吟搂在怀里，就像是把她搂在怀里。

不过，这样撕心裂肺的时候并不多，而且越来越少。人都是有个位置的，他认可了他和她不断拉大的距离，也认可了自己眼下的位置；从老教师们安详的皱纹里，他还隐约感觉到这可能是自己一辈子的位置。他有些恐慌，但恐慌的时候同样不多。他专专心心地教书，专专心心地疗伤。他用了整整三年来疗伤，现在，那块伤疤已经结痂。

王小英的烧腊卖得那么红火——每天比以前还多卖了三十来斤。工人们替她高兴，也替自己高兴，他们终于可以摆脱心理上的折磨了，吃饭的时候，不必背向着她，也不必吃得那么沉默、那么快，他们的生活又恢复了自然，想用烧腊下酒，就端着碗到王小英这边来。王小英恢复的时间，比他们稍长些，因为她拿不准目前的状况会不会成为常态，要是学校下道命令，不准学生去校外买吃的，她又将冷落一旁。当学生（包括田茂老师）中午来了晚上又来，而且天天如此，她才定了心，心定下来后才觉得，自己根本就没有理由跟工人使气，她觉得自己对不起他们。当工人们再次来买她的烧腊时，她的秤杆又翘得老高了。大家都不再在她面前说骚情话了。彼此之间，有了老熟人一样的默契。

跟王小英达成默契的，还有黑儿。

有天上午，太阳出来不久，就晒得人皮子痛，河面雾气缭绕，像是河水在沸腾。快到中午，天上起了云，云越聚越厚，云是穿在天上的衣服，盛夏时节穿那么厚，还搂着一个火红的太阳，天热得出汗。汗如雨下。雨并不大，张铁匠也就没把他的狗拉进屋，拉进屋它也害怕，铁锤飞舞，铁屑飞溅，还有能砸碎骨头的声音。可它的毛一层一层地湿了，它坐在木船上，头缩进颈窝，一双幽黑的眼睛转来转去，像个走丢了的孩子，或者像个老无所依的老人。王小英把烧腊备好，出去撑伞，看到它的下巴滴着水珠，脊背上闪闪发光，就想把摊位挪一挪，让伞把黑儿遮住，但再怎么挪也遮不住它，伞不太大，又有木船挡着。于是王小英弯过头，对张铁匠说：张大哥，把黑儿解开行不行？

张铁匠又挥了几下锤子，直到那把已经成形的锅铲上再也砸不出铁屑了，他才说，它会跑掉的。

黑儿望着王小英，呜呜叫，仿佛在说，这就是我的家，我往哪里跑？有个家可不容易！

王小英听懂了它的话，又对张铁匠说：张大哥，它不会跑的，它跑了我赔你。

张铁匠正在闻锅铲的气味，看上去冰凉实则滚烫的铲身，差点烫了他的鼻子。

王小英没注意到这个细节，即使注意了，她也不知道这种事以前在张铁匠身上根本不可能发生。她自作主张地把铁链解了。铁链拖在地上，既容易脏，黑儿走起来也不方便，过路人不小心，还可能把链子踩住，弄痛了它，它就会咬的，因此王小英把链子捋起来，系在黑儿脖子上。链子只有筷子粗细，虽有两米多长，并没有多少重量。直到王小英在它身上忙完了，黑儿才浑身一抖，把毛发上的水甩出去，然后自然而然地进了王小英的屋，坐在门口，望着外面的雨。肉香在雨的栅栏里绕来绕去，绕到它的鼻子跟前，它很想吃，但它忍着，直到没有一个顾客，王小英开始收案桌了，它才开始流口水。雨还在下，王小英把木船上的黑钵端进屋，从佐料盆里拈出碎头肉，洗掉上面的辣椒，丢给它吃。

张铁匠见黑儿确实不跑，当天晚上，干脆把链子从它脖子上取掉了。

从那以后，黑儿的日子就是这样过的：白天，如果是阴天，它照旧蹲到木船上去，晒太阳或者下雨，就躲进王小英的屋子；王小英一日三餐都比张铁匠开得早，但黑儿不吃她的饭，只吃她的肉，它觉得吃王小英的饭，就意味着换了主人，就是对老主人的背叛。

王小英很理解它，从不过分劝它吃饭。到了晚上，不要王小英赶，也不要张铁匠唤，它就知道回到那个堆满铁器的家。它有两个家，白天一个，晚上一个。

对此，王小英可能没觉得有什么特别，张铁匠就不一样了。黑儿的身上，不仅带上了王小英的气息，还是从王小英的家里带出了她的气息。女人的“家”，在张铁匠的想象里存在过无数次，从十八岁——或许比这更早——开始，女人的“家”就不停地闯进他的心里，但那些“家”都很虚幻，不像王小英，和他仅一壁之隔，他下河沿、去街上，都从王小英门前过，他的目光会在半秒钟内，如同木桨没入水中，呈现一个弯曲的角度，弯曲的方向就是王小英的屋子。他看见了一口大锅，一个高约一米的灶台，还有灶台下零星的炭灰和水滴。炭灰和水滴使那屋子显得越发干净，干净得能凭空发出沙沙的响声。但他知道，这还算不上王小英真正的家，王小英真正的家是用布帘子隔开的。人的眼睛真是没用，只能看见能够看见的东西，随便挂块布帘子，眼睛就承认了自己的无能。

可是有一天，他亲眼看见黑儿跟在王小英身后，进了布帘之内。

她和它进去的时候，布帘像竖着的水波那样荡漾了一阵。

王小英跟黑儿达成了默契，张铁匠同样如此。睡觉之前，他的喉咙里随便发出一种什么声音，黑儿就知道站到灯光底下去，让他仔细看它。他就像看一个女人的房间那样看它。他把它当成眼睛来使。遗憾的是他看不透。黑儿幼年孤苦，营养不良，该长个子的时候，它要么东奔西跑，要么蹲在一个地方，静静地等候夜晚的来临，无论奔跑还是静坐，时光都照样流逝，流逝的时光只注意了它空荡荡的胃，想方设法帮它给胃里填入一点东西，却忘记了帮它长个子，因此它永远是一只半大黑狗。它的皮肉和骨头里，塞满了浑浊的时光。这一点跟张铁匠很相似。张铁匠有发达的肌肉，可他个子不高。

他只比小小的王小英高半个头。他相信这不是遗传，尽管他从没见过自己的爹娘。

谁也说不清张铁匠是哪方人氏。白斗寨一个老奶奶捡到他时，他被一块麻布包裹着，放在大路湾。大路湾离镇二里地，回龙镇好几个村子的人赶场，都从那里过，上游的太平镇、黄金镇，有人来回龙镇，也从那里过。他出生大约两天，也可能是三天，在路口至少放了一天，饥饿的山鼠咬烂包裹，钻进去，连皮带骨地啃掉了他的一根脚指头；这显然是一只正在养育儿女的山鼠，内心慈祥，才没咬他的脸，他的脸是敞开的，咬起来十分方便。那时候，当然也包括现在，是没有人把一个健康的儿子扔掉的，他很可能是个私生子，他母亲跟他父亲做了那件事，以为可以嫁给他父亲，可他父亲不要他母亲了，他母亲拿他没办法，只好把他生下来，生下来后又不知如何处置，就放在了路口。

白斗寨有户张姓人家，男的六十多岁，女的五十多岁，没有生育，捡到他的那个老奶奶，就把他送给了他们。两口子以为这辈子也没有后人让他们疼了，没想到进入老年白得了一个儿子。

他十二岁和十四岁，分别戴了一次孝，就此成为孤儿。

在这个年龄成为孤儿，并不可怕。饿是饿不死的。而且他读完了初中一年级，认了那么多字，不需要再读书了。可怕的是他始终不知道自己的来历。

村里谁都知道他是捡的，他自己也知道。乡村跟城市最大的区别，就在于乡村没有秘密。而今尽管已经三十出头，可他的生命只有一天，也就是被放在路口遭山鼠咬掉一根脚趾的那一天。对他而言，那一天之后的日子，清晰明了，那一天之前，却无限漫长，又坚硬如铁。其实，知不知道来历并没有那么要紧，到处的人都一个样，所有的日子都差不多，各地的故事都大同小异，但问题在于，他相信扔掉他的那双手，至今还活着，这双手像没有温度的月光，冷气森森又格外强烈地映照出他的孤独。

他希望把黑儿当成眼睛，看到不能看但想看的东西，结束他的孤独。

可他只看见了自己。

他对自己不满意。

慢慢的，他对黑儿也不满意了。

黑儿的身上，不仅有了王小英的气味，还有了田茂的气味。

田茂来得实在太多了。除偶尔回城，天天来。一个人不是那样吃肉的，一个人怎么可以中午买了肉吃，晚上又接着买肉吃，偶尔一天还行，连续几天也说得过去，天天这样，是要把人吃坏的。

然而，从夏天到了冬天，又到了第二年的春天，田茂并没有吃坏，只是还是那样单薄，由于腿太瘦，两条裤管上起着奇异的褶裥。皮肤也还是那样白，不管穿什么颜色的衣服，不管他怎么希望别人注意到他的衣服，皮肤的白都会喧宾夺主。吃肉太多会让人性情急躁，但田茂没有这方面的任何迹象，他跟他的学生，还是兄弟姐妹一般，说话轻言细语，如和风从河岸嫩草上拂过，学生有了好吃的，给他吃，他有好吃的，也给学生吃。他还把他碗里的东西夹给黑儿，就用筷子夹着，让黑儿张嘴接住。他也把黑儿当成了兄弟姐妹。黑儿就这样被收买了，见他从高台上下来，就摇着尾巴，跑过去迎接，还在他裤子上蹭。

春天走向深处，站在回龙镇上街的空坝张望四面山野，雾气弥漫。既是水雾，也是色彩的雾，自上而下，鹅黄、浅黄、嫩绿、深绿；河水和大地一样，波峰浪谷间，也这样一层一层地绿，萋萋芳草不仅长在河岸，还在镇子青石板的缝隙间探出头来。土地和土地上植物、庄稼甚至飞禽走兽，都大口大口地吐出香气，香气吆喝着在镇上奔跑。因此，那雾气还是香气的雾。在这万物生长的季节，人们干活都特别卖力。预制板厂的工人，天不亮就从河那边过来了，开始看不见人，只听得见声音，当他们从雾里冒出来，才见个个都刮了胡子，像遇到喜事一样地带着笑脸。

确实有喜事。上面已传出消息，要将县城搬到回龙镇。因为清溪河下游那座存在了数百年的老县城，最近十多年来，年年被水淹。黄滔滔的大水，拖儿带女地冲进城里，将冰箱、时装、电视机乃至楼房、马路和街道，席卷而去，只把厚达一米的淤泥留下来，有时退得仓促，还把自己的儿女，诸如螃蟹和乌龟留下来，那是一支因数量庞大而让人恐惧的大军，肆无忌惮地占据着车站、广场，有的倒悬在大树上，把树枝压弯，有的还跑进居民的家里，层层叠叠堆满客厅和厨房。数千年前，埃及开罗城毁于螃蟹，再这么下去，老县城也要复制相似的命运。它早就该搬了。

选回龙镇建县城，当然不能在地势狭长的老镇，只能去半岛，半岛人将得到大笔补偿，并因此成为居民，脱离土地，脱离庄稼。他们祖祖辈辈种庄稼，祖祖辈辈背向苍天，面朝黄土，辛苦是不必说的，但也不是辛苦得过不下去，他们只是厌倦了低到尘埃里的感觉。马上就要甩掉那样的感觉，自然高兴。

他们高兴，张铁匠却高兴不起来。据说搬迁的事最晚明年启动，那些分明需要农具的人家，也懒得修，更懒得买，把废弃的铁耙、锄头翻出来，勉强拖过去。

张铁匠的生意淡了。

这让他有更多的时间坐在火炉前，无所事事地望着棚屋之外。

田茂走来走去。他来王小英的摊子前，也像在教室讲课一样，走来走去。或许是张铁匠的棚屋太矮，或许是田茂个子太高，多数时候，张铁匠都只能看到他的两条瘦腿。但张铁匠偶尔会把脖子弯下去，眼睛扬起来，看一看田茂的脸。田茂穿得越来越周正，头发梳得越来越顺溜，那张娃娃脸上，添了一种别人可能察觉不到、而张铁匠很容易就能分辨出来的忧愁。他现在天天来不是买肉吃，许多时候他碗也没端。他那多出来的忧愁就是这样产生的。在张铁匠看来，问题的严重性也在于此。天天来买肉吃，属正常范畴，人家愿意花钱，而且能够吃下那么多肉。不买肉天天来，就不正常了。

你的办公室又不在这里，你天天来干什么？

他是来跟王小英说话的。他说，我本来就是县城人，到回龙镇教书，以为这辈子再也调不进县城了，没想到县城自己找上门来了。

王小英说，你真有福气。

如果这时候她在忙，她就只注意手上的活，好像她是在说她手上的活有福气；如果这时候闲着，她就半低着头，把话说给她能看见的任何一样东西。她的脸一道一道地泛着红晕，上齿咬住下唇的一角，带着些微的嘲弄。对老师，她并没有好印象，她小学毕业就不读书了，在整个小学期间，她都被老师捏来捏去，但再怎么捏，也没把她捏醒，按老师的说法，是没把她捏出个人样。她长一颗脑袋，不是为了读书的，可老师偏偏认为再笨的人听了他们的课，都该考高分，她考不了高分，老师就用棕片打她手板，有次把两只手板都打肿了，十天之内，吃饭都要母亲喂，上厕所，也要母亲帮她解裤带。

她说，田老师……

田茂说别把我叫田老师，你看我的学生都不把我叫田老师。

这是真的，他的学生在校园内叫他田老师，出了校门，有叫田哥的，也有直呼其名的。

王小英说你本来就是老师嘛……你是教啥的？

田茂说我教数学。

王小英倒抽一口冷气，我最怕数学老师。

那是为什么？

人家数学成绩不好嘛！双脚蹦起来，一副羞愧难当、不愿提及往事的样子。

当年打得她拿不了筷子、解不开裤带的，就是数学老师。

田茂说，骗人，你算账比计算机还快，还说自己数学不好。

不骗你，是真的不好，可能你们的数学跟我称烧腊算账不是一回事。

田茂呵呵呵笑几声，把娃娃脸从上到下地抹了一下，问，你觉得我可怕吗？

不晓得。王小英嘴角一翘，头摆动几下。看起来不可怕，那可不一定。

当老师的让学生害怕，是老师的耻辱。田茂把这话说得很认真。

因为说得太认真，不好往下接，这个话题就撂下了，田茂又说别的。他说小英（他一直就是这么叫的），既然县城要搬过来，回龙镇的房子绝对涨价，尽管回龙镇不是主城区，但我上周回城，听说那里（他朝摆渡的河面一划拉）要修座桥，这样就把回龙镇跟县城连起来了，其实也就是县城的一部分；我还听说，这里（他又把预制板厂的区域一划拉）马上要修楼房，下街要修更多的楼房，龙井湾不是已经在修了吗？我昨天去问了，如果现在交期房款，只要1000块钱一平方米，等房子修起来，离县城搬迁的日子就更近了，那时候至少两千，还可能涨到三千四千呢，我们窝在回龙镇才不知道，河下游的人，山外的人，看房价涨就像看风筝，眨眼升高一截，再眨一次眼，又升高一截。

王小英浅浅地皱了一下眉头。她不明白田茂为什么要给她说这些事。

但田茂还在说，他说我准备去下街按揭一套。

王小英不知道怎样回答，只好又说一声：你真有福气。

张铁匠很重视田茂的话。他是老师，且家住县城，消息灵通。

当天下午，张铁匠就去龙井湾看了。

龙井湾位于下街尽头，左面是石壁，右面是河滩，石壁与河滩之间，有条瘦骨伶仃的国道穿过。早在四个月前，石壁上就钻了眼子，埋下雷管，每到正午，一些举着小旗帜的人，就在百米范围内，分列两头，拦断公路，实施爆破。石壁像洋葱一样，一层一层地往里剥，越往里剥，石头越白。与此同时，河滩上打桩子，填地基，砌堡坎，滩面有了无法搬运的巨石，也用雷管炸开，爆裂之声如同地震，激起冲天大浪，重达几十斤、背上起了黄斑的鱼，本以为可以在河里成精，却被震破鳔子，翻着白肚皮随水漂流，河两岸的人听到巨响，饭不吃，觉不睡，蹲到河边去守候，见到白肚皮就下河去捞。

张铁匠了解到，外地有实力的地产商还没进驻回龙镇（毫无疑问，他们很快就会来了），现在的龙井湾不知有多少个老板，各买一亩、两亩、三亩土地，修楼房卖钱。他们都是本地人，当然不一定是镇上的。张铁匠在白斗寨有个邻居，外号痣胡子——嘴角生颗黑痣，痣里长出很长的毛，他故意留着，并不修剪，说这是他的“福须”——十年前就来下街租了房，收购山货，卖到县城去，有回在船上遇到检查，他老婆迅速将两包麻袋扳倒，睡在上面装病，检查官怎么也想不到一个女人敢把蛇当床（麻袋里装的全是蛇），何况她呻吟得那么厉害，嘴角还流口水，看来病得不轻，就放过了。这家人就这样发了迹，也在河滩买了两亩土地，像模像样地当起了土地主、房产商。

张铁匠在龙井湾转了半圈，就碰到了痣胡子。

虽是邻居，现在又住在镇子两头，彼此却很生疏了。

养父母死后，张铁匠基本上就离开了白斗寨，开始是三五个月，后来是三年五载，才回到山里，去养父母和捡回他一条命的老奶奶坟前磕过头，隔宿，甚至当天，又不见了踪影。关于他的去向，村里有多种说法，占主流的说法，是说他找到了亲生父母。乡邻这样问他，他含糊应答，那样子像真的找到了。其实他一直在找，他去河两岸的村寨和镇子，打短工，探消息，看在他出生的那年，有没有谁扔过孩子。当然，他没听到这样的消息。尽管乡村无秘密，也是相对而言的，一个世界要是完全没有秘密，这个世界就不会存在了。十七岁那年，他去太平镇一家铁匠铺做工，学了这门手艺，三年后离开师傅，自立门户，沿清溪河上下游走，摆摊设点，回村的时候就更少了；最近几年，他一次也没回去过。

痣胡子横着一根手指，把痣里生出的浓密的长毛，在手指上绞，绞了两圈，还剩一小截儿，就把那一小截儿咬进嘴里，窝得很深的眼睛把张铁匠上下一扫，就差不多把他看透了。张铁匠透骨而出的孤独让他打了寒噤。但他没有认出那是孤独，以为是穷气。他打寒噤，是想起了自己在山里的日子，还有刚来镇上的日子。他对张铁匠说：招宝，好多年没看到你，在哪里发财？

其实，他今年内就看到过张铁匠两次，一次在百货店，一次在菜市场，在百货店那次还搭了腔，张铁匠还告诉过他，说自己在上街打铁。

张铁匠没回他的话，只说：我来看看有没有房子卖。

痣胡子听到这话，立即给他发烟。他抽的是软中华。可惜张铁匠不抽烟，也不识货，因此淡然地摇了摇手。这让痣胡子很不解，在他看来，再不抽烟的人，见到别人发软中华，无论如何也该接过去抽一支的；同时，也让他不得不重新审视张铁匠。

张铁匠这天穿了干净挺阔的白衬衫，裤子倒是皱皱巴巴的，皮鞋更是皱成了腊肠狗，皱褶里塞满了铁屑。但这并不能说明什么。痣胡子自己，同样穿得皱皱巴巴，系的那根领带，像洗了若干次碗的丝瓜瓤。穿着既不能说明什么，也无关紧要，紧要的是张铁匠要买房子。他的整个人在痣胡子眼里消失，他变成了一桩生意。

痣胡子把住张铁匠的肩膀，就像把一桩生意抱住。他说，你要买房子，咋不直接找我，还到处转啥？你看看这一带的房子，谁有我修得过硬？

其实张铁匠并不知道哪一处房是他修的。

痣胡子又说，你可能不知道，白斗寨现在差不多走空了，再过两年，那山上连根人毛也不会有了，年轻人出去打工，挣了钱回来，都在镇上买房；不在镇上买房不行啊，想要结婆娘，人家女方第一句话就问：在镇上有房没有？没有，一切免谈，有，再说二话。你娃娃多大了？

在回龙镇，“娃娃”专指男孩。回龙镇乡下，时至今日，每家每户都千方百计要生个男孩，哪怕前面生了四五个女孩，罚款罚得连只鸡也养不起，也必须生个男孩。

张铁匠硕大坚强的喉结滚动了一下，咕哝着说，小得很。

再小你也要为他作安排，痣胡子好心好意地劝他，你以为还要多长时间？风一吹娃娃就长圆了！痣胡子笑起来，你总不能让你娃娃以后结不到婆娘！再说，县城不是要往这边搬吗，不尽早下手的话……我们是邻居，关系好，我才告诉你这消息，也才愿意把房子卖给你，要不然，等县城搬迁的时候我再卖给你，至少多赚一倍。

张铁匠说，我现在钱不够，过些天吧。

抓紧啊！痣胡子重重地拍了几下张铁匠铁板一样的背脊，把自己的住家指给张铁匠看，嘱咐他把钱凑齐了，就去找他。张铁匠点点头，走了。

两天过后，他去交了房款，但不是交给痣胡子，而是另一家。痣胡子问他娃娃多大，还说你总不能让你娃娃以后结不到婆娘，这些话既平平常常，也实实在在，却厉害地伤了他的心。他没按揭，一次性把房款交齐了，仿佛这样做，能让自己心里踏实。

这一辈子，他有过三处房产，第一处是母亲的子宫，第二处是养父母的土墙屋，第三处就是他现在买的。按常理，他应该在第一处房产里黑漆漆地住了九个月，九个月后，他受一种神秘力量的召唤，从谷口漂移出来，到了通透光明的世界，但他还不认识这个世界，惊慌失措，直往母亲的怀里躲，但那个怀抱不要他了，那个怀抱空了。他在第二处房产住了十四年，后来偶尔回去，到他十八岁那年秋天回去时，看到土墙屋垮了三面墙，废墟里长满野草，野草里有个老鼠窝，一条青竹扁蛇，正躲在草丛中，吞食光着身子还没睁眼的幼鼠；还有一条丈余长的乌梢蛇，横担在没倒的那面墙上晒太阳，肚子正中鼓起个包，显然刚心满意足地吃过东西，很可能是幼鼠的母亲。这第三处房产，才真正属于他，尽管房子还没修好，要等些日子才能拿到钥匙。

交了房款的当天夜里，张铁匠喝了很多酒。

与往天不同，他这天吃饭喝酒时把门关上了。这已经是夜里十点过，回龙镇在清溪河越来越饱满的涛声里，安详地睡了，隔壁的王小英，也不见动静。黑儿已经吃过，蹲在主人身边，主人每喝一口酒，它都眨巴一下眼睛，像是因为自己不能陪主人喝酒，它感到愧疚。喝下小半瓶后，张铁匠有了泪水。是该跟过去告别的时候了。这个“过去”，是指他被扔在路口遭山鼠啃掉一根脚趾的那一天。

他的那根脚趾只长了半截，指头上有三处歪歪扭扭的褐色凹槽，像山鼠留下的牙印。他把那根脚趾扳起来看了一下，古怪地朝脚趾上洒了几滴酒，算是告别的仪式。不管扔他的那双手是活着还是已经死去，但他告过别了，他不再去想它了。他现在有了自己的房子，他需要面对未来的生活。

他干脆拿起瓶子，咕嘟嘟地喝了几口，倒了下去。

黑儿呜呜几声，傍着主人躺下。

张铁匠并没有醉，相反，他比任何时候都清醒，他伸出一只手，摸住黑儿的头，说：黑儿哪，你真不该对田茂那么好。这话他是说在心里的，只有他自己能听见。

可事实上，这事根本就与黑儿无关，黑儿对田茂好与不好，田茂都要来。田茂来到王小英的摊子前，为她抹案桌，后来帮她收钱，再后来，只要午学和晚学的最后一节没他的课，他都在学生下课前半小时就来了。他来这么早，是帮王小英把案桌和卤肉往外面搬。

如果王小英是一扇门，他就是在一寸一寸地把这扇门挤开。

他帮王小英抹案桌的时候，王小英立马接过抹帕，说田老师（她还是把他叫田老师），脏手，我来。田茂没有半点尴尬，依然跟进跟出地和王小英说话。当学生到来时，他对学生们说，王老板忙不过来，你们把钱给我，我帮她收。这时王小英就不好拦他了，她总不能说，别给他，给我。这样收了两天，只要他在，学生都不再把钱给王小英了。他把钱叠得整整齐齐的，有些纸币卷了角，他把卷住的地方展开，压平，按票面大小，一丝不苟地叠成一摞，再交给王小英。王小英说，谢谢你。他绝不说不谢。他就当没听见王小英谢他。他第一次帮王小英搬案桌那天，王小英正在帘子内系围腰，她掀开帘子出来，案桌已经搬出去了。她并不高兴他这样做，她觉得很别扭。

之所以有这种感觉，是因为她觉得："那"是不可能的。

找一个坝下男人把自己嫁出去，已经是奢望，找一个拿国家工资的男人，就是彻头彻尾的痴心妄想。她对老师没有好印象，尤其是对数学老师，但这仅限于把自己放在学生的地位上，把自己看成女人，一切就变了，"老师"变成了一道鸿沟，一道高不可攀的墙。田茂很亲和，亲和得甚至有些过分，他既不是鸿沟，也不是高墙，但他的身份注定了他和她之间的距离。人都是为身份活着的，这个她懂。

每当这样想的时候，王小英都禁不住伤感。村里的那些姐妹，都走下老君山，走出清溪河流域，到遥不可及的、连名字也没听说过的地方，打工去了，起初她很羡慕她们，因为她们能去，她不能去。

山里人的意识，就像山里的春天，是由低到高，一层一层地绿，一层一层地开花结果，山脚下已经在吃嫩黄瓜了，山顶上才冒出芽苗。同样，山脚下的人外出打工，跑遍了大半个中国，山顶上的人，被捆绑在土地上的心思才蠢蠢欲动。他们侧耳倾听被风扬起来的消息，这些消息的核心，是某位穷得舔脚板的家伙，出去就当了工头，赚下的钱，多得像是传说，比巫鬼还要虚无缥缈；但巫鬼再缥缈，人也害怕，钱再缥缈，人也向往。心思动得越发厉害，有人就要扔下锄头，离开土地。然而，就在这时，另外的消息传上来：某家女孩傍了老板，那老板脸皮打皱、白发苍苍，她该叫爷爷的，她给"爷爷"生了个儿子，就被"爷爷"撵了。某家女孩当了"洗头妹"，回乡的时候，嘴唇也涂得血红，快拢村，才想起躲进林子，扯把树叶把口红擦去。某家女孩白天睡觉，晚上工作，家乡的男朋友千里迢迢去看她，找个僻静处吻她，摸她，她一把抓住男朋友的手，问他给多少钱……

这些消息阻挡不了人们的脚步，姑娘们说，她们傍老板，我不傍，她们当“洗头妹”，我不当，我不相信凡是出去的都要走那条路。于是，换上自己最好的衣服，驮着帆布包，几个或十几个人一起，一步一回头地下山，过河，走到群山之外。山外的神秘莫测，让她们向往，也让她们恐惧，结伴而行，说着熟悉的话，听着熟悉的方音，相当于把村庄带在身边，恐惧就无法浸入她们的肌骨。

她们走了，王小英却留了下来。王小英的父母不让她出门，母亲甚至以吃老鼠药相威胁。女儿只有一个，他们需要一个完完整整的女儿；他们差钱，但并不是没见过钱，就算穷得舔脚板，也不能毁了女儿，去挣连清溪河也洗不清的脏钱。那些天，看着村里的姐妹一个接一个地在山梁上消失，王小英的眼睛都哭肿了，可父亲把话说得很明确：哭瞎了才好，哭瞎了就看不见下山的路，也就不会东想西想的了。

这一年，王小英十五岁多，当村里的年轻人彻底走空，她每天独自进入山林，割牛草，打猪草，陪伴她的，是蓝得发愁的天空，是升上来又沉下去的太阳，是默然无声地在高空巡视这片大地的岩鹰。她看着不明方向的野风，把离得很近的云团，一丝一丝地抽开，把经历了由春到秋的树叶，吹落一片，又吹落一片，把刚刚落到地上的雪花，吹成纷纷扬扬的雪雾，就想起山外的姐妹。她们正在哪一条街道上游逛？那些街道比回龙镇还要光鲜和繁华吗？她们是否记得，在遥远的故乡还有一个小英？

越这么想，越觉得落寞。越落寞，就越恨自己的故乡。好多次，媒人上门，要给她介绍家住半山的婆家，父母都觉得再好没有了，她却打死也不同意。她瘦了。个子本来就小，再一瘦，仿佛一阵微苦的山风就能把她带走。母亲心痛地对她说：女儿哪，人都是有个命的，你生在山顶，你最好的命就是去半山找个婆家。这些话像把刀子，把她身上的肉割下来。她变得更瘦了。

母亲满四十四岁那天，舅妈来给母亲过生，见小英瘦得嘴皮包不住牙齿，问原因，母亲悄悄告诉了她，舅妈说：你拴住了她的人，拴不住她的心，现在的年轻人，哪个不想出门见见世景？你不放心她出远门，就让她去跟我姐姐学做烧腊吧。她姐姐在河下游的清坪镇开烧腊店。

这样，王小英就去了清坪镇。

在舅妈的姐姐店里帮了一年工，她独自到回龙镇来了。

舅妈的姐姐很不好伺候，加王小英在内，共三个雇工，起早贪黑地干，还动不动就挨骂。王小英挨骂的次数最多，因为只要干活，她就戴上手套，这让舅妈的姐姐很看不起，她觉得一个从山里来的女子，是不该这么讲究的。这是王小英离开的原因，但还不是主要原因，主要原因是她想自己开店，自己挣钱。她的那些姐妹们每次回乡，都穿裙子、靴子，都把指甲和趾甲涂成红色或紫色，有的还戴着项链和耳环，证明她们都挣了钱。尽管她不能跟她们一样满世界跑，但她不能在挣钱上输给她们。

从打工风潮吹到老君山顶，好几年过去了，到而今，真正让王小英伤感的，已经不是她们走了她不能走，也不是她们挣的钱比自己多，而是，她看到了姐妹们的命运。

在木材厂、磨石厂，一站就十五六个钟头，两条腿肿得路都走不动，有毒的树脂粉沫，把衣服遮住的汗毛也喷得雪白——这些其实都无所谓，人长一双手，就是干活的，腿肿了，睡一觉又会消；至于毒，连空气里也有毒。关键是，她们并没因此改变什么。

她们的确有人做了别人的小妾，玩够了就被抛弃，也的确有人做了三陪女，进了夜总会，过着日夜颠倒的日子，挣下的钱，大半用来涂脂抹粉、穿着打扮，而花那么多钱涂脂抹粉和穿着打扮，让自己高兴的时候是那样少，取悦于人的心机是那样多。她们跑了那么多地方，却没能为自己找到一个归宿，到头来，还是回到山里，看有没有半山的男人愿意要她们。

王小英不是看不起半山，更不是看不起半山的男人，但她就是不肯认命。

所以她看见预制板厂的工人，才对那个跟自己年龄相当的小伙子有了幻想；想起某些姐妹们的命运，工人们在她面前说放肆的话，她才那么反感。

也因此，田茂帮她收钱，帮她搬案桌——这明显超出了摊主和顾客的关系——才让她觉得那样别扭。

她不能不提防。

提防的心就像拦河坝，能把河水切断，可是，要是溃堤了呢？

河水就会更加汹涌，就会一泻千里。

王小英就是这样的。

当有天夜里，田茂约她去看电影，在电影院摸了她的手，然后吻了她，她的拦河坝就溃堤了。

那天的整个白天，都阳光灿烂，但并不太热，河风把岸边的芦苇吹得东倒西歪，风像是从水的深处刮来，带着润湿的凉意。中午，田茂照例的来帮王小英搬了案桌，又帮她收了钱，晚饭时却没有来。王小英想，他是有最后一节课吧。她自己把案桌往外搬，发现桌子怎么这样沉啊。她以前是没感觉到沉的。学生们端着打了饭的碗，成群结队从高台上下来了，还是没有看到田茂。快半个钟头过去，依然没见田茂的影子。是有学生向他请教题目吧，王小英想。正这么想的时候，一个学生给她的同学说，她明天一早就回家去，王小英才反应过来，今天是星期五。他肯定回县城去了。

她突然觉得心慌意乱，刀差点切在手指上。过后给人家补钱，又多补了五块。幸好那个学生是田茂班上的，把钱退给了她。她也知道那个学生是田茂班上的，很想问一声：你们田哥哥呢？但试了几次，声音都只在喉咙里打转，就是出不来。

因为是周末，学生来得不像往天那样集中，战线拉得很长，没有学生再来的时候，暮色就从半岛上弥漫过来了，最后一船工人，已把船摇到驶向对岸的河心。王小英开始收东西。黑儿一前一后跟着她，但她完全没有注意到黑儿，她先把没卖完的一小块肉放进屋去，再把案桌搬到离河较近又不至于把路打湿的地方，拉根水管，用肥皂擦洗，洗出它本来的颜色后，抹干，再搬回屋子，解下围腰，坐在小木凳上喘气。黑儿趴在她面前，伸出舌头，眼巴巴地望着她。她依然没有注意到黑儿。她的眼里飘荡着黄昏的影子。直到黑儿迅速起身，跑出门去，迎进一个又高又瘦的人，那眼睛才星子一样亮了。

她站起来，说，我以为你回城去了。

这动作，这句话，都溢出了她的本意。

田茂照旧是乐呵呵的，我爸妈前几天才来过，他说，我暂时不用回城。

王小英想起，有天他一次就买了两斤烧腊，想必就是他父母来了。

去看电影好吗？姜文的。

王小英并不知道姜文是谁，对看电影，她也没多少兴趣；小时候有兴趣，听说放电影，哪怕在半山的村子里，也打着火把去看，现在来到镇上，反而没什么兴趣了。她根本就不知道电影院在哪里。然而，她不能思维，田茂怎么说，她就怎么听，怎么做。

锁门之前，黑儿去抓她的腿，她才注意到它了，也才依稀感觉到，今天还没给它肉吃，她把一小块肉拿出来，并没有切，直接放进木船上的钵子里，便跟着田茂走。黑儿没急着吃，追了他们二三十米，又跑回来。

电影院就在被毁弃的戏楼的那一边，正对镇政府，离她的租房不过百余米，外墙上贴一些花花绿绿的电影广告，她每天在屠宰场来去，竟然从来没有看到过那些广告。她觉得整个回龙镇都显得很陌生。刚走完那片空地进入街面，就不停地有人给田茂打招呼，向他问好，六七十岁的人，也恭恭敬敬叫田老师。田茂教龄短，但他已成为回龙镇中心校的名师，全县统考，他教的年级都名列前茅，而且，凡进入他班上的学生，最多两个月，被认为比狗屎不如的，也能脱胎换骨。家长们信任他，都想把子弟往他班上送，别的班只招五十个，他班上例外地多招了十个，讲台两边都放上了学生桌。可这依然不能满足，有些家长因为自己孩子没挤进去，竟闹到了跟学校领导吵架动武的程度。

田茂回答他们，不像在学生面前那样随和，脸上带着亲切的严肃，微微地点点头。

招呼了田老师，禁不住又看跟在他身边的人。

这人似曾相识的……哦，她不就是那边卖烧腊的吗？

王小英知道街两边的人在看她，心里升起古怪的羞耻感，很想转身回去。可她已被带上滩头，回去比“下去”还要艰难。与此同时，她感觉到了看她的眼神，不管那眼神里有多少疑惑，他的身份正改变着她的身份，这又让她获得前所未有的满足——一个从山里来镇上卖烧腊的女子，永远也不可能得到的满足。

田茂朝电影院的售票窗口走去，但并没买票，而是在窗口旁边的糕点坊，买了一大袋烤面包，又去糕点旁边的小超市，买了两瓶凉茶。他没吃晚饭，他知道王小英也没吃晚饭。然后他领着王小英，上两级浅浅的台阶，进入像车站检票口那样的铁栏，摸出早就买好的两张票，递给一个胖得直喘的男人，推开铁皮包裹的弹簧门，进去了。

影院很小，只有百十张光滑得放不稳屁股的翻板椅。马上就开映，却只有不到十个观众，挤成一小团儿，像荒地上长出来的几窝突兀的庄稼。田茂问喜欢坐前面还是后面，王小英说随便，田茂就站在倒数第三排的地方，让王小英进去。

刚往里走，灯就熄了。王小英在正中偏左的位置坐下，田茂傍着她，拿出面包来吃。

边吃喝边看电影，是王小英从未经历过的生活。

她想，那些远方的姐妹们，最多也就过这样的生活吧？

这时候，她只想得起姐妹们可能过的好生活，忘记了她们的劳苦辛酸。

她们走了，她不能走，但她们能过的，她也在过。

电影里放些什么，王小英没在意。电影里的故事跟她有什么关系？田茂也没在意。田茂一直在跟王小英说话。他们与那一小团儿相隔好几排，不怕影响了别人。王小英的全部心思，都用来听田茂说话，像他的每句话都很重要。最重要的是这么一句：你长得太像我以前的女朋友了。说过这句，田茂就讲自己的恋爱史，特别讲到了两人分手过后，他在夜半三更，用被子蒙住头，像狼一样低嗥。

王小英的睫毛上挂着泪水。是感动的。为他们的恋爱故事感动，更为那句话感动。她没有经验，不知道谈过恋爱的男人，遇到喜欢的女子，都说像他先前的女友。男人为什么要这样说呢？是表现自己对感情的忠诚，还是以炫耀自己眼光的方式，表达对面前这位女子的赞美？不知道。女人为什么要感动呢？是为那份忠诚感动，还是天生的母性对失恋的男人有了怜悯？也不知道。反正一个喜欢那样诉说，一个喜欢那样感动。银幕的反光让王小英睫毛上的泪水亮闪闪的，让小小的王小英楚楚动人。

就在这时候，田茂摸了她的手。

他把那只手越抓越紧，仿佛那只手是一只鸟，不抓这么紧，它就会飞走。他把那五根指头一根一根地梳理，就像梳理鸟儿的羽毛。当那只鸟由僵硬变得软弱，由抗拒变得温顺，他轻轻用力，让她朝自己倾斜，倾斜到把头靠在自己肩膀上，他就吻了她。

电影放完，灯光重启，整个世界都发生了改变。

那天夜里，王小英躺在床上，翻来覆去地想每一个细节，但没有一个细节是清晰的。她只想得起他嘴唇的气味：烤面包的气味。有一点儿甜腻，有一点儿香。

她已经完全忘记了，隔壁还住着一个孤独的男人。

这个孤独的男人，张铁匠，听到了田茂约王小英去看电影时的全部谈话。

其实也不多，只有几句。

几句话就让王小英跟他走了。

春天也跟着过去了。

很奇怪的是，王小英不像以前那样快乐。未必是田茂欺侮了她？——张铁匠就是这样想的。每当夜深人静的时候这样想，他都盯住身边的黑儿。黑儿睡得很沉，把头搁在自己的前爪上，有时像人那样仰面躺着，四肢蜷起来，微微张着嘴，露出几颗缝隙很开的尖牙齿。张铁匠在黑暗里盯住它，心想：黑儿哪，要是你能说话就好了，你能说话，就可以帮我去问问她。他这心思如此之重，压得黑儿透不过气，于是醒过来，忧伤地望着主人。它知道主人想什么，满含愧疚。有什么办法呢，老天只给了它一种声音，它的满腹衷肠，也只能用那一种声音来表达，别说人听不懂，它自己也深感混沌。它帮不上主人。不过，主人是会说话的，为什么不自己去问？……黑儿这样疑虑之后，立即觉得自己没有良心。主人要是能够去问，还要你说？一条狗懂不了人，更懂不了人世！何况你这条狗，还是跟主人半路相识。黑儿如此自顾自地做了总结，就去舔主人的手，直到主人睡着。

如果黑儿真能帮张铁匠那样去问王小英，王小英该怎么回答呢？

她肯定会吃一惊，然后陷入惆怅。

她跟田茂，又约会过若干次，确切地说，自从那次田茂在电影院里吻了她，此后就天天来找她。以前，田茂星期六下午回县城，要第二天下午才回镇上，现在当天就回来了，有三个周末根本就没到县城去。回龙镇就那么大，约会的地方也跟着促狭，如果只是一道走走当然没什么，可每次田茂都要吻她，仿佛不接吻，就等于没有约会。她恐惧他吻她，但恐惧有多深，渴望就有多深。在山里，她从小就听好鬼和厉鬼的故事，恐惧是她的好鬼，渴望是她的厉鬼，而厉鬼的力量，总是大于好鬼，否则世间就没那么多冤死的人。

他们绕来绕去不管走多少的路，最后都是走向学校，走进田茂的寝室。

住校的老师只有田茂一个，别的，都在镇上有房子，有家，所以学校根本就没有教师宿舍，田茂的寝室以前是个保管室，就在教学楼三楼的尽头，傍着厕所，磨石地板，墙壁霉菌斑斑，窗口放一套学生桌椅，桌子右侧是床。第一次进来时，王小英简直不适应，她无法想象收拾得那么干净利索的田茂，田老师，竟然住在这样的地方。

但她很快就适应了，就像对光线的适应。所谓适应，就是对外物的认可。田茂住什么地方并不重要，重要的是这是他住的地方，她现在是闯进了他住的地方。有一种涉水的感觉。她已经触摸过这条河流，但从没有卷起裤腿涉过去。她不知道深浅。

每当这时候，她的脑子里会突然闪过张铁匠的脸。张铁匠沉默得像堆满他屋子的铁器，但她照样知道他的深浅。张铁匠是一口池塘，跟她家乡的那些池塘没啥两样，洗衣服时，不小心肥皂掉下去了，她敢下水去摸，而且总能摸起来。她不仅知道水有多深，还知道水里的淤泥有多深。她在那口池塘面前享受着彻底的自由。只是，这种自由让她不快。如果真有那么自由，她就不该一心想着逃离，她的那些姐妹，也不该一心想着奔赴远方。

为什么会想到张铁匠呢！

灯光下反而显得阴暗的屋子里，只有她和田茂，整幢教学楼，也只有她和田茂，街声像灯光那样熄灭，校园里更是没一个人走动，四处安静得很，只要想要，她有的是自由。可恰恰因为这样，她很不自由，甚至手足无措。她需要用话来把过于庞大的空间填充一些。但事实上，两人单独相处的时候，如果没有另一个她，彼此是没有多少话的。这另一个她，是田茂的前女友。两人拥抱过了，也接过吻了，田茂就说起他的前女友。他小心翼翼地赞美那个隐藏在时间深处的女子，但无论多么小心，还是溢出王小英的见识之外，比如大学校园，校园里的夕阳、舞厅、半月湖、坐在草地上弹吉他的男生……此生此世，那段距离王小英永远也追赶不上，因此成为永远的距离。她不过是另一个她的影子，当另一个她也就是本体不存在，影子便自动消失。王小英仅凭女性的直觉，也能随时感觉到自己的消失。被动消失。有时也是主动。然而，主动和被动于她两不相容，她真的是手足无措。由于此，如果两人沉默，她会主动挑起话题，让田茂说他的前女友，这样她反而显得自在些。

有一天，田茂让她看前女友的照片。他把照片放在箱子里的，一口褐色皮箱，像个动物似的静静地趴在墙角，比张铁匠的黑儿还要老实和无助。田茂蹲下身取照片的时候，王小英心里一动，眼圈跟着红了。那个被关进箱子里的人，该是多么孤单！

田茂说她跟他前女友长得很像，其实哪里呢，一点也不像！她的脸圆，那女子却是瓜子脸。整体说来，那女子并不漂亮，眼睛小了一点，颧骨高了一点，但漂亮这东西，是没法用尺寸量的，要说有尺寸，也是在每个人的心里。王小英就觉得那女子比自己漂亮。那张照片很可能就是在大学校园里拍的，身后是喷泉假山，假山背后有幅标语，看不完全，也比较模糊，但“未来”两个字特别清晰，假山两侧，是草坪，右侧的草坪上有个淡淡的人影，那人怀里抱着个东西，想必就是吉他吧？完全是一个陌生的世界。

王小英生怕把照片弄脏了一样，只用指尖掐住边缘，看过两眼，还给田茂，就像把一个陌生的、与她全不相干的世界，还给他。

她跟他也陌生起来。而他们本不应该那样陌生的。每次王小英离开之前，田茂都会再次吻她，她也让他吻，可是她倍感陌生。她相信，他也觉得陌生，他的伤口并没结痂，他只是把她当成了药……可这样说是不公平的，就算田茂在县城不好找女朋友，在镇上找太容易了，那些学生娃的家长，争先恐后给他介绍，他们在电影院初吻之后，还有人给他介绍镇国土所的一个女子，那女子长相不差，且是大学毕业生，但田茂没有答应。

那么他为什么喜欢我呢？王小英禁不住这样想。如果我跟他先前的女友长得真的很像，倒也罢了，可分明就不像。一个山里的女子，一个没念过几句书的女子，一个卖烧腊的女子，有哪一点值得他喜欢？难道，他喜欢我正是因为这些？他心地善良，性情柔弱，没能力把别的女子（比如国土局那个大学毕业生）当成影子，就选中了我？……

王小英确实不像以前那样快乐了。她交付的是爱情，但不知道自己得到的是什么，更不知道将要得到什么。爱情是一种愁。由于此，她对日常事务不怎么上心了，做的烧腊远不如先前好吃，而且脾气变坏了，工人们稍微跟她开句玩笑，尤其是问到田老师，她就发火。她对黑儿更是彻底失去了耐心，黑儿离她一米远，她就怪它挡路，黑儿朝她呜呜叫，许多时候并不是找她要肉吃，她也怪它嘴馋，即使给它一块，也是没好气地往地上一掼。

张铁匠把这些看在眼里。王小英的不快乐，让他奇异地觉得安慰。但他不明白的是，工人们提到田茂，王小英都不开心，可田茂每次来找她，她为什么都要跟着去？

夜里，王小英回屋的时间越来越晚了。

有天晚上，王小英凌晨两点过才回，当然，照例是田茂把她送到门口。

田茂每次都要送她回来的，以走到门口为限，离别时也没有任何亲昵的动作，甚至没有多余的话。这些，张铁匠都通过门缝看得一清二楚，也听得一清二楚。只要王小英没归屋，张铁匠的门都不关死，直到她回来漱了口，洗了脸，灭了灯，他才用铁砣把门顶上。每次见她回来，他都像把放出去的鸽子收回来，那鸽子不是王小英，是他自己的心。

三十多年来，他只是感激过，但说不上爱过。从某种角度说，爱是本能，如果某一天，我们能像看人和动物那样去看一棵树，看出树枝对一片叶子也饱含深情，完全用不着吃惊；张铁匠自然也有那种本能，只是荒凉的身世，让某些本能同样变得荒凉。然而，王小英来的当天，他的茫茫沙漠里就长出了一株劲草。他无法给那株草命名，只觉得，一株草构成的绿洲，足以让他无视整个沙漠。他很清楚，对他而言，那株草只能养，不能割，割下来它就枯了。但田茂分明是要把它割掉。或许，田茂本是想将它连根拔起，养到自己的心里去，可是他，张铁匠，不会放手，因此，如果田茂想要那株草，只能割。

这让张铁匠痛苦，他在想自己是不是太自私了，太对不起王小英了。田茂的那块田，比自己的肥沃一万倍，把王小英种进去，她会得到更像样子的营养。可每当这样想过后，张铁匠又觉得，肥沃并不适合所有的植物，某些植物，过分肥沃的土地只会把它害死，就如同所有的植物都需要水分，但过多的水分会把仙人掌害死。他坚定地相信，王小英真的嫁给田茂，不可能幸福。他却能给王小英幸福。他们需要的都不多，只要有套房子就好了，而房款他已经付了，再等些天他就能拿到钥匙了。——自从交了房款，张铁匠每天都要抽出一点时间，去龙井湾站个十来分钟。龙井湾正修着好多房子，可他觉得，所有的工人都在为他一个人忙碌。包括预制板厂的工人，也是在为他一个人忙碌。

不，还为王小英忙碌。

他想好了，一旦拿到钥匙，他就把钥匙递给王小英看。

然而，王小英夜夜跟田茂出去。

田茂的那把镰刀，变得越来越锋利了。

以往出去，到子夜时分王小英必定回来的，可这天夜里，却到凌晨两点过！

王小英既没漱口，也没洗脸，就躺上床，灭了灯。

张铁匠刚把门顶上，便听见王小英在哭。

哭声细若游丝，像从河上传来的，甚至像从上游或下游的某个镇子传来的，但的确是王小英在哭。看来没错——张铁匠想，田茂欺侮了她，他用那把镰刀把她割痛了，再不护住她，她将被彻底割掉。

不知道张铁匠想得对不对，但事实是这样的：

这天，田茂领着王小英进了他的寝室，亲热过后，田茂庄重而又神秘地说：孙校长找我谈过话了。王小英脊背一凉。正是夏季，天气热得很，因傍近厕所，寝室里不仅有臭味，还有蚊虫，蚊虫和臭味相当于热炭上的火苗。何况还亲热了一阵。王小英脊背的凉，是心里的凉。心里的凉穿墙透壁。心包裹在身体里面，但它和身体总是若即若离，只在偶尔，二者才是好得不得了的朋友；某些时候——比做朋友的时候更多的时候，又像彼此间有杀父之仇。这时候王小英的心跟她身体就是仇人。她想的是，校长找田茂谈话，定是发现了他把一个卖烧腊的女子带进寝室，这对普通人来说可能没什么，对教师就不一样了。

可田茂说的不是这样，田茂说：今天下午，孙校长把我叫进他办公室，说，小田，听说你女朋友烧腊做得好，我还没尝过呢。我不信校长专为这事把我叫去，心里打鼓，但也只好顺着他的话应答，说孙校长，明天我一定送你两斤新鲜的，让你尝够。孙校长说谁要你送，要吃我自己去称，我的意思是，既然是你女朋友，也算是教师家属了，让她到学校来卖好了，食堂外面反正有棚子，她想占棚子的哪一角都行。

听了这些话，王小英的脊背不凉了，但是很迷离。“女朋友”三个字像三只蚂蚁，钻进她的骨缝里，爬来爬去，让她惊惧，感觉上却不是惊惧，只觉又酥又麻。她跟田茂交往这么长时间，田茂从没说过她是他女朋友。街上的人看见他们，包括学校的老师看见他们，谁都不会这样去问田茂，连玩笑也不开。王小英明白其中的道理。倒是有学生偷偷这样说，被王小英听见过，但学生们的话到底算不得数。没想到校长首先明确了她是田茂的女朋友。相对于“女朋友”，“家属”两个字显得过分沉重了些，可恰恰因为沉重，使她安稳。

田茂仿佛也在等着这样的确认，跟王小英一样，也为这种确认而感觉安稳。

他说，这周末你跟我去县城，见一见我爸妈。

我不去！王小英说。

为啥呀？丑媳妇怕见公婆呀？

人家本来就丑嘛。

田茂刮一下她的鼻梁：你放心，我爸妈什么都听我的，何况……你这么好看！

“好看”两个字说得特别香，像大把的饲料，投进喂了锦鲤的池子，惹得满池子沸腾起来。两个人似乎没有预兆地缠在一起。不过，激情来得再过分，也是安稳的激情，跟以往的感觉大不相同，以往是刀锋，薄而利，此刻是波涛，有厚实的水流作底子。激情过后王小英怅然若失。是不是来得太早了，因为她至今也还没有真正品尝到爱情的滋味。

好在她并不懂得爱情的滋味。即便懂得，那滋味也不是想象的那样打紧。正如她制烧腊时加的料酒，加一点味道自然好些，不加，照样还是烧腊。

王小英离开田茂寝室的时候，无意中瞥见了墙角的那口皮箱。

她回到自己房间，躺到床上哭，自然有很多想哭的理由，但其中一个不容忽视的理由，就是那口皮箱。不是皮箱本身，是装在皮箱里的照片。她再一次觉得那口皮箱是多么孤单，那张照片是多么孤单，照片是那个女子的影子，她是那张照片的影子，按理（她不愿意承认不是“按理”，而是按照田茂的心思），那个女子才是田茂的家属，可她没成为田茂的家属，却让影子成了他的家属。本人得个名，影子得了实惠。

可是为什么要这样想呢！王小英不满意自己这样想。

名自己是有的，女朋友也好，家属也好，都不是自已封的，是镇中心校的孙校长说的。即使名跟爱情一样，只是料酒，她也有那料酒。

她很快把孤孤单单的皮箱和孤孤单单的照片抛开，既像没来由也是很自然地想到了她家乡的那些姐妹，她想到她们，就像数九寒天的夜里，睡在温暖被窝里想着野路上顶风冒雪的夜行者，免不了涌起淡淡的忧伤。这种忧伤让她深深地体味着温暖和踏实。然后她不再哭，睡过去了。睡得像蛋卷那样薄脆，一碰就碎，碎过后却不只是蛋卷的甜香。甜香里伴随着苦涩。某些东西总是闪闪烁烁地跳出来，比如，田茂自始至终没说什么时候去见她的父母，也没问过她的父母是否同意，他仿佛吃定了她，也吃定了她的父母，因此连样子也不装一下。

不过，这或许正是他的真诚呢？他跟她一样明白，当她父母知道了这门婚事，哪怕是半夜三更知道的，也恨不得立即出门，去给庙里的菩萨烧香磕头搭红布。父母这样高兴，难道不好吗？当然好！她比父母更高兴！开始的那一点点苦涩，是不相信这样的幸福真会挽住她的胳膊，将今夜的前前后后一回想，她知道是千真万确了。她心子跳跳的，薄脆的睡眠跑得干干净净，于是坐起来，开了灯，啥都不做，只是一会儿打一个抿笑。

张铁匠听见她哭，便起了床，轻手轻脚地挪开铁砣，出了门。

他站在王小英门前，背向屋子，面朝河水，以武士般的姿势，守卫着他自己心里的那棵草，那片绿洲。后来王小英不再哭，他依然那么站着。王小英开灯的声音吓了他一跳，从壁缝间挤出的光明，照在他的后脑上，接着照在他惊慌失措的脸上。他迈开步子，顺势朝河沿走去。结果王小英并没有出来，连一点声息也无。他在芦苇丛里躲了些时候，便穿出去，坐到河畔的一块石头上。夏夜的河风湿润润的，落在河水里的星斗，更是浑身透湿，越湿越重，像不断掉进更深处。当星斗零零落落地被淹死，河面暗淡，才知道晨光已经降临。他起身回屋。起身的刹那，看见黑儿坐在身边。也不知它是什么时候来的。

而这一切，王小英并不知晓。天亮后她睡得很沉，没像往天那样去屠宰场。

事情进展迅捷。张铁匠拿到房子钥匙的头一天，王小英跟田茂办了婚礼。

次年初春，王小英就从回龙镇消失了。

是因为田茂调进了县城的某所中学，她作为家属，自然而然地也成了县城里的居民。

吵吵嚷嚷说要把县城搬到回龙镇来，其实都是谣传。是回龙镇的某些房产开发商故意放出的谣言也未可知。政府正着手在清坪镇修一个水电站，既供给电源，又调节流量，缓解县城的水患。

三年过后，张铁匠的铁匠铺被水淹了。

不过这无关紧要，整个回龙镇的街道都抬高了几米（只有本在高处的学校原封未动），由此形成新的空地，那些空地在岩坎之下，面积小，位置也不合适，总之不能起房子，起了也没人敢去住，便作了小型砖厂、预制板厂或堆积笨重货物。请张铁匠守护的那家预制板厂，就搬到了一个这样的空地里，他的铁匠铺也开到了那里，厂方像先前一样，为他新搭了棚子。他的手艺，还能继续帮助他维持生计。半岛的低洼处，成了河汊，但绝大部分田地照样种庄稼，半岛上的农人，照样用祖传的农具，秉承祖传的耕作方式。

十多年过去了。

张铁匠五十岁了。

十多年里，张铁匠既没有看到过王小英，也没听说过王小英。偶尔，他在镇上见到一个跟王小英身材相像的人，顿时呼吸局促，但他们擦肩而过，那个人也没看他一眼，证明不是王小英。有一次，一个很像王小英的人，牵着个五岁左右的男孩，不知为什么，她的脸上挂着泪水……张铁匠心里紧张，却控制不住自己的腿，朝她跑过去。还没跑拢，她带着男孩钻进了一辆银灰色的小车。小车朝县城的方向开走了。

张铁匠有了自己的房子，但绝大多数时候，他住在预制板厂为他搭的棚子里，跟满屋的铁器睡在一起。只在他特别想念王小英的时候，才回到龙井湾的那套房子里去。

房子里没有王小英，当然也没有别人。连家具也没有。房子修起来是啥样，现在就还是那样（只是房子跟人一样，变老了），里面的全部装饰，就是迎面墙上钉着的一张黑狗皮。

一种鸟的名字

鹧鸪，你听说过吗？肯定听说过，但不一定见过。这是一种杂色鸟，背部和腹部黑白交错，头棕色，脚黄色；食物也杂，既吃昆虫和蚯蚓，也吃植物的种子。其实我也没见过这种鸟，我只是见到了一座名叫鹧鸪的山。从红原草原出来，穿过刷马路口，离米亚罗彩叶林风景区还有数十公里的时候，鹧鸪山就出现了。出现得很突兀，就像由低音区陡然升到了高音区。待反应过来时，已在高音区滑行了好长一段距离。李向志说："按这个速度，不到中午就可以到米亚罗，这季节，彩叶是看不到了，但那里还有一绝：蘑菇汤。我们喝他一肚子蘑菇汤又继续上路，天黑前绝对能赶回成都。"他说那里最好的蘑菇是天鹅蛋，几年前他到米亚罗，买了几斤刚采下的天鹅蛋回去，送给小区里的老太婆，她们吃了，把干瘪的大腿拍得啪啪响，摇头摆脑地说："香，硬是香！我们只在很多年前才吃过这么香的蘑菇！"这话她们差不多说了整整一年。

想到蘑菇汤，李向志兴奋了。他一兴奋起来，就嘭嘭嘭地敲着方向盘，扯长了嗓子唱歌。

他会唱不少歌，包括《羊爱上了狼》这样的网络歌曲，但那些歌他都只能用喉咙唱，不能用心唱，只有上世纪传下来的老歌，他才能用心唱。他已经六十多岁了。

这时候，他唱的是《美丽的草原我的家》。

他的家在哪里呢？尽管我跟他是忘年交、老朋友，可你也别指望我能回答你。

要说他的出生地，是在川东北，那里的万山丛中，有一个镇，叫响水滩，顾名思义，镇前有条河，河里有片滩，水从滩上流过，淙淙有声，竟日不绝。响水滩是个偏僻小镇，一条独街，人户很少，全都是木头房子，因地势逼仄，房子挨房子，站在两幢房之间朝上望，只能望到一线天。死的死，生的生，好多辈人过去了，房子却从没维修过，某一天，村西的跛了梁柱，朝村东倒，便一倒百倒；东头的河湾上，有棵巨大的黄桷树，全镇的重量，都压在那棵树上。即便如此，居民也没想到去把房子扶正。反正树不会断，房子也不会塌，扶正干吗呢？这么歪歪扭扭地住着，还别有风味的。

因此可以说，响水滩镇是建在一棵黄桷树上的。

李向志的家就紧挨黄桷树。

家里住着两个人：他和他的母亲。他父亲是国民党军人，属打仗不要命的那种；打仗的人本来都不要命，而他父亲是属于特别不要命的那种，手榴弹都飞到脚底下冒烟了，他还要捡起来，看看是哪家兵工厂产的，再一挥臂扔回去。他在抗战晚期做了尉官，解放战争打响的前夕，据说晋升了，但只是据说；自从怀上李向志，他女人也再没见过他。1949 后，竟也没有他的任何消息。当地谁都知道他是国民党军官，长天白日来问那个虽不能说是寡妇，但事实上就是寡妇的女人，探听她男人究竟是被解放军打死了，还是随蒋介石去了台湾。多半是去了台湾，要是阵亡，总有个名单的，名单一层一层地递交下来，终究会交到镇上，交到家属手中，可镇上不知道，家属也不知道。

很小的时候，李向志就听母亲说："你爸死了，是解放军打死的，死得好！"——这是白天。夜里，那个圆脸长身的女人又说了另一种话，她说宝贝儿，你爸没死，你爸去了台湾……她说你个不要天良的，你真的去了台湾吗？听说蒋介石只带走了金条、高官和高官的太太，你一个芝麻大的小官儿，蒋介石舍得在轮船或者飞机上给你一个座位吗？你别果真挨枪子儿了哇！然后是哭泣。

那时候，李向志躺在母亲的肚皮上睡觉。

母亲的皮肤跟她的衣服一样，总是散发出河水和太阳的香味。

可她一哭起来，香味就跑了。她的肚皮一紧一松，常常把李向志弄醒。

对父亲的下落，镇上人似乎比母亲更有把握，他们咬定了那个比女人低一个头的矮壮男人，就是逃到了台湾。凡逃到台湾的，他们一律称为特务，大人孩子骂李向志，就一句话："特务杂种！"母亲挨批斗，罪名也是特务婆娘；本来该叫"特务的婆娘"才对，叫起来不方便，把"的"字省掉了。然而语言也是物质，叫着叫着，她就真的成了特务，说她家里藏着发报机，每天晚上，她都在滩声的掩护下，给台湾发报，约定反攻大陆的时间。家里天天都有人来，把坛坛罐罐捣碎，甚至把收藏起来准备过冬的南瓜、土豆、红苕之类，也用铡刀剖开，逐个检查这些看上去平平常常的东西里面，是否藏着通敌的机关。头儿是个穿制服的大胡子，除领着人来，隔那么几天，他还单独来李家，都是深更半夜来；他这时候来不是寻机关，而是干特务婆娘。李向志跟母亲睡在一张床上，有时候睡着，有时候醒了，醒来后眼睛明碌碌地睁开，晴朗的夜晚，月光从亮瓦和龇开的门缝、板壁间漏进来，大胡子就能看见那双眼睛。看见了照样干。

多年以后，大胡子才神神秘秘地对他身边的伙计们说：

“嗨，我简直没想到特务婆娘跟其他女人是一样的！”

大胡子说这话的时候，李向志和他母亲都早已离开了响水滩。

李向志比母亲先离开。是逃走的。那天夜里，风跑得很急，云堆得很厚，闪电把云层劈开，在街上蛇行搜索，每次都像找到了目标，扔出炸耳的雷声。镇上人都缩在家里，大胡子也没有出动，母亲好不容易睡了个安稳觉。夜半时分，李向志悄悄从母亲身边溜掉了。他没走大门，而是从窗口爬出去，攀住黄桷树的枝丫，下到河沿，用裤带把鞋袜衣裤缠在头上，凫水过河，钻进林莽。林莽绵延不绝，他选定一个方向，头也不回地朝前走。前方是何方，他不知道。半个月后，到了凤凰山，站在山头，望见了河谷中的一座城。老天爷呀，天底下真有这么大的城吗？这个从响水滩来的人，被城市的大吓坏了，不敢下山。又走几公里，城市像根虚线那样越拖越淡，山脚下再无大楼和街道，只有被砖墙围住的、呈“Π”形的几间水泥房，房顶伸出的一根烟囱，有天那么高；砖墙背后，躺着一片地，种着萝卜，翠绿的樱子上洒满黑灰。他沿茅草覆盖的小路趄下去，蹲在地里，拔萝卜啃。

牙齿只刮到了皮上的泥，就听到一声暴喝：“干啥子！把你龟儿子烧了！”

这地方是达州城的殡仪馆。

萝卜是殡仪馆的职工种的。樱子上的黑灰，是从烟囱里飘上去又沉下来的骨灰。

李向志说，正是那个穿着白大褂、要把他塞进火化炉烧掉的人，帮了他的忙。也可以说，是李向志的那张脸帮了他自己的忙。他的腿脚没跟母亲长——母亲双腿颀长，他的又粗又短，大概像他父亲——脸却跟母亲的看不出多大区别，圆得像月饼，给人喜庆和至诚的印象；算他运气，碰上那白大褂特别喜欢长这种脸形的人（他是殡仪馆的整容师，连这种脸形的尸体他也打理得精心些），不仅让他啃了三个萝卜，还把他送到了达州钢铁厂。整容师的哥哥在那厂里负责后勤，眼下正好缺个锅炉工。

李向志的这些话是否可信，很难说。就算他真是以这种方式进了达钢厂，那整容师的哥哥怎样盘问并收留了他，也是一个谜。那时候弦绷得吹弹即断，不可能随便收留人，尤其是当这个人衣衫褴褛，又来历不明。我估计他当时撒了谎，因为有很长一段时间，他都不叫李向志，直到由临时工变成正式工，母亲也不再是特务婆娘时，他才恢复了本名。

他在达钢厂一干多年。

然而现在，他已经是一个地地道道的成都人了。

他自己说，从达钢下岗来到成都后，他就做生意，但我至今说不清他做的哪门生意，只感觉他像个成都土著，靠房屋拆迁得了一笔赔偿，或者靠租赁祖上留下的门市，便百事无忧地混着日子。他一天的主要工作是喝茶。我刚跟他认识的时候，隔三岔五的，就接到他的电话，让去他家附近的百花潭喝茶。开初抹不下情面，我去过几回，以后就坚决不再去了。百花潭是个免费公园，在青羊宫隔壁，只要不下雨，露天坝的竹椅上就没空过人，从早上八点开始，喝上午茶，喝到中午，要份盒饭吃了，接着喝下午茶，一直喝到晚上六点，又要份盒饭吃了，接着喝晚茶。世人都知道成都人休闲，其实他们不知道，打牌也好，喝茶也好，在成都人这里都并非休闲，而是当成事业来做的。李向志仰在竹躺椅上，自始至终是一副怡然自得的神态，我却类同于受刑。

那时候我来成都一年多，借钱买了房子，就啥事不干，只猫在家里写小说。但没有人愿意要我的小说。别人不要我有什么办法？唯一的办法，就是白天写了，晚上又写，就这么昼夜兼程，不停地写下去。我实在不该跟李向志坐在茶桌上混光阴。他跟我不一样，他没什么可焦虑的：离婚多年，单身一人，母亲在疗养院，儿子在美国，只要把钱给足了，老少都不用他操心。而钱他是不愁的。虽然我拿不准他做的哪门生意，但他的确不差钱用。再说，我跟他坐在一起，也没有多少话可以交流，大部分时间，都是茫然地盯住从树叶间漏下的阳光斑点，或者看一只不怕人的鸽子（他硬说是斑鸠）捡食地上的饭粒。邻桌的茶客同样如此，要么沉默不语，要么就说些与自己的生活毫不沾边的闲话，比如好莱坞明星的私人飞机，本·拉登有多少替身，民国二十四年蒋介石到成都后，怎样提防刘湘造反，又怎样跟夫人闹了矛盾，独游峨眉山时两次朝侍卫发火，诸如此类。我几次说走，李向志都把头摇几下，把手摆几下："慌啥？小说是闲出来，哪里是慌出来的？"

他仿佛什么都懂。这也像成都土著。成都人的茶桌是传播器，天上有颗星星打了个摆子，中南海有个人打了个喷嚏，成都人也知道，并在茶桌上迅速传开。这里没有天上地下，不管多么遥远多么神秘的东西，都会无形无迹地化为世俗，化为民间。李向志浸染其中，如鱼得水。

他把《美丽的草原我的家》唱得断断续续，唱两句，停了，过一会儿又唱。方向盘倒是一直在敲。他右手的中指背上长着一撮绿毛，每敲一下，那撮绿毛都水草似的披拂开来。

我说你别敲了，你认真开车吧！

他笑嘻嘻的："你害怕了？"

我老实承认，是有些害怕。

鹧鸪山的路况本来就差，又正在翻修，不是一般的翻修，而是搞得天翻地覆的那种。据说数月之后，有位大领导要去红原。路上到处是坑，还蹲着尖削的石头。昨夜下过雨，坑里积满水，不知深浅，从坑道经过时，车身似要倾倒；石头都长着牙齿，把底座咬得嘎吱嘎吱响，车行老远也不丢口。

然而，我越说害怕，李向志把方向盘敲得越响，车也开得越快。

我知道他是在显示，显示自己的“不要命”。

他总是不放过任何机会显示自己的“不要命”。对此，第一次跟他去川西高原，我就见识过了。那是八年前，我跟他结识不满三个月，春节就到了，除夕天夜里，他打电话来，问这几天有空没有，我以为他是要聚一下的，就说有空，他说好。只说了声好，别的啥也没说，次日一早，他就把车开到我的小区门外，我才知道是要去高原。我啥也没准备，他说，不过出去玩几天，准备个球哇！

这次出行并没有特定的目标，走到哪里，想回去了，就回去。到二郎山我就想回去了！那地界，雪山围裹，老鸦乱飞，老鸦边飞边叫：“哇——哇——”在我们老家，听到老鸦叫是不吉利的，是要死人的。我心里发寒，李向志却放声歌唱：“二呀嘛二郎山，高呀嘛高万丈……”他的歌声把山唱得更高，也把天唱得更蓝。孤鹰在高空盘旋，看上去不像寻找猎物，而是炫耀它的孤独。过了康定，次第翻越高尔寺山、剪子弯山、卡子拉山，海拔都接近五千米的，我嘴皮发乌，呼吸困难，他却依旧高歌，嘭嘭嘭地敲着方向盘。两天过后，到了世界上最高的县城理塘县。李向志把车往加油站开，说：“把油加满，找地方吃顿饭，就打道回府。”我这才精神一振，想好生跟他说几句话。

一路上，我都没好生跟他说过话，我不是敷衍他，就是顶撞他。

我也说不清这是为什么。或许，我根本不该把自己的落脚点选在成都，也根本不该跟李向志认识，更不该跟他成为朋友。

加油的师傅见我们的车是省城牌照，很惊讶：“你们真不要命啊，这季节……要去哪里?”

不是说吃顿饭就回去么，可听人夸奖“不要命”，李向志想也没想，大声说：“稻城!”

师傅豁着嘴，老半天才咕哝出一句：“那你们是真不要命了!”然后给我们举例，说前年五月，他儿子开车送几个香港客人去稻城，途中翻越海子山，客人吓得惊叫，继之痛哭。又说去年八月，警察在山谷中发现一辆残车，车里躺着一对男女尸骨，据推断，这对男女已死三年了。

师傅不知道，他越这样说，李向志越来劲。我也根本拦不住他，车是他的，又只有他会开。

不到川西，不知中国之大；不到海子山，不知高原之险。旋风把玻璃推开，车里沙雾弥漫，睁不开眼。眼镜片上积了厚厚一层沙土，头发变黄，摸上去像陈年的地衣。待风沙止息，暗冰四伏的路面，又窄得像根舌头，两侧深不见底，陡直的崖壁棵草不生，车轮一半贴地，一半悬空。到这时候，想撤退也没个地方倒车了。即使能倒车，李向志也不会撤退。车行数十公里，都荒无人烟，唯獐、鹿、豹潜踪匿迹。四野乱石，草地稀疏，只有烈风送走日月，不知豹们以何为食，如何安寝。人家熟悉这段路的，也把车开得如蜗牛爬行，李向志却是能开多快就开多快。拐过一个手肘形弯道，不知从哪里突然钻出一条小狗，追着我们的车咬。李向志乐呵呵的，说：“兄弟呀，高原上的狗也寂寞呀。”

话音刚落，车就长了翅膀……

不知过了多久，两人清醒过来。钻出车外，发现车是朝崖下翻去，但有块石头挡住了它。没这块石头，我们就要像那对男女，很可能几年后才被发现，也可能永远发现不了。

我们都没大受伤，只扎了满头满脸的玻璃碴。

李向志把玻璃碴拈去，哈哈大笑，“照相照相！”他说。

随后他走近晃晃悠悠的车身，从后座拉出相机，让我给他照张人和车的合影。

回到成都后，他把这张合影发给了他所有的熟人。

有时候我想，李向志为什么那么在意让别人觉得他不要命呢？

他是真不要命，还是以这种方式，表达对他“不要命”的父亲的怀念？

当然，怀念这个词用在这里是很奇怪的，我们无法想象去怀念一个从未谋面的人，哪怕这个人是自己的父亲。似乎用追随更恰当。李向志是在“追随”他的父亲。

在达钢厂领到第一笔薪水后，他既没想法给母亲写信报告行踪，也没买吃买穿，而是买了一部收音机。他的薪水低得出奇，不够买一部收音机，便找工友借。给他借钱的是个电焊工，酷爱美术，因此还负责厂里的宣传画和墙报插图。此人姓罗，戴着深度眼镜，大家都叫他罗眼镜，十余年后，罗眼镜因一幅作品，不仅名震画坛，还波及文化界和思想界；那幅作品用画领袖人物的尺寸和笔法，画了一个饱经沧桑的农民。但在当时，谁也不知道电焊工罗眼镜会有那么大的出息。他跟李向志住在同一间宿舍，夜里饿得翻来覆去睡不着，两人便翻过围墙，去偷农民的白菜。那正是武斗搞得如火如荼的年月，不少人，包括工厂附近的农民，都有枪。因此，尽管只是偷白菜，也冒着丢命的危险，

从买来收音机那天起，李向志夜夜收听。虽然跟罗眼镜在偷白

菜的时候结下了战斗友谊，他还是做得很小心，用被盖把自己严严实实地捂住，声音开得如同蚊子叫，一个人听。

他听的不是中央人民广播电台，而是台湾电台——那时候，叫敌台！

罗眼镜知道他在听敌台，但罗眼镜不动声色。

二十多天后，李向志下班回来，见路边的墙报焕然一新，便走过去看。

他没上过学，一天也没上过，本是不识字的。在他老家响水滩，每隔十天半月，就要放场露天电影，只要银幕上现了字，全场都念，比如放的是《英雄儿女》，片名出来，全场便响起不甚整齐却格外高扬的声音："英雄儿女。"接着是制片厂家。电影结束，念字的声音再次响起："一九六四年。"但还有一个字呢，人人都知道还有一个字，因为那时候，每部电影都不止看十遍八遍，大家站起身，提上凳子，等那个字出来，念了，才离开，不会念的，也要听了才离开；那个字是："完。"每次听别人念字，李向志都抬头望天。天上是一个空洞。到了达钢厂，跟罗眼镜住在一起，他见罗眼镜既看书又画画，还在画上题字，便去讨好罗眼镜，想跟他学认字。他讨好的办法除了偷白菜时跑在前头，还就地取材：每次回宿舍，都给罗眼镜提一桶热水，让他洗脸洗脚。罗眼镜每天教他三十个字，他把这些字当饭，不是认字，是吃字。没过几天，厂里放电影，当金光闪闪的五角星推出了片名，他惊喜地发现自己竟然认识那几个字，便挺着胸膛，唱歌一样念。他的声音比蜂鸣箱里的还大！全场都奇怪地盯住他，他也很奇怪地盯住别人。他知道，厂里识字的人，比响水滩的多，但厂里的人看电影，却不高声念字，这让他异常震惊，也格外失望。

但毕竟，他识字了，他为字着迷，路上看到脏不可忍的碎报头，也捡起来看，别说新换的墙报。

然而那天，他走近墙报，一个字也没看清，脱壳里就像放礼花那样炸开了。

右上角有幅没有题目的插图：一个人，整个上半身被铺盖笼着，只把屁股露出来，高高翘起；头部的位置，伸出一根天线。

谁都能看懂这幅画的意思。

“罗眼镜把我卖了……”他想。他听敌台，并没想卖国，只不过想听到父亲的消息。他还没有听到父亲的任何消息。午夜时分，台湾电台有个节目，介绍军队旧将，随蒋介石去了台湾的川东北人，他听到了七个人的名字，这七个人，军衔最低的也是少将，他父亲抗战晚期才做了尉官，就算青云直上，也混不到将官，但他相信，从高到低，总有一天会说到他父亲的。——却被罗眼镜出卖了。

他把收音机藏进了农民的菜地，等着别人来抓他，把他打进大牢。

可好几天过去，都风平浪静。

这几天，罗眼镜照常教他认字，但没有一个字他是记住的。

有天晚上，罗眼镜把三十个字写好，他刚坐过来，罗眼镜突然问：“你为啥不听收音机了？”

他噌的一声坐得梆直。

罗眼镜说：“墙报上那幅画，只不过是我的一幅作品，与你有啥球相干？”

原来，罗眼镜没打算出卖他，那幅画，只不过是他的一幅作品。

但李向志不放心，直到再次更换了墙报，他才去把收音机取回来。

收音机埋在很深的土里，已严重受潮，听中央人民广播电台也杂音很重，别说听敌台。他把耳朵贴在机身上，尽量不漏掉一个字。

听出的结果，是那个栏目已经停办了……这都是罗眼镜害的。

次日一早，他把收音机扔进了炉膛。

事过多年，当得知了父亲的真正下落后，他才原谅了那个已经成为大画家的人。

李向志很少谈到他的母亲。他怀念或者说追随一个遥不可及的人，却对含辛茹苦把自己拉扯大的母亲极少提及。在我的印象中，关于母亲的话题，他只主动给我谈起过两次。一次是遮遮掩掩地讲述大胡子怎样半夜三更到他们家，另一次，是我俩在一家咖啡馆里，他说到自己当年为什么从故乡逃跑。

他说兄弟，我实在不忍心看我妈挨斗。响水滩斗人，跟其他地方不一样，其他地方可能扇耳光，跪柴块，或者在毒日头下罚站，响水滩不这样，他们把斗争做成娱乐，事先选几个身强力壮的家伙，在镇子中央的祠堂里（枯水季节，就在河滩上），占据天、地、人、和四方，把我妈这样的牛鬼蛇神夹在中间，你一肩膀撞过去，我一肩膀顶过来，比谁把力道拿捏得最好：既不把人撞倒，又要撞得足够有力，让牛鬼蛇神打出的趔趄，像扭出的舞步一样好看。笑声把响水滩的天都掀翻了。观众笑，甩肩膀的笑，斗争对象也要笑，不笑就证明你不高兴，就一直这么撞下去，直到你笑出来为止。他们的脸的确笑了，但那是假笑；他们的屁眼才是真笑：好些人的屎尿都被撞出来了。当时有人给这种玩法取了个名字，叫“开天劈地”。真是名不虚传。我母亲的屎尿没被撞出来，却从裤管里掉下一团血糊糊的东西。那是卫生巾。那时候不叫卫生巾，叫月经带，一根丝瓜样的长条形布袋里，塞满柴灰，吸女人的血水。

而下一回跟我聊同样的话题，他又不是说的这回事，而是说太饿了。他说响水滩那旮旯，除了鹅卵石，啥都不产，家里来了客人，就捡一盆鹅卵石，用盐炒了，你拿一块，我拿一块，滋滋地嘬那卵石上的盐味儿。后来食盐紧缺，连这道菜也端不出来，就只有大眼瞪小眼。他想活命，只有逃走。

第三次聊，他说的是：兄弟，不跑，我就结不到婆娘。响水滩人人都知道我的底细，谁愿意嫁给我？我想啊，想婆娘啊！当时我以为，只有特务婆娘的儿子才想婆娘，到达钢才明白，罗眼镜也跟我一样想，罗眼镜根正苗红，怎么也想呢？这让我相当吃惊。他想婆娘，就把婆娘画出来，有次我俩偷回一窝白菜，我拿刀正要切，他说别忙！之后提起画笔，画那窝白菜，结果他画出的是一个女人，绿衣绿裤，水灵得要让人晕倒……我感觉响水滩的年轻女人都知道我在想她们，跟她们碰面，我的头抬起来不是，低下去不是，我在她们眼里，五脏去了四脏，只剩下一颗肮脏的心，我能不跑吗？

他说了这么多，但我觉得，在为什么逃跑的问题上，他一直在十分真诚地欺骗自己。

他没骗我，而是骗他自己。

他说出的每一种理由，都可以看成理由，却不是真正的理由。

真正的理由，是他恨自己的母亲。

自从到了成都，他就把母亲搁在疗养院里，如果他是个大忙人，还情有可原，然而事实不是这样。那回他去米亚罗买了几斤天鹅蛋，也是送给小区里的老太婆，让她们尝了鲜，却没给母亲尝尝。最奇怪的是，2008 年 5 月 20 日，也就是汶川地震一个星期过后，我坐他的车去北川，刚到绵阳，他接到一个电话，是成都某敬老院的马院长打来的。李向志怒气冲冲，说马院长你别管她，她撞死了我不会找你们说半句话！她不会死的，要是她真想死，为什么撞铺盖卷呢？为什么不往墙上撞呢？言毕啪的一声关了手机。之后车开出十几公里远，他依然是满脸怒容。

马院长来电话，自然是说他母亲，他怎么会这样？

有回他突然冒出一句："我老婆就是被我妈赶走的。"

他似乎是想表明，因为这件事，他才恨母亲。他说他老婆很漂亮，是达钢厂的厂花。这话我并不相信，凭他的地位和长相，不大可能把厂花弄到手，除非达钢厂的男人全都不喜欢漂亮女人；话又说回来，就算老婆真是厂花，婆媳间起一些争执，也是平常不过的事，为这事就离婚，错不在母亲。

我有一种感觉，他对母亲的恨，并非离婚之后才有，而是在响水滩就有了。要不然，从响水滩逃走的那个夜晚，为什么把母亲瞒住？他这一逃，就是十二年，在这长长久久的时日里，他没给过母亲一个消息，开始几年倒说心存畏惧，八年之后，形势变了，他不仅可以给母亲写信，还可以大大方方地去把母亲接走，但他没有写信，更没有及时去接……

这次去红原的路上，我俩夜宿川主寺。成都热得不行，高原上却冷得像冬天，房间里被盖单薄，又没空调，睡到半夜，两人都被冷醒了。他起来看电视，可摆弄来摆弄去，就是打不开，他"噢——嗬嗬——"的喊叫几声，像发火，又像练嗓子。整个一幢宾馆，只住着我们两个客人，他把嗓子喊破，也只有离得很近的星星听见，人听不见。练了嗓子，他又把琴取出来拉。他随身带着小提琴。小提琴也是在达钢厂学的。他的好多本事都是在达钢厂学的。我简直不明白他在那家厂里究竟还有什么东西没有学过。他曾经告诉过我，说他是厂乐队的首席小提琴手，但他拉得实在不怎么样。他自己也感觉到了，解释说，他二十年没摸过琴，两个月前才重新捡起来，手指不听使唤，何况还冻僵了。

言未毕，他接连打了几个喷嚏，之后说："别感冒了啊。我还是我妈死的时候才感冒过一次。"

我这才知道他母亲已经死了。

“啥时候的事？”

“去年十月份。”

“为啥不通知我？”

“人死如灯灭……”他说，“我哪个也没通知。”

路越来越烂。一条河傍着公路往下走，或者说，公路傍着河流往下走。河流很窄，却咆哮得像条大河，把两边的山壁撞得轰轰隆隆响。山体倒是渐趋生动了，林木深密，岚烟如雾。这么茂密的林子，却看不见一只鸟，也听不见一声鸟鸣。我原以为，鹧鸪山上一定是鹧鸪成群的。

往常，我最害怕李向志话多，有时候，他的话多得如同灾难，天南地北的，张口就来。可今天他没怎么说话，他一直在断断续续地唱那首歌，每一句都唱得很动情，仿佛那片刚刚被我们甩在身后的草原，真是他的家。事实上也可以这么说，因为他在那里买了两匹马，请人养着。给他养马的人，名叫色儿青，是个十九岁的藏族姑娘。他走色儿青家，就像走自己的家。其实，他去年才跟色儿青认识。

去年也是这季节，他带着保姆，去了若尔盖，然后去红原，车在鲜花遍野的草原上飞奔——他开车总是这样，路再烂，也把车开得像逃跑，何况红原作为长江、黄河的发源地，正打造与九寨沟、黄龙溪的旅游共同体，路都是硬化过的——他眼睛的余光瞥见路边有家店子，出售酸奶，便停下来，挽着保姆的手，去了那家店子。守店的就是色儿青。色儿青刚从成都畜牧学校毕业，汉话说得相当地道，把酸奶卖给他们，还请他们进屋坐。他本就是个闲散人，只要高兴，在哪里都能坐上一天半天。于是他就进去了。山区汉人住的那种木屋，并不宽大，倒也整洁。

他虽已六十多岁，却健壮得就像个中年人，因此色儿青叫他叔叔，把他保姆叫姐姐。她以为那保姆是他女儿，不知道是他保姆，还兼做他的情人。离婚在他心里留下了一块活着的伤疤，他始终忘不了老婆，发誓不再娶，却并没停止过找情人。他找的情人都是在校大学生或者研究生，毕业过后，双方关系自动解除。

色儿青这么叫，李向志没纠正，他保姆也没纠正。凡跟他的保姆，基本上都是不大说话的。她们把话留给他说。李向志问色儿青为什么没在成都谋事，却回了山高水高的草原。色儿青说，我就是想在成都找事情呢，可找不到啊，李叔叔你帮帮忙吧。他说没问题啊，然后问她会些什么。“我会医牛医马，”色儿青说，“我学的就是这个。”李向志又说好，没问题。听上去，像成都有成群的牛马等着医治。这时候，色儿青的父亲回来了。她父亲则白是红原县壤口村村长；红原地域广大，却难见人烟，全都是一乡一村，因此也可以说则白是壤口乡乡长。色儿青对父亲说：“阿爸，这是李叔叔，他要在成都给我找事情。”则白咧了嘴笑，满口整齐的白牙，似能嚼碎世界上任何一种骨头。

跟则白握了手，李向志就要走了，可则白不让走。则白摸出手机打电话。十余分钟后，远处驶过来一辆摩托。驾车的是色儿青的母亲尼玛准。尼玛准带着青涩如少女般的微笑，走进屋来，并没给客人打招呼，就洗了手，进了厨房。她勉强能听懂汉话，但不会说。家里，就她跟婆婆不会说汉话。从穿着上看，也只有她跟婆婆才像藏人：则白穿衬衫，色儿青穿 T 恤，尼玛准和婆婆都是满身藏服。

没过多久，尼玛准端出一大盆手抓牛肉，还有一盘“和尚包子”。

吃了牛肉和包子，天色已晚。则白一家盛情挽留，李向志和他保姆便决定住下来。

公路两边都是草场。南边的草场之外，是连绵的群山。北边的草场没那么宽广，出店百米就被河流分割（一路跟随我们在鹧鸪山穿行的，就是这条河），河的那边也是山，尼姆登山，比鹧鸪山的海拔高了千余米，却照样被针叶林覆盖，望过去，蓊蓊郁郁的，满眼的绿。

李向志问则白："你家有多少草场？"

则白说三千多亩，但牲口并不多，只有百十头，一半是牛，一半是马，有两匹马快要生了。

就在这时候，李向志说他要买两匹马——两匹即将出生的小马。

每匹三千元，次日早上，他把六千元交到则白手里，就带着保姆离开了。

买马干什么？成都街头不可能骑马，且要把这两匹马养大，只能放在它们出生的草原。

何况它们还没有出生呢。

李向志回到成都半个月，那两匹马才从娘胎里钻出来。它们见了天日，却没见识主人，色儿青便过些天就给它们照张相，发到李向志的邮箱里。这些照片都很模糊，云朵之下，一白一紫的两匹马儿，小小的，淡淡的，像长在绿茸茸的天上。李向志说："你离它们近些照。"色儿青说不行啊李叔叔，马才让人靠近，它们不让。李向志糊涂了，我买的不就是马么？色儿青说，等它们长大了，将它们驯化过后才变成马，之前不是马。李向志问，不是马是什么呢？色儿青说，是野马。李向志嘀嘀嘀笑，野马不是马，这实在太有意思了，他得意扬扬地对保姆说："你看，我那六千块花得值不值？"

他还多次向我吹嘘，多次约我到红原，去看他还不是马的马。

恰逢这几天我们片区检修电路，停了电我没法工作，就跟他来了。来的时候，听说米亚罗、鹧鸪山一线在修路，车辆不准通行，便从江油、九寨沟绕道，多走了近千公里，第三天才到色儿青家。但依然没有看到那两匹马。

色儿青说，马在远远的山里，又不晓得在哪一架山里，恐怕看不到了。

李向志说："好，在山里好！"

他说这话时的样子，很神往，像他买下两匹马，就是为了看不见它们。

色儿青说："李叔叔，你给它们取个名字吧。"

"名字？就叫国林子！"

色儿青问了哪几个字，又问为什么叫国林子，他说你别管，就这么叫。

色儿青说："这才一个呢。"

他说："两匹马都叫国林子。"

我们都不知道为什么取这么一个奇怪的名字。他说得很认真，但我疑心那只是临时想起来的几个毫无意义的字节。凡事他都是这副态度。早在一年前，他不是就许诺给色儿青在成都找事情的吗，但这次来，色儿青和她父母不好提，他也没提。他多半早就忘了。他只兴致勃勃地对则白说如何开发北边的那片草场，说把这片草场搞成高尔夫球培训基地，只需请一个师傅，再请一个球童，让色儿青经管，色儿青坐在草场边嗑瓜子儿，就有赚不完的钱！他说每天从这里经过的车，二百辆绝对有，看到基地，就会停下来，不说全停下来，有一半停下来，也就是一百辆车停下来，休息一阵，学上几招，不仅司机学，车里的其他人也学，加在一起，就有几百号人，学一次五十块，几百乘以五十，是多少？另外，你不是说用望远镜能看到尼姆登山上的狼、熊和马鹿么，你设一架望远镜在河边，让那些人除了学打球，还看原生态的野生动物，看一次收十五块，你算算这笔账！

听着这些话，我心里想，则白会相信他吗？

反正我是不信的。他热衷于参与和干涉别人的生活。有好几次，他专程开车上我家来，要我把房子卖掉，重新去买一套。我问为啥，他说那套更好。我问好在哪里，他说升值空间更大。我说，我是把房子当家，不是当财产，我要把一座房子住上十年八年，才感觉到它是家。他不听，说已经给我定下了，如果钱不够，在他那里借。他第一次这样说，我对他是又感激又愧疚，感激他的热心肠，愧疚负了他的热心肠；后来我就不了，因为他只是说说了事，说过就忘，当没说。不过，我也从中悟出了一点儿他在成都做的“生意”。有一回，他把我拉三道堰，那地方河汊纵横，被称为成都的威尼斯，他在主河道旁边觅得一套私宅，让我买，并且说本来他自己想买，我俩关系好，才让给我。他打电话把主人叫来，帮我讨价还价。我开始就没打算买，最终也没买。他自己却也没买。后来我回忆，他跟主人讨价还价的时候，有点像说相声。看来，他是在帮人推销，从中渔利。他信息的来源，很可能就是在茶桌上。这种买卖，十有八九都得泡汤，但只要做成一件，就是一笔不菲的收入。

当然，对他而言，参与和干涉别人的生活才是主要乐趣，挣钱只是顺便的事……

我想则白也不会相信他。则白可不是没见过世面的人，他家里有个大镜框，装满了他随县领导出访各地的照片。对李向志算的那笔账，他肯定跟我一样怀疑。然而，他却是很当回事的样子，提到用望远镜看山上的野生动物时，他说：“不是回回都能看见，有时候看得见，大多数时候看不见。”李向志原地转了一圈：“你管这个干嘛？看得见是他的运气，看不见该他倒霉，只要把眼睛凑近了望远镜”，他右手的食指和拇指做成一个圆圈，一只眼睛虚着，一只眼睛睁着，睁着的那只眼睛往圆圈上一顶，“对不起，请掏十五块！”则白嘿嘿嘿笑。

接着，李向志对一旁的色儿青说：“我回去过后，给你制作一个正规的策划书。”

色儿青鞠了一躬，说：“谢谢李叔叔！”

我心里想，你等吧，等到他下次来的时候，他说的又是另外一件事了。

自从离开红原，离开色儿青家，我对色儿青和她父母的模样，就有些混沌了，反而是对那个不常出现的老太婆，也就是色儿青的奶奶，印象深刻。我们是昨天上午十点到色儿青家的，在那里住了一夜，算起来，有不下二十个钟头，但见到老太婆的时间，不会超过两小时。她住在旁边的屋子里，吃饭的时候才过来，吃了饭，喝碗奶茶，马上离开。她吃得少，一顿饭不会花去十分钟，如果不是昨天晚饭后在草地上闹了一会儿，我们跟她见面的时间，就不会超过半个小时了。只要没端碗，她就拿着转经筒，不停地摇。她眼睛含笑，面容慈祥，脸上皱纹很少，浑身利利索索，不像是八十七岁的人。

我之所以记得她，是因为我由她想起了李向志的母亲。

李向志的母亲也是这样干净利索的。

李向志的母亲如果活着，今年也是八十七岁。

不过，她们只有这一点儿相似了……

李向志的母亲我见过一回。

那是去年九月，在她去世前的一个月。

那次有个陕西的朋友给我送来一幅画，这朋友很有文名，画得怎么样我并不清楚。朋友离开成都之前的那顿饭，我请了李向志。李向志跟我那朋友聊得热火朝天的，从文学到美术，他无不头头是道。他读过《毛泽东诗词》，读过《金光大道》《暴风骤雨》《钢铁是怎样炼成的》之类，而且还写过一个电影脚本呢，虽然写得很臭，毕竟凑成了三万多字，那脚本名叫《跑马溜溜的草原》，是去年从红原回来后写的，女主角的名字就叫色儿青。这次，他把脚本包装成书的模样，给色儿青送了一本（同时给色儿青送了一个厚厚的红包，是她帮忙养马的辛苦费）。至于美术，他没吃过猪肉，却见过猪跑——当他说出罗眼镜的大名，道出了他跟罗眼镜的关系，我那朋友立时对他刮目相看了。他高兴得手舞足蹈的，饭毕，非要开车送我那朋友去机场。我当然也只好要跟他一同去。

回城的路上，听说朋友送了我一幅画，他就非要来看，看了不说，还要我把画带上，去见他的一个朋友，让他帮忙鉴赏，看能值多少钱。他那朋友是个大画家，虽没有罗眼镜那么大，也是全国知名的，住在东郊画家村。画的尺幅很大，又是用镜框装裱的，重得很，我说算了吧，反正是朋友送的，我又不可能卖。他说卖不卖是一回事，关键是你要识宝。言罢喟然长叹，说当年他要是把罗眼镜那些画废了的收起来，现在早就发大财了。之后他根本不再征求我的意见，把画往肩上一扛，出了门。

路上，他拐了个弯儿。并没说要拐到哪里，开到一个地方停了，让我在车上等着。我看到“××疗养院”的门匾，才知道他是顺道来看母亲的，便跟着他进去。他直接去了财务科。里面有两个中年女人正在闲聊，见了他，格外热情，那是因为，他平时弄到了好喝的茶叶，好吃的野味儿，不仅送给小区里的老太婆，还送给疗养院的工作人员。他说：“我把钱交了。”其中一人打开电脑，另一人问：

“见了你妈没有？”他说不用见，我今天忙，交了钱就走。那人出去了，这边手续刚办妥，她就领着一个老人进来了。她把老人扶着，笑着说：“你儿子来了。”原来她就是李向志的母亲。

我没想到她身量有那么高，腰板有那么直，眼神有那么阴郁；她穿着青布衣裤，戴着青布帽子，是一个青色的老太婆。相隔两米，我也能闻到她身上的气味儿——一种干净的气味儿、枯萎的气味儿，这两种气味化合，形成一种孤独的气味儿。

李向志把发票团起来，往包里塞，慌慌忙忙地说：“我有急事，马上走。你在这边好好过。”

他果然就走了。

上了车，迅速发动马达，像真有比救命还急的急事。

两相比较，色儿青的奶奶真有福。昨天晚饭后，李向志说，老人家，你别忙走，我给你拉琴。然后把小提琴拿出来，站在老人面前，很陶醉地运弓。老人能听懂他的琴声吗？我不知道，她面容慈祥地含笑聆听，似乎是听懂了。她手里的转经筒并没有停，一圈一圈又一圈，像把琴声也织了进去。拉了几首曲子，李向志又说：“老人家，我给你照相。”他叫色儿青把奶奶扶到草场上，站着照了，又盘腿坐在草地上照，而且把小提琴给她，让她抱着，摁几下快门后，接着教她把琴放在肩头，用脸颊压住，做出拉琴的样子，再照。老人乐了，乐得呵呵呵地笑出了声。

在老人快乐的笑声里，我就看见了李向志的母亲。

那次，我跟李向志急匆匆离去的时候，我回过头看了一眼。

他母亲站在门口，目光像一只虫子，死死地盯在李向志的后脑勺上。

我感觉到，那只虫子是他母亲的魂。

她的身体不能把儿子看住，魂也要把儿子看住。

那个年纪轻轻就守寡的女人，自从丈夫下落不明，就不允许儿子离开自己的视线了。甚至也不允许儿子离开自己的肌肤。她常常把儿子搂在怀里。看上去是想保护儿子，其实是希望儿子保护她，尽管她知道这根本不可能。祠堂里或河滩上锣声一响，她就要被人从儿子身边抓走，去陪大家“开天劈地”地玩。她的屎尿没被撞出来，月经带却从裤管里掉下来了……李向志说，在他十岁之前，母亲挨斗，他都去看，母亲被撞来撞去的时候，他总是从人缝中钻过去，抱住母亲的腿，母亲的月经带掉下来那次，血糊糊的东西刚好落在他脸上。他不知道那是什么玩意儿，两只手捧起来，本想递给披头散发的母亲，但他没有，而是一把扔出去。众人哗地一声退开，像那东西是枚炸弹，能要了人的命。

夜里睡觉，母亲把儿子搂得更紧，尽管这根本不能阻止大胡子把她抓到一边，去扒她裤子。那时候，响水滩家家户户的门板，都是双扇木门，用根长长的栓头别住，但轻轻一推，两扇门之间就会裂开一道缝。大胡子深更半夜来，既不喊叫，也不拍打，只用根细竹棍从门缝里捅进来。李向志家本来有三间房，被没收了两间，只剩一间了，他跟母亲做饭、睡觉，都在那间房里。大胡子的细竹棍，直往床上捅，是告诉母亲：“我来了！”有时候捅在母亲身上，有时候捅在李向志身上，不管捅在谁身上，母亲都会醒——即使捅在李向志身上，她也比儿子先醒。母亲打着摆子，像得了严重的伤寒。然而，她总是在半分钟之内起床，把门打开，放大胡子进来。只要起得稍微迟缓了些，大胡子进来后，就语速极快地说话，他说话“吧吧吧”响，像他说话与喉咙无关，只用两片嘴唇往外碰；有一次李向志听见他说：“你再敢这样老子就要收拾你明天老子就叫他们把屎尿给你撞出来！”母亲连忙解释，说我开始没醒，真的没醒……大胡子离开后，母亲一把将儿子箍住，有时箍得儿子憋不过气来……

多年以后，李向志和我成了朋友，遮遮掩掩地给我说到这件事情。

又过几年，他把这件事延伸了一下。

但没提大胡子，只说母亲，也不是专门谈及，而更像是说漏了嘴。

那次我俩去青城山，在农家乐里歇了一夜，仲秋时节，月明星稀，山色如黛，习习凉风，送来野菊花的药香。经管农家乐的，是对随和的夫妻，晚上十点过，听李向志说想去外面喝酒赏月，便给我们炒了几道菜，搭一张方桌放在院坝里。这家院落单门独户立于半山，四周清静得很，如此良宵，真不愿意睡觉，两人便慢悠悠地喝。本都是不胜酒力的，喝到凌晨两点过，竟把一瓶白酒喝光了。

喝了酒的李向志，话比平时更多，所说的，大多是在公园里茶桌上的话题，我很不想听的那种。

但就在我躺在圈椅里快要迷糊过去的时候，听见他说：

“我妈那人，到老都离不得我陪她睡，不然她就在半夜三更大叫，说有鬼。”

我猛一激灵，清醒过来。

结果，他说了这句没头没脑的话，就睡过去了，还山呼海啸地打起了呼噜。

凄清的月光下，我点上烟，把他那句话想了很长时间，直到身上冷得冰浸，才把他叫醒，进屋。

我始终疑心，那句话不是他酒喝多了说漏了嘴，而是故意说给我听的。他的呼噜声，是装出来的。

关于母亲的事情，他实在需要诉说，但他难以启齿。

母亲成为“特务婆娘”之后，夫家的亲戚和娘家的亲戚，都跟她断绝了关系，她没什么依靠，只有一个儿子，于是把不能成为依靠的儿子当成了依靠，白天离不开他，晚上也离不开他，日久天长，就变成了一种习惯，说是一种病也行。前面说过，李向志从响水滩逃走，有整整十二年时间，这十二年母亲是怎样过的，他从来也没说过。不知道他想过没有。那时候，李向志已经结婚，且生了儿子，他没料到母亲还是要贴着他睡。母亲抢了他老婆的位置，他老婆就跟他离了婚。难怪，到了成都，他就把母亲送进了疗养院（当时达州没有疗养院，否则他可能早就送去了）。

在疗养院里的母亲，是怎样度过漫漫长夜？

李向志说，很快就出鹧鸪山口，出了鹧鸪山，米亚罗就近在眼前。

时间只是上午十一点，我却饿得心慌意乱。大概是想到了他说的鲜美无比的蘑菇汤。也可能是真的饿了。在色儿青家，我没有哪一顿饭是吃好的，高原反应折磨着我，闻到牛肉的气息，奶茶的气息，反应便会加剧，而他们每顿饭都少不了这两样东西。还有这一路的颠簸呢！为走近路，真是受苦。许多时候，走近路比走远路受的苦多。本来，我们听说这一线正修路，车辆不准通行，到了红原才知道可以通行，只是有交通管制，单日子，外面的车进来，双日子，里面的车出去。今天是单日子，按理，我们也不该走这条道的，但色儿青打电话去县交通局问了，说对小车没有管制，单、双日子都能走。

鹧鸪山起得突兀，收得也突兀，转过一道弯，猛然间就蹦出一个出山的收费站。

刚开进道闸，一个警察便从水泥堤埂上跨过来，让李向志停车。

“驾照。”警察说。

李向志连忙把驾照递给他。

“开到那边去。”警察指了指杆子对面。

收费亭里，一个二十多岁的女子，什么话不说，只伸出一只手。李向志交了钱，横躺着的道杆便徐徐挺起。李向志把车开过去，停在路边。路边已停了十余辆，有大车，也有中巴，司机要么坐在驾驶室，要么站在车门边，奄奄一息的，愁眉不展的。看来他们都跟李向志一样，被收了驾照。还有一些搭乘这些车辆的旅客，坐在路边的泥地上，看下面困兽般吼叫的河流。

收费站旁，临河有个岗亭，我看见警察走了进去，便过去问他：“啥时候放行？”

“十二点。”

我以为他说的是中午十二点，结果不是，是子夜十二点！

我当时就傻了。今天赶回去，是我的主意。妻昨天夜里打电话说，我们片区的电路已检修过，也就是说，不会再停电了，我可以坐在电脑前工作了。能工作却没有工作，让我焦躁不安。

算起来，我到成都已将近十年，猫在屋子里写小说，也有将近十年，但我没写出什么气候。发表的作品，加起来不上二十万字，且都是发表之后就被风吹去、被水洗去的那种。对我而言，写作很可能是一条绝路，我是把绝路当成路来走。我的妻子比我更清楚那是我的绝路，但她知道我不可救药，就放任我走下去，她自己则辛辛苦苦地去外面打拼，挣钱养家。偶尔，特别是夜深人静的时候，我也会想：我真的值得把一条绝路当成路来走吗？这种想法让我异常痛苦，干脆关了电脑，走进卧室。进了卧室又不睡，坐在床边继续想。我以为妻是睡着的，结果她没有。她说你怎么不睡呢？我便凑上去，把我的苦恼告诉她。她说：“要你走回头路，是不可能的，你自己知道不可能，我也知道。与其这样，还不如顺其自然。”她是在安慰我，却让我越发的不堪。她接着说：“能像你这样耐住寂寞的男人，已经相当难得了。”她还说到了李向志，说李向志像个三脚猫，这样的男人，不好，难怪他老婆要跟他离婚。我很想告诉她，李向志跟老婆离婚，是他母亲造成的，但我没说。

早知道要在这里等到子夜，还不如在色儿青家再待一天。则白说，他愿意丢下一天的工作，陪我们去看长江、黄河的界碑，再翻过查针子梁去看花海，并顺道去看一个天葬台。

这些东西，本来都是我很想看的……

我从岗亭出来，把这个不幸的消息告诉了李向志。

那时候李向志身边已围了一群人。他们是来寻求支持的，至少是心理上的支持。他们说，你们是小车，小车可以走，把驾照给他干吗？至少该问问清楚才给呀。（我也是这样想的，但我不好说出口。）李向志皱着眉头，不搭腔。正这时，一辆小车从道闸驶过来。过杆之前，那警察同样跨到水泥堤埂上，向车主问话。我们以为它会停下，但它没有，它像一只笨拙的乌龟，在坑洼不平的路面上，一忽儿左边高，一忽儿右边高，扬起一片烟尘，在我们视线里消失了。

那群人指着小车消逝的方向，说：“看看吧，人家就没交证！”

李向志脱离人群，走到河边。我知道他心里不好过，就过去跟他站在一起，递烟给他。

他平时不抽烟，这时候把烟接了，点上说：“那个人是他爹。”

他说的“那个人”，是指跑掉的车主，“他”是指警察。

河水吼声震耳，离岗亭又远，警察不可能听见的，但李向志说得非常小声。

在这种时候，他一定会说得非常小声。

这个“不要命”的人，其实是个胆小鬼。

我也是偶然发现他是个胆小鬼。

那次地震过后，我俩去了北川，又折回插到都江堰，想去汶川看看。然而，出了都江堰市区，在通往汶川的路上，见警察在马路上站在排。李向志急忙打转方向盘，把车开到一边。开到一边就开到一边吧，他却开出数十米远，我喊几声停下他才停了。我当时很奇怪，不管怎样，该先了解一下，能去就去，实在不能去也就算了么，又没作奸犯科，跑什么？我让他把车开过去问情况，他说你去问吧。我只好下车走过去。警察说，路上有飞石，太危险。原来是这么回事。我撒了个谎，说我有亲戚在汶川，我刚从外地归来，想去看看。警察说，我放你过去，你也到不了汶川；百花大桥断了，连映秀也去不了，你最多只能走到漩口。我说行啊，能去漩口也好啊，我在漩口打听一下，看有没有人知道我亲戚的下落。警察犹豫了片刻，说：“路上多长个眼睛！”就这么简单，警察的态度也很和蔼。我道了谢，回头喊李向志，李向志把头伸出驾驶室，我朝他招手，他很迷茫的样子，不动。我说开过来！他把头缩回去，好半天车子才启动了，慢吞吞地往这边开。到警察身边，停下了。我坐上去，说：“走。”他说往哪里走？我说往前走。他依然不动，直到警察挥挥手，他才相信了。

过了友谊隧道，便进入山区。山都被抖散了架，仿佛咳嗽声，也会把山震垮。沿途到处是被巨石拦腰斩断的车辆，都被拖到了公路边；公路下面，是紫坪铺水库，水库对面的狮子山、白云顶，绵延数十公里的山体，被剥了皮，露出黄色的肌肤或雪白的骨头。那真个叫山河破碎。某些地方，山上窸窸窣窣响，仰头一看，轻风不起，却飞石粒粒。我提心吊胆，而这时候的李向志，却完全变了个模样，毫不畏惧的，走一段路，就把车停下来，拍照。

他喜欢拍照，还拍得不错，制的那套行头，也很专业和高档。

我不知道他摄影的技术，是否也是在达钢厂学的。

漩口镇遍地瓦砾，即使有一幢可以称为房子的东西，也歪歪扭扭，做出随时准备坍塌的样子。街上垒了巨灶，放上大锅，锅里烧着热水，水汽雾一样弥漫。驻扎漩口的某部，帐篷搭在中街，数十米长，都是整齐的军绿色，中间留一条走廊，我从廊道过去，用手机照相，一个站岗的士兵立即制止："不许拍!"我没理睬他。这里又不是军事要地。我站在当中，前前后后照了许多，那士兵虽明显不悦，却也并没拦我。李向志是跟在我后面的，他那部镜头焦距达70-200的佳能相机，拍幅全景，一定相当壮观，可是，待我想看看他镜头里的图像，却发现他没有跟来——他退回去了。听到那士兵说"不许拍"的时候，他就退回去了。退到了军营之外，相机挂在胸前，规规矩矩地站在那里，等我。

他不怕飞石，也不怕病菌——我们去北川时，他爬上北川中学的废墟，而旁边分明立着告示："病菌危险，严禁入内。"可他视而不见，上去捡拾学生遗弃的书本，将卷角的地方压平，碎裂的部分嵌合，还把被雨水和消毒液弄潮的纸张，摊在手掌上晒干，然后小心翼翼揣进自己包里——再想想我们在海子山，命悬一线的，他还哈哈大笑。而一声并不严厉的呵斥，怎么就把他吓成了这样？

甚至，在都江堰，谁也没呵斥他，只不过看见值勤的警察，他就掉转车头！

更可笑的，是昨天夜里在色儿青家。

则白对他说："去年你就想睡一次帐篷，天气不好，没睡成，今天晚上我给你们搭帐篷睡。"他说好哇！那时候他手里拿着小提琴，高兴得用蓄得很长的指甲，在琴上弄出一段"拨弦波尔卡"。

帐篷搭在北边的草场，里面放了两张床——茶几似的木板，板上铺了牛毛毡，又铺了厚厚的棉絮，还各备了两床被盖，纵是天寒地冻的时节，也不担心着凉了。我们累了几天，想早些休息，不到十点钟，就钻进了帐篷。李向志睡觉打呼噜，怕影响我，他叫我先睡。氧气稀薄，脑袋发胀，越想睡越睡不着。在我陷入挣扎的时候，他的呼噜声却起来了。我是怎样把耳朵堵住，怎样在被窝里数羊，就不细说了，总之我到底睡过去了。不知过了多久，外面响声大作，有摩托车的声音，也有人语喧哗，我蒙蒙胧胧地被吵醒，听上去，像是有人来色儿青家拉东西。很可能是拉酸奶。去年，他们只是零星地卖酸奶，今年做大了，还去县里领了执照。在我们帐篷不远处，拴着几头奶牛和几头牛犊，每天清早，天没亮明白，色儿青就要和她母亲挤牛奶，再将牛奶加工成酸奶，自家的牛奶不够，还去外面买。

这样的声音不会像呼噜声那样折磨我，我很快又睡了过去。

但李向志把我叫醒了。

他的叫声很惊恐，直到我答应了他，他才装出很平静的样子，说你听，有狼！

则白是说过这片草场上会来狼，他去年拴在这里的一头牛犊，就在夜里被狼吃掉了。但外面闹闹嚷嚷的，狼怎么可能出现？何况狼根本就钻不进结实的帐篷里来。

我没理他。我见他坐在床上，脖子扭着。直到外面的人相互道了别，摩托车远去，大地死一般沉寂之后，他才躺下去。不一会儿，他就睡着了。

他在最该担心狼的时候，呼噜声却响得那么欢快。

我知道他不是怕狼。

我也知道他总有一怕。

在李向志的身体里，装着两个人，一个胆大包天，一个胆小如鼠。

这跟他执着“追随”的父亲，实在太不一样了。

他父亲自始至终也没有胆小过。

那个身材矮壮的响水滩人——李向志的父亲，不是被解放军打死的，更没有去台湾。

他是被日本兵打死的。

那时候，日本都宣布投降三天了，但有一支日本兵不知道，他们据守一个山洞，等待援兵。援兵迟迟不到，便决定以死相搏。以死相搏得有力气，这支百余人的零散部队，被围困多日，粮食已经告罄。里面有三个慰安妇，都是昭和十三年初春，也就是日本占领中国首都南京不久，在岛国举国欢腾的时候来到中国的。她们到中国快六个年头了。大多数时候，她们不是活着，而是陷入回忆：从岛国出发时的狂热，万民空巷的集会，还有撕破长天的口号声：“占领支那！占领支那！占领支那！”这回忆成为她们的营养，让她们满目疮痍的身体里，依然鼓荡着效忠天皇的激情。此时，三人只对了一下眼神，便各自拿根拐杖，去了洞子深处的滴水岩，坐成一排，将拐杖一端插入口里，之后猛地用力，拐杖从喉咙进去，直刺腹部。她们要把自己的骨肉变成食物，最后一次报效国家。然而，饥饿的士兵肃立于三具尸体面前，谁也没想到要吃掉她们。长久默哀之后，士兵们拾起枪支，准备战斗。

洞外的中国军队，人数也不多，只一个连。要不是带兵的连长太厉害，日本兵早就突围而出。

这个厉害的连长，就是李向志的父亲李新店。

李新店开始也不知道日本投降了，直到昨天后半夜，很可能就是在三个慰安妇奔赴黄泉的路上，他才得到消息。得到消息没让他高兴，而是愤怒，愤怒得发狂。别的不说，单是这支日本兵，就让他吃尽了苦头，不仅打死了他的很多弟兄，而今又把头缩进乌龟壳，叫他这只老鹰无从下手。正说要将他们困死在山洞里，日本却投降了！去你妈的，投降就能把所有事情一笔勾销吗？比如我冲进你家里，杀死了你的父亲母亲、兄弟姐妹，累得气尽力竭了，你开始反抗，可这时候我把手举起来，说我投降，这么说一声，就能偿还血债吗？你就愿意放我一条生路吗？……对这个重大的消息，李新店既没给手下宣布，更没向洞内喊话，而是改变方案：不再困，而是攻。他害怕再不攻就没机会了。

拂晓时分，战斗打响。这个出了名的"不要命"，大大小小的战斗都是冲在前头的，他身上弹痕累累，却奇迹般地没有死。他把从自己体内取出的弹片，收集起来，研究它们的产地，还常常嘲笑那些弹片的无能，说，如果你再深一点，或者左一点、右一点，你就能完成自己的光荣使命了，可你偏偏没那个能耐。这一次，他照样冲在前头，但这次很不走运，他还没来得及撂倒一个日本兵，就被打成了蜂窝煤。死之前，他骂了声"狗日的"。熟悉他的人都知道，他骂的不是日本人，而是恼怒没给他留时间弄清那么厉害的枪弹，是哪家兵工厂生产的。这给他留下了终身的遗憾。

关于父亲的下落，李向志是从日本的战史资料上查到的。那一年，他的保姆研究生毕业，去日本留学，想到李向志曾给她讲过他父亲的事，就多了个心眼，去图书馆查找。很容易就查到了，复印下来，并译成中文，寄给了李向志。李向志对每一个保姆都有情有义，保姆也都这样待他。

父亲的这种死法，算不算抗日英雄？这问题一直撕扯着他。

在成都宁夏街，有座浮雕，纪念国民党川军抗日死难者，李向志经常深更半夜踱到浮雕面前去，蹲在底座上，仰望那一张张神态各异的面孔。之所以这时候去，是他没脸。这群人是明明白白的死难者（没说是英雄，只说是死难者），他父亲却很难说。尽管难说，他依然怀着期待，期待那数十张面孔里面，有一张属于他的父亲。其实，他父亲虽是四川人，却并不是川军。

很长时间过后，他才怀着忐忑的心情，把他父亲的下落和他的苦闷告诉我。

我觉得这是件大事，便给他出主意，让他去找有关部门，把他父亲所属部队的番号查清楚，再看看是怎样给他父亲下的结论。

结果他没去找。我问过几次，他都支支吾吾。

当时就我应该看出那个胆小如鼠的李向志。

他是不敢去找。他害怕。提到“部门”这样的词，他就怕。他只是在百度上输入“李新店”，偷偷地查。叫李新店的人，共有二百一十四个，他把每个人的简历调出来看，没有一个是他父亲。

“我爸分明是打日本的，”有一次他这样向我嘀咕，“国内为啥没有他的消息呢？我们年年都在8月15号这天谴责日本人参拜靖国神社，其实谴责根本没用，靖国神社在日本，人家想参拜就参拜，你也拿他没办法。我们该做的，是把抗日将士的名字一个不漏地列出来，供在某个地方，每年也在8月15号这天去参拜，这才会给日本人震慑……为啥查不到我爸的消息呢？查不到的肯定还多，他们死在抗日战场上，怎么连一个名字也没留下呢？”

我回答不了他的疑惑，此后他也就没再提起了。

关于父亲的下落，他连母亲也没告诉。

他做的唯一一件有意义的事情，是给当年的电焊工、现在的大画家罗眼镜去了一封信。他在信里诚挚地表达了自己的愧疚。因为罗眼镜在墙报上画了那幅插图，害得他把收音机藏起来，听掉了台湾电台的那档节目，让他伤透了心，也让他对罗眼镜怀怨。他对罗眼镜说："你还记得吗，自从你画了那幅插图，我就再没给你打过热水了，你没和我一般见识，照样教我认字……"

罗眼镜没有回他。不知道是没收到李向志的信，还是罗眼镜忙不过来。

车又被拦下了几辆，但同时，三辆小车开走了，还有两辆中巴和两辆大车也开走了。

鹧鸪山口骚动起来。

那群人愤愤不平，但他们确实违规，不像我跟李向志是陪杀场。

因此那群人又把我们围住，说些貌是同情、实则煽动的话：

"只有你们这辆小车被拦下来，太冤了。"

"要是不耽误，你们早就到米亚罗了。"

有人还摸出手机，看了看时间说："到米亚罗？等吧！等到明天上午再说！"

这里距米亚罗很近，即使子夜放行，也不必等到明天上午呀？但事实上就得明天上午。他们说，出了山口，路更烂，先前的路基，全部毁掉，坑洼石块自不必说，糟糕的是，路两侧再不是山体，也不是河流，而是深不见底的谷地，白天也要十二分小心，谁敢晚上行动？除非是不要命了！

我越发的焦躁不安。到米亚罗也要明天上午，回到成都，必然是明天下午的事了。

同时，我又担心那个不要命的李向志会在夜里放行后跳出来；那种场合，他是一定会跳出来的。他很可能不仅开到米亚罗，还要一鼓作气开回成都。从米亚罗下去，就进入汶川地界，地震不久我跟他到过汶川的漩口，去年八月，我带着儿子到过汶川县城，对那段路熟悉，公路缠在山腰，感觉那公路轻如绸带，风一吹就会飘起来，把车辆和行人抛下山崖，百余米深的崖底，是波涛汹涌的岷江；“后地震”时期的峭壁上，照旧有飞石（当地人叫“地震石”），白天还可以见机行事，把飞石躲过，晚上怎么躲？我们已经在海子山险过一次了，老天爷开恩，才捡了条命，总不能奢望老天爷再次开恩。

那群人怂恿我跟李向志去找警察。他们的意图是，只要我们说通了，就相当于挤开了一道门缝，他们再加把力，自己也就能从那道门缝溜出去。我也想去找警察，但光我去没用，驾照又不是我的。

“走，过去看看。”我对李向志说。

李向志很犹疑，我便推着他走。

快到岗亭的时候，他甩开我的手，身板放正了，自己走。

警察坐在靠窗的桌前，用钢笔在报纸上写什么。

我给警察打招呼，警察嗯了一声，没抬头。

我说：“麻烦你把驾照给我们吧，我们有急事，谢谢你啦！”

警察依然没抬头。

我说：“对小车不是没有限制吗？”

警察这才把头抬起：“谁说没有？”

“我们在红原问清楚了才上路的。”

“那是红原，这是理县！”

这条路由红原和理县共管，两地各自唱戏，叫听戏的买谁的票？我正要这样问，没想到李向志把我拦开，一步抢到警察面前，给他递名片。警察板着脸，拿着名片看。名片上印着密密麻麻的字，我都不知道写些什么。我从没见过他的名片。警察看完了，说：“你还卖乐器？”李向志连忙说：“卖呀，钢琴、手风琴、小提琴，都卖。”警察说：“我女儿是学箫的。”李向志说箫我也卖，你要是带女儿到成都买箫，找我就是！接着，他开始给警察大谈音乐，说箫在唐代称尺八，后来才叫箫，也叫洞箫，又说："学箫是最难的，百日胡琴千日箫，口琴笛子站着教，什么意思呢？就是说学口琴笛子最容易，站着教就能教会，弦乐要难一些，需要一百天，学箫就更难了，要一千天……"他滔滔不绝甚至过度亢奋地说下去，但警察对他的话明显不感兴趣，始终板着面孔，就连他说"你女儿敢学箫，证明她很有音乐天赋"一类肉麻的奉承话，警察回声"谢谢"的时候，也是板着面孔的。

李向志懂再多的知识，有再多的话头，在这个警察面前，丝毫不起作用。

当警察终于不耐烦地站起身，走出岗亭的时候，那个胆小如鼠的李向志便现了原形。

他轻轻推我，细声说："走，出去。"

我说慌什么，坐一会儿。

岗亭里，有一张办公桌，一排木沙发，一架笼着蚊帐的单人床。我把李向志推到了沙发上。

他半坐半蹲，说："人家都出去了！"

我见他脸色灰暗，眼含惊恐，只好顺从了他。

中午的阳光格外强烈，朝车身走去时，感觉阳光能揭了我们的皮。那边等候的人，眼巴巴地望过来，希望能提早从我们脸上判断是否游说成功。李向志明显不想跟那群人碰面。他阅人无数，别人藏得再深的心思，也能识别出来。走到中途，他不走了，抠住我的肩膀，煞有介事地训导我："你说话要讲究策略，刚才要不是我及时插进来，你就跟警察说崩了。不说崩还有希望，说崩了就没希望了。"

话虽如此，他的眼神却是躲闪的；在警察面前的那番表演，让他难堪。

幸好他没去把小提琴拿过来拉给警察听。

为了安慰他，我说："就是，全靠你。"

他高兴起来，说："嘿，我想到了一个办法！"

接着掏出手机打电话。他在电话上简要叙述了我们的遭遇，然后说：

"过一会儿，你收到我的短信，就打电话给我，说我妈病危。"

将机盖合上后，他得意地望着我笑。

"给谁打的？"

他说给保姆。

这个保姆，看来还是去年的那个，因为我们在红原的时候，色儿青还给她去过电话，色儿青依然叫她姐姐，问姐姐今年为什么不到草原来玩。

我们原地不动，等待警察回到岗亭。那群人见我们迟迟不过去，知道没什么希望，顿时泄了气，散散淡淡地坐在炽烈的太阳底下，听河的吼声，看笔直而起的、除了树还是树的山景。

警察不知到哪里去了，过了好长时间才出现，嘴皮放光。看来他刚吃过午饭。

他嘴皮上的亮光不仅被我的眼睛看到了，也被我的胃看到了，胃便嘟嘟囔囔地抱怨，说它早就饿了，为什么不给它吃的。我也想给，可在这荒郊野外，去哪里找吃的呢？警察和收费员，很可能是在收费亭里做饭，也可能是有专人把饭给他们送来，怎么能跟人家比？何况现在还有更要紧的事办。

见警察进了岗亭，李向志迅速给保姆发了短信。一个字也没写，是一条空短信。

然后，我们走向岗亭。刚到门口，电话来了。

李向志装模作样地“哦哦”几声，重浊地抽了几声气，很急迫地说：“你给警察讲一下吧。”一步跨前去，把手机递给警察。

警察不知道什么事，接了。

“……你先送医院，”警察说，“……那有什么办法？……我不需要给谁请示，上级早就说了，这是硬性规定，拒绝任何请示……”警察的脸红一阵白一阵的，也不知保姆说了什么。看来，在李向志面前不大说话的保姆，其实是很能缠人的。警察被缠得没办法，只好说：“我会考虑的。”

之后把手机盖一合，还给了李向志。

李向志满面悲戚的样子，窜着头，跟我一起坐在沙发上，等着警察的“考虑”。

警察又坐到办公桌前，旋开笔帽，在报纸上写写画画。

半个钟头过去了。一个钟头过去了。警察终于把笔放下，站起身。

我们都以为他要放我们走了，可是，他又出门去了。这一个钟头时间，都没听见从山里出来的车声，他出门，只是因为坐疲了。他跨过水泥堤埂，进了收费亭，跟那收费的女子聊天。

李向志又要起身，我一把拽住他：“就在这里等！他又没叫我们出去。再说里面又没什么东西，他收来的驾照也是扔在收费亭的。”

他眼睛不看我，说：“警察是不是怀疑了？”

我说不像，听上去你那保姆很会演戏，而且我一开始就跟警察说过我们有急事。

收费亭和岗亭之间，有一点儿倒角，警察要看清这边的情况，必须把脖子伸长。他没伸长脖子，还将门闭了。我便起身走到办公桌前，看他写些什么。写的全是无法连成句子的词语：砖、水泥、山、房子、规定、河、绵羊、风、野兔、蚊子、走西口、政委、钓鱼、科学发展观，等等。

他在野地里干着这项工作，实在太无聊啦。我突然有些同情他。

他无聊，我也无聊，虽然岗亭里比较凉快，但坐在这里干等，心头的焦虑比太阳更烤人。

谁又来同情我呢？

我对李向志说："你在这里等他的答复，我去把车守住。"

那群人蹲在远处，端着什么东西吃。他们带干粮了么？这时候我很后悔，我们也该带些干粮，哪怕带两瓶酸奶也好！从色儿青家离开时，一家人硬要给李向志和我各送一桶酸奶，我们硬是不要。不收别人的东西，是李向志一贯的脾气，他常常给人送好吃好喝，可要是别人还情，他会急得脸红脖子粗。我虽没那么固执，但我跟色儿青家究竟说不上交情。

本来就又饥又渴，这时候见别人吃东西，越发的饥渴难耐。

走近了些，见他们鼻子底下热气腾腾的，原来不是干粮，而是方便面。即使带了方便面，哪来的开水？一问，才知道是现买的。朝前走五十米，转过一道弯，山体窝进去了一块，在公路之外露出十余平方米的坝子，有人在那坝子上搭了个地震后用的活动板房，卖方便面。我立即跑过去。

老板是一个中年妇人，我说要两盒。

她说："二十块。"

我吓了一跳。她卖的那种方便面，在超市只卖二块五一盒。

但有什么办法呢，在这看不见一只鸟也听不见一声鸟鸣的鹧鸪山口！

我付了钱，她把东西递给我，我把封皮和各样佐料都撕开，让她加开水。

她说：“再添四块。”

我直想骂娘。可那妇人明显是一副盛气凌人又漫不经心的样子，别说骂娘，分辩一句，她恐怕也不会把开水卖给我。

回程途中，恰逢一辆大车开过去，黄尘漫天，我和我手里的食物，都被裹在呛人的尘土里。

警察还没回。当李向志接过方便面，又听我说了是从哪里买来的，他仰天叹息了一声。

我问他怎么了？他说：“我终于明白这些大大小小的车子为啥被拦了。”

接着，他一边吃，一边给我讲述他送母亲去火葬场那天的事。

火化之前，要烧些纸钱，放些鞭炮，送亡灵上天。他把纸钱和鞭炮都是买上的，可去了火葬场才知道，外面买的不算数，要在里面买。门口就有一家，是他们领导的家属开的，比外面要贵三倍，但贵不贵是他的事，买不买是你的事。你非在外面买，也行，只要你不怕亲人发臭都不给你火化，也不怕火化之后连骨灰也不给你收全。李向志当然只能在里面买了。那天，火葬场的生意十分清淡，见他是一个人，卖家好心好意地说：“你去忙，我帮你放鞭炮。”然而，直到他把母亲的骨灰盒搂在怀里，也没听到一声鞭炮响。骨灰盒很沉，看来，母亲的亡灵被封在里面了，没能飞升上天……

李向志说：“那边卖方便面的人，绝对是交管局某位领导的家属，因为很明显，路上的车辆是如此之少，根本没必要管制。管制是为了把人留住，好赚这些人的钱。”

他说得十分小声，好像那关在收费亭里的警察长着顺风耳。

这些话听上去有些滑稽，但我又没法反驳他。就说管制吧，也应该通过媒体广为宣传，让大家都知道，但他们没怎么宣传，一路上连个提示牌也没有，远远近近的人，都只是“听说”，没听说的司机，就成了瞎子。那边等待的人，好些都是在不知道的情况下误走这条路的；他们吃下了一点儿东西，喝下了一点儿热汤，却依旧是眼神茫然，了无生趣，看上去跟囚犯差不多。

我拿着两个空盒子走出岗亭的时候，李向志问我：

“分明知道我妈病危，分明说的要考虑，警察怎么还不吭气？”

我说我哪里知道。

这时候，李向志的一句话让我异常震惊，他说：

“他是警察，肯定他也知道我妈是坏人。”

母亲是坏人，这想法和观念，就好比李向志年少时一直吃的食物。就算在未来的日子里吃遍了山珍海味，但融入骨肉的终极美味，还是小时候吃过的东西，不管这东西有多糟……

警察一直在收费亭里，到下午三点也没过来。其间，只有一次他去岗亭旁上厕所。那时候我站在车门边，见他朝厕所走去，立即给守在岗亭里的李向志发了条短信：“母亲快不行了，速归！”

我是想他把这条短信拿去给警察看，可他没有，而是这样回我：“别急，急办不成事。”

他不急，有人急。其中一个开长安车的，是个三十来岁的胖子，我跟他聊过，他承认自己的那辆中巴，不是私用，而是偷偷载客。四川人把这种车叫“野猪（租）儿”。他也是从红原过来的，载着五个客人去都江堰，本想抄近道，把这批人送拢后，再做点儿短途生意，谁知弄巧成拙。五个人找他闹，说如果今天到不了，不仅不给一分钱，还要他双倍赔偿。他对我说，他是理县旁边的茂县人，地震的时候，一家老小残了三个，现在，全家人都靠他的这辆车，亏一天生意，就亏了好些天的日子，更别说给顾客赔偿了。他不停地抬腕看表，到四点钟，再也忍耐不住，向收费亭走去。

不一会儿，那边吵起来了。

吵了大约五分钟，警察将门一拉，从收费亭出来，回了岗亭。胖子也跟着去了岗亭。

我也朝岗亭走去。我见到的景象，是警察撩开单人床的蚊帐，鞋也不脱地躺着，闭上眼睛。

胖子说："我天不亮就出发，上午九点过就到了这里，你把我扣了这么长时间，够意思了么。"

警察一言不发。

胖子说："你知道，下面的路那么烂，半夜放行，开出去要出人命的。"

警察把眼睛睁开了，身子一挺站起来："你给我出去！"

胖子没有出去。

警察又坐到那张办公桌前，把笔帽旋开，在报纸上写字，一笔一画的，写得格外卖力。

胖子的口气明显软了，说："我刚才有些冲动，对不起……"

但警察没接受他的道歉，还是写字。

这时候，满面通红的胖子转过头，盯住我。我知道，他是希望我帮腔。

我早就想帮腔了。我说："你们这墙上挂着……"

只说了这半句，我的后襟被猛地扯了一下。

是李向志在扯我。他坐在沙发上，窜着头，一副悲怆的样子。他坐的姿势也没有变过：只用屁股尖压住沙发的前沿，双手搭在膝盖上。我明白他的意思，又不甚明白，就噤了口。

胖子见我是靠不住的了，又把目光转向李向志。可李向志的眼睛一直看着地上。胖子出去了。

警察也出去了，又去了收费亭！

李向志还是那个姿势，一动不动。

我简直要爆炸了。这时候我忍受不了的，不是警察，而是李向志。

外面很快响起发动车子的声音。是那个胖子在发动他的长安车。他把车倒过来了。也就是说，他要返回红原，再从那条远了数百公里的路上开到都江堰。如果他的车不会飞，今夜是不可能到的。进入道闸，他找警察要回驾照后，就开始骂。他说你个瓜娃子，披一身皮皮就以为是爷了？你跟我们一样，是狗！好坏我们还长了颗狗心，你连狗心也不长，你是石头缝里蹦出的狗！

警察便讲道理给胖子听，说单边放行，这是规定，你们平时骂执行公务的人不按规定办事，一旦规定到自己头上，心里就不舒服了！胖子说："既然是规定，就该一视同仁，为啥有些车能走？我的只是中巴，你们不放，好几辆大车为啥放了？"本在警察旁边帮腔的女子一时词穷，急得把双手往腰一叉："这事……你管得着吗？"胖子说："我交我该交的费用，我有权走路，也有权监督！"女子笑起来："嘛，你真能干。明说，那几辆车的司机跟我们熟，我们想放他走。我们想放谁走就放谁走，你来监督啊，你去上面反映啊！"胖子知道女子说的是大实话，而他却毫无办法，于是怒火中烧，又开始骂："我说你们是石头缝里蹦出的狗么！一条公狗，一条母狗！"

胖子拿到驾照后，杆子本是翘起来的，听他这一骂，它又躺下去了。

胖子猛踩油门。

就在他拼命撞过去的瞬间，杆子嗖的一声勃起，直了许久才惊魂不定地躺倒。

看来，那东西对不要命的家伙，也是很害怕的。

这个世界，为什么总是喜欢让人害怕呢？

别说我们这样的凡夫俗子，就是身怀绝技的八十万禁军教头林冲，也照样害怕。在岳庙前，娘子被高衙内拦住，欲行不轨，林冲接锦儿急报，赶过去，从后面扳过那人，举拳要打，可他看清了是谁，手先软了；娘子被关在陆虞候家，任高衙内调戏纠缠，又是锦儿告急，林冲赶去，不是破门而入，而是立在楼梯上，叫声“嫂子开门”，给高衙内留出跳窗逃跑的时间，也给自己的“怕”留出回旋的空间……其实谁又不怕呢。娘子被调戏的事，闹得尽人皆知，林冲带着娘子下楼来，从街上走过，邻舍两边都怕惹是生非，全部关门闭户。

林冲是怕着同时代人的怕，也是怕着现代的我们的怕。

或者说，现代的我们，还怕着古代的林冲的怕。

朝胖子早已消失的车身望过去，我很愧疚，但我不会去跟警察吵的，我跟他吵，就只能走胖子的老路。我忍受不了李向志的那副模样，但我比他好不到哪里去。

何况，李向志是从小就怕过来的。

半年前我就发现这一点了。

那次我接待了一个远房表哥。我跟我那表哥住在同一条河上，相距不过十余公里，却多年没有走动过，而今他在深圳发达了，回老家省亲时，听我们村的船夫说我在成都，他回深圳前，恰好要到成都办些事，便问到我的电话，要跟我见一面。他住在百花潭公园对面的京川宾馆，那天上午，约我去百花潭喝茶。走到公园门口，我给李向志打了电话，他离这里近，又喜欢喝茶；再说我不知道跟我那表哥能不能说上话，怕冷场，有李向志在，就绝不必担心冷场了。我跟表哥见过面，递烟给他，他说我不抽烟，我还不知道你抽烟呢。言毕非要去三十米外的小卖部给我买包好烟，拦都拦不住。

这期间，李向志来了，喜笑颜开的。这是我第一次主动约他出来。我给他说我有个表哥，在深圳做生意，你跟他聊聊，说不定能弄到些信息，将来去深圳赚一笔钱。他嘻嘻笑，说好哇好哇。

表哥很快过来，手里拿着的不是一包烟，而是一条，软中华。他皮肤白净，满脸黑黝黝的胡子，让他面部露出的部分白得晃眼。我提前指给李向志看。李向志望过去，眼神倏地扭动起来。

那真是扭动，像蚯蚓遭遇火烧。

我当时没明白怎么回事，待表哥走过来，我把他们互相介绍给对方，表哥跟李向志握手，李向志竟然抖抖索索的不把手伸出来，眼神一直在扭动，脸也败如秋草。我那表哥毕竟是见过世面的，虽有些尴尬，却很快就泰然自若了，说他如何喜欢成都，等把钱赚够了，一定要到成都养老；说并非成都就不能挣钱，但内地婆婆太多，懒得跟他们厮缠。往常遇到这类关于赚钱的话题，李向志会滔滔不绝的，可今天他却窜着头，只把屁股尖放在椅子上。喝茶的人太多，老板没那么多躺椅，李向志坐的是一张翻板椅，我生怕他坐跷了头。大约二十分钟，他起身离开茶桌。我以为他上厕所去了，可老半天也不过来，打电话问，他才说他有事回家去了！我相当生气。怎么会这样呢，他不是这样失礼的人啊。

午餐过后，我才恍然大悟。

表哥丢下筷子，用餐巾擦脸，从侧面看去，只见一脸的毛。

——大胡子！

李向志是害怕大胡子！

他害怕响水滩的那个大胡子，也害怕跟那个大胡子相似的人，哪怕是生理上相似……

因为怕，他才追随父亲。他追随的不是父亲本人，而是父亲的“不要命”。

当大胡子奸淫母亲的时候，他期待有一个不要命的父亲在身边，继而也期待自己成为不要命的人。

可最终，他只敢在不会说话也没有穿制服的山川面前撒野。要是可能，说不定他宁愿不跟任何人接触，宁愿没有故乡，也没有任何固定的住处，就像他买下的那两匹“野马”。

由于怕，他就恨。他不敢恨别人，只敢恨自己的母亲。他恨母亲，不是因为母亲是“坏人”，也不是因为母亲赶走了自己的老婆，而是把对大胡子的恨转嫁到了母亲的身上。可有些事，我却是无法理解的，自从跟他认识过后，我发现他对老太婆特别好，比如对他小区里的老太婆，还有对色儿青的奶奶。那次我们去北川，他带了几大包衣服去送给灾民，都是新买的，也都是送给老太婆穿的。他不愿去疗养院看母亲，却常常给疗养院的工作人员送礼物。知道父亲的下落后，他不告诉母亲，是觉得母亲没有资格知道父亲的下落，还是想让母亲继续为某个希望而活着？

猜测这些事很费精力，而我这时候心力交瘁。那盒方便面实在不顶用，我很快又饿了。本想再去买两盒，想到李向志说的那种情况，饿死我我也不愿再朝活动板房的方向望一眼。

我只问李向志要了车钥匙，回车上去睡觉。

太阳已经被大山挡在身后，但车里的热量，能把人烫熟。开了许久的空调，我才敢坐上去。

这是一辆桑塔纳车。李向志开的最好的车，就是桑塔纳。

如果我没认错，这还是我跟他过海子山时翻了的那辆。那回，我给他照了相，两人便束手无策了，想打电话求援，手机没有信号，搭别人的车吧，这条道上，一天半天也难得碰到一辆，有时三五天也没车过。除了走路，还有什么办法呢！估摸了一下，回理塘应该比去稻城更近些，于是往回走。这是下午两点，天无片云，阳光倾泼而下，如果没有风，是很暖和的，但狂风肆虐，冷得打抖。只要太阳下山，气温会迅速降到零下二三十度，我们不是被冻死，就是被饥饿的豹子吃掉。然而，想在天黑前到达，根本不可能，每走一步，都必须深深地勾着腰，脚趾死死抓住地面，否则就会被风抬下山谷。真是天无绝人之路，走了四五里，突然听到身后车响！我们站下来招手。车停了一下，之后猛地蹿开。蹿开几十米，又停了。车主是一对父子，怕遇到劫匪，但最终没把我们当成劫匪，将我们拉到了理塘。我们又去找加油站的那个师傅，请他儿子开辆越野去把悬在崖边的桑塔纳拖进县城，再作修理。

十年过去了，李向志还开着这辆车。

我觉得搭在座位上的垫布也没换过，米黄色，绣着几棵松，以前很厚实，现在摸上去枵薄如纸，到处都是洞。干净倒是干净。这垫布是保姆给他洗，还是他自己洗？多半是他自己洗。包括他穿的衣服，多半都是他自己洗。保姆陪他聊天过夜的时候多，为他洗衣做饭的时候少，绝大部分时间，保姆都是在学校里。喜欢泡在茶桌上谈天说地的李向志，仿佛天上的知一半，地下的全知，然而，保姆的世界他恐怕永远也无从知晓。当李向志一个人在家，亲自动手洗衣服的时候，一个人去店里吃饭的时候，他心里想些什么？是否会想到他的母亲、前妻和儿子？母亲已不在了，前妻早就跟了别人，儿子自从去了美国，就没回来过，开始是怕待不够时间，拿不到绿卡，可拿到绿卡之后，还是没回来过……

本说回车上睡觉，其实根本睡不着。我百无聊赖，就翻看他放在车上东西。其实也没什么，就是一把浅褐色的小提琴，一张烂朽朽的全国地图，一个巴掌大小的挂件。挂件是个小人儿，我取下来玩。

小人儿正面该凸的凸，该凹的凹，背部却是扁平的，沿脊椎写着几个字："国林子。"

这是他给那两匹马取的名字。

黯淡欲消的笔迹，证明写上去已有相当长的时日了，并非他临时想出的名字。

天色迅速暗下来。山里的天，太阳一走，就黑得快。

车里更是黑压压的，闷得慌，我又出来，朝岗亭方向望去。

那边毫无动静，但李向志没坐在岗亭里，而是坐在外面的梯坎上，整个姿势，跟坐在沙发上时毫无变化。我猜想警察还在收费亭。

和我们一起等待的那群人，开始还很激愤，胖子从原路返回后，全都是听天由命的样子了，或站或坐，彼此间连话也懒得说；一个十六七岁的女子，抱着她心爱的小狗，吧嗒吧嗒地落泪，狗直往她的怀里拱，呜呜地叫着，大概是路上没带够狗粮，方便面之类的东西它又不吃，它饿了。

人这么多，可大家都很孤单。我朝李向志走去。

快到他身边时，李向志突然站起身，朝收费亭跑。

是警察在向他招手。

他踮起脚尖，仰头望着警察。警察把驾照给他后，他说："我妈死了，两个钟头前死的。"

那女子很吃惊："你为什么不早说？"

李向志没说警察早就知道他母亲病危，而是这样回答："你们照章办事，应该的。"

然后他转过身，朝车身飞跑。

我跟上去，拉开车门时，他刚好把那个挂件挂好。开始我忘记挂了。

小人儿晃晃悠悠，一会儿前，一会儿后。

一时找不到话说，他发动车子的时候，我问他：“国林子是什么意思？”

“没有意思……我妈给我取的乳名。”

车蹿出去了。路这么烂，他开得还是像逃跑。

寂静史

一

有那么一小会儿，我恍惚觉得自己变成了对面的女人：一位土家祭司。祭司似乎是相当古老的职业了，属于土司时代，也由土司供养。供养这个词就是她说的。这个词在我眼前立刻化为一只褡裢模样的胃。那只胃早已割除，弃在历史的深处，被时间之水泡得发白。可跟它血肉相连的人，竟还鲜活明亮。这个人就坐在木桌的那一边，和我相距不过两米。

她叫林安平。

林安平给我讲她的出生。她说的每句话，几乎都超出我经验的范畴，在她面前，我感觉自己是根生错了地方的藤蔓，茫然地挥舞着手指似的卷须。无所适从当中，我想：林安平，你是在虚构。这么一想，我终于放松下来。意识到她祭司的身份，她的话我就全能理解。祭司上通天、下通地、中通人世的职责，使她天然地获得了虚构的特权。

但这样说又并不准确，甚至不公平。她出生时的见证者，除了她母亲和姐姐，还有千峰大峡谷黄岭滩的两户邻居。她的描述来自他们的描述，她是通过别人的描述来确证自己，也可能是别人的描述，迫使她走上了做祭司的道路。

我是这样想的。

或许我错了。我不该不信有些人来到世间，就是为了承担某种使命。

那是 1968 年农历 7 月初 7。

怀胎七月的谢翠芬，打早起来，烧着柴火，两根苞谷棒子煨在炭灰上。煨熟了，就做她和女儿的早餐。吃过早餐，她要去出工。这时候，三岁的女儿在睡觉，丈夫数月前就去了峡谷深处的满月坡，在那里修路；不是修公路，是修人行路。许多年来，峡谷地区勉强能叫路的，只有背二哥们双脚踩出的栈道，那些穿着麻耳子草鞋的背夫，驮着食盐和桐油，一路唱着相似的爱情和哀伤，迤逦前往陕西。能当背二哥的人，都是命好的人，他们有体力，累得吐血，吐出的血把路边一丛野草淹死，也只是抓把干净草，将嘴巴揩了，又接着上路。多数人身上没那么多血，更没胆量吐那么多血，便只能守在老地方，脚下无路，就四肢并用。因这缘故，峡谷地区的男女，胳膊都较常人长一大截，包括林安平，也包括她母亲谢翠芬。

这天谢翠芬坐在火塘边，听着烤苞谷的炸响，想着自己的男人。

出脚即河，河岸即山，河被山壁挤压，翻卷咆哮，杀气腾腾，而那山壁，刀砍斧削，如从云端垂落。在这样的地方修路，需借助山外送来的黄药和雷管，爆炸声撕山裂石，相隔几里，也能震碎一头老熊的肺。他会不会出意外？每一种联想都可能成为预言，谢翠芬的男人林康，最后就死在修路的工地上。不过这是十多年以后的事了。

想了男人，又想睡在床上的女儿。谢翠芬扳着指头，把女儿从三岁数到十五岁，十五岁就可以嫁了，但愿她嫁个好人家。峡谷地区几无贫富之别，大家都穷，睡觉是“冲壳子”，也就是钻进晒干的苞谷壳中，钻进去就像尸体，不能动，否则苞谷壳流向两边，梦里都在吹风落雪；这里昼夜温差大，即使三伏天，太阳一阴，就凉得浸人。谢翠芬所谓的好人家，是男人不打女人的人家。这里的男人，累起来像牲口，一闲，就扭住女人不放，不是想女人，就是睡女人，不是睡女人，就是打女人。谢翠芬挨打的次数不算最多，却痛得最久，林康是铁匠，手也像铁一样硬，随便一巴掌，就皮肉开花，自从嫁过来，谢翠芬就难得睡个囫囵觉，一寸一寸的痛，总是把她的睡眠掐断。但愿女儿成为女人过后，不再吃她这样的苦。

想过女儿，

又想偏厦里的猪，

土墙外的鸡，

山梁上的一块自留地……

——就是没想肚子里的那团肉。

想也没用，那还算不上个人。出生过后，胎毛脱净，从母亲的奶子上下来，自己能扶墙走路，端碗吃饭，也还算不上个人。到拿着弯刀砍柴，举起锄头挖地，照样算不上个人。结婚了，嫁人了，那时候算人，却也只能算半人：好些人家的房檐底下，都蹲着一张毛竹制成的轮椅，是有人出行或劳作时摔残了，成“半人”了；若轮椅空着，是那人已经死了。

所以对从未谋面的肉团子，谢翠芬懒得想。

苞谷已烤熟，弥漫着煳香，猪闻到香气，以头撞圈，尖声嘶吼。谢翠芬拍了苞谷上的黑灰，凉在小桌上，去喂猪。她边舀昨夜煮好的猪食，边骂那只养了半年却不到五十斤重的家伙：还好意思叫，还好意思发气，屙泡尿各人照照，还不晓得羞死！这么骂着，半桶发黑的汤汤水水已倒进石槽。喂了猪，又去看鸡。猪是一只，鸡是两只，一公一母，在屋外寻食。谢翠芬要去把它们收回来，否则人一出门，它们就可能被野物拖走，只在某片竹林或刺藤丛中，给你剩下一堆血毛。

两只鸡如一对夫妻，歇在李子树下。往天清早，它们跳出门槛，精精神神抖了毛，在石头上鐾几下嘴壳子，就急不可耐地找虫子、啄土坷垃。今天看来是没睡醒。那只公鸡刚学会打鸣，母鸡的颜色也才定型，它们都还是孩子。孩子瞌睡多，人和畜生没啥两样。谢翠芬有了不忍。让它们再睡会儿吧，睡了起来还要吃几口才行，一旦关进屋，就没得吃了。

青色的晨光里，她朝远处望了一眼。在这夹皮沟，所谓远处，就是高处。高处清风雅静。唯有一只乌鸫，在不知哪片密林里声声叫唤。乌鸫善学同类的叫声，还会学人说话，这时候它说的是：“还不起床！还不起床！”谢翠芬笑了一下，回身走进里屋，将苞谷壳一阵扒拉，唤醒了女儿。谢翠芬要把她带在身边。那些丛林中的性命，不仅吃家畜，也吃孩子。

女儿名叫果果。果果搓着眼睛起来，跟母亲一道啃烤苞谷，也学着母亲，不仅啃下苞谷粒，还龇着两颗小门牙，卖力地把棒子啃成渣，舌头搅拌几下，就颈项一伸一伸的，咽下去。

谢翠芬说，慢些，看哽住了。

这时候她想到肚子里的那团肉了。

她觉得那团肉像没长毛的雀子，正蹲在她心脏下面的窝里，直杠杠地顿起颈项，嘴全力张开，接纳她送下的食物，因此她尽量嚼得细碎些。

是嚼得还不够细、把那团肉哽住了么？她的肚子痛起来。

其实是心里怕，吓痛的。今天出工，是去猴头岭清理塌方，怀胎七月的妇人，累得下来吗？可不去又挣不到工分。想到工分，就不能不去。越这么想，肚子越痛。她粗糙的手掌，怜惜地在肚皮上画圈，像在安抚被惊吓的孩子，实际是在挨时间。

太阳已蹦出对面山头，古铜色的光芒，利剑似的劈下来，把山体劈成明暗两半。再不能挨下去了，她撑起身子，又去门外看鸡。她心想鸡该睡够了，吃过些东西了。

可那一公一母，依然躺在那里，脖子耷拉着，纹丝不动。

她说：嘿，害瘟症啦？

话音刚落，那只笋箨色母鸡，抽搐几下，立起身来，摇摇晃晃朝前走。走三五步，翅膀一裂，飞上李子树，脖颈一截一截抻长，抻到极致，便开始鸣叫：喔喔喔——。它自知悖了天意，鸣叫声生涩而怯懦，但它已经豁出去，叫了一声，又叫二声。叫第二声的时候，李子树也跟着叫，那叫声像婴儿啼哭。母鸡打鸣，草木哭泣，这是凶兆。谢翠芬的肚子里，像有人使劲扯了一把，撕裂般的痛，使她蹲了下去。裤子是阴丹布，穿了几年，早就汤了，这猛然一蹲，从屁股丫破开，破到裆口。母鸡叫第三声、李子树叫第二声，她听见破开的不仅是裤子，还有羊水。母鸡叫第四声、李子树叫第三声，那团肉掉下来了。肉刚沾地，太阳的光芒打着卷，嗖嗖嗖的，眨眼间从地上卷到天上。光芒一收，天昏地暗，电闪雷鸣。

这个被母鸡鸣叫和树木哭泣催生出来的，就是林安平。

她生下来就是个有罪的人。

二

跟林安平接触，我是带着功利的，这一点我必须承认。

我是县文化馆馆员，前些日接到一项任务：搜集千峰大峡谷独有的文化资源。原因是县里将多方筹措，斥资百亿，打造千峰大峡谷。地理学家告诉我们，神农架、张家界与千峰大峡谷，共同构成了中国华中与西南神异地貌金三角，神农架和张家界，早已名满天下，游人如织，而千峰大峡谷却养在深闺，遗世独立。经济学家告诉我们：这是对资源的巨大浪费。千峰大峡谷在我们东轩县境内，东轩是几十年的国家级贫困县，日久天长，把贫困当成了习惯，还为贫困找出振振有词的借口，比如身处山区，资源稀缺，不知道大山大水和旖旎风光，就是最大的、也是最时髦的资源。县里把这话听进去了，几番踌躇，下了决心。

要开发旅游，单有风光不够，还得有文化。风光只具有生物性，文化才能持久共享。我接到的任务很明确，既要搜集原生文化，更要学会制造文化。头儿给我打比方，说原生文化是棵白菜，你有本事，就能做出400块钱一份的开水白菜，没本事，就只能做五块钱一份的白菜汤。头儿说他有回去某地参观，见一口枯井，当地旅游局局长掷地有声地宣称：我们准备把这口井，搞成女娲井！这就是把白菜做成开水白菜。又比如神农架，闹了多少年的野人，可至今也无人真正见过野人，这是另一种思路：不让你吃到，只吊你胃口。不管怎样，都是在“制造”上下功夫。人家有了女娲文化、野人文化，你总不能跟着人家的屁股转，说我们这里有盘古文化、外星人文化，那就闹笑话了。头儿让我多动脑筋。

既然可以制造，我当然就可以闭门造车。但闭门造车超出了我的想象力。主要是没有糊弄头儿的想象力。这次点名指派我的头儿，不是我们馆长，而是负责文化和宣传的上级领导，他曾是某名校艺术学院的高才生，毕业后教过几年书，就走上政坛。在我们以前不多的交往中，每次见面他都对我说，世上最富想象力的职业，不是艺术，是政治。

我只能采用笨办法，先搜集，再制造。

于是我挎着相机，背着笔记本，去千峰大峡谷采风。

进去就被迷住了，那河水，动处白浪滔滔，偶尔安静下来，就蓝得发翠。河岸山野，怪石奇之，林木秀之，鸟鸣于远处，云生于脚下；那云，白得空茫，有风奔驰，无风也奔驰，感觉不是云在奔驰，而是群山在急急赶路。走再远的路，也只觉腿软而呼吸平和，是因为氧气多得能舀一瓢就喝。山中多溶洞，跟随日光进去，光怪陆离，跟随月光进去，又如梦如幻。奇特幽闭的处所，正是生命的繁盛地，虎熊潜踪匿迹，猕猴随意嬉戏，水里有鲵，即俗称的娃娃鱼，海拔两千余米的葛杨村，有世界极危物种崖柏……

但我这次来，到底不是欣赏风景。风景是天赐的，给富人，也给穷人，给义人，也给小人；文化是人的专利，有所选择，是人的智慧，也是文化的精髓。整个峡谷地区的民众，都属土家族，特别爱唱歌，但喜好唱歌算不上独有，藏族，维吾尔族，包括黄土高原上的汉族，都爱唱歌；高天之下，人烟寥寥，世事苍茫，就用歌声跟自己和自己的命运说话。

千峰大峡谷河只有一条，山峰却何止千座，山山相连，绵延天际。峡谷人干活，舍不得把光阴耗在路上，每到农历二月下旬，穿着半旧衣裳进山，吃杂花野果，饮露水山泉，夜里就睡在田地旁边的蓼棚里，等点完苞谷，收罢油菜，割了燕麦，接着又掰了苞谷，长长的时日就漫过去了，回家的时候，衣服烂成巾巾，周身挂着苍耳子，男人多毛的胳膊和女人半裸的乳房上，生满青苔。不过这是前些年的事了，现在干农活的少得很，我在里面转了四十多天，偶尔碰到几个，没见谁身上长青苔，却也没听见半句歌声。他们现在连歌也不唱了。

继续这么瞎转，已毫无意义。

正在一筹莫展的时候，西柳乡文化站站长陈婷婷，给我推荐了林安平。

陈婷婷说，林安平是她小学同学，是个祭司，也是个医生，本是西柳乡人，但早已离开西柳乡，住到了土门镇。

陈婷婷还说，林安平是我们这一带仅存的祭司。

三

我没想到跟林安平见面，她会那样心生戒备。她说，你是谁？我回答了，还把身份证递给她看。她说，有介绍信吗？我又把介绍信递过去。她说，为啥找我？我问陈站长是否给她打过电话，她不说打了，也不说没打，脸色相当难看，眼里是山隔水阻似的拒绝。

话题无法展开，两人尴尬地沉默着。当然，是我尴尬。但直觉告诉我，坐在我对面的，是个特别的人，走进她，或许真能完成我的使命。想一蹴而就，根本不可能。没有人有义务向另一个人倾吐自己的故事，尤其是没有义务倾吐自己的内心。除非相互信任。我感觉到，信任也好，提防也好，都是一片湖水，彼此贯通，林安平在提防我之前，我是否已对她有了提防？我提防她，是因为她跟我们不一样。首先是那身装扮：头发盘在顶上，挽成髻，发髻里插一根金鸡翎、一只山羊角，脖子上套着六个渐次扩展的银圈，衣服青黑色，前胸、衣襟和袖口，都绣了花，同样是青黑色的裙子上，也绣着花。

最好的办法是不回避，我就盯住她的穿戴，请教那些繁复的花纹是什么意思。

你只对这个感兴趣？

她这么问一声，轻轻舒了口气。可紧接着，眼神落下去，像她眼睛背后有个漏斗。

我正疑惑着，不知道怎样回答，她就回答我了。这是祭司服，她说，当然，我是土家祭司，服饰也带着土家标记。然后她站起身，一一指给我看：这胸前，左绣青龙，右绣白虎；第二颗扣子以上，绣的是祥云；这袖口，绣花卉蔬菜，要是男人，就绣兵书宝剑；这裙边或裤脚，绣的是山川河流。总起来就是：头顶青天，脚踏大地，在祖宗的护佑下，依靠勤劳的双手，过上幸福的生活。我的祭司标记，在头上，也在脖子上。脖子上最小的这根银圈，是我的本命圈，其余五根，是五行圈。别人不能戴，只有我——祭司才能戴。

说到这里，她的眼睛凛然一亮。

在她裙子的中间部位，绣着一朵红花，她没说，而我非常想知道。

这朵花么？她像通晓我的心思，以这样的口气向我解释：这是人世。人世间就是个花花世界。你的衣服上同样有，无非是没绣出来，看不见，也摸不着，但并不是没有。我跟别人不同的是，别人在花花世界里逍遥、享乐和受苦，我为花花世界的人礼赞、祈祷和祭祀。我充当人世与鬼神之间的使者，调和他们的冤仇和矛盾。我为人送魂，也为人喊魂。我给人占卜、消灾、治病。我是医生，既医肉身，也医灵魂。人的灵魂和肉身是分开的，古话说，活不认魂，死不认尸，意思是，人活着时，肉身不认灵魂，死去后，灵魂又不认肉身。灵魂不认死去的肉身，证明了灵魂的不灭。花花世界里的人，对短暂的肉身看得很宝贵，生怕它吃亏，对不灭的灵魂却不闻不问，任随它遭虫子咬，被蚂蚁叮。人活得很糊涂，很可怜。

说完她盯我一眼，像我就是很糊涂、很可怜的人群中的一个。

她真是把我看穿了……

我决定在土门镇住下来。

这里是千峰大峡谷的起点，河水从镇外流过，河岸全是石头，镇上的房屋，也多用石头垒成，包括林安平住的那间。她在那石头房子里，吃饭睡觉，开中药铺，也参神、做法事。药铺后面，有她的圣殿，供着数十尊小如一握的菩萨，还有个不知什么年代供养过祭司的土司造像；从造像看，那是个精瘦的男人，尤其是脸，瘦得只剩骨头，他整个人就是由骨头凝成的意志，他的万般计谋和消灭对手的决心，以及被传说的慈爱，都藏在鹰隼般的眼睛和又陡又窄的额头里。圣殿下去，右边是厕所，木门上用粉笔画着一个相当复杂的怪异符号，怪异得像里面不是厕所。左拐十余步，是玄祖殿，殿里的菩萨与人等身，林安平给人做法事，通常就在这里；若做大型法事，比如三月三的春祈会，九月九的秋报会，再比如祭日光天子、月光神、水神、火神、土地神等，就得去玄天观。玄天观在下游鹿走乡的龙头山，从乡场东边的桥头上去，上到1800米高处，有处孤零零的殿宇，就是玄天观。

第二天我又去林安平家。头天夜里，我已在网上做了许多功课，知道祭司不是随便能做的，须知识广博，儒道释三通，也是这三教的领袖。我凭自己的理解，向她阐释三教的关系，本意是卖弄一下，让她不至于把我当成只是在机关里混日子的饭桶，没想到我的一通解说，很合她的心意。趁她高兴，我请教厕所门上的那个符号。

你不是只对我的衣服感兴趣吗?

真是那样的话，今天我就不来了。

我把县里打造千峰大峡谷的宏伟规划，还有我自己的任务和行踪，讲给她听。

我为你出不了力，她颓然而又高傲地说。然后回答我：你问的那个，既然写在厕所门上，当然就是厕所的意思。但那不是符号，是文字，只是现在没人用了。

她的手抖索了一下，接着又抖了一下，像是在犹豫该不该干一件事。

最终，她从抽屉里拿出一本软面抄递给我。

翻开来，写了十来页，共三百多个会意字，旁边注着汉文，比如玉帝、伏羲、男人、女人、高、下、美、丑。说是会意字，其实好些无法会意，比如美和丑，因为各自的标准不同。我问怎样分辨，她便给我讲了个故事，说很古很古的时候，有个酋长，去遥远的地方走了一趟，带回一个女人，从此把结发妻子冷落一旁，让妻子伤心，族人也议论纷纷。这时族里的巫师出面，巫师在夜间的茅舍旁燃起篝火，让远方来的女人跳舞，舞影映于墙，巫师将影子画下来，遍示族人，族人都说：昼夜失序，好丑啊。接着让酋长的妻子跳舞，巫师将舞影画下来，遍示族人，族人都说：日月调和，好美啊。以影绘形，就创造了文字。每个文字都不单纯是一个形状，还埋藏着天地观和道德观。人不能做到灵肉合一，人创造的文字却能做到。

把本子还给她时，我说，你或许要出大力，不仅仅是帮我。

之后我每天去她那里。她不表示欢迎，但也没赶我走。我看她给人把脉、开药。病人不多，只有在医院久治不愈的，还有被医院判了死刑的，才会来找她。以前来找我的起路路，她说，自从搞了合作医疗，可以报账，来的就少了；我这里不能报账。她的医术是师傅传的，为拿行医资格证，又去医学院读了函授。每开一张药单，签过名，她都要立起身，庄重地盖上一个大印。我从没见过药单上要盖印的，一看，印上篆字刻着：汉寿亭侯。这是关羽的印！她说：关帝爷义薄云天，神鬼敬畏，盖上他的印，再恶的鬼也不敢作祟了。我的药医身体，关帝爷的印医心。有些病人在医院开了单子，把单子拿到我这里来盖了印，再去医院取药，可医院见了这印章，就不给取药了。用机器治病的医生，不懂治病救人这句话，以为治病就是救人，其实治病跟救人各是一门子事。

正这时，一个妇人进来。那妇人三十岁模样，或许有四十岁，因为她生得很漂亮，漂亮能让人显得年轻，这是老天双倍的恩典。林安平让妇人坐下，却不把脉，也不问任何话，就开单子。单子上只写着一句：出门旅行。然后盖上汉寿亭侯的大印。只要不给药，她就分文不取。妇人瞄了一眼药方，低头疾走出屋。望着妇人的背影，她说：你看她，胭脂搽得多，衣服穿得少，这是男人不喜欢她了，她对自己作为漂亮女人的资本，绝望了。她的身体没病，就是焦心，是心病。出门旅行，或许能在路上碰到喜欢她的人，她又能找回信心。

可是，随着年龄增长，容颜不再，她总有那样一天。

每个人的身体里都埋着神秘的青春，哪怕这个人再老。至于你说的，光明耀世，光阴仍亏，那是每个人都逃不过的命，但要每个人自己去悟，不悟，就消除不了幻想，跟着也就消除不了恐惧。我不过是给她一次机会。人的一生，有一次机会就够，不要梦想总有机会给你。老天已经待她不薄，她该满足。其实我是理解她的，不然也不会给她机会。她是想突破边界。道家炼丹，行外说是想长生不老，当然并没说错，但最根本的，是想突破边界：生老病死的边界。她也是。她希望自己永远年轻，永远美丽，永远被追求。

这样做合适吗？比如说，她是有夫之妇，却在旅行途中有了艳遇……

我至少没叫她一个人去旅行。

我觉得这是狡辩，想继续问下去，又怕破坏了交流的气氛，反而封了她的口。毕竟，她从未有过婚姻，还是通常意义上的姑娘。

其实这担心是多余的，她正等着我问。在她心目中，人至高无上。她说，老天赐人，有人就好。她从那妇人的焦虑或者说绝望中，看到的不是青春和爱情的流逝，而是人脉的断绝。另一方面，人在明知某些生活的趣味正离自己远去时，却不愁苦，也不设法拯救（虽然往往无效），这样的人看上去正大光明，其实是无心也无脑；一个人的生活方式并不等于生活本身，生活方式不论多么圣洁，只要无心无脑，就无任何道德可言。

原来她特别爱说，也特别想说。只是没有听众。她的听众都是她的信众，为数不多，文化很浅，除极个别跟她年龄相当，大都比她年长十多二十岁，甚至三四十岁。

她需要别样的听众，包括从俗世来的听众。

现在我成了她的听众。经过半个多月的交往，我感觉自己跟她有了默契。她也是这样感觉的。她表达这种感觉的方式，是问我一句话：你还记得我们第一次见面吗？

人不会忘记不愉快的事情。那天你不愉快，我开始也不愉快。

你不愉快是真的，她说，像你们这种县份上的人，往下面一溜达，到处都对你们笑脸相迎，我没做出那样子，你觉得受了怠慢，当然不愉快。而我，那天是盛装见你。我的服装分为三种，襆服、合服、胡服，我那天穿的是襆服，那是我的盛装，只有特殊场合才穿，平时是不穿的，你来这么多天，哪里见我穿过第二次？

我很惭愧，也很感动。只是不明白，既然盛装见我，为什么要给我脸色？反过来问也行：既然不打算欢迎我，为什么又要盛装见我？这事很久以后我才琢磨出来。

四

风在传，鸟在传，河水在传——传的都是林家生了个灾星。说那灾星非比寻常，耳朵像扇子，眼睛像灯笼，还长着獠牙。消灾除祸最简便的办法，是将她扔进河水，或者带上崖顶，投入山谷。命定的灾星都是这样收场的，不管是人，还是畜生——像狗长单耳，猪生六爪，都是灾星的标记。

可究竟如何处置，谢翠芬决定不了。也可能是忍不下心做决定。

她等着当家人回来。

林康是三天后赶回来的，进屋时已是后半夜。他进屋做的第一件事，是点上桐油灯，从柴屹崂里摸出弯刀，再去鸡圈里抓出母鸡，垫在门槛上，一刀剁了。随后，李子树淡黄色的木渣，把刀身上的鸡血舔得干干净净。这两个敢跟天意叫板的家伙，死得却这般平常，就是像鸡那样死去，也像树那样死去。死的同时已背上诅咒，再不能投生，再也没有来世。

接着，他回到屋子，扯下挂在墙上的一团乱麻，用桐油浸了，塞进吹火筒，做成火把。他将火把点上，横在灶台上，再吹熄油灯，进了里屋。出来时，他赤着上身，手里拎着一个包袱。当他举起火把，踏步出门时，谢翠芬的声音追出来：你要做啥子？他没回话。谢翠芬的声音再一次追出来：我的女儿呢！他这才知道是个女儿。说什么女儿，分明就是怪物！他的步子更实沉。谢翠芬的声音第三次追出来，这一次是哭声，很压抑，很低。

夜晚静得像是老天老地都闭了气。其实河水的喧哗排浪般涌来，只是他听不见。他只听得见婆娘的哭声。火把椭圆形的亮光之外，是胶成块状的黑暗，婆娘的哭声穿透黑暗的壁垒，一滴一滴，往外浸。天地间只剩下这哭声，这让他心烦意乱。为啥要哭得那样低呢？他站住脚，回过头怒吼：你狗日的是羊子变的呀？要哭不晓得大声哭哇？是哪个龟儿子把你喉咙捏住了哇？这一吼，女人不哭了。她不哭，那哭声却在，丝丝缕缕，将他缠住。

他继续走，每跨一步都特别用力，像要把缠住他的哭声挣断。

他是朝河边去的。

这条贯穿整个千峰大峡谷的河流，河岸都是一样的景致：石头挨挨挤挤，不留丝毫缝隙，连根草也不长。石头在暗夜里顽强地吐出白光。夜有多黑，石头就有多白。他迈着大步，直奔河沿。只是奇怪，包袱里的东西咋不吱一声？你再是个怪物，在生死攸关的时候，也该吱一声。他使劲抖了几下，那团肉在包袱里跳荡，但就是不吱声。未必死了？死了更好。死了的话，把她扔进河里，就不是杀，是埋。峡谷地区的死人，最近这些年才是往土里埋，以前全是往河里埋，拿深腰竹篓装了，往河里一丢，死人以站立的姿势，随水漂流。水不烂人烂，烂了也就是埋了。他没带竹篓，却带着包袱，包袱是他的衣服，尽管穿出了许多窟窿，却是他最见得人的衣服，用这衣服做她的棺材，也不算亏她。

冷气隐隐扑来，是快到河边了，固体般的浪头子，从光影里闪过。

他站在冷气的当口，拎包袱的手臂，使力划出一个半圆。

他闭上眼睛，咬紧腮帮，等待着包袱破水的响声。

响声迟迟没有传来。

因为包袱还在他手里。他没有扔。

他不甘心，要看了这怪物的模样再扔。

他蹲下身，将包袱放在石头上，瑟瑟索索的要去解开。

可他似乎还没动手，那小人儿自己就蹦进了火光里。

顿时，他惊得眼球外翻。

这孩子的耳朵不像扇子，眼睛不像灯笼，更没长獠牙。这孩子漂亮得让人心酸，是一个漂亮得让人心酸的孩子！毕竟只在娘胎里待了七个月，个头是小了些，可她身上没多出一样，也没减少一样，嫩红的皮肤底下，蜷缩着她安宁的睡眠。他就是这样想的，觉得女儿的睡眠，是被她吹弹即破的皮肤包裹着的。女儿井水、莲花和种子般的安宁，比她的漂亮更让他震惊。

火把在他手里呼啸。他站起身，将火把高高举起，像举着一面旗帜。猎猎风声里，他对着长河呼喊：她不是灾星，我的女儿不是灾星，我的女儿是从天上来的！

河水不管这些，一如既往地奔向更加狭窄的山口。

但从此以后，从天上来的，就成了林安平的符号。

当父亲把她拎回家去，告诉母亲说，我们的二女子是从天上来的，母亲就无日不对着她的耳朵讲：娃，你只是借我的肚子成了人形，可你不属于我们这个人世，你是从天上来的。妈生了你，就把你养大，你长大过后，就不要在家里待，自己回到你的仙班里去。

为了女儿，也为了家，林康给二女取名安平。

但这并没起到什么作用，没过多久，大女果果病了，吐绿水，绿水里夹着血块。果果刚病，猪又死了，早上去喂的时候还活蹦乱跳，下午再去就硬邦邦的了。才把死猪拖出圈，那只公鸡又死了，死之前，它努力地想往树上飞，被伐倒的李子树旁，是棵深梢的桉树，桉树根部以上丈余高处，都是光溜溜的树干，你一只鸡怎么飞得上去？你真想上树，周围到处是树，又何必死盯住那棵桉树？可是它着了魔，飞一次不行，又飞二次，二次不行，又飞三次，就这样活活累死了。猪死了，鸡死了，也就罢了，果果可不能死。果果都长到三岁了。果果是个普通的孩子，远没有她妹妹好看，但她是个正常的孩子，正常到人人都能接受。安平却不被接受，自她出生过后，除了那些不得已来请林康打铁的，没人再靠近林家的房子。

与其让果果死，不如……这想法，在林康和谢翠芬心里同时萌生。

他们对视了好几眼，都等着对方把那想法说出来。

谢翠芬首先开了口。她说：当家的，去……去……

林康生怕她说出口，因而没等她说出口，就翻身出门去了。

这一去，就第二天下午才回来。跟他一同来的，还有肖道长。肖道长是峡谷地区最具法力的端公，四方游走，居无定所，但他是水口乡人，林康就去水口乡碰运气，结果没拢水口，就在路上遇见他了。林康正要说话，肖道长往前一指。指的是林康身后的路，意思是少废话，快走。他像是正往林康家去的样子。可他年纪太大，大到老态龙钟，走路像捡绣花针。为了快，稍微平整些的地段，都是林康背着他跑。他用于作法的家什，林康接过来，挂在自己脖子上，一荡一荡地跑在两个人的前面。即使这样，还是晚了，两人进门时，谢翠芬已在为果果备殓衣。所谓殓衣，无非是给她换身干净衣裳，穿上大人的鞋子；给夭折的孩子穿上大人的鞋，死后就能继续长，直到脚把鞋塞满，这样，那孩子就不枉来趟人世。

哭过了吗？肖道长问。他是问谢翠芬哭过没有。谢翠芬神情呆滞，一言不发。没哭就好，肖道长说，哭过就没救了。而这时候，林康正抱起果果，嘴巴大张，听了肖道长的话，那张嘴慢慢闭上了。肖道长从布袋里取出法器，一样一样地摆设和穿戴：先是圣母娘娘画像，再是绘了牛头马面和乌牙凤嘴的桌围，之后是花冠、道袍，最后取出师刀。他摇着师刀，围着灶台，且舞且唱，从半下午，跳到次日黎明，才收了家伙，站到门口去，望着在黑暗和静寂中显得越发盛大的山野，念念有词，之后回过身，往嘴里包一口清水，走到身体僵硬的果果面前，噗的一声喷在她脸上，再盯住她的额头，右手扣成金刚指，右、左、上、下地比画，每划一下，就念一声咒语：一划成江，二划成河，三划人延寿，四划鬼断绝！

果果的身体软了，眼睛睁开了。

肖道长拒收劳务费。这在他是从没有过的。林康感激不尽，让果果给他磕头，但他也不让。他对果果说：我来，不是为你。说完就离开了。

肖道长的话令人费解。但不管怎样，果果萎了几天，就精神起来，从此再没生过怪毛病。

林安平也一天天长大。

伴随着林安平成长的，是母亲每天必说的那句：娃，把你养大了，你就回你的仙班里去。

峡谷地区，“大”的标准跟外界不同，外界至少十六岁，这里只需十二，这里的女孩子十四五岁就可以嫁人了。自从会数数，林安平玩耍的方式，就是扳着小指头，数她还有多长时间，就要离开亲人，回到仙班。她数得越认真，越快乐，林康就越酸楚。几年以后，她就要单门独户地去对付这个世界了，尽管她是天上来的，但终究是活在这个艰难的人世间。

怕二女将来吃亏，林康决定送她上学。

这里的孩子大多不上学，比如林安平的姐姐就没上过一天学。即使上，发蒙的年岁也没个定准，一般都不小于八九岁。林康希望二女能读到小学毕业，因此七岁就把她送进了学堂。

林安平说，许多年来，她是那学堂里年纪最小的学生。

五

我的手机响了。我的手机很久没响过了。初来峡谷时，手机就像害怕寂寞的姑娘，动不动就唱歌。是县城的老朋友让它唱的，他们约我喝酒，打牌。我们的业余生活一直是这么过，现在我不得不缺席了。我不想说自己在哪里，更不愿透露在干什么。头儿说给我半年时间，我希望在这不长不短的时日内，能弄出一个像样的方案，如果早早嚷出去，最终却遭弃用，就要被嘲笑了。我知道自己越来越脆弱，怕人嘲笑。我对每一个电话撒谎，不是这样事就是那样事，总之是不能赴约。很快，他们把我忘了，忘得像水洗过，再不跟我联系。何况现在天还没亮明白，也不是城里人的作息方式。这样的作息方式只属于山区。我租住在一对老夫妻家——其实两人都才四十出头，却带着大群孙儿孙女，最大的孙子已经十一岁。可见人是被后人推老的。这对夫妻也自以为老，动不动就是我这老头子、我这老太婆，像他们过得太难，现在终于混老了，很是欣慰。他们来自半山，在镇上买了房，儿女出门打工，老两口带着孙子辈在镇上念书。凌晨四五点，就常听见他们的电话响，无一例外开着扬声器，铃声大得吓人，说话的声音更大，不是说，是喊，连对方说啥我也能在隔壁听得一字不漏。

可是谁这么早给我来电话呢？

我只能想到林安平，结果不是。

是她同学陈婷婷。

陈婷婷问我找到林安平没有。

这话让我恍然如梦。差不多一个月前，她给我推荐了林安平，而且据情形判断，我去找林安平之前，她还帮我联系过，现在才问找到没有。

我把情况大致讲了，陈婷婷格外惊讶：啊？

我能想象出她“啊”那一声时的样子。她脸胖，唇薄，说话很用劲儿，每说一句，都把上唇一掀，鼻头一皱，顶住滑落的黑框眼镜。

千峰大峡谷共五个乡镇，除已经提到过的西柳乡、水口乡、鹿走乡、土门镇，还有风源乡，五个乡镇的文化站里，我最熟识的就是陈婷婷，她是县政协委员，每次到县里开会，都到文化馆来，讨要些我们编辑整理的书；啥书都要，只要是书。其实那些书里的不少内容，都来自她本人的讲述。她是个有心人，去山上割野菜、挖药材（药材也是野菜，党参到处是，乡场上的人喜欢挖来炖鸡），撞到茅草丛中一段几米长的石墙，也要打电话给我们报告，不管我们的态度如何，她自己都满山满岭寻访老者，探究那石墙的来历，得出的结论是：那不是墙，而是古道遗迹；非一般古道，是荔枝古道。她说当年杨贵妃吃的荔枝，是从四川广元送去的，途经东轩、万源、镇巴、安康到长安。想想，杜牧描写的“一骑红尘”，就从我们东轩县奔驰而去。如此，那段残墙就越千年风雨，直通大唐。

凭良心说，要说制造文化，陈婷婷并不输给头儿讲的那个要把一口枯井搞成女娲井的旅游局局长。进入峡谷之初，我就想到过她，但我认为，她说的那些，编进并不公开发行的书里是可以的，要正儿八经纳入一项工程，就渣了。你总不能拉着游客，天远地远走到深山更深处，就为看几块垒起来的石头。那会引起游客的敌视。前年我去某地游览，跟随旅游团颠簸大半天，去到一个比普通堰塘还小的水池边，导游举着干喇叭动情地讲述，说王母娘娘在这池子里洗过澡。像王母娘娘洗了澡刚离开，那导游还伺候她穿了衣裙。我当时就很反胃。我想，既然头儿把任务交给了我，我就希望自己发掘出的文化，包括制造出的文化，不这样飘浮无根，而是带有某种体验性，能在生活和心灵中流淌。

可是，陈婷婷由一段残墙，想到大唐，想到贵妃，想到荔枝、奔马和烟尘，想到“在天愿作比翼鸟，在地愿为连理枝”的绝世爱情，难道与心灵无关？

或许，我的想象力真是很稀薄的，我只是在嫉妒陈婷婷。

有时候我想，如果头儿知道有陈婷婷这么个人，就不会指派我了。

越这么想，越不愿见她。如果不是进峡谷四十多天还一筹莫展，我肯定不会跟她联系。

不过幸好联系了，否则我就不会认识林安平。

对陈婷婷给我推荐了林安平，这些天来，我一直心存感激，尽管她的推荐完全是我引导的结果。我并没向她透露自己的真正目的，只说这段时间闲，想来峡谷找些“文化活体”，跟他们聊聊。她一如既往地，说到耍狮子的、跳钱棍舞的、打薅草锣鼓的……那些人我都见过多回。也可能是见得太多，我感觉不新鲜，更不“独有”。但除此之外，她就想不出别的人了。中午时分，我们去吃饭，席间谈着网上八卦，她问那算不算文化，我说算，她又问那种文化是不是正意味着文化的堕落，我说不是，我们的文化太重，而且依赖于重，久而久之，就失去了轻的能力。说到这里，我突然觉得，她的那些考证，比网上八卦更离谱，我的话也并非真心，而是暗含着自我辩解。在这一刻，我们都走向了自己的反面，却都做出真诚执着的样子。不如执着到底。于是我说：传统文化追逐典型，现代文化不要典型，只要例外。可能就是这句，让她想起了林安平。林安平是祭司，且是仅存的，当然例外。

我正感激着她呢，她却“啊”这么一声。

“啊”一声过后，她问我见到林安平的女儿没有。我说还没有呢。林安平早给我讲过，她有个养女，叫林芳，在鹿走乡卫生院做护士，不忙的时候每周回来，忙起来两三个月也不回来。她说自己领养过十多个孩子，养大了就让他们远走高飞，只把林芳留在了身边。

听说我没见到林芳，陈婷婷似乎很遗憾，吞吞吐吐几声，就把电话挂了。

这个电话在我心里留下了一丝阴影，说不清阴影的方向，但它存在。

可吃过早饭，我又找林安平去了。

走在清冷的街道上，我揣摩着陈婷婷的意思，揣摩不透，就放下了。我只是觉得，自己跟陈婷婷其实是一路人。我们都是在考证某一段痕迹。这段痕迹存在过，现在被遗忘了。从这个意义上说，陈婷婷发现的那段本没有名字的残墙，比荔枝古道更重要，荔枝古道还活在传说中，而那段残墙早就死了，曾经摸过它的手，化为连天荒草。我们都是死人的后代，死去的不仅是先辈，还有自己身上的某一部分，所以人也是自己的后代。

我把这想法讲给林安平听，她略为思索了一下，说：你这是把时间分出段落了。时间没有来路，也没有尽头，因此每个人的每时每刻，就都处于时间的中心。比如我，她说，我的出生，还有我七岁那年走进学堂，都不是发生在多年以前，而是今天，是此刻。

——她进的那个学堂，师生共 34 人，但开学第二天，变成了 56 人，多出的，是部分学生的家长。他们是来要求清退林安平。没人相信她是天上来的，只知道她是灾星。校长传话，让林安平的父母去，当众描述女儿出生时的景象。父亲没有发言权，因为他并不在场。只有母亲来说。母亲说的是，七年前的那天早上，她正要去出工，女儿怕她受不住累，就从她肚子里出来了。只有这些了。人群中站着她的一个邻居，也是临时请来的。地广人稀的峡谷，最近的邻居也有两里多路，其间横亘着嵯峨乱石和茂林修竹，但那邻居板上钉钉，说那天他看见了林家的母鸡上树，听见了林家的母鸡打鸣，也听见了李子树的哭泣。然后他说，那年七八月间去找林铁匠做过活路的，谁见他家养母鸡了？他家里现在都不养母鸡！谁又没见那棵李子树遭砍了？那棵树每年结的果子把树都压趴，要不是它接灾星下世，林铁匠舍得砍？

其实我妈不该扯谎的，林安平对我说。

你觉得是你妈扯谎不是邻居扯谎？

当然啦！她眼睛一瞪，这样回答。之后告诉我，她出生时，不仅有那些众人皆知的征象，后山一棵浓荫盖地的黄桷树，叶子落得像下暴雨，歇在枝叶间的鸟，全都坠地而亡。

关于那天的事情，她像比所有人都更清楚。

可在当时，要不是肖道长，她就读不成书了。肖道长啥时候游到了学校，站在操场外的杨树底下，无人知晓，听见他沙哑的声音，才注意到他。那个沙哑的声音说：7主地势临渊、以寡服众，林安平的命里，不是一个7，是四个7，在娘胎里待7个月，7月7日出生，7岁上学。天一地二，天三地四，天五地六，天七地八……你们以为说她是天上来的，是胡说？

肖道长德高望重，他的话，让弥漫在人群中的愤怒被风吹走。

可肖道长毕竟太老了，很可能老糊涂了。这是许多人的看法。因此，林安平虽然入了学，却被安排在最后一排，单独坐。同学都不跟她玩，和她对面走过，立即别过头，或者用双手蒙住眼睛。他们在家里就受到父母的警告，说如果跟林安平对看，就会被她吸了魂，慢慢失了元气，变成纸人，变成鬼——还活着的时候就变成鬼；疗治的办法只有一个，就是戳瞎你的眼睛。真有个男同学的眼睛被他母亲戳瞎了。那同学不信邪，偏要盯住林安平看。林安平自己也怕吸了别人的魂，因为她不知道把别人的魂吸来干什么，又装在她身上的哪个地方，跟人路遇，她自己都会躲。可那男同学不让她躲，她躲到东，他就跳到东，她躲到西，他就跳到西，她闭上眼睛，他就去扯她头发，扒她眼皮。她哭了，说：我给你妈告！她当然没去告诉他妈，是那同学自己说出去的。过了两个礼拜，他发现自己既没变成纸人，更没变成鬼，就忍不住，骄傲地把这事讲了。他母亲闻言，怔在那里，然后去撇下一棵洋槐的老刺，把儿子往怀里一抱，只听噗噗两声，儿子的两个眼球便流出红白相间的液体。

但没有人认为那男同学的眼睛是被他母亲戳瞎的，都说是林安平看瞎的。

那一年，林安平读到了小学四年级，还有一年多才毕业。在这一年多时间里，她被同学随便打。她不仅是有罪的人，还成了魔鬼。打魔鬼是每个人的义务。都是从背后进攻，擂拳头，或者扔石子。有几个同学不满足于这样，因为打人的主要乐趣，是看清对方的表情，背后看不见表情。于是他们聚在一起商量：她的眼睛那么厉害，何不给她戳瞎？

我的眼睛看三界，哪是想戳瞎就戳瞎的？林安平对我说。

但我想的是，要戳你的眼睛，必须看着你的眼睛，他们不敢看，才没把你戳瞎。

当然只是想，并没说出口。我差点儿出口的话是：陈婷婷也打过你吗？

六

峡谷是化外世界，时日慢得慌，可在林康和谢翠芬眼里，那些年的时间比河水跑得还快，眨一下眼睛，女儿毕业了，再眨一下眼睛，女儿该回她的仙班去了。

林安平十二岁生日这天，她父母都没去出工。那时候，外面的土地已经下户，但峡谷人不知道，土地还捏在集体手中。林康和谢翠芬却都没去出工。他们要守住女儿。守最后一天。

那天夜里，林安平也是睡在父母的床上。

最好是天不亮，永远不亮。

可天还是亮了，跟往天一样准时。

林康拿出两圆备好的鞭炮，送女儿上路。

从路程上说，林安平倒并没走远。黄岭滩以西，有个不知何年修的小庙，年深日久，既无道士僧侣，也无香客光顾，墙面塌了半边，门扉也烂得没了形迹。但这无关紧要，遮不住风，能挡雨就行，晚上在外面烧堆火，吃人的野兽也不敢拢身。林安平就在那里安家。

离家的当天，她就回来了。但不是以女儿的身份，是以徒弟的身份。

这是林康的主意。林康舍不得女儿，便想了个办法：让女儿跟他学手艺，这样，女儿就能经常回去了。他不收女儿学费，还每天给她五角工钱。

我学得很快，林安平说，才学四个月，我就能甩鞭锤。她把铁匠用的小锤，叫问锤，大锤叫鞭锤；她说打铁的全部学问，在于会听，听谁？当然是听铁。你先用小锤问它，看它怎么答你，以什么声口、什么心情、什么态度答你，你听懂了它，甩起鞭锤来就丝丝入扣。甩鞭锤的难处不在于它沉，而在于要会使巧力。世上的难事，从来就不是难在事情本身。

说这话的时候，她把上身倾前来，两条长臂盘绕在桌上，看上去像有许多条手臂。

幸亏学得快。第二年四月间，她父亲林康就死在了修路的工地上。黄药雷管高于雷阵的爆炸声，震垮了悬垂的巨石，林康被压在巨石底下。把石头粉碎后掏出的尸体，是一张碎皮，还有深坑里那个仿佛是人的形状。

他做事天理不容，峡谷人说，把一个有罪的人养了十二年，还让这个人跟他学艺。

林安平自己，完全认同峡谷人的看法：父亲是因为她死的。

她母亲和已出嫁的姐姐，又完全认同她的看法，并因此恨她。

母亲给了她一套锅碗瓢盆，断了她的归路。从此，她真正成了无家可归的人。

好在还有那个破庙，还有父亲的那套行头。她把父亲的行头继承了，因为母亲不想放在家里，怕看着伤心。只是，她的手艺再好，峡谷人也不会去找她。

无奈之下，她把铁匠铺搬到了峡谷之外。

从西柳乡，一路过风源、水口，鹿走、土门，过了土门，就不属峡谷地带了。距土门几十里外，有个乡叫华锦，许多高悬庙堂的史书，也要记述这个地方：华锦出美女，从唐至清的数代君王，都在这里选妃子。按陈婷婷的考证，早于唐前多年，站在商纣王身旁观酒池肉林、赏炮烙之刑的苏妲己，就是华锦人。陈婷婷说，苏妲己在家乡时，清纯快乐，可十四岁那年的某一天，她在河边洗头发，被一骑快马掳走，快马如风，风声止息，她已进了纣王宫，从此忧愁苦闷，见商纣王荒淫无度，更是万箭穿心；她知道逃跑是不可能的，便腹生一计：引诱纣王还荒淫些、再荒淫些，以此促商速亡。两年前，我们到华锦搞文化下乡活动，各乡镇文化站站长也参加了，中午休息时，陈婷婷领着我和我的一位同事，沿河走三里多路，到一处形如鸭嘴的河岸，指着一块石头说：妲己当年洗头发，就蹲在这块石头上。

十二岁的林安平，当然不知道这些。她只觉得华锦人有一种从骨子里透出的傲慢。这不是看到的，是感觉到的；她始终低着头，不看人的眼睛。见这么小个孩子，且是女孩子，独自在一棵大榕树下，架着砧板，扯着风箱，那些人便围过来，围一会儿就散开。她把带来的一把旧锅铲伸进炉火，让铁变成飘逸的丝绸，随着锤子的几声叩问，丝绸还原为铁，还原为锅铲——更加漂亮的锅铲，那些人依旧是沉默地看着，然后沉默地走开。

夜里，她睡在榕树底下，搂着风箱和铁锤。

十天过去，她没做成一件生意。

就在第十天晚上，林安平说，我做了个梦，梦见有个人来到我身边，抖着白胡子说话：林慧静，你要当一辈子铁匠吗？你忘了自己的职责吗？他是谁？林慧静又是谁？但不容我问，我像被人牵着，站起身来，朝前走。路是黑漆漆的路，可每一脚我都踩在该踩的地方。我就这样走进了峡谷，走过了白天，又走过了晚上，都是迷迷糊糊的。当我清醒过来，发现到了一间木屋前。木屋单门独户，立在山尖子上。那时候正有恶风路过，再骄傲的树都弯腰让道，有些树因为弯腰不及时，当即折断。山野鬼哭狼嚎。可我面前的简陋木屋，一点事儿也没有，连挂在挑梁上的蛛网，也平平静静，一只黑蜘蛛趴在网心，安闲地睡大觉。潮头一样的风声里，有个苍老的声音从木屋里传出来：林慧静，我等你好久了。

她推门进去，看见了躺在床上的肖道长。

肖道长成了我的第一个师父，林安平说，慧静是他赐给我的法名。

肖道长那时候已久不出门。

他着实太老了，老得不知年岁，身边又无妻室儿女（若干年前，他女人生头胎时死于难产，他便再没婚娶），峡谷人都以为他死了呢，都把他当成死人在传颂他的神迹呢。

我问林安平：肖道长都教给你什么呢？

她不回我，只说：师父让我行了拜师礼，陈说了我的前世因后世果，此外还给我讲了一件事。这件事是他一辈子的悔恨。他十岁那年，峡谷来了个云游道士，姓苏，但都不叫他苏道士，而叫苏端公。苏端公跳神、祭坛、驱鬼。他还敢斥责菩萨。有回他路过落儿山，见满山树皮都被剐掉，地上无蚂蚁，枝头无鸟叫，农民辛辛苦苦种出来眼看就要收割的庄稼，更是颗粒不剩。这是因为十天前下过冰雹，冰雹岩崩似的，下了个多时辰。落儿山有个灵官庙，苏端公走进庙门，扯住灵官菩萨的胡子，厉声质问：你是什么神？不保一方平安，你说你算什么神？

说到这里，林安平停下来，像陷入了沉思。

几分钟过去，她才继续说：我师父十三岁那年的六月初九，去山里打柴，碰到苏端公，苏端公说，小娃子，跟我走吧。就这一句话，师父就扔了柴刀，随苏端公去了。他的本事，全是苏端公教的，但苏端公留了一手，他用这最后一手来考验徒弟。我师父二十岁那年，也是天旱，苏端公对我师父说：鹿走乡龙腾山下有个洞，洞里住着一条龙，我去请龙出来下雨，你站在洞口等我，我出来的时候，你千万不要叫我师父，要叫我天兵天将。我师父应了。苏端公傍晚进去，三更天才骑在龙背上出来。我师父见龙闪着两只巨眼，吓坏了，忘了嘱咐，高叫一声：师父喂！龙听到这声喊，立马退了回去。没多一会儿，苏端公的骨头从洞口流了出来。龙以为是天兵天将请他，没想到是凡人，来了火气，将苏端公害了。

这也怪不得你师父，任何人遇到那种情况，都可能失口。

见她神情苦恼，我这样安慰她。

你的话没错，但……如果是故意的呢？我师父对我说了，他是故意的。他想的是，反正我会了那么多法术，只要苏端公不在，即使不学最后一招，我也能统治整个峡谷。师父说他终于遭了报应，孤身一人，还活这么大岁数，经历这么多悔恨和痛苦。

林安平喝了口水，沉默了一会儿，说：师父把这件事给我讲了，就落了气。正因为给我讲了这事，虽然他没给我传过任何一样法术，却不能说他没教我。他教了我很多。在他的影墙上，写着一个大大的“心”字。心，刀带三点，一点自己，一点众生，外面一点是邪心，所谓修行，就是把邪心去掉。师父就这样教了我。他落气过后，我想着把他埋在哪里，刚出门查看，房子就垮了，垮成个棺材模样。入棺为殓，我师父也算寿终正寝。

七

林安平从此再没出过峡谷。时至今日，她也只去过峡谷外的华锦。

肖道长死后，她回到了那个破庙。她说：我需要等待再一次天启。

当时峡谷的土地也已陆续下户，但林安平没到分配土地的年龄，因此没有土地。她靠老天的赐予为生，老天扔下一个千峰大峡谷，并慈悲地养活这里的万物，她便也有活下去的理由。野山羊能走的路，她就能走，野狗能吃的食，她就能吃。后来，她学会了开荒种粮。她在荒地上忙碌时，经常看见母亲在田土里忙碌，想去帮母亲，但母亲不要她帮。母亲真的不把她当自己的女儿了。许多个夜晚，她悄悄溜到老屋前，坐一阵，又跑到父亲坟前去，抱住一堆土哭。父亲听不到她的哭声，她说这并不是因为父亲死了，而是因为父亲死得不完整。

平常日子，她是这样过的：白天去荒地上站，夜里在破庙里躺。

但到了腊月二十三，连破庙也躺不成了。

腊月二十三被称为小年，从这天起，峡谷人开始办年货，最高级的年货，是杀猪和推豆腐。峡谷之外，还包括推汤圆和米豆腐，但峡谷地区是石灰质土，存不住水，因而不产水稻，峡谷人没吃过米，也不知道有米；林安平去华锦的十天，见到过米饭，但不知那叫米饭，也从没吃过，她只吃红薯、苞谷和土豆，这是她吃惯的粮食，且认为是世上最好的粮食。推豆腐要点卤水，一年到头只做一回豆腐的峡谷人，很难掌握火候，要么点轻了，要么点重了，点轻了出不了花，成一锅浑汤（峡谷人叫点醒了），点重了变黑，变硬，像一砣铁（峡谷人叫点死了）。这年马背梁的李富贵就点出了一砣铁，他抱起那砣铁，对着山梁下的破庙大骂。峡谷人的嗓子，长着千万条腿，出口就亡命飞奔，山山岭岭迎着那条嗓子，加大它的马力，并添进新的内容：我家的豆腐点醒了。我家的猪血成不了血旺。我家的锅炸了口……九九归一，都是破庙里那个灾星的缘故。因此，每到腊月二十二，干部就到林安平的住处，站在庙子背后（怕看到她的眼睛），喊着说：安平啊，你是啥人，灯笼一提是亮了的，就不用我多说了，这些天就委屈你啊，明儿一早你就动身走人啊，免得乡里乡亲办不出年货啊。

于是林安平收拾行装，上山去。

西柳乡有座山，叫老黄山，高得很，把她赶到那里，她就害不了别人。

你到多少岁才不被驱赶？我问。

十七。

我想起峡谷地区的女孩十四五岁就可以嫁，而她十七岁之前还被撵来撵去，显然无人给她提媒，更不可能有男孩追求她。我把这想法对她说了。

连看都不敢看我，还给我提媒，还追求我，你这不是开玩笑？

然后她说：其实你不晓得，在这地界，找个女人难上难。这里生活太苦，老天爷怕女人吃不下那个苦，就舍不得女孩降生。我爹妈生了四个女孩，十分罕见；我过后，妈又生了两个妹妹，都是没满月就病死了。她们死后，爹妈很伤心，有时异样地看我，但从没在口头上怪我。这是爹妈对我万万年也报答不了的恩情。爹妈可能还觉得，女人活得苦，早早病死，也是她们的福分。女人少，男人讨女人当然难，可是男人不晓得珍惜，讨到家里就经常打。我为啥要让男人打呢？我是天上来的，凡间的男人没资格打我！

我附和她，表示赞同。

然而接下来，她却道出了一个让我不可外传的秘密：她嫁过人。

她十六岁那年的初秋，有天夜里，她被麻袋一笼，横担着上了一个人的肩膀。凭汗味儿，她知道自己共上过三个人的肩膀。三个人换来换去，第二天上午，将她扛到了拐枣弯。拐枣弯住着谢旺财。谢旺财一家大小都信五毒教，信这教的人不惧五毒，锄地时，挖到蜈蚣吃了，捉到蝎子吃了，在墙上抓住蜘蛛吃了，逮住四脚蛇也吃了，所以灾荒年间从没饿过饭。谢旺财有四个儿子，长子谢土，一年前死了老婆，将两岁多的儿子交给父母和兄弟，就出门做生意去了。一年过后回来，身份是逃犯。他出峡谷就当人贩子，把本县的女人，卖往北方，这次回县“装货”的时候，被公安抓获。但是他跑了。他知道迟早要被捉回去，就对家人把事情说了。他爸谢旺财听罢，立即想到了她：林安平。儿子灾事太大，需以毒攻毒，他要用比五毒更毒的灾星，嫁给儿子冲喜。至于那灾星的眼睛，已经顾不得了，那年头，卖几个人就要枪毙，谢土卖了三十几个。被灾星的眼睛吸了魂，总比吃枪子儿强。

峡谷结婚，程序简单，男女去祖坟前跪拜了，就算夫妻。林安平被扛着抖了一夜，把她放下时，她只能趴着。她看见那个男人坐在阶沿上，搂住他儿子，像个女人那样在哭。他妈去把娃娃抱开，他爸拖他去坟前。林安平被他二弟拎着，提到了坟前，还是被拎着，跟他并排磕了头，又被拎回院子里。他回到院子，立即抱过娃娃，又哭。正这时，出去放风的三弟四弟慌慌张张跑回来，说戴盘盘帽的来了。他爸去抢娃娃，叫他快跑，他死也不放，更不跑。公安员很快扑来，把他捉了。这时候他很温驯，主动把娃娃递给妈，让公安戴了手铐。

带他走的时候，林安平说，他转过头看娃娃，还看了一眼我，满脸泪水。

言毕垂下眼皮，左手拇指之外的四根指头，抽搐似的抠着右手背。这样子已经完全不像一个祭司，而是来自尘世、受过不少委屈充满无限怀想的女人。

那次出嫁，可说是她唯一的“俗世”。她的表情告诉我，绣在她裙子上的那朵花——人世间这个花花世界，她的职责虽是礼赞、祈祷和祭祀，内心却何尝不希望也如俗世之人，在其中享乐和受苦。而且我感觉到，在这一刻，她对那个男人特别想念。他是她曾经也有过俗世生活的见证，他被带离时满脸泪水地看她那一眼，成了她烫人的回忆。

没过多久，他就伏了法，林安平说。

又说：死之前，他给我写了封信，说我是自由的。

其实她并没在谢家住，谢土被带走后，她就回了破庙。抢她去是为冲喜，喜没冲成，她也就没什么价值，而且留着她，也终究是留着一个祸害。

信是给他爸的，林安平接着说，他爸讲良心，转给了我。他字写得多好的。

她拉开抽屉，抽出一本很厚的中医书，准确地翻到某一页，取出那封信，递给我看。信上写道：“林安平，感谢你做我婆娘，我活不成几天了，你莫耽误各人，你是自由的。”其中有好几个错别字，字不仅不好，还很差，比林安平的字差多了。纸张是粗纤维，发黄发脆。

我把信递还后，林安平小心翼翼地折好，压进书里。可当她把书放进去，关抽屉的时候，手却下得很重，像是突然间有了深深的厌恶，再不愿就这个话题说下去了。

于是回过头，说她春节前被撵上老黄山。

雪下得扯天扯地，不是下，是奔流。茫茫雪尘盖了远山近水，世界小得只剩了眼前。每个人，每条狗，每棵树，都是孤独的。除雪花奔流的声音，天地静寂，连穿越峡谷的河，也在浩大的落雪声里收敛自己。野苍苍的背景下，一个黑色的人影，重浊地呼吸着，动物似的在雪坡上攀爬，越来越小，越来越黑，黑到极致，便被白吞没。这个人正月十五之前，不许下山，否则任何人都有权打她。这不比在学校挨打，在学校打她的都是跟她一样的孩子，无非是觉得她可以打，并没把打她跟自己坚硬的生活、以及对生活烈火般的渴望联系起来，因此只是朝她背后挥拳头、扔石子；现在的人打她，却是往死里打。

这时节，山上不可能找到食物，她就自己背去，能背多少是多少，背得多多吃，背得少少吃，实在没吃的，还可以吃雪，吃草根。她坚信自己饿不死。她说，人一旦还原为动物，就消除了饿死的恐惧，大地再荒凉，也没有一只动物觉得自己会饿死。

千峰大峡谷的山野间，有很多风洞和溶洞，住虎，住龙（比如害了苏端公的那个龙洞），住蝙蝠，住妖魔鬼怪，但更多的是住人。许多洞子都有人生活过的痕迹。凡是人住过的，在陈婷婷口里或书面报告中，一律称为“蛮子洞”，她说数千年前，里面就住过蛮子，清道光年间的白莲教起义，义军被剿杀时，也多在蛮子洞里躲藏。现在又添上林安平了。

每年的大年三十，她说，都有人给我送吃的来。送到洞口，就走了。我最先看到的是我妈，看到她匆匆下山的背影。后来又听到响声，我想肯定是妈又转来了，这是大年三十啊，妈要跟她女儿说几句话；尽管她不再认我这个女儿，可我是从她肚子里爬出来的，她还养了我十二年。结果不是我妈。也不是我姐，姐嫁得远，峡谷的规矩是过了腊月三十才走人户，她只有来看妈的时候才可能来看我。我看到的是别人，有的认识，有的不认识。他们给我送来豆腐，还有五花肉，都是煮熟的。他们也让我过个年。

最后一句，林安平说得声音哽咽，随后用戴满指圈——类同于脖子上的五行圈——的手，蒙住脸抽泣。

我一言不发，任由泪水从她指缝间拱出来。她像这样当着别人的面流泪，大概很少很少。我只是望着门口，看有没有病人上门。自从跟她结识，我注意到，到她这里来的，只有病人，最多再加上陪伴病人的家属，从没有人来闲聊，她也从不出门去找别人闲聊。

情绪稳定后，她用手抹了脸，说不好意思啊。

我有意把话岔开，问她：你睡在洞子里，不害怕？不冷？

不害怕，她说，我经常想我师父，心里有了师父的脸面，就不怕了。也不冷，有牛羊陪我。峡谷人放牛羊，都是把它们赶上山，特别是冬天，不像峡谷外有稻草作饲料，这里没有饲料，拴在家里就只有死路一条；他们在牛羊身上做个记号，几个月后再到处去收。那些牛羊跟我亲热，晚上偎着我睡，最贴身的是小羊，外面是大羊，再外面是牛，我暖和得很，暖和得连委屈也没有。

她笑起来，笑得像刚哭过的孩子，泪花还挂在睫毛上。

正是这时候，我觉得，自己变成了坐在对面的女人。

我说，林安平，我像是变成了你。

她惊异地望着我。

原来，真有一个变成了她的人。

八

说不清具体从哪天开始，峡谷人敢正视她了，连言之凿凿指认她出生时诸多异象的邻居，也不再回避她的眼睛。这是一次偶然的发现，那天她去拾柴，想着苍苍茫茫的心事，完全没注意到那个邻居在松林里捡菌子，邻居跟她打招呼，她吓一大跳，猛然抬头。邻居撅着屁股，脸扭过来，朝向她。她跟邻居对视了。她迅疾转过头，又惊又恐，连声道歉。邻居宽厚地笑了一声。从那以后，类似的事情便时有发生，像老天故意用这种方法，让她知道别人敢看她，她也可以看别人。她看到了人面的美，也看到了那些眼睛里的苦和乐。

这可能与老黄山有关。那些给她送吃食去的，见到了围在她身边的牛羊，如果她是灾星，牛羊都会死，可它们不仅没死，还因为她活得更好。二十多天里，不管下多大的雪，结多厚的冰，整个白天她都在找牛羊，她把它们从深雪里救出来，从危险的崖顶唤到缓坡。它们跟人一样，稍不小心就会摔残，摔死，人残了还可以坐轮椅，它们残了就跟死了一样。她把它们聚在一起，给它们开会，讲安全知识。牛羊听得很专心，还微微点头。待春暖花开，主人上山察看，只要放牧在老黄山的，都不像先前那样少了只数。

天地开放，如花。在峡谷地区，这是林安平才有的感觉。

十八岁那年的十月间，她去了乡场。

西柳乡的乡场窄得像根皮带，北面五虎山，南面轿顶山，河水从轿顶山与场镇之间流过。这一带曾是万载荒野，到光绪十一年，才来了四户人家，后来逐渐增多，成为集市，并设甲里，民国初年设乡，叫三清乡，乡长是个外地人，过不惯高天远地的日子，一年中有大半年，见不到他的影子，三清人因此过得很散漫，很自由，峡谷人把自由说成“西柳”，1949 年后，就改叫西柳乡了。林安平来到乡场，在场镇傍河的涵洞里铺上苞谷壳，住下来，白天背着篓子，去居民家收破旧衣服，逢赶场天，就在场边摆个摊子，将衣服卖给山民。

经常到她摊子前来的，有位老人。老人白发苍苍，手臂黑筋盘曲，他来并不买货，只是捣乱，本来卖两块钱的，他问五角卖不卖？看他实在太老，你答应五角钱卖给他，他又不要。到春节前夕，集市收了，林安平只好回家去，也就是回到那个破庙里去。远远地，她就看到老人坐在庙门口，像在等她。她很欢喜，要是老人无家可归，正好跟她一同过年。她有整整五年没跟人一起过个年了。她欢喜得简直没去想老人怎么知道她的住处，只顾着跟老人开玩笑，说：嘿，我像在哪里见过你呢。

老人说，当然见过。

言毕摸出一面镜子，叫她凑拢了看。

她看到，本是男相的老人，变成了个年纪轻轻的女子，小圆脸上有两个酒涡，嘴唇含苞欲放，眼睛大而明，却像渊面，明的是日月之光的反射，命里的动荡与沧桑，都藏于深处。

这是她：林安平自己！

我跟她是一个身体两个灵魂，林安平说，从那以后，在人前，我出现，她就不出现，她出现，我就不出现。我们一起待了大半年，她对我说，她是龙女。

跟林安平结识二十天左右，她曾对我说，过些日子，她要去五虎山给师父烧纸，现在明白她指的师父，就是牟斋姑。既然说到了牟斋姑，我问她啥时候去，她以期待的眼神望着我，说：明天就去。我说我陪你。真的呀？又是那副小女孩模样，拳头握起来，在胸前晃。

很快她变得严肃起来，说：你去了，我师父会高兴的，会感到光荣的。

这话让我如荷千钧。一个尘世间的小人物，怎么可能给仙界里的人带去光荣？

你是县上来的嘛，林安平说。

我内心颤抖了一下，深感卑微……

林安平不看我，接着说：我当年去五虎山找师父的时候，师父刚好六十岁。姐妹俩早已立下誓愿：不收弟子。可她们拗不过我。主要是舍不得不收我。她们不收弟子有很多原因。这条路太苦了。此外，传人有相当严格的要求，需辨宿缘，观人品，察体相，度慧根，合八字，属相必须是四个脚的，指尖上的纹路，要么是十个筲箕，要么是十个箩箩，不能岔。这些我全具备，而且我不怕吃苦，她们不收我，简直舍不得。

你找到舍不得不传的传人了吗？

沉默片刻，她说：我是小祭司，只能传女；男祭司称大祭司，女祭司称小祭司，大祭司男女都可传，小祭司只能传女。你说的人，我心里有，有三个，但我知道一个也传不了。

为什么？

她转过头，扫视了一眼门外的街景。

她的房子像个火柴盒，窄而深。她扫视过去的时候，正有几个妇人走过，隐约传进来的声音，是说谁的那把牌打得臭。现今的峡谷，除了学生，就无姑娘，姑娘都天南地北务工去了，中年妇人也务工去了，就女性而言，留在当地的，老妇之外，便是少妇，老妇带孙子，少妇带幼子，幼子多睡，当母亲的无所事事，便邀约着打牌。无论从哪个方向进入峡谷，立刻就能感觉到别天别地，而女人们的装扮，却也是空调衫、森女裙或里裤外穿。时尚的浪潮，并没有遗忘了这个角落。

林安平说无人可传，我以为是因为现在的人要懒了，只想过安逸日子，但她不是这意思。她说：只做祭司不开药铺的话，我吃穿都成困难。开了药铺照样难，没几个病人，开销又大。鹿走乡龙头山的玄天观，是唐太宗时代留下来的文物，却无人经管，是我请个哑巴在那里看守。我在玄天观主持法会，祈祷风调雨顺，国泰民安，或者报告上天，说今年收成不错，地方太平，感谢天神保佑，这既不为我，也不为我信众当中的任何人，但都是我和我的信众凑钱在做。当然，你可以说没叫你做，你搞迷信活动，没找你麻烦就不错了。可是人错就错在这里，认为自己的生活是自己挣的，跟天无关，跟地也无关，不知道雨润万物，地发千祥，人才能代代相传。总之一句话，你做的事不挣钱，只花钱，人家觉得跟着你没前途。

前途这个词，用在这里是如此嶙峋，却又如此现实。

我私下掂量，开发千峰大峡谷，林安平的“前途”会很可观。头儿找我谈话的时候，特别提到，我搜集和制造出的文化，中心是为一个剧目服务，目前国内的诸多景点，都有剧目演出，不管实景剧还是舞台剧，反正有，没有的正在准备有，有了的正准备做大，我们一步到位，开始就做大，大投资，大制作，大气派，总之是在大字上做文章。头儿还说，我们要请大团队，大导演，大编剧。说到这里头儿笑了笑。我懂他的意思，是说我当编剧显然不够格。我的任务是提供材料，既包括原生的，也包括制造出来的。

林安平就是最好的“材料”。除了她的人生故事，我还见过她跳舞。几天前，她说到自己的饮食，说她并不忌荤，但不吃狗肉和牛肉。她没说不吃狗肉的原因，只说牛太辛苦。说罢起身，取下颈项上的一根银圈，跳芒牛舞给我看。在她面前，仿佛站着一头牛，她跟牛嬉戏、闹气、和好，牛是她的玩伴和兄妹。跳罢芒牛舞，又跳水神舞，她仰首向天，悠长悠长地舒叹一声：啊！随后双臂波展，细浪追逐，天地间清水幽幽，百川喜悦。接着跳稼神舞，禾苗能分平原山川，贫沃能种五谷麻棉，能养蚁民心和性……她的舞蹈，正是心、性和命的语言，放入剧目，绝对精彩。而且她远远不该只服务于剧目，她可以教一批学生，既在剧中跳，也可在很多场合跳，比如在县城建个风情广场，让她的学生去广场表演，游客一入县境，马上就能感觉到独有的氛围。“独有”，正是头儿强调的，只要头儿高兴，钱是不缺的，如此，林安平的前途就很光明，何愁她相中的传人不跟她。

可我又怎能给她承诺？且不说我的方案不一定被采纳，关键在于：千峰大峡谷真的要开发吗？这是很难讲的。以往的事实证明，县委书记换了，蓝图也跟着换了，而书记换得是那样频繁。书记一换，上届开始的项目，立即停下，去做别的项目，上届为那项目投入了几百万、几千万乃至几个亿，无所谓，说停就停，比做什么事都态度坚决。

我又哪里能够给林安平承诺什么呢？

九

夜里星斗满天，可被房东的电话吵醒后，却听到嘭嘭的雨声。还要去五虎山吗？听林安平说，坐车到了西柳乡，出站就爬山，山势陡峻，很难走。下雨天必定更难走。

不管怎样，先准备好。天色未明，我就起床，去厨房煮面条。房东从没见我起这么早过，男主人从卧室出来，边穿上衣，边问我今天咋这么早。我说明后，男主人哦了一声，站在那里，欲言又止。我以为他是觉得我在骗他，担心我离开土门，且一去不返，而又忘了我是交过房租的，于是提醒他说，房租我交了两个月，现在还没到期。他一听，深紫色的脸又紫一层，连忙申辩，说他知道，说房租交不交有啥关系呢，你愿意来我们家住，是看得起我们，家里多个人，也闹热些。说完却不离开，而是凑到我身边，很体己地问我：你跟林安平是亲戚？我说不是。那你为啥天天往她那里跑，还陪她上坟？我不习惯人家这样打探，抽出一握挂面，往沸腾的锅里下，没回他。他不仅没尴尬，还凑得更近，说：她那里去不得哟。

我心里咯噔一声。

前些日陈婷婷那个电话在我心里留下的阴影，若干天过去，已经淡了，或者说我已经习惯了，此刻又意识到它的存在。我用筷子在锅里搅拌，浓烈的蒸汽蓬住了我的脸。

为啥？从蒸汽里浮出的声音，又潮又热。

你没见满街人都不去？

这是事实。前面说过，去找林安平的，只有病人和陪伴病人的家属。虽是早已知道的事实，我却并不明白是因为“去不得”，心里禁不住又蹦一下。

她呀，是个勾人精。男主人双目发亮，格外神秘。女人怕男人遭她勾，不让男人去，男人怕女人从她那里学会了勾人，又不让女人去。

原来如此。我笑笑说：今后，你们病得再狠也不要去找她，免得遭她勾引。

他听出了我的话外之音，干笑几声，说：她手段好嘛，不找她咋行？

可他离开厨房后，我却感到一丝悲凉。

很显然，那样看待林安平的，不光是土门镇，也不光是普通居民，远在西柳乡的文化站站长陈婷婷，同样那样看她。陈婷婷

“啊”那一声，内容更清晰了，她或许在想：你是不是被林安平勾上了？在峡谷人心里，林安平就是一个女人。一个没有男人的女人。只在某些时候，才变成医生和祭司。我猜想，她是在西柳乡待不下去才到了土门镇。她当然知道土门同属峡谷，但这是她能退的最远的距离了。无法想象去了峡谷之外，她还可以在药单上盖汉寿亭侯的大印，还能以她自己的方式，替人栽花树（使小儿肯长）、接寿（寿数快尽时，将寿命接通）、收影（影子跑了，失了魂魄，将其收回）、送亡魂禳灾（亡魂揪住某个生人不放，她帮忙把亡魂遣走，让生人安稳）……我曾见她给一个女人禳灾。那女人奶子痛。两年前深秋的某一天，她跟婆妈打架，失手把婆妈推进了堰池，婆妈被人救起时，伸手朝她抓了一把；相隔六七米远，当然抓不着，但能感觉到抓的部位是她左奶。十余天后，婆妈死了，死于伤寒。婆妈落气的同时，她的左奶就痛。从此一直痛。林安平听罢，让她撩起上衣，用毛笔在她左奶上画慧（咒语）。画过慧，又去楼下的玄祖殿做法事，为她婆妈超度。第二天早上，那女人打电话给林安平，说婆妈给她投梦，表示从今往后原谅她，她醒来，发现奶子不痛了！

如果到了峡谷之外，以这样的方式为人疗治，不会有任何效果。

因为峡谷外的人不信。

峡谷是林安平的土壤，峡谷人的“信”，使她能方便地探究人的秘密，帮助患者实现自我疗治。她不能离开了这片土壤。也可以说，她是在利用这片土壤。但所有主动都暗含着对等的被动力量。她利用这片土壤，也被这片土壤利用。人们利用了她，还要戳她的脊梁骨。她是女人，一个没有男人的女人，是她最软的脊梁骨。

我感到悲凉还因为，别人不来找林安平闲聊，她也不去找别人闲聊，非但如此，我想起有一天，移动垃圾车停在她门外，她提着垃圾袋出去，老远就往车上一扔，迅速转身回屋，像稍稍慢一点，就会被什么抓住。现在看来，是怕被闲话抓住。邪径败良田，闲口乱善人，这是古训，她再是祭司，也不能不顾忌。我相信，她那火柴盒似的又深又窄的房子，也是她自己设计的，是有意跟“闲话”拉开距离。顾忌如此之深，却允许我天天去找她，除了因为我来自县上，她觉得街坊大概不会把我跟她扯到一块儿，还可能因为，她对我是抱着希望的——为了她的处境。包括跟我初次见面那天，本来不欢迎我，却要盛装见我，或许也是这个原因。而我，却不能给她任何承诺……

雨越下越大，可我三刨两下吃了面，到林安平那里时，见她早已收拾停当。

我说了去看师父，她这样解释，师父就在等我，下刀我也得去。你不去就算了。

怎么可能，走吧。

峡谷内的公交车班次很少，好在我们赶上了头班。公路是沿河切割山体修成，直的时候笔直，弯的时候像蛐蟮滚沙。左岸是河，右岸是山，河水的吼声给人错觉，像是车窗外奔涌的绿光在吼；过了水口乡，雨小了，接着停了，太阳并没有出，百草千树，却流淌着绿茵茵的光芒。两个钟头后，我们下了车，车站正对五虎山。西柳是林安平的家乡，她母亲已去世，姐姐从不跟她来往，因此她没什么人要见。走出站口，她却问我要不要见谁。我猜她指的是陈婷婷，说算了吧，不过看你。她不回答，直接上路。她挎着一个沉甸甸的布袋，我要帮她挎，她不肯。她说你各人把路走好就是万福了。爬山我确实畏惧，好在出脚不久，她就指着山上的一朵白云，说我师父的坟，就在那朵云上。那朵云并不太高。

虽单名五虎山，深入进来，却见前后左右，到处是山，山与山相互牵扯又各自为政，形成苍茫万山。开始的路较平缓，一直往石头沟里走。这条沟称剑门峡。林安平说，剑门峡左面的山体，一年要垮好几次。是因为若干年前，山里住着一户人家，开着幺店子，女主人美艳风骚，男主人愣头愣脑，是个傻子，生个儿子也是个傻子，远远近近的浮浪子弟，有事无事到这店里喝酒，意在跟女主人调情和上床。有天来了不少客人——跟女主人调过情上过床的，差不多都来了，男主人拿钱给儿子，让他去打酒，儿子多拿了一块，男主人追出去，追到远处，身后的山垮了，把浮浪子和女主人埋了。一年垮几次，就是让他们永世不得翻身。

讲完这故事，林安平说：这个世界不干净。

我想到了她的肉身和灵魂之论，也想到了自己在县城几十年的生活。调情算什么？可以说，没有调情，就没有酒局和牌局。汉语的任何一种意象，都能用来调情，荷叶莲花藕，鸡巴卵子球，男人说得，女人也说得。区别在于，古时的调情让汉语含蓄、优美，今时的调情让汉语直接、凌厉。至于上床，古时要费大堆工夫才能走到那一步，我相信，即使想勾上那个美艳风骚的女主人，也不是三两句话就能办到，而今时的人，用手机"摇一摇"就可以去开房。在县城里，我没觉得这种生活有什么不妥，只在自己遭遇伤害的时候，才感觉到疼痛。但此刻，在这深山峡谷中，枝叶凝着水珠，天上飘着白云，一只岩鹰在谷口无声地滑翔，宽阔的翅膀，庄严地把天空镀亮……我才感觉到，我几十年的生活过得不干净。

可林安平的话并没说完。

如果只是蠢人和傻子的干净，她说，你觉得有意思吗？

我无法回答。我不知道。

走完剑门峡，爬山真正开始。

十余丈高处，有间土坯房，房前傍崖处，有个蜂桶，有个大石水缸，一个五十岁左右的男人，站在蜂桶与水缸之间，大声喊"林先生”。他是周善人，林安平对我说，是儒教先生，我在玄天观做法事，他做我的辅祭。周善人从岔路上迎下来，左手提茶壶，右手拿弯刀，拿弯刀的手上还捏着两只土碗。林安平向他介绍我。在她口里，我已经不是县上来的，而是县里请来的专家。周善人朝我们走近，不看脚下的路，只笑眯眯地望着我。

我最见不来他拿弯刀的样子！

喝过水，刚跟周善人分手，林安平就这样说。

这也奇怪，他是农民，弯刀是他的工具。但林安平说，他拿弯刀既不为砍柴，也不是干别的，是要跟摄影家走。六年前，峡谷来了个摄影家，拍了一组照片，获了联合国教科文组织的什么奖，从那以后，来这里的摄影家就没断过，他们雇当地人带路、背器材，还砍树枝。他们遇到一处风景，可那风景被树枝挡了，就把树枝砍掉。周善人就经常被他们雇用。他觉得跟着摄影家走，自己也成了摄影家，摄影家用相机，他用弯刀。所以不管去哪里，哪怕去街上赶场，包括刚才给我们送水来，他也把弯刀拿在手上。

我似乎听明白了，周善人把弯刀当成了自己的身份，却不把儒教先生穿的米黄色袍子当成身份。他刚才穿的是一身灰白短装。按规矩，见到祭司，他应该穿上袍子出来，但他没有。

弯刀能给他带来现实的好处，袍子不能。

林安平在他面前吹嘘我，大概是想稳住他的心。你看，县里请的专家也来采访我，还跟我一起去拜师父的墓；你的那些摄影家，虽然得过奖，却不是县里请来的。

她已经感觉到，其实是早已经感觉到，她在峡谷地区的土壤，也日渐稀薄了。在她的法事里面，有一样叫“定女人”，就是女人跟野男人私奔了，经她一“定”，十天半月过后，女人便自行回转。而我亲眼看到，有三个找她“定”过女人的，都没定住，来问缘由，她一声不吭，只是拉开抽屉，数出钱来，退给人家。因为那些女人不只在峡谷里私奔，她们私奔到峡谷之外，甚至县外、市外、省外，那是别样的世界，林安平无能为力……

过了周善人家，就见不到一个人。偶或碰见一间半垮的木屋，里面空空荡荡。坟茔倒是经常遇见，就卧在路边，对我们翘首相望。人活着，仿佛不是大自然的一部分，死了才是。山中是巨大的寂静，静到既没诞生时间，也没诞生空间。可转过一个垭口，却兀然听见轰轰乱响。是山洪。山洪石头般砸下来，形成宽沟。沟上横着圆木，圆木铁黑，生着木耳。许多地方，路像从峭壁扔下的一根绳子，早上的那阵雨，涨得满山水气，路面打滑，脚趾抓不住，手指抠不住，就请牙齿帮忙，咬住垂枝或藤蔓，甚至直接咬住路上的石钉。更多的地方宽不盈尺，右是山壁，左是绝壁，眼光随便一溜，就直透谷底。宽阔的山谷间有电线飞越。山民曾每人平摊千元，不惧粉身碎骨地把电拉通，但电费没用到百块，就都把家搬走了。

十

林安平说，她师父从娘胎里就吃斋。我不知道这是表明她师父的母亲也吃斋，还是她师父跟她一样，出生时带着异象。不过我相信一句话：富人需要信仰，是因为除了信仰什么都有了；穷人也需要信仰，是因为除了信仰什么都没有。她师父属于哪一种？她告诉我，牟斋姑是绥定府（现在的绥定市，距东轩县六十公里）人，父亲是大盐商，人称“牟半城”，姐妹俩刚过十岁就离家，到这深山峡谷的武圣宫修行。十来岁的孩子，即便锦衣玉食，也还不懂得富贵尊荣的含义，更不需要用信仰去填补空虚。或许，我相信的那句话并非真理。

上世纪中叶，武圣宫被人烧毁，牟斋姑被收编为当地社员。她们在距武圣宫不远的松林里，搭了个蓼棚，一面参加集体劳动，一面偷偷念经参禅。“偷偷”二字，已暗示了结局。姐妹俩被揪出来，双手反绑，跪在人群中，然后牵来一条狗，当着她们的面，用青杠棒把狗打死，又当着她们的面，把狗剥皮炖汤，再掐住她们的腮帮，把狗肉灌进她们的喉咙，为此还取了个名字，叫“狗肉开斋”。

说到这里，林安平突然停住，侧过身，对着绝壁下深不见底的山谷呕吐。

呕得很厉害，却啥也没吐出来。

我明白了她不吃狗肉的原因。

这是一段险路，我生怕她出意外，可她就像长在石壁上。人岂止可以像动物那样过日子，人简直可以变成动物，还可以变成植物和石头。这是林安平说过的话。

她从壁缝腾出一只手，揩了眼帘上瀑布样的汗水，又往上爬。爬过那段险路，她接着说师父：这里找女人难，那时候比现在更难。现在峡谷出生的女孩，只比男孩少两成，老天爷不怕降生女人了，看来峡谷的天真的要变了。可那时候，女人就像麦田里的豌豆苗。明明这么少，却有两个空在那里，死不嫁人，在他们看来，就是天大的罪过。个个男人都去打斋姑娘的主意，把她们的蓼棚烧了，家具毁了，让她们没法过活，逼她们嫁人。我的两个师父，虽然一辈子也没有嫁给谁，可不晓得被强奸过多少回。我受龙女指点去找师父的时候，一路上都听见有人骂她们，说那两个斋姑娘不是好东西，生私娃儿。

我很想问：她们生过吗？

还想问：如果生过，那些孩子又是怎么处理的？

可这样的问题太残忍。

恍然间，已走了三个钟头，林安平指的那朵云，依然高悬山崖。再行一程，又见一座孤坟，孤坟旁是间塌了屋心的空房，檐下横着一张条凳，林安平一屁股就坐下去了。凳上灰积寸许，我实在放不下屁股。她瞄我一眼，说：有人才有灰，有灰才有人，这就是尘世。这话让我莫名的感动，便也坐了。她打开布袋，摸出一瓶矿泉水递给我，接着又递给我一袋饼干。

她自己却不喝，也不吃。

我要敬了师父才吃，她说。

类似的话，几十年前她就是这样说的。

她去拜师，让牟斋姑恐惧，但如她所说，牟斋姑拗不过她，又舍不得不收她。她们把她藏起来，教她绣花和诵读经书。牟斋姑曾有三百余部经书，数次被焚，幸存的二十多部，姐妹俩打成包，外面缝上巢脾，挂在高枝上，别人便以为是蜂巢。后来怕好事者去把"蜂巢"捣掉，又取下来藏进树洞。林安平去拜师的时候，书依然藏在树洞里，每个树洞藏几本，藏了八个树洞。书从洞里取出来，带着深邃和秘密的气息。林安平很快接纳了这些气息。在牟斋姑看来，聪明是次要的，主要是宿缘深厚。姐妹俩再次品鉴弟子，发现她的受胎、属相与生期，全都对应同一星辰。这样的人信仰坚定，万分难得。

几番挣扎过后，姐妹俩对弟子说：我们要教你一种文字。这文字受过大难。嘉庆十八年，天灾人祸，民变蜂起，我们的祖师在川东一处名叫狗儿坪的地方设坛，祈求上苍大发慈悲，痛顾万民。法会要做五天，刚做一天，狗儿坪就发生了抢粮事件。那里有个粮库，也不知是听从了哪一个神秘的号令，方圆百里的饥民，水一样朝狗儿坪流过来。打个喷嚏的工夫，万多斤粮食就被抢劫一空。县令派兵追来时，已过去三天时间，抢粮的早不见踪影，只有祖师和他的信众。祖师正领头跪在烈日底下，代民向天赎罪。兵丁不由分说，将烈日下的人捆了，带回县衙，说他们是抢匪。祖师用那种文字为上天写的颂词，他们不认识，就层层上交。最终判定，大江南北的民变，正是通过这种“巫文”相互联络。一起普通的抢粮事件，就这样演变成了颠覆朝廷的事件。使用那文字的人，包括那文字本身，遭到血洗。

讲过这段历史，牟斋姑再倒回去，讲那个远古酋长的故事，讲那文字以影绘形的来历，还有文字的神圣以及埋藏在文字里的人心。然后说：那次血洗过后，这文字只能偷偷传。师父传给我们的，有378个，我们全部教给你，你要像保护自己的性命一样，保护好它们。

言毕撇根树枝，在泥土上教，每教会一个，立即擦去。

林安平一直记在心里，两年前，她感觉自己的记忆力在衰减，而且对找到传人失去信心，才用笔记下了，并在厕所门上试探性地写出了一个……

学艺期间，怕被发现，也想帮师父改善生活，林安平并不在师父那里久住，学几天就离开，去乡场做生意。倒卖旧衣服的生意已不好做，又没法再拾起打铁的营生，父亲的那套行头，丢在华锦了，现在她置办不起，再说久了不摸，铁已跟她生疏，要打也打不出个样子。于是她买来布匹刺绣：绣鞋垫、衣裙、帽子。这些是刚跟师父学会的，可她绣朵云，那云就能飘，绣朵花，那花就有香气，别人喜欢得很，抢着要。她就这样存钱，存到一定数量，就买上馒头、麻花、海带、菜油、桐油、糖果，经黄岭滩、竹林滩、剑门峡、凉风垭、向阳包……直到五虎山，去看师父。往往是走了十里八里，天才亮。

路上再饿，她也不吃，要师父吃了她才吃。

我师父说，这样的好东西，只有父母给她们吃过，然后就唱歌，就哭。

唱啥？

她们唱啊：清静之水日月花开，中藏北斗内蕴三台……

哭啥？

她们哭啊：天神把她们降生得不是时候。

旁边的坟头前，长着狗尾巴草，草茎上一只蚂蚁，快速往上爬。爬上草梢，茫然四顾，随即倒转身子，又急急忙忙下来了。世间万物，都是这般不得闲暇地过完一生。林安平看着那只蚂蚁，眼神沉静而悲哀，自语似地说：盘古天聋，地母地哑，天聋地哑造化众生，盘古听不见痛苦的声音，地母说不出痛苦的滋味，但知道有痛苦这个东西，就用忙碌作众生的解药。我师父唱过了，哭过了，就去锄地。天黑做一团，也去锄地。汗水一流，师父又欢喜起来，又开始唱，她们唱啊：即使鸟不语，花不香，女人无情，男人无义，老天也从没对人失去信心。所以我师父说天神把她们降生得不是时候，并不是怪谁。她们连命也不怪。

话音刚落，她突然立起身，望着屋檐外一碧如洗的天空：你听，有神仙路过！

我悚然一惊，起身侧耳细听。

可我是凡人，只听见蜂群的嗡嗡声。

她跺一跺脚：那就是啊！

山野壮阔，天宇无垠，那些微物之神，完全融化在透明而恢宏的背景里。它们不显形，只用自己的声音，来阐释寂静的真谛。

蜂群远去，我们离开空屋和孤坟，接着上行。林安平也接着讲她师父。那时候，村里的大人不去师父那里走动，小孩却不顾忌。师父心痛别人家的孩子（尽管那个“别人”，可能是给她们灌过狗肉的，可能是强奸过她们的），把糖果和粑粑饼饼给孩子吃。这些孩子长大后，为祖辈父辈消孽，做了不少好事。说着，林安平站住，回望来路。其实完全看不见路，只看见密林和密林掩映下的巉岩。但路就在其间。那都是他们修的，她说，每个脚印子，都是他们用錾子打出来的，花了整整十七年的工夫。人做起好事来，真不简单！……

那朵云不见了，但五虎山到了。是并排的五面石壁，白中带红，状如虎脸，虎须也历历在目。林安平向右边一指，说那地方曾是武圣宫。现在只能看见断崖。崖畔一棵栎树上，挂着一口大铁钟。林安平把布袋递给我，自个儿抠住石缝，踩着晃晃悠悠的几根朽木，踱到那铁钟底下，弯了腰，手伸进崖口，掏出一根铁锤，对着钟敲：当——当——当——

山鸣谷应，久久不绝。

藏身密林的鸟，在钟声里群起群飞。

山林为之动荡。

她过来后，我问她：是为了告知师父吗？

不，她说，是让人世听清音。

牟斋姑的旧居即墓地，松林、蓼叶和茅草，比试着乱长。茅草高得像树。林安平给我指，哪里是师父的伙房，哪里是师父的卧房。完全看不出来了。只有齐肩而立的坟堆，让我知道这里曾生活过两个苦难的老人。而林安平毫不悲伤，非但如此，还相当快乐，又快乐成了小女孩模样。她从布袋里摸出香蜡纸钱，点上之后，敬上果品，在师父坟前各磕了九个头，就转身坐下，拿块饼干嚼着，望着对面遥远的山脊和与山脊相接的天空，乐不可支地对我说：有好多回，我跟师父躲着看云，有次在云里看到两个人打架，一个追另一个，追上了用刀砍，把那人砍倒了，我们为他加油，叫他站起来，可他没能站起来，被砍成了一张皮。又一次，看到飞来很大一个球，后面跟着个大汉，把那球一脚踢开；那球不是天上的，神仙把它踢出了天。再一次，见大队人马，扛枪的，背花篮的，拉板板车的，朝我们走来，我师父说，这么多人来，我这里住不下呀。这时另一人出现，朝那群人吹喇叭，那群人就不见了。

我觉得，林安平和她的师父牟斋姑，都没有过完整的童年。

她们是在寻找自己的童年。

十一

从五虎山回来，路过鹿走乡，林安平想看看女儿。她女儿很久没回去过了。这季节泥石流多，伤员也多，做护士的女儿很忙。反正后面还有一班车去土门，不愁回不去。在鹿走下了车，我们朝卫生院走，竟然碰到县环保局副局长熊强，不过他现在的身份是千峰大峡谷工程指挥部指挥长，指挥部就设在鹿走，目前的中心工程是修拦河坝，将水位提高四十米，形成峡谷深涧的气势，营造湖光山色的美景，也便于开展峡谷漂流。以前的河流太急，河里石头太多，水位提升后，石头埋于深渊，相当于清理了河道，又因地势的缘故，落差依然存在，漂流起来既舒适又刺激。熊强对我说，这项工程涵盖整个峡谷，到时候将是货真价实的百里长漂。然后他放低声音，以他惯常的把不是秘密当成秘密的口吻说：苟书记下了死命令，要我们搞成中国第一漂；前些日市里开会，刚上任的市委袁书记宣讲未来五年规划，对我们县提的要求是：以千峰大峡谷为核心，开发全域旅游。

即是说，项目升级了，不仅峡谷，全县都成了旅游开发区。而且既然纳入了市里规划，即便更换县委书记，该也不会流产。我想象着水位抬升后的景象，那将淹没现在的公路——这是几年前才耗巨资外搭几条人命修好的；风源乡与水口乡，也要整体搬迁。我终于明白了头儿为什么说最富想象力的职业，不是艺术，而是政治。

熊强还告诉我，进入千峰大峡谷的快速通道，市区一条，县城一条，已开始招标。

他每说一句，我都情不自禁地瞄一眼站在两米外的林安平。我是要用兴奋的眼神告诉她，熊指挥长带来的消息，对她是件大事。老实说，去五虎山的途中，我心里一直有个负担，生怕林安平对她师父说：师父，某人也来看你们了，你们一定感到光荣。我承受不起这样的话。结果，这样的话她一句也没说。可她越不说，我心里的负担越重。现在这种负担解除了。

然而，林安平皱着眉头，像是既没听熊强说话，更没注意我的眼神。

熊强却注意到了。他也朝林安平看。他开始还不知道我跟林安平是一起的。因为是去给师父上坟，林安平带着青色褛服，太热，只在师父坟前穿了，去来的路上都脱下来，露出灰色胡服，缠青帕子，打黄绑腿，脚上却穿着解放鞋，这是别处见不到的古怪打扮。熊强的眉宇间刻着很深的迷惑。当我跟他告别，与林安平一同朝前走，他的迷惑更深了。我知道，往后的很长一段时间，只要碰见熟人，他都会以告诉人秘密的口吻，讲起这件事。

鹿走乡卫生院在一段斜坡上面，林安平在斜坡下给女儿打电话，然后站在那里等。很快跑出来一个高挑的女子，合身的白大褂，使她显得更高，更清爽，而且那么漂亮！说华锦出美女，我几次去华锦，真没见过有林芳这么漂亮的。她的身影和她娇滴滴的声音一同出现，“妈！妈！妈！”这么连声叫着，朝母亲扑过来。林安平张开双臂，跟女儿抱在一起。她们彼此都有一种攫取，对感情。我觉得自己不该在这个气场里，躲到十米开外的一棵树下，靠住树身抽烟。这么一靠，才知道腿有多软，小腿肚里像长了无数个心脏。

林芳说她的忙，问母亲为什么来鹿走。母亲还没答完，她就扭扭身子，撒着娇说：妈，好烦哦，张医生马上做个手术，我要回去帮忙。林安平连忙推她：那你不早说！推一把想起了我，指着我说，那是何叔叔。我快步走过去。然而迎接我的，是一张冰冷的脸。

女儿跟母亲一样，对陌生的世界和陌生的人，心生戒备。

我们回到路口去等车，这时候林安平问我：刚才那个人讲的，都是真的？

我说那当然。

我不喜欢那个人，她说，他以为他是在干惊天动地的大事，可他也不想想，水位抬高那么多，在低岸生活了千千万万年的山岩和植物，也要永绝于世；还有动物呢？河岸的动物多的是，水里的更多，单是鱼，就不晓得有好多种，有些鱼只能生长在现在的环境里，像阳鱼、娃娃鱼，特别是娃娃鱼，平时是钻进水下的岩堑，水的深度和温度变化太大，就只有死路一条。有些鱼要回流产卵，堤坝一修，就回不去了，也是死路一条。

我想起曾在川南某段江堤下见到的景象，白沙沙一片，是想回流而不得的硬头鳟鱼，纷纷撞死在堤坝上。

他杀死这么多条命，林安平又说，还以为自己是在干大事、做好事。他又不是佛。佛才是自由的，但佛的自由也是在决断之前，一旦决定，开始行动，佛也要被行动捆绑，也不自由。所以佛通常不行动。

仿佛是为熊强，其实是为我自己，我辩解说：这也怪不了他，他不过是执行任务。

林安平冷笑一声：世上的责任就是这样推掉的，坏事就是这样做出来的。

这话有理，却太刺耳，太伤人。如果不是熊强来电话，我或许会对林安平说，你怕鱼们没活路，就别指望改变你的处境。这话更加刺耳。我没有权利把这么难堪的选择题，扔给林安平去做。幸好电话响了。熊强请我吃夜饭。我说不了，我马上去土门。熊强问：跟你一起的……我说是祭司，林祭司。他显然不知道祭司为何物，以为祭司就是巫婆，说你要问神，县城花街的马老太婆就灵得很，何必跑这么远？我生怕被林安平听见，走远了些，细声给他解释。我照例不想透露自己的使命，只说文化馆想为林祭司写本书，我到土门采访她，待了好几十天。熊强对我前面的话毫无兴趣，只是问：你几十天都没回过县城？那你晓不晓得……雅玲结婚的事？十天前办的婚礼。我说：早晓得了！说完把电话挂了。

回土门的车上，林安平一言不发，且一直把脸掉向窗外。我知道她是累了，或者心里有事，不想说话，但我非常感激她，我认为她是知晓我不想说话，才故意沉默的。

当天晚上，我一夜未眠。爬山五个多钟头，下山三个多钟头，一去一来又坐了四个钟头汽车，使我浑身酸痛，尤其是腿。这是一夜不眠的好借口。真正的原因是雅玲结婚。雅玲是我前妻，跟我离婚刚满一年。不过这与我有什么关系？离婚次日就结婚，也是她的权利。可我为什么要在熊强面前要那一点自尊？不知道就是不知道，为什么要说早晓得了？

我睡不着，正是觉得我应该知道，觉得自己依然对雅玲拥有某种权力。

而事实上，这样的权力在一年半以前就失去了。

她知道了我跟另一个女人的关系。我跟很多女人有过关系，但以前的她不知道，这一个她知道了。在我们的夫妻关系中，她习惯了弱者的地位，她可以向我哭。但她不哭。在这个问题上，她丝毫也不将就，且突然由一棵草变成了一棵树。

只是这棵树再不愿长在我的土地上了。

我们的婚姻死了。

我们把婚姻的尸体，封存在那个名叫家的棺木里，封存到儿子高考结束，才埋葬了。

现在雅玲有了新丈夫。那是位声誉日隆的重彩画家，比我小两岁，此前从没结过婚。来峡谷的前几天，我在滨河路还见他俩手挽手散步。

我承认，我爱她，虽然这话很叫人恶心。有时候我想，是不是因为她跟了别人，我感觉到失去，才“挖掘”出了对她的爱？或者，她找了个有出息的男人，我有了嫉妒，才感觉到她值得爱？事实证明不是，我回忆她的时候，鲜明，质感，踏实；而回忆她知道的那个“她”，包括“她”之前的她们，全是一片雾。我和她们，都是在有性无爱的风月场中。

表面上，我顺从地接受了这种失去，可我比以前容易喝醉，好几次进洗脚坊，我在按摩床上一觉睡到大天亮。我不想回家。离婚的时候，雅玲要了店面（她一直开服装店），我要了房子；是她挑的，我觉得她是故意的，故意把一个装殓过我们婚姻尸体的棺木扔给我。

不管从哪种角度说，我都要感谢指派我到千峰大峡谷的头儿。他让我的逃离有了光荣的理由。我是真心实意想做一点事，为自己赢得一点尊严，让雅玲看见。我想让她看见的，并不是作为她前夫的尊严，而是补偿她对我的失望。当初，她认为我也是有出息的。她嫁给我的时候，我是县里有名的文学青年，写的小品，到省城演出还获过奖。我不知道自己是如何变成了现在的模样，只记得她曾多次劝我，说人经不起几耗，不要有空就吆三喝六，说人掉进河里还有救，陷进人堆就没救了。开始听了，我还要想一下，还要愧疚老半天，后来越陷越深，她再说我就发火。她早就对我失望了。她跟林安平一样，洞悉我的肉身和灵魂。

十二

连续多日，我没去找林安平。腿痛了一个星期，让我啥事也没心情去做。当疼痛减轻，我依然躲在租房里，清理各种信息，分辨哪里还需补充，哪里可以制造。县城方面，我已没什么念想，既然头儿说过给我半年，我便下定决心，半年都不回城，一次性交齐了余下时间的房租。房东家的吵闹，对我已无任何影响，孩子们白天上学去了，本来也算不上吵闹，两口子会时不时爆起一阵笑声或者怒骂，接打电话和招呼街坊的声音，也响若雷霆，但于现在的我，这些声音都构成奇异的安慰。窗口南开，当窗的黄桷树上，鸟儿果子般悬挂，彼此呼唤和应答，阳光像开在枝叶间的花朵。乌云一来，雨也就来了，乌云是落到天上的雨，天上的雨和地上的雨交接，弄出空茫繁响。我的心里，总是涌起突如其来的温暖和悲凉。

正是这时候，馆长的电话来了。馆长生硬地问，你在哪里？我说峡谷啊。你在那边干啥？这让我蒙。当时头儿找我谈话的时候，他也在场，头儿说，半年之内，馆里的事你不必做，这个嘛，老夏会支持的。馆长急忙表态：全力支持。可现在却问我在峡谷干啥。

我突然来了火气，说我在玩儿。

大学毕业后，我就在文化馆上班，跟我一同进馆的，全都离开，且都在各自的单位混了个一官半职，唯我守在老窝子，并且依然是个馆员。但并不证明我不该受到尊重。馆里的实际事务，编书，培训，整理非物质文化遗产资料，不是我牵头在做，就是我独自完成。我当初朝雅玲发火，就曾拿这些东西，来表明自己有多忙、多累。

馆长听出我口气不对，却并没理睬，再一次问我：你为啥一直不汇报？

他是说我为什么不向头儿汇报，当然也暗含着为什么不向他汇报。但那次，头儿除了说半年内我不做馆里的事，还说我不必汇报，他也不过问我。他只要成果。

馆长很是恨铁不成钢：你就是这样在理解领导的意思？你不汇报，他怎么知道你的进度，又怎么知道……嗨，我也不拐弯抹角，我问你件事：听说你成天跟一个寡妇泡在一起？

我的脑子里，立刻浮现出熊强的那张肥脸。我早就猜出，他会把我跟林安平同行，当成秘密到处传播。可是不对，如果是他，会把林安平说成巫婆，不会说成寡妇，而馆长说的是寡妇。只有峡谷人才知道林安平嫁过人——如果被抢去跟那个人贩子见过一面，也算嫁的话。林安平以为那是秘密，其实峡谷人多半早就知道了。

果然是她。陈婷婷。

陈婷婷到县里开会的时候，知道了发掘千峰大峡谷文化资源的消息，写了份长达46页的报告，打印出来，亲自呈给了县委办公室，县委办公室呈给了牵头领导这事的头儿，头儿读了三遍（他亲口说的，读了三遍），交给下面几位文化人，包括馆长，让他们甄别。

馆长说，陈婷婷的报告，内容极为丰富，荔枝道、苏妲己自然是有的，还对峡谷里的地名做了梳理。比如落儿山（林安平的师祖苏端公曾在那里斥责灵官菩萨）、满月坡（林安平的父亲曾在那里修路），陈婷婷是这样写的：楚汉战争期间，刘邦大将樊哙镇守千峰大峡谷，同时还肩负着一项使命，保护刘夫人吕雉，那时候刘邦在汉中御敌，将吕雉交给了樊哙，吕雉怀着孩子，某个风雨交加的傍晚，楚军突袭，吕雉脱险，跑到水口乡一面山上，将孩子生下了，从此，那面山就叫落儿山；生过孩子不到两天，吕雉又跑，跑到河对面的半坡，藏在一户农民家里，直到满月，从此，那面坡就叫满月坡。吕雉生下的这个孩子，叫刘盈，即汉惠帝。如此，普普通通的地名，变得高大上起来。还比如状元碑，状元碑位于西柳乡葛杨村最高处，山形如状元戴的顶子，因而得名，但陈婷婷说，不是这样简单的，它是有来历的：许许多多年前，有个妇人从那里过，遇到一个正歇气的背二哥，姓孙，孙见妇人独行，就把她奸污了。孙背着重物，爬了这么高的山，又行性事，性事毕，倒下即死。妇人跑回家，左右不安，就告诉丈夫，说我看见一个人倒在路上，很可能死了。她跟丈夫上去，见了孙的尸体，把他埋了。而妇人却怀了孙的孩子（妇人跟丈夫从没生育过孩子），这孩子长大，考上了状元，状元从母亲口中知晓了自己的来历，为表达对生身父亲的怀念，去接受父精母血的山头立了块碑，就是状元碑，只是年深日久，那块碑不在了而已。

馆长等人看过陈婷婷的报告，都说落儿山和满月坡还有些蛛丝马迹，状元碑却完全是胡编的，把史书翻烂，也找不到东轩县出过状元。他们把这意见反馈给头儿，头儿只是冷笑，然后说：出没出过状元有那么重要吗？想当状元才是重要的！你们说，哪位家长不希望自己孩子当状元？我看这个故事不错，我看那个文化站站长不简单。

馆长问我：前几天来了几位国内知名的旅游策划专家，去千峰大峡谷转了一圈，你知道这事么？我说不知道，也没碰见他们。馆长说，今天上午开座谈会，我们都参加了，专家谈了他们的看法，总体说来是风光绝美，前景大好，对县里制作的规划图和宣传片也作了充分肯定。领导听得非常亢奋，头儿在专家之后发了言，专谈文化打造，说我们已有专人做这方面的工作，而他说的专人，是陈婷婷，不是你何先文——一个唾沫星子也没提你！

说完，馆长等待我的反应，可是我没有反应。于是他接着往下说。正题之前特意交代：下面这些话，是有回陈婷婷进城，我们招待她吃饭，她在酒桌子上讲的，确不确实我们也不晓得，我只是提醒你注意，莫把自己弄“夹”起了。

是关于林安平的。

1992 年，牟斋姑死了。姐妹俩死于同年同月，相差四天。这四天是留给林安平的，好让她安埋，姐姐俩害怕同一天死，她忙不过来。从此，林安平接下了师父的衣钵。但这人心性很高，不愿意只像师父那样做个斋姑，而是要做三教领袖，可三教当中，她只学过道和释，尽管那时候她连道教的皮毛也没学到，毕竟拜了师。她还差儒教。祭司文化里，儒教是基石。道教重今生，佛教讲来世，儒教则提倡利世，因而特别重视秩序——入世的秩序，在铁一样的秩序底下，修习学问和人格，然后为国为民贡献自己的能力，虽九死而不悔。所以儒教是大观思想，没有它，其他教飞不起来。林安平是个聪明绝顶的人，又是个雷厉风行的人，想到了，就去做。当时，鹿走乡有个儒教师，名叫梁明有，林安平就去跟他学。梁明有把林安平安置在无人经管的玄天观里，他本人是合作社职工，要周末才能上去，为徒弟授业。整个玄天观，只有他俩。那时候梁明有四十九岁，秃发独臂，但眉眼里有英武之气，他本来就文武双全，早年去川西青城山，用独臂施展的余门拳，打得几个月找不到对手。他不教林安平拳法，只教她儒家经典和中医。但谁都知道，他不止教这两样。

陈婷婷在酒桌上说：你们没见过林安平，更没见过她年轻时候的样子，那是个美人胚子。十七八岁前，她都垂着头，一副可怜相，这以后突然就变了，那双眼睛……那双眼睛……比天还深，没几个男人经得住它吸。儒教师梁明有照样经不住。传言四起，梁明有的老婆气病了，后来吊颈死了。十多年后，梁明有也死了，死之前给林安平留了一笔钱，让她去峡谷地区场面最大的土门镇开中药铺，这样就不愁吃穿，也不愁养不活女儿。林安平确实领养过许多孩子，但有个女儿不是她领养的，是她生的——跟梁明有生的。

馆长突然不说了。

我问：还有吗？

别的没啥，只是你不要再跟那个女人瞎混了。凭你的条件，你要再找个女人，城里有一个连的女人供你挑，何犯于……一个村妇，名声那么糟，神叨叨的，听说还比你大！当然这些都是你的私事，但我这里要说句公事：你是去工作的，不是去混女人的。

这最后一句，深深地刺伤了我。

我直接把电话挂了。

馆长立即又打了过来。你现在咋这么大的火气？是这样的，我打电话，是叫你回来；不是我叫，是头儿叫！然后告诉我，那几位专家不仅到过千峰大峡谷，还到过半岛。半岛位于县境东北部，十余年前发掘出古巴人遗址，因而“惊世骇俗”；史学界早有论定，巴人“神秘消失”，而半岛的出土文物显示，这里很可能是古巴国的中心王都——最后一个王都。十余年来发掘了四期，占遗址面积的十分之一，每次发掘后都回填，现在整个半岛都是庄稼地。专家们去看了那片庄稼地和部分文物图片（实物送到了省博物馆清理和暂存），认为，既然你们要搞全域旅游，文化方面就应该以巴文化为主题，千峰大峡谷是你们的核心区域，峡谷是土家族聚居区，而土家族正是巴人后裔。你们要在这方面动脑筋。如果搞剧目，以巴文化为视角，就比以土家文化为视角古老得多，大气得多，也神秘得多。头儿边听边点头。

馆长说：开完会，我到头儿身边，专门提到你，是想让他回忆起派的是你去做那工作。他像真的忘了，只是说，专家就是专家，巴文化的思路太有意思了……何先文编过那么多书，看他有没有这方面的资料和想法，你叫他啥时候到我这里来一趟。

十三

我并没立即回城，而是两天后才回去的。这两天时间里，我去了鹿走乡。我要弄清楚，林安平的女儿林芳，究竟是她养女，还是她亲生的。我知道，弄清这个毫无意义，但无意义并不等于不重要，我觉得它很重要。老天赐人，有人就好，这是林安平说的，说这话的时候，她还特别强调，自己作为医生，旗帜鲜明地反对用DNA来揭示一个人隐秘的命运，一个人是否到世间来，什么时候来，以哪种方式来，是沉默的欢乐和悲伤，人类和握在人类手掌里的科学，都无权揭示。对此，我当时是赞同的，可现在有些动摇了。每个人从自我出发，都能总结出一套貌似真理的言论。

而今想来，对林芳的身世我早有怀疑。林安平领养了多个孩子，都让他们鸟一样飞走，唯独把林芳留在身边，这是为什么？那次陈婷婷给我打电话，知道我跟林安平泡了很长时间，别的不问，只问见到她女儿没有，又是何故？但我怀疑的时候，还没见过林芳，不知道她有那么年轻，我以为林安平讲她十六岁那年嫁给谢土，并没讲全，林芳是她跟谢土生的。果真如此，我也并不觉得她骗了我。可现在我觉得她在骗我。房东说她勾人的时候，我还对房东含讥带讽呢。我回忆着林芳的长相，看有没有跟林安平像的地方。可我只能想起林芳的漂亮，五官简直回忆不起来。漂亮本就是一种光彩，在这光彩之下，五官是模糊的。

我本来很想直接去问一下林芳，但念及她那冰冷而戒备的眼神，就知道问不出什么来。再说这也不关她什么事，而且她还不一定知道实情。于是我在鹿走乡走访老人，走访了数十个。老人们异口同声：梁明有的女人，确实是因为林安平吊颈死的。可林安平从没大过肚子。自从林安平住进玄天观，几乎天天都有人去求神问卦。虽然她是梁明有的徒弟，但人们信的，是她，这个小时候名贯峡谷的灾星，变成了名贯峡谷的神婆。她能活出来，本身就是奇迹，就令人敬畏。何况她还跟过肖道长，跟过龙女，跟过牟斋姑。玄天观是这些年才冷落的，它冷落的时候，林芳都有四五岁了。当年，人们天天看到林安平，谁也没见她大过肚子。

不过老人们又说：林安平有法术，怀了娃儿，却不显肚。娃儿在她肚子里是一股气，长成熟后，她不用从下面生，而是从嘴巴里吐，吐出后把气聚拢，就是个婴儿了。林芳就是林安平从路上捡回的婴儿——林安平自己是这样说的；她收养的孩子，无一例外都是别人扔掉的，有的是非婚生，有的是养不起，有的是生着病。老人们还告诉我，林安平不过读了几年小学，读书的时候年龄小，个子小，却坐在最后，连黑板都看不见，还经常挨打，根本不可能学到啥，但你听她现在说话，比中学里的先生还有文化，那不是她在说，是龙女在说！她跟龙女互相幻化。虽然龙女毁了肉身，可她的精魂，是附着在林安平身上的。

我听明白了一些，同时又不明白。

我就带着这样的明白与不明白，回县城去了。

去头儿办公室的路上，我设想了种种情形，唯独没想到的，是他对我那样热情。我刚到门口，他就站起来迎接了。这让我错愕。

看来，头儿对我或许有不满的地方，但并不是馆长说的那么严重。是馆长自己觉得很严重。他把我迎到沙发前，跟我并排坐下，没有任何寒暄，就说：前几天到峡谷，有件事弄得我很尴尬，专家问我那条河的名字，我说了，又问为啥叫那名字，我却说不出来。后来去半岛，专家又问形成半岛的两条河，同行的没一个能说清……

我说，我能说清。

贯穿峡谷的河流，叫前河。

在半岛交汇的两条河，一条叫中河，一条叫后河。

从发源地和流程看，三条河无法用前、中、后确立。确立的依据不是方位，是文化。《山海经》载，身居中原的太皞伏羲，是华夏民族共同的始祖，伏羲的曾孙后照，是巴人的始祖。由此推断，后河是后照河的简称，中河本该叫中原河，它们得名，是巴人为纪念自己的世宗和根脉；前河，则是前进之河——敌势汹涌，巴人在半岛那片膏腴之地无法生存，被迫迁徙，但他们不改勇毅，步履维艰，也要勇往直"前"。而前河流域山高路陡，蛇蝎倒退，鬼神见愁，追兵以为巴人会在绝境中自灭，止步息戈，才使这支困顿行旅得以在峡谷栖身。

头儿听后，双手抱头，长叹一声：这就对了，靠上巴人了，连成整体了。

这是我依照他的指示，临时"制造"的。昨天黄昏时分，我回到县城的家里。家里灰蒙蒙的，跟我陌生了。当我走进久不光顾的书房，把嵌在镜框里的雅玲的照片取下来，更是陌生得像是别人的房间。陌生好，陌生意味着可以重新开始。明天要见头儿，我得理出一些思绪。专家们整合巴文化的想法，为我打开了一扇窗，这是听馆长转述时我就想到的。只是有关巴人的史料极少，无非是说，巴人浪漫疏阔，能歌善舞，而且特别好战，武王伐纣，汉王伐楚，都曾以巴人为前驱。可这能说明什么呢？与县境东北部的半岛和西南部的千峰大峡谷，有什么关系呢？我想不出来，便随手翻阅在峡谷拍摄的数百张照片，第一张就是那条桀骜不驯的河，前河。灵感这东西或许真的存在，由前河，我立即想到中河与后河，并根据《山海经》的记述，“制造”了三条河流的内在联系。没想到这是头儿首先需要的。

趁他高兴，我提到了林安平这个人。

头儿意味深长地盯我一眼。这表明他也听说了我跟那个“寡妇”的事。本来没事，我却怯了一下。我这才发现，自己一直处于怯的状态，完全没必要怯的时候，内心里也在左顾右盼。几天前跟馆长发火，接了电话没立即回城，对我完全是个例外，却也因此深感不安。我对情爱的滥施滥用，或许只是以肉体的麻醉来抵押灵魂的亏空。

我本来应该好好讲一讲林安平的，却只是摸出手机，打开视频，让头儿看。

林安平跳芒牛舞、水神舞等，我都用手机录了像。

头儿看是看，兴致并不高。那个剧呢？他问，你对那个剧有设想没有？

当然想过。早想过了，只是昨天夜里又做了修正。我说林安平曾解说心字，说心是刀带三点，一点自己，一点众生，外面一点是邪心。那台剧，就可以心入手，以心为魂，也以心结构，比如，演员在舞台上构筑一个宏大的心字，再一“点”一“点”去掉，去掉三点，心就成了刀，刀光剑影的巴人史，由此展开。通过艰苦的认知和努力，把那三点再次第加上去，最终合成一个完整的心。心的三点是怎样被去掉的，又是怎样取回来的，其中一点“邪心”，是怎样被约束的，整台剧就表现这个。这会很特别，也有慷慨悲歌的冲击力。还可以用另一种结构，以那种文字的起源来结构，同样很有画面感和历史感，还可能是一种发现。我把林安平记下的三百多个文字，以及它的来龙去脉，包括狗儿坪事件引发的大清洗，讲给头儿听。

头儿像在点头，又像只是神经性的抽搐。

好一阵过去，他问我：你认识陈婷婷么？

没等我回答，他起身走到办公桌前，拿起一本有红色塑胶封皮的资料，似乎准备给我，想想又放下了。我知道那就是陈婷婷的报告。头儿没回到沙发上，而是坐在他的圈椅里，说：你把你的想法，也要写成文字……听人说，你讲的那个林安平，像是口碑不好？

信，就是口碑不好，不信，就是谣言。

头儿默然。

我又说：林安平身上确实有巫的一面……

巫不是问题，头儿打断我，巫也是一种文化嘛。现在又不比以前，现在要保护这些传统文化。你应该很清楚，当年的巴人跟楚人一样，本身就崇尚巫鬼。所以我是在想，林安平要改造身份才行，不能说她是土家祭司，要说是巴人祭司，而且她自己就要这样认识。

很明显，头儿已同意我的提议了。

我向他保证，林安平那里，由我去说。

走出县委大院，我立即给林安平打电话。

传过去的是报喜的声音，可传回来的，却是毋庸置疑的否定。

不不不，那是乱说，我师父从没讲过我们是从巴人来的。

我空空地咽下几口唾沫：你师父也并没说你们不是巴人。

没说就是不是！

态度坚决，完全没有商量的余地。连续几通电话，都是如此。

到了晚上，我又拨过去。我想再试一次。

林安平接得很慢，第一句话是：你回去也不给我说声。像把我上午的电话完全忘了。

我也装出忘了的样子，把上午说过的又重复了一遍。经过一个白天的发酵，我把她改造身份后将得到的益处，根据我的想象，格外渲染。最后对她说：你怎么能说自己不是巴人后裔？当时巴分两支，一支虎巴，一支蛇巴，虎巴敬虎，蛇巴射虎，后来两支巴人遇到了共同的敌人，只能联合，联合的标志，就是衣服上既绣虎也绣龙，蛇飞起来就是龙，你看看你衣服的前胸，左青龙，右白虎，不就是这个意思吗？

林安平沉默着。电话里断续地响起砰、砰的声音，像在捣药。

砰砰声停下后，她说：何先生请你原谅，也多谢你的好意。可我们的代谱和祖脉，一是师父传，二是问心。师父没那样传，我只能问心。既然你说我们是从半岛来的，明天我就跟你一路去半岛听听，听到了祖先的声音，我就认，听不到，就不认。

十四

去半岛必须从县城过，第二天，我在县城等她。

林安平最快也要九点才到，但不到七点半，我就去州河大桥东头等着了。她是十点零几分到的，当她下了车，站在县城的水泥路上，我发现，她是多么小啊。她个子本来就小，可在峡谷只是略有感觉，到了这边，小得简直叫人生怜。我在二十米外朝她跑去，边跑边喊她。但她没听见，也没看见，东张西望，茫然失措，像被抛弃的孩子。她一生只到过紧邻峡谷的华锦，从没来过县城，县城这个“人世”给她的冲击，该是何等的惊心动魄。

她穿着盛装，也就是青色褋服，因为她是去认祖归宗，尽管那里可能没有她的祖宗。这种装扮让城里人对她侧目而视。我觉得那些目光也会伤害她，跟她走得很近，弯腰对她说话，显得格外亲热，以此表明她不是异类。带她走过一条大街，在建设局旁边的巷道里上了车。那里停着许多做生意的私家车，跑各个乡镇。以前从县城去半岛所在的前锋镇，要差不多两钟头，现在只需三十多分钟，绥定至西安的高速路，从县城和前锋镇外通过。半岛与镇子只一河（中河）之隔，遗址发掘前，是推渡船，而今修了钢架桥。

半岛上烟雨蒙蒙。正是稻子成熟的季节，微微起伏的田野，弥漫着宽阔而丰饶的气息。走在石板铺成的小路上，稻叶和稻穗在身上扫来扫去。

这里真富！林安平说。

这是她在半岛上说的唯一的话。我没接腔。是不想打搅她。我来过好多次，虽然发掘后被回填，也很清楚哪里是动过的，哪里没有动。我把她带到半岛中心，就站在那里，让她自己朝后河边去。遗址的主要区域，就在后河边。

一个多钟头后，她回来了。她不言声，我也小心翼翼地不去问她。

我们在镇上吃了饭，就回县城。她没在县城做任何停留，就搭车回土门去了。

我到了，傍晚时她打电话说。

我听见了，她又说。

言毕，电话那边痛哭失声。

三年过去，我还经常想起那哭声，也经常琢磨她为什么哭，还哭得那样伤心。或许，百余年前一个名叫桑托的刺客，能给我一些提示。桑托勇敢地刺杀了法兰西总统，可临刑时，他却颤抖得厉害，几乎没法走向绞刑架，于是人们说，桑托死得像个懦夫。无人理会他声音微弱地说出的遗言。遗言是他的信仰。到死，他也没放弃信仰，向现实投降。但无人理会。人们把他肉体的恐惧视为灵魂的恐惧。肉体被当成唯一真实。我不知道林安平的哭，是不是与这些事情有关，是不是她觉得，人们对这个世界的怀疑，其实从来就没错过，并因此悲伤。

三年后的千峰大峡谷，已开门迎客。我们县的全域旅游，也初具规模。但这没我什么事，也没林安平什么事，尽管她认了半岛上的巴人做祖先。千峰大峡谷的文化打造，特别是那个剧，头儿和他请来的大导演，选了陈婷婷的方案作底本。剧目的故事是这样的：

苏妲己——陈婷婷说苏妲己是华锦人，剧里改成了水口乡人——被纣王抢去，悍勇的巴人自然不依，但巴国毕竟弱小，便派说士去见周武王，力陈纣王的荒淫残暴，游说周武王发动义战。周武王洞悉巴人的意图，说：别的都是废话，你们想抢回妲己是真，前些日我跟纣王相会，见过妲己，美艳绝伦，值得拼命。你回去告诉巴君，请他放心，我会全力相助。如此，武王伐纣的战争，变成了古希腊的特洛伊战争；特洛伊战争为美女海伦，武王伐纣为美女妲己。这台名叫《魂系巴国》的舞台剧，也因此成为“东方的《荷马史诗》”；鉴于那位大导演的影响力，剧目排成后，去全国许多地方巡演过，海报上都是那样宣传的。

此外，在葛杨村顶，塑了尊高达十米的大理石碑——状元碑，旁边还修了个庙——文昌庙，每年高考前夕，去那里搭红敬香的，压弯路途。

方案敲定过后，头儿找我谈过一次话，安慰我，说你的那个方案不是不好，只是太沉重了，人家是出来玩的，要那么沉重的东西干啥？除了沉重，还缺乏国际视野。

从那以后，我就再没跟林安平联系过。

图书在版编目（CIP）数据

寂静史 / 罗伟章著. -- 武汉 : 长江文艺出版社,
2020.6(2024.7 重印)
ISBN 978-7-5702-1420-4

Ⅰ. ①寂… Ⅱ. ①罗… Ⅲ. ①中篇小说—小说集—中国—当代 Ⅳ. ①I247.5

中国版本图书馆 CIP 数据核字(2020)第 002481 号

策划编辑：王苏辛
责任编辑：杜东辉　胡金媛　　责任校对：毛季慧
封面设计：博悦阁　　责任印制：邱　莉　杨　帆

出版：长江出版传媒　长江文艺出版社
地址：武汉市雄楚大街 268 号　　邮编：430070
发行：长江文艺出版社
http://www.cjlap.com
印刷：湖北新华印务有限公司

开本：880 毫米×1240 毫米　1/32　　印张：12.125
版次：2020 年 6 月第 1 版　　2024 年 7 月第 2 次印刷
字数：284 千字

定价：88.00 元

当文字打破世界的寂静

"码"上回到声音的起点

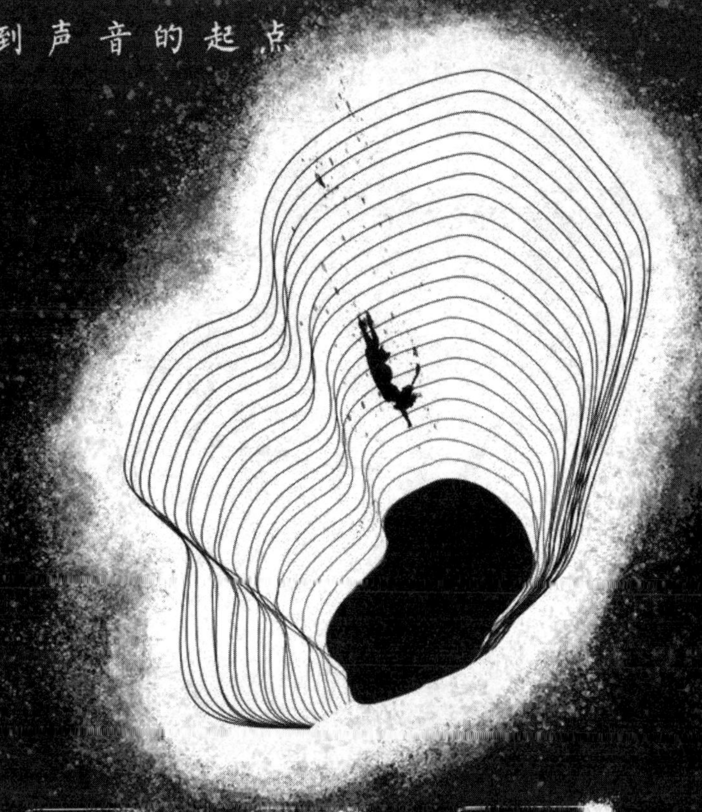

数字领读员

断裂的文化，缺位的话语。
寂静的深刻意义建构，
由我为你解读。

配套有声书

沉默深处，亦有喧嚣。
你，听见了吗？

作家近距离

个体叙事、时代描摹与精神探询，
深入了解罗伟章的文学世界。

书友交流圈

让阅读的快乐在分享中加倍，
让思想的回响在分享中扩大！